刺唐

孙宇 著

北京联合出版公司
Beijing United Publishing Co.,Ltd.

图书在版编目（CIP）数据

剩唐·壹 / 孙宇著. -- 北京：北京联合出版公司，2018.1

ISBN 978-7-5596-1232-8

Ⅰ.①剩…　Ⅱ.①孙…　Ⅲ.①长篇历史小说—中国—当代　Ⅳ.①I247.5

中国版本图书馆CIP数据核字（2017）第264686号

剩唐·壹

作　　者：孙　宇

策　　划：北京金色昀虹文化传媒有限公司

特约编辑：董向文　　责任编辑：宋延涛

封面设计：95书装

北京联合出版公司出版

（北京市西城区德外大街83号楼9层 100088）

北京联合天畅发行公司发行

北京君升印刷有限公司印刷　新华书店经销

字数284千字　710mm × 1000mm　1/16　22印张

2018年1月第1版　2018年1月第1次印刷

ISBN 978-7-5596-1232-8

定价：49.00元

本书若有质量问题，请与本公司图书销售中心联系调换。电话：（010）64243832

序

你听过多少半截故事？

为了励你的志，人们别有用心地把许多完整的故事，截出其中好听的半截来讲给你听，讲得你热血澎湃，发誓赌咒地要向那半截故事里的人学习。于是，你也去尝试头悬梁、锥刺股了。

就说这个“头悬梁、锥刺股”的故事吧。老师们为了勉励你努力读书，告诉你古代有个叫苏秦的人，头悬梁、锥刺股地读书，后来出人头地了，故事到此为止，意思是让你也像他那样给自己多打鸡血，却没有告诉你苏秦后来死得很惨，因为那并不励志。

这样的半截励志故事还有很多，比如周处，比如曾国藩……这半截的美好传说尽人皆知，那半截的残忍真相无人问津。有人说过：我们是拿着半张地图走路，难怪后来穷途无回；我们是照着半本秘籍练功，难怪后来走火入魔。

而所有的半截故事里，最大的一个无非是我们民族千百年来关于盛唐的臆想。所谓盛唐，满打满算不过一百五十年，而唐朝的所有阳寿却有将近三百年时间。另一半的唐朝，是什么样子的？

好吧，听我说，我不忍心再欺哄，但愿你听得懂……

大唐王朝，无疑是我国历史上众多王朝中知名度、美誉度最高的特殊存在。从唐帝国建立的公元 618 年到安史之乱开始的公元 755 年，这 137 年的历史被一代又一代地反复追忆，直至耳熟能详。

但那个为所欲为的盛唐只是故事的半截。安史之乱后唐朝剩余的 152 年，却因不堪回首而被历代书写历史者简单草率地压缩成“宦官专权，藩镇割据”八个字。

人们喜欢听好听的那半截，这无可厚非，但若能耐住性子听完整个故事，或许会得到更完整、更深邃的启迪。

梦回盛唐，是盛唐之后每一代中国人的梦想。可无论我们如何热爱它，也比不过安史之乱后那一百五十年时光中数代志士仁人的半分。在他们心中，梦回盛唐不是一句干瘪的口号，不是一个酣醉的幻想，而是实实在在付出毕生心力要去实现的理想。

刚刚从巅峰滑落的他们，还没找到油腔滑调的理由来粉饰自己的沉沦，还没学会习惯于得过且过、自欺欺人，还在为回到期望中自己的模样而奋争煎熬，一代又一代……

他们终究未能为自己追回那落日，却为民族迎来了朝阳。没有他们，我们的历史将无法拥有以后的每一次绽放。

日本历史学家内藤湖南先生曾提出过著名的唐宋变革论，认为中国的经济、文化乃至社会性质都在唐宋之间的历史进程中发生了质变。我们可以从很多角度提出对这个结论的质疑，但我们无法忽略的是，以安史之乱为界，走过将近两百年混乱时光的中国人，最终以宋帝国的面目再次出现在文明史上时，在精神气质以及行为方式上发生的显著变化：曾经的开拓进取，兼容并蓄少了，多起来的是画地为牢、故步自封；曾经的坦荡阳刚，率真尚武少了，多起来的是阴柔狭隘、迂腐矫情。

这不禁令人无限遐想，在唐朝中后期，我们的祖先到底经历了些什么?

而本书讲述的，就是那有生有死，有血有肉，有笑有泪，有梦有痛的一百五十年……

目　录

一　落红无情

公元 762 年，唐代宗宝应元年十一月。

大唐朝廷的军队像这严冬里的朔风，四面逼拢安史叛军据守的莫州（今河北任丘），而且还在不断地增多，如此刻孤城中屋檐上越压越厚的雪。

厮杀一整天，天黑才狼狈逃回莫州城里的大燕国（即安史叛军）小将田悦，烦乱地在城墙上来回踱步。空旷的夜幕上，寥寥寒星和从城墙根绵延到地平线的唐军篝火暗自辉映，这幅冷暖杂芜的画面，让他坐立不安。

此时已是安史之乱爆发后的第八个年头，叛军们早已没有最初那般无法抵挡的嚣张气焰。现在势头反过来，倒是朝廷的军队越来越有些摧枯拉朽的架式了。

还能撑多久？田悦被这个问题困扰着。

“将军！节帅有召！”这声召唤像是天降的绳索一般拨开思绪，田悦赶忙起身，顺势挣脱困扰心境的泥潭，迅速向莫州府衙跑去。

这位节帅乃是大燕国睢阳节度使田承嗣，也是田悦的伯父。两个月前，大燕皇帝史朝义丢了洛阳后被唐军一路追击，田承嗣亲自率兵救驾，却连败三阵，只得带着史朝义一起退守莫州。

田悦又看到了篝火，不过这把火却让他心里好受了些——伯父正在烤羊肉。

“依你看，现在咋办？”田承嗣说话的时候并没有看着田悦，而是专心地盯着火中将熟的羊肉，声音低沉，像狼在低吼。

对时下形势的看法，田悦早就想说，可真有人问起时，他却忽然有些胆怯。愣了一会儿，才咕噜出一句：“我看……降了吧。”

“大声点儿！”田承嗣吼道，眼睛依然没看田悦。

“伯父，归降朝廷吧。”田悦依然带着怯意，声音只敢比刚才大一点点。

田承嗣切下一片羊肉，丢到田悦手上，顺便瞥了他一眼，问：“嗯，为什么？”

“我看朝廷这次攻势空前，刚一出手就收复了洛阳，锐气难当。又有回纥鼎力相助，伯父啊，这次连回纥可汗都亲自来中原助阵了。我们这边镇守邺郡的薛嵩和镇守恒阳的张忠志都已降了，现在只剩下咱们和幽州的李怀仙还没……”

“我知道。”田承嗣平静地打断了田悦的话，“现在，皇上还在我这里，这小子虽蠢，但对我还不错，我并不想杀他。”

田悦这才明白，伯父其实早已胸有成竹，也就不再多言，轻声问道：“伯父如何打算？”

田承嗣又瞥了田悦一眼，扭过头来嘿嘿一笑，说：“让李怀仙去杀他。”

田悦不解：“伯父既然已经决定降唐，正好杀了史朝义向朝廷邀功，以保全余生富贵。为何要将这等好事让给别人？”

田承嗣终于决定要好好启发一下侄儿：“你看我如今富贵不？”

“伯父跟随大燕皇帝安禄山起兵反唐以来，战功卓著，如今当然富贵非凡咯。”田悦连忙拍马屁。

“你觉得我如今的富贵是从何而来？”不等田悦在脑海里完成这个相对复杂的概括归纳，田承嗣又接着说，“我祖父田璟不过是朝廷的一个小吏，生死荣辱都系于他人之手，哪里敢说什么富贵？到我父亲田守义时，朝廷要经略辽东，他应募从军，做到安东副都护，手上有了些兵将钱粮。咱们田家也就是从那时开始，才算小有富贵。我出生在卢龙军营之中，从小和我玩的，不是军营里的悍将暴卒，就是草原上的狂狄乱胡，不制服他们，我连能否活下来都成问题，哪敢说什么富贵？”

田悦赶紧拍马屁：“伯父力拔千钧，勇冠……”

“力？凭蛮力能干多大的事？我打了一辈子仗，还真没见过凭一己之力就能打得过十个人的高手呢。你也算打过仗了，战场上几万人对几万人，你一个人力气再大，又有多大用处？”

田悦沉默。

田承嗣接着说：“娃儿呀！我有今日富贵，靠的是我手里控制着的这几万兵马，而不是靠向谁邀功啊！”

田悦连声应道：“对，对，对！”

田承嗣坐下来，拨了拨篝火，问道：“那么，这几万兵马为什么要跟着我老田呢？”

田悦似乎已经摸清了伯父的思路，刚要出言回答，又觉得这个答案由自己说破不太合适，于是便换了一个永远都不会错的答案：“都是伯父英明神武，士卒尽皆感佩，才愿效死力啊！”

田承嗣闻言，抬眼又瞥了一眼田悦，这次，他瞥见了侄儿眼里那一丝同样狡黠的光。他指着田悦，终于笑出了声，说：“嘿嘿，你这娃儿！”

羊肉吃完了，田承嗣抹了抹嘴，又问：“那么你看，降了之后又会怎样？”

田悦答道：“既然伯父都说了要有兵马才有富贵，那么，李家天子还会让我们留下兵马吗？他们应该会罢了我们的兵权吧。”

“怎么罢？”田承嗣反问，“你知道不？前几天邺郡的薛嵩、恒阳的张忠志，他们归降时本来都交出了手中的兵马，唐军大将也已进了他们的军营，交割完毕。结果唐军总帅仆固怀恩又让他们各回各军，把兵权交还给他们，李家天子也同意了。你说这是为啥？”

这回，田悦真的被问住了。朝廷不解散归降的军队，也不交给朝廷自己的将领管辖，却原封不动地将兵马还给那些降将。这样的行为看起来的确很奇怪。

田承嗣见田悦半天回答不上来，心知这个问题对他来讲还是太难，便故意打个了哈欠，叫田悦回去再好好想想。

田悦起身告退。

清晨，大燕皇帝史朝义在莫州府衙升朝议事。

田承嗣一上来就急切地禀告：“皇上，莫州守不了几天了。不如您亲率骑兵突围，北上幽州。由微臣守此孤城，为您挡住唐军。等皇上到了幽州，若臣尚未全军覆没的话，乞求皇上再来救我！”说罢，田承嗣长揖不起。

史朝义听罢瘫坐在椅子上，沉默不语。这两个月他已经跑了很远的路，实在是跑不动了。此时田承嗣这么一说，他也只能咬着牙，有气无力地说：“走吧……”

很快，史朝义便召集齐直属于他的五千精骑，这是大燕国最精锐的一支部队。八年前，安禄山带着他们从家乡幽州一路杀向长安，如今为了燕国的最后生机，他们又要杀回家乡。

正午时分，骑兵们在莫州北门集结完毕，史朝义带着家眷走到田承嗣面前，忽然单膝跪倒。田承嗣见状也赶紧要跪下，却被史朝义拦住。

史朝义哽咽着说：“我全家老小身家性命就全托付给将军了！”田承嗣无语含泪，颔首答应了皇帝的嘱托。

一时间，全军凄然肃穆，而人群中的田悦却觉得这一幕很是好笑。

五千精骑骤然冲出城门，朝廷军队反应不及，陷入一片混乱。史朝义趁乱冲出包围，顺利地驰向幽州方向。

田承嗣望着北去的尘嚣终于完全平息，这才转身喝令：“把史朝义的家眷给我全部拿下！”

当天夜里，围城的朝廷大将仆固玚掌灯升帐，接见叛军将领田承嗣的使节田悦。

田悦阔步走到帐前，身后跟着的，是被一帮军士押着的一群衣着光鲜的妇女小孩。

“帐下何人？”仆固玚沉声问道。

田悦朗声回答：“燕国睢阳节度使田承嗣麾下田悦！今慕大唐礼义，特束手来降。兹有燕国皇帝家眷在此，献于大唐天子，以示归顺诚意。”

一路向北的史朝义并不知道莫州发生的事，只知道背后唐军越追越紧，使他愈发担心殿后的田承嗣是否已经全军覆没。史朝义暗下决心，等自己与幽州李怀仙的五万人马会合之后，一定要为田承嗣报仇！这个激昂的信念支撑着他一路向北疾驰。

终于来到幽州城下，可城门却没有如期打开，更没有半个人出来迎接。史朝义顿感窝火：报信的使者应该已先行到达，李怀仙你究竟搞什么名堂?!

等了大半天，城墙上才冒出个脑袋来，是李怀仙的一位部将。史朝义大喊：“开门！不认识我吗！快点起兵马，跟我去救莫州！”

城上的那部将回话：“燕国的气数已尽，李将军已归降大唐，他令我在这儿等你。然而我并不想杀你，你还是去别处吧！哦，对了，田承嗣肯定也已经投降了，不然朝廷的军队怎么能这么快就追到这里来？”

史朝义只觉得脑袋里“嗡”的一声炸开了。原来支撑自己全力求生的信念，竟然只是田承嗣和李怀仙一个默契的圈套。几天来坚毅的神经瞬间崩解，史朝义突然感觉到自己的身体已快支撑不住了。

“我等急于奔波，未及进食，你就不能做些饭菜与我吗？”史朝义向城上的人乞求。

城上那个部将同意了，为史朝义和他的残兵在东城外做了一顿饭。

这恐怕是史朝义一生中吃得最饱的一顿饭，他把碗几乎扣到了脸上，飞快地把米粒和落到米粒上的泪珠划拉进嘴里，飞快地划拉，一刻也没停下。

这里是幽州，是史朝义的家乡，也是他身边士卒的家乡。眼下，史朝义回不了家，可他的士兵们却不想再追随他离开家乡。他们吃完饭，丢下刀剑，便一起来向史朝义辞别。失魂落魄的史朝义没有阻止他们，他甚至根本就没有把早已空了的碗从脸上拿下来，也没有再看看他的兵将。

士卒走得差不多了，他才揭下空碗，仰天大哭……

公元 763 年，唐代宗广德元年二月。安史之乱最后的逆首史朝义的头颅被送达长安，这场长达八年的战乱，就此结束。

还是 763 年，唐代宗广德元年的初春。

曾经的大唐军队统帅李光弼，于徐州收到朝廷告知战争胜利的诏书。诏书中褒扬了他的功绩，决定再给他增加两千户封邑，赐与他一个儿子三品官衔，赐他本人免死金牌一块，将他的名字写进太庙里，让大唐的列祖列宗知晓他的功勋，在凌烟阁绘制他的画像，让大唐后世子孙传诵他的事迹……

李光弼并不喜欢这些肉麻的词句，他只是一遍遍地读着诏书里的有效信息——那些讲述叛乱平定过程的语句。这些语句，像这初春的天气，乍暖还寒，读着让人鼻子有些酸。

李光弼是一代名将，也是史思明的宿敌，而史思明是安史之乱前后四代逆首中军事指挥能力最强的一个。如果没有李光弼数次阻击史思明的强大攻势，大唐恐怕早已灰飞烟灭，散入史海。然而，史思明死后，李光弼也开始走背运了。这个分享胜利果实的时刻，李光弼却只能带着一支非重要的军队在一个非重要的战场上徘徊。

正思索间，部将张伯仪忽然说：“令公！这平定河北的功劳，本该是您的！朝廷却让仆固怀恩这小子捡了便宜！”

李光弼沉默着望向张伯仪。

两年前，李光弼统帅朝廷大军在邙山与叛军作战失利，朝廷便小题大做地罢了他的兵权，之后又让他只带着几千人马进军江淮。如今，依然跟随在身边的旧部，只有眼前的张伯仪一人。

张伯仪的话，李光弼想说却不能说，想答又不好答，只好沉默。

张伯仪接着说："仆固怀恩这小子，不过是瞎猫撞上了死耗子。收复洛阳之后，叛军大将薛嵩、张忠志、田承嗣、李怀仙忽然一个个地连人马带地盘全部归降。仆固怀恩真是撞了大运，就这么轻易地把河北给平定了。还有，仆固怀恩不追究他们造反的罪状也就罢了，居然连兵马和地盘都没有收缴。仆固怀恩留着这些家伙，难不成是想以后跟他们一起再造反吗！"

"这不是仆固怀恩说了就能算的事情。"李光弼终于开口，"皇上是知道的，也是同意了的。"

"为什么？"张伯仪不解。

"要是朝廷真要收缴了那些叛将的兵马和地盘，你觉得那些人还会归降吗？这就是他们的条件啊。"李光弼解释说。

"那他们这般归降，跟不降有什么区别？朝廷还不如一直硬打下去呢。"身经百战的张将军实在无法理解，真刀真枪的战争里居然还会有这般怪异的归降。

"朝廷已经撑不下去了。你只知道厮杀，也不想想，打仗是要花钱的。朝廷的钱取自民间，每户人家都要按照规定的租庸调向朝廷交税，所以，官府登记的户口越多，朝廷就越有钱。天宝年间，全国户口有九百万户之多，所以那时候是盛世。如今战乱连年，百姓死于战火的不计其数，逃亡的更是数不胜数。恐怕如今，官府登记在册、能征税的户口还不到三百万。河北还在叛军手上，收不到税，吐蕃趁乱占据陇右，搞得京畿、西蜀都要全力防备，也收不上来什么钱。朝廷的钱粮全靠江淮转运过去。朝廷要我来这里，既是贬谪，也是要保证江淮的钱粮运输。不过，单凭江淮一隅，如何支撑朝廷再打下去？河北叛将也是吃准了这一点，知道朝廷一定会同意他们的条件，之后才归降的。”

“可是，现在到处风传仆固怀恩要联合河北叛将造反呐。”对于张伯仪这样纯粹的战将而言，政治的世界充满疑问。

李光弼一声轻叹：“唉！我们朔方军历任将帅，哪一个没被谣传过造反？”

自朝廷的军队在叛乱之初就被叛军轻松歼灭之后，原来只负责北方边防任务的朔方军就成为朝廷依赖的主力。战乱期间，郭子仪、李光弼先后交替出任过朔方军统帅，率领这支军队扶持着大唐王朝走过了最艰难的时光。而朔方军的现任节度使仆固怀恩，是去年底才刚刚到任的，所以张伯仪一直说他捡了便宜。

张伯仪想到郭子仪，再看看眼前的李光弼，又发问道：“咱们朔方军救驾平叛，功勋无双，为什么还会有这些传闻？”

“树大招风！就是因为救了驾，平了叛，朝廷才要提防我们。”李光弼见张伯仪依然一头雾水，决定把这个道理给他说透，“我朝开国之初，继承周隋时的府兵制。嗯，这是啥意思？我刚才不是说了官府登记的户口吗？农闲时，户口上的男丁都要去当地的军府操练武艺，农忙了又回去干农活。一打起仗来，官府就会按户口抽调男丁从军，并免了他们的赋税，打完仗回家再接着种地。那时候，单从制度上看，朝廷没有常备军，没有战事的时候，将帅们都是光杆儿司令，就很难谋反了。”

“哦……后来呢？”

“制度若跟不上实际发展的话，那也不过一纸空文。到高宗时期，朝廷的疆域越来越大，打仗的时间越来越长，死伤越来越多，战线也越来越远。士兵们除了战时打仗，平时还要在那些地方守备。如此以来，府兵制就玩不转了。国家太平，赋税也不是太重，谁愿意为了免个税去什么沙漠绝域卖命呢，而且打完仗还得守上好几年？等回到家，老婆说不定都成了别人的，又何况土地？所以，逃亡的士兵越来越多。到明皇时期，朝廷干脆废了府兵制，在边疆设置节度使，由他们来打理地方上的钱粮，就地招募士兵，这些士兵不种田，只吃皇粮，跟着节度使当一辈子的兵。”

“嗯，我就是在家乡魏州应募从军的。”

“这就对了，你若是以前的那种府兵，要是你的将帅谋反呢，你多半没空跟着他瞎耽误工夫，你还得回家种地呢。可你应募从军呢，节度使若要谋反，恐怕你也只能跟着他一起干，你不干，就没有军饷，离了军营，你又没有土地，不跟着他造反，你想想还能怎么混？”

“这么说，募兵是节度使的私人武装，不是天子的兵？”

“敞开了说就是这样的。安史叛军也是这样，其实我们朔方军也是这样的。大乱之初，安禄山势不可当，朝廷自己的军队很快就完蛋了。先帝肃宗北上灵武时，跟着他的不过几百人，要不是朔方军救难，朝廷恐怕无力回天。可若是朔方军也要谋反，天子恐怕更是分分钟完蛋。所以对朔方军，天子是既爱又怕。实际上，从那时候开始，天子唯一能完全信任的，就只有那帮太监而已。”

“太监”这一称谓，实际上是从明代开始才有的，在唐代，这些服侍皇家日常生活的宦官一般被称为“中人”或“中使”，但这些称谓如今读来已经十分陌生，况且这些人将在我们之后的叙述中占据很大的戏份，为了阅读方便，本书一律采用“太监”这个大家都熟悉的称谓。

“对！该死的太监！李辅国、鱼朝恩、程元振！这些人可害您不浅啊！”张伯仪咬着牙说。

“要不是天子在背后支持这些人，谅他们也害不了我什么。在天子看来，这些太监要比我和郭令公更可靠。毕竟没了天子，他们就什么都不是。而且这几年，太监们也蛮拼的，给天子拉出了一支战斗力还算不错的部队——神策军。太监当然不能把朔方军怎么样，不过，要对付我、对付郭令公，也不过一杯毒酒的事。”

“原来是这样。”

“是啊，郭令公和我都看透了这一层。郭令公也一直是忍辱负重。邙山之败后，鱼朝恩就一直打我的主意，鼓动天子罢我的兵权。前年五月，天子又想起我来了，还问我平叛战略。我也知道已到决战收网，若让我统领大军，定能轻松拿下平叛首功。但那时的河北，已不完全是战场，更像名利场，若要得这八面威风，必遭十面埋伏。我也懒得去争，就借口保护钱粮通道，请求远征江淮，离长安远，离河北也远。其实，天子不想我再去带兵啊，也就顺水推舟同意了。”

“河北已是名利场，那仆固怀恩岂不是……”张伯仪有些明白过来了。

“是啊，仆固怀恩为了当统帅，多年来煞费苦心，挤走了我和郭令公，硬是要去闯这名利场。然而，名利场背后，十面埋伏，一旦风云骤起，以他的能力，真能应付得了吗？”

依然是公元763年，唐代宗广德元年，初夏。

大唐河北副元帅加仆射兼中书令、单于镇北大都护、朔方节度使仆固怀恩，最近心情的确不错。

去年十月，他统领朝廷诸路兵马，会合他的女婿、回纥登里可汗亲自率领的漠北飞骑，与安史叛军血战洛阳，而后势如破竹，直捣幽州，犁庭扫穴。

安史之乱的终结将他漫长的戎马生涯推上了巅峰。这个来自漠北铁勒部的草原汉子，终于成就了无与伦比的荣耀。

此时，仆固怀恩正和他的儿子仆固玚一起，送回纥可汗和他的军队返回草原。

仆固怀恩看着同样立下战功，眼下已是检校兵部尚书、朔方行营节度使的儿子，想到几年前，他的另一个儿子被敌军俘虏后诈降，然后又逃了回来。当时，他为了严肃军纪，下令处死那个曾经向敌人屈过膝的儿子。算上那个孩子，仆固家族为了平叛已牺牲了四十六人。想到此，仆固怀恩心里一阵绞痛，扭过头，不再看儿子。

可这一扭头，又看见了自己的女婿、回纥登里可汗。几年前，这位和自己同文同种的异国君主还是位王子，是他的父亲毗伽阙可汗为他向唐朝求婚的。危难中的大唐朝廷多么需要回纥这个盟友啊，可先帝膝下已没有女儿可以和亲了。重臣之中，只有仆固怀恩和回纥人关系最近，于是，他的女儿就成了回纥的可敦娘娘。一旦同盟破裂，尊荣的娘娘就会立即成为被打入十八层地狱的人质。

仆固怀恩也不想再看女婿，左右为难，只好仰面朝天。初夏的阳光已经有些炽烈，他闭上眼，心中默念：大唐呵，我做了这么多，你该好好待我呵。

仆固玚以为老爹累了，便说："父亲，太原马上就到了。"

"嗯，去通报辛云京，叫他安排接待。"

辛云京是河东节度使，镇守太原。他早就接到了朝廷诏令，让他在太原接待仆固怀恩和登里可汗，并犒赏他们的军队。不过，辛云京并不打算这么做。一提到这两个该死的家伙，他就气不打一处来。

原来，自大乱以来，回纥几番南下助朝廷平叛，每次都从太原进出，且都是一路烧杀抢掠，简直比叛军还坏。去年，辛云京接任河东节度使，本以为接了个美差，结果到了太原一看，这座城市早就被回纥抢得一穷二白。因此，他恨透了回纥人。

洛阳收复之后，辛云京就料定河北叛军末日已到，便忙不迭地带兵翻过太行山，为朝廷出力平叛，顺便也牵些兵马钱粮回太原。说起来，这辛云京运气还真不错，刚过太行山，叛军大将张忠志就来向他投降。辛云京意气风发地巡视了张忠志的军营，准备先整编他的队伍，再将钱粮拉回太原。这下可要狠狠地发一笔咯！辛云京暗想。

然而没想到，仆固怀恩像冬天寒冷清晨里那个万恶的闹钟，一下子便震碎了辛云京的美梦——他命令辛云京把归降叛将的兵马钱粮全部交还给张忠志。辛云京不服气，便告了御状，结果天子的裁决出乎意料，竟然要他听从仆固怀恩的命令。

“都不是东西！”辛云京白跑了一趟，只得悻悻地带兵回到太原……往事历历在目，眼下，这两个混蛋都来了，还要我送他们粮食、犒赏他们的军队？没门！

“关上城门，准备战斗！”辛云京怒吼！

仆固怀恩率领人马来到太原城，发现城墙下的气氛十分诡异。没有鼓乐相迎不说，反而是四门紧闭，城墙上剑拔弩张，一派肃杀之气。

登里可汗收起一路上的笑容，问仆固怀恩：“这什么意思？”

仆固怀恩也没搞懂情况，女婿的问题让他又尴尬又羞恼。沉默片刻，他催马来到城下，大喝一声：“辛云京出来答话！”

过了好半天，辛云京才探出身来，却也大喝一声：“仆固怀恩！你带回纥兵来此，是不是要谋反？”

谋反?!

仆固怀恩闻言顿觉纳闷，这哪儿跟哪儿啊？他向来不喜欢与人争辩，继续大吼：“速速开城！否则我便下令攻城了！”

“你敢?!这是朝廷的城池，你若妄动便是谋反！你容留河北叛将，勾结回纥！用心何在？”

辛云京这一席话，让仆固怀恩气得浑身发抖，说不出话来。

辛云京在城上俯视着仆固怀恩的窘状，直到心满意足，便转身回家吃饭了。

仆固场见状，赶紧上前说：“父亲，别生气，您若攻城就真成反贼了。我们还是上书天子吧！”

仆固怀恩终于勉强有了台阶下。他将满腔怒气泉涌到嘴边，怒吼道：“辛！云！京！我！要！告！你！”这声音如同惊雷，吓得在城里吃饭的辛云京差点儿被噎住。

回到军中，仆固怀恩立即写奏本向皇帝告状，并召集部将依次部署在太原周围，他亲自坐镇汾州。登里可汗是个爱看热闹的人，此时也就不着急回家了，留在岳父身边，准备观看这出唐朝内部战争大片。

辛云京却并不紧张，他正在接待从幽州出访回来路过太原的太监骆奉先。

收了辛云京的钱，喝了辛云京的酒，骆奉先便开始和辛云京谈起了正经买卖。

“您为什么就一口咬定仆固怀恩要造反呢？”骆奉先问。

“很简单啊，他容留河北降将，勾结回纥，这可不就是要谋反嘛。”辛云京很自信，只要收了我的钱，喝了我的酒，这世上所有的复杂问题就能立刻回归简单。

骆奉先也觉得这事很简单。他刚从河北回来，一路见识了河北降将们兵强马壮，深知如果他们继续顽抗的话，朝廷其实很难取胜。让他们以各自保留地盘、兵马为条件改旗易帜，是无奈之下的最佳选择——从实际角度看，仆固怀恩是对的。

不过单纯从造谣生事的技术角度看嘛，仆固怀恩这一行动确实为他自己留下了太多的口实。

这事就好办多了！

骆奉先摩挲着自己光洁的下巴，继续思考：仆固怀恩和他的朔方军功高盖主，早已成为众矢之的，不知道有多少人等着看他垮台呢！这时候，没几个人会帮他说好话。

骆奉先不禁发出啧啧之声，赞扬着自己的思考。朔方军势力越来越大，神策军根本不是对手，要是不打压一下，哪天他们冲进长安拥立新君，也不是不可能啊！

嗯，这事不光好办，还必须要办！

辛云京一边解读着骆奉先的微表情，一边也在思考：若只是我和仆固怀恩相争，朝廷肯定会舍我保他，可若拉上太监这个砝码，朝廷的态度肯定就会不一样。也许，国家真的不能没有朔方军，可皇上更不能没有这些太监啊。朔方军再忠诚，也不过是忠于国家而已，忠于皇上本人的，其实只有这些太监。

第二天一早，骆奉先辞别辛云京，向西往长安赶路。过了太原就是汾州，仆固怀恩本人就驻扎在那里。骆奉先走到半路才搞清楚情况，赶忙命令队伍加快脚步，想悄悄地穿过仆固怀恩的防区。

朔方军的探哨当然不会看不见招摇的宫使旗帜。很快，一队骑兵就追上了骆奉先的队伍。

“奉帅令，请中使帐内叙话！”铿锵的阳刚之声不容阉人丝毫搪塞，骆奉先只好跟着这位军士走向仆固怀恩的中军帐。

“父亲，辛云京肯定已经先向他告了一状，他是天子身边的人，您可别给人家摆脸色看呐。”中军帐里，仆固玚在劝说着仆固怀恩。仆固怀恩努力回忆着老领导郭子仪、李光弼是如何处理这些情况的，他决定要学一学。

“来人！摆上酒宴，请我母亲来！”仆固怀恩决定启用极高的待客礼节——升堂拜母，由自己的母亲出面主持宴会。在这种礼节下，主人与贵宾将结成异姓兄弟。仆固怀恩希望用这样的方式来展示自己的真诚，缓解与骆奉先等人之间的紧张关系。

然而，这只是他的一厢情愿。

酒宴上，惊魂甫定的骆奉先和仆固怀恩的母亲居上席，仆固怀恩和众将坐旁边。漠北汉子喜欢宴饮，几杯酒下肚，便有人抢着要起来为贵宾跳舞。一时间，欢乐如常，主人们完全忘记了这次宴饮本来的严肃议题，笑作一团。

贵宾骆奉先却一直笑得很僵硬。

仆固怀恩的母亲对骆奉先说："你与我儿子既然已是异姓兄弟，你却又和辛云京搅在一起，咋能这样两面三刀呢？"

骆奉先只好连声应付："的确，的确，不该，不该。"心中却暗想：仆固怀恩你是怎么回事啊，结拜是你一厢情愿，又不是我的本意。老大妈你说这些话干什么，你儿子要巴结我，你却把这些话说破了，大家还怎么相处啊。胡人就是胡人，情商太低，唉！可惜，可惜。

骆奉先低头想着，嘴角却含着笑意，不动声色地夹菜，抬头时才看见正在给自己献舞的，竟然是大唐元勋仆固怀恩本人！

酒宴直到凌晨才散。

仆固怀恩醉醺醺地说："明天是端午节，我们继续畅饮一整天。"

骆奉先不敢久留，便提辞行。仆固怀恩以为他是在客套，便对手下说："来人，把中使大人的马给我藏起来！呵呵，走不了了吧，明天继续畅饮。"言罢转身，晃晃悠悠地回去了。

这漠北式热情并没有打开骆奉先的城府。深夜，骆奉先带着他的队伍翻墙逃跑了。军士发现后连忙叫醒仆固怀恩，问他如何处置。仆固怀恩明白，自己这次危机公关失败了，只得长叹一声，说："把马还给他们吧……"

人有长处，便有短板。如此看来，战场上智勇无双的漠北汉子仆固怀恩，在人情世故往来中，还只是小学生水平。他以为，建立人脉靠的是感情交流，而实际上，更重要的是寻找双方利益间的交集，显然，他不具备这种政治敏感度。

安史之乱在他手中终结，这是仆固怀恩一生最大的荣耀。然而，他无法预知，接下来开启的将是一个什么样的时代，也无法想象，这个时代里，生存的无奈将迫使人们进行何种无耻的撕咬。当然，他更无从得知，自己这种古典式的真诚，在新的时代里将会受到哪般戏弄与嘲笑。

而时代的生死簿，早已注明，他，是个悲剧！

“奉先至长安，奏怀恩谋反。”这是《资治通鉴》第二百二十三卷的记载。

这年夏天，长安城和往年一样燥热。不过，和重大时政新闻“仆固怀恩要谋反”以及各种与之搭配的花边新闻的热度相比，还差一大截。

皇上的诏令总算到了汾州，内容要仆固怀恩与辛云京和解，却没有明确地为仆固怀恩洗刷清白。仆固怀恩感觉内心像被猫抓一般，向来黑白分明的他，根本不能接受如此稀里糊涂的判决，他要继续向朝廷申述。

秘书代写的几份诉状，仆固怀恩都不满意，最后他夺过毛笔，决定自己写。

随侍一边的仆固玚这辈子都没见过老爹写这么多汉字，写这么久。

我们来读一读这篇诉状。

> 臣世本夷人，少蒙上皇驱策。禄山之乱，臣以偏裨，决死靖难，杖天威神，克灭强胡。

我本来是个少数民族，早在玄宗皇帝时期就从了军。安禄山造反时，我虽然只是个小角色，但也有献身护国的觉悟。上天保佑，我辈也打了几次胜仗。

> 思明继逆，先帝委臣以兵，誓雪国雠，攻城野战，身先士卒。兄弟死于阵，子姓没于军。九族之内，十不一在，而存者创痍满身。

好不容易安禄山、安庆绪父子完蛋了，史思明又接着闹。这时，先帝肃宗给了我兵权，于是我发誓要为国复仇。不管是攻城池还是打野战，我都冲在最前面。我的弟兄、我的子侄好多都战死沙场，侥幸活下来的也浑身伤残。

> 陛下龙潜时，亲总师旅，臣事麾下，悉臣之愚。是时数以微功，

已为李辅国谗间，几至毁家。

皇上您还没登基的时候，当过兵马大元帅，那时我就跟着您一起打过仗。只取得过一些小功劳，太监李辅国就一直跟我过不去，差点儿搞死我。

陛下即位，知臣负谤，遂开独见之明，杜众多之口，拔臣于汧陇，任臣以朔方，游魂反干，朽骨再肉。

您当了皇帝后，知道我是冤枉的，便任命我统领朔方军，堵住了别人的口舌，这才让我这个老兵觉得活着还有点儿意思。

以上这些内容中，仆固怀恩追忆了自己为三代皇帝效力的光荣革命史。总结起来就一句话：皇帝你这么对待功臣，真的好吗？

接下来，仆固怀恩从自己的角度复述了太原事件的经过。这个前面已经说过，这里就不再赘述。然后，仆固怀恩总结了自己的六大“罪状”：

然，臣之罪有六，无所逃死：往者同罗背逆，以骚河曲，兵连不解，臣不顾老母，从先帝于行在，募兵讨贼，同罗奔殄，是臣不忠于国，罪一也。

既然你们都说我有罪是吧，那好，我看我也有罪，有六条大罪，我罪该万死！以前先帝肃宗刚撤退到灵武时，身边只有几百人马，被安置在长安附近的突厥人同罗部落趁火打劫，先帝命悬一线。我得知消息后，连老妈都顾不上，赶紧来救驾。这是我不忠？这算第一条大罪。

斩子玢以令士众，舍天性之爱，是臣不忠于国，罪二也。

我为了整肃军纪，居然连自己的亲生儿子都舍得杀，为了国家连父子天伦都不要了。这是我不忠？这算是第二条大罪。

二女远嫁，为国和亲，合从殄灭，是臣不忠于国，罪三也。

我就两个女儿，都为了国家远嫁异国，才求来他们的帮助，出兵助我们平叛。这是我不忠？这算是第三条大罪。

又与子玚躬履行阵，志宁邦家，是臣不忠于国，罪四也。

儿女都成这样了，只剩下一个儿子仆固玚跟在身边，我还带着他一起上阵拼杀，差点儿弄得自己断子绝孙！这是我不忠？这算是第四条大罪。

河北新附，诸镇皆握强兵，臣之抚绥，反侧时定，是臣不忠于国，罪五也。

河北提出有条件投降，考虑到国家经济状况，我抓住机遇，同意了他们的条件，这才让河北迅速停战。这是我不忠？这算是第五条大罪。

协和回纥，戡定中原，二陵复土，使陛下勤孝两全，是臣不忠于国，罪六也。

和回纥结盟收复中原，收复皇上您的祖坟，保全了您的名声，这是我不忠？这算是第六条大罪。

后面还有些吐槽，我们就不一一列举了。在这篇诉状里，仆固怀恩依然是以一种古典式的真诚对自己进行剖析和反思：既然我已是公认的“不忠”了，那么一定是我自己哪里做错了；既然之前做错了，那我以后一定不会再犯错。

诉状呈上后，仆固怀恩在等待代宗皇帝最后的裁决。不料等了几天，却等来另一个消息：吐蕃入侵，攻陷长安，代宗逃到了陕州（今河南三门峡）。仆固怀恩愕然，长安又丢了。仆固玚问：“要去救皇上吗？”

仆固怀恩咬牙说：“不去！”

至此，传闻要黑化的仆固怀恩，真的被传闻黑化了。

仆固怀恩的故事，咱们后面再说。现在，我们得去看看长安又怎么了，吐蕃到底是怎么回事？

长期以来，我们的历史观是以自己的族群为中心的，这自然无可厚非，但若能稍微扩展一下时空的维度，我们就会看到一个更完整的世界。

公元七世纪初的亚欧大陆，伴随着拜占庭帝国、波斯帝国与突厥帝国的萎缩衰落，至少有三股强大的新兴力量，在相隔很短的时间里相继迅速崛起，填补着旧帝国留下的权力真空，开创了亚洲大陆新帝国时代。它们是于武德七年（公元 624 年）统一中国内地的唐朝，贞观三年（公元 629 年）开始走出半岛向外扩张的阿拉伯帝国，以及贞观五年（公元 631 年）征服西藏、定都逻娑（今拉萨）的吐蕃帝国。

一个民族若是以军事征服的方式完成内部统一，或者说完成对同一地理区域内其他民族的征服之后，他们的战争机器不可能自动停止，而是会继续向临近区域宣泄挥洒他们未尽的能量。

从匈奴统一草原之后对汉朝的战争，到建州女真统一东北后对明朝的战争，都是如此。而内地一旦统一强大起来，也会立即向周边民族宣示自己的力量，从秦朝蒙恬打击匈奴到明成祖朱棣五次亲征蒙古，概莫能外。这就是贯穿东亚数千年历史的胡汉恩仇。

当边疆与内地同时出现强大的统一政权时，这样的争斗则更为激烈与复杂，大唐与吐蕃的关系正是如此，远不是一个文成公主的美丽传说就能简单概括得了的。

公元 634 年，唐太宗贞观八年，太宗皇帝接见了来自西南方向的陌生国度——吐蕃的使臣，他是代表吐蕃赞普（吐蕃的皇帝）来向大唐求亲的。自古中国边患都来自北方，所以，即使英明如太宗，当时也没有太在意这位使臣，更不会预料到唐蕃两百年恩仇纠缠就此开始。

四年后，吐蕃二十万大军在他们的赞普松赞干布率领下，突然出现在唐朝的松州城（今四川松潘）。很快松州失陷，吐蕃人借此俯瞰整个富饶的四川盆地，那是大唐不容有失的后花园。

太宗命令大将侯君集领兵反击，吐蕃受挫而回。这是唐蕃漫长战争史上的第一次交锋。所谓不打不相识，通过战争，李世民与松赞干布这两位卓越领袖都掂清了对方的分量。战后，最终松赞干布服了软，再次向唐朝皇室求亲，而李世民也不再故作矜持——文成公主入藏的故事就此发生，并演变为后世各种版本的传奇。

自此，吐蕃东进的步伐暂时停顿，开始尝试向其他方向突破。

公元 648 年，唐太宗贞观二十一年，唐朝派使节王玄策出使印度的过程中，出现了外交事故，与印度戒日帝国的第二代国王发生了冲突，王玄策只身北上吐蕃，要求松赞干布代表唐朝出兵讨伐印度。

松赞干布去了，他狠揍了戒日帝国，率军饮马恒河，帮大唐争回了面子，他自己当然也留下了里子。历史上常把这件事作为唐蕃友谊的范例，但这毕竟不是中学生凭义气邀约好友打架斗殴，这是真实的、见血夺命的战争。若不是松赞干布看到富饶的印度四分五裂，出战有利可图，恐怕也不会管这闲事。

公元 650 年，唐高宗永徽元年，松赞干布去世，继任赞普芒松芒赞年纪尚幼，吐蕃大相噶尔 · 东赞域松成为了国家的掌舵者，他就是当年为松赞干布去长安求亲的那位使臣，汉文史书把他的名字译为“禄东赞”，并将他捏造成一位一心促成唐蕃友好的老好人。

而实际上，他是一位冷峻的铁血宰相，他把吐蕃扩张的方向拨回了东方。

公元 656 年，唐高宗显庆元年，吐蕃在开始攻打青海草原上的鲜卑族国家吐谷浑的同时，还不断向庇护吐谷浑的唐朝示好，成功地使大唐错误地在这次战争中保持中立观望的态度。

公元 663 年，唐高宗龙朔三年，吐蕃征服吐谷浑。至此，除青海东北部湟水谷地一角还在唐朝手中外，吐蕃完全控制了雪域高原。

在对吐谷浑的战争即将胜利的公元 662 年，吐蕃还腾出手来首次出兵西域，策动龟兹反唐，与几乎同时到达中亚的阿拉伯帝国，以及唐朝在西域的势力开始持久的反复角力。唐朝被迫在从西域到西蜀的漫长唐蕃边境上，与吐蕃展开全方位、多角度、深层次的PK。

在这段漫长边界线上，最令大唐寝食难安的是中间的那一段，也就是现在青陕甘三省交界一带，这一段边界线离都城长安很近，而且会越来越近。

公元 666 年，唐高宗乾封元年，禄东赞去世，但吐蕃政权依然被他握有雄兵的儿子们掌握着。

公元 670 年，唐高宗咸亨元年，反应迟缓的大唐才终于意识到失去吐谷浑这个屏障后西部边界面临的困境，这才决定发动远征，想要彻底铲除吐蕃。唐高宗任命名将薛仁贵为逻娑道行军大总管（这个奇怪的头衔，反映了唐朝此战的战略决心），率十几万人马出征吐蕃。

禄东赞的二儿子噶尔·钦陵赞卓率军于青海大非川（今青海共和县西南切吉平原）等着薛仁贵。此一役大唐全军覆没，一代名将薛仁贵声名扫地。人们再提到噶尔·钦陵赞卓时，将不再需要说明他是谁的儿子，从大非川之役开始，他将拥有属于自己的名声。

大非川一役的溃败，使唐朝失去了对吐蕃战争的主动权，以后的战役什么时候打、在哪里打、怎么打，完全由吐蕃决定，唐朝只能左支右拙地被动应付。

公元 676 年，唐高宗仪凤元年，唐朝终于夺回西域安西四镇，而吐蕃则立即攻击扶州（今四川九寨沟），将战火引向西南。当唐军紧赶慢赶前往西南时，安西四镇却于第二年再次被吐蕃夺去，唐朝只得返回去抢。公元 680 年，吐蕃又在西南发动攻势，攻陷了安戎城（今四川理县）。

像不像足球场上的“踩单车过人”？为什么唐朝总也跟不上吐蕃的

节奏？

细心的读者一定还记得前面李光弼与张伯仪关于府兵制的对话。大唐前期没有职业军队，政府组织农民训练，打起仗来临时组成军队作战，战后解散归农。很明显，这种制度适合打内战，若是面临长时间、大规模的对外远征就不行了。尤其是唐朝前期，因扩张非常迅猛，吃得太快，消化起来就有了难度，朝廷需要兵员长期驻守的地方越来越多。

但在府兵制下，士兵们还得惦记着家里的老婆、孩子、土地、牛，以及邻居二大爷等，是不可能长期驻守边塞的。所以，府兵制后来不得不被募集职业士兵的募兵制所取代。而被吐蕃踩单车的时代，大唐正值府兵制陷于崩溃，而募兵制尚未完全展开的尴尬时期。

经过这段闹腾，直到公元 698 年，则天皇帝圣历元年，吐蕃发生政变，赞普赤德松赞诛杀噶氏兄弟，开始重新确立赞普的权威，而唐朝也开始了由女皇时代向开元盛世过渡的动荡。此时的唐蕃双方，都需要重新聚集下一轮争斗的力量，也就不约而同地戴起了和平的假面具。

公元 710 年，唐中宗景龙四年，应吐蕃方面请求，唐朝金城公主远嫁吐蕃。然而，这一次的公主下嫁也只给唐朝赢得了四年的和平。公元 714 年，唐玄宗开元二年，吐蕃进攻渭源，双方于洮河会战，吐蕃失利；两年后再战松州，吐蕃又输了。

这次，吐蕃踩单车为什么没有成功呢？原因很简单。

玄宗即位后，募兵制已经在大唐全面铺开，唐朝有了真正的职业军队，并由军事长官——节度使自主灵活地指挥，中央不再需要像以前那样等战事开始之后才临时组建军队，战后又匆匆解散。单就战斗力而言，募兵制的实行，使唐朝军队空前强大了。

不过，问题也随之而来。这支职业军队是中央军，还是地方军？这是唐朝人始终解不开的结。当然，在募兵制实施之初，因其优势明显，人们还未曾考虑到这些问题。

吐蕃扩张受挫，害怕唐军反攻，这时，可怜的金城公主便需要发挥她的作用了。

公元 717 年，开元五年，唐玄宗收到了远方妹妹的来信：

> 金城公主奴奴言，季夏极热，伏惟皇帝兄御膳胜常。

金城公主本名李奴奴，所以在信中自称奴奴。金城公主信中说：夏季炎热，哥哥别因此不想吃饭啊，还是要多吃点东西啊，身体要紧。

> 奴奴甚平安，愿皇帝兄勿忧。

妹妹很好，哥哥别担心。

> 此间宰相向奴奴道，赞普甚欲得和好，亦宜亲署誓文。

这里的宰相跟我说，赞普愿意和咱大唐和好，会在誓文上签字。

> 往者皇帝兄不许亲署誓文，奴奴降番，事缘和好，今乃骚动，实将不安和。

哥哥您却一直不愿意签署誓文，这样两家就无法停战。可妹妹到这里来就是为了和好，现在却是这个局面，妹妹的日子不好过。

> 矜怜奴奴远在他国，皇帝兄亲署誓文，亦非常事，即得两国久长安稳，伏惟念之。

妹妹知道，哥哥签不签誓文这是国家大事，不能只因为怜悯一个远嫁的妹妹而感情用事。但既然这么做能使两国和平，还请哥哥您能慎重考虑。

这是一封信息量很大的书信。信中隐藏的恩怨情仇已经难以一一理清，但也不难看出，这位时年十九岁大唐公主的命运，和压在她柔弱肩膀上两国军民命运的微妙与坎坷，根本不是历史教科书上讲的那般简单、美好。

唐玄宗时代，大唐的边疆统兵大将们终于拥有了自己的兵马。公元736年，唐玄宗开元二十四年，河西节度使牛仙客破天荒地以边将身份入朝拜相，打通了边将晋升宰相的通道，给其他边将的奋斗指明了方向，作出了榜样。

为了自己的前程，将领们不能接受边疆的安宁，他们热衷于挑起边境战事，谎报军功，以此来吸引中央政府的重视，得到个人升迁或物质支持。比如安禄山，就长期在帝国东北方挑衅契丹，而在唐蕃边境，同样如此。

依然是公元736年，唐玄宗开元二十四年，刚刚接替牛仙客任河西节度使的崔希逸，向对面的吐蕃守将乞力徐提出，既然两国和好，就应该撤去边防。憨直的乞力徐同意了，二人还当面互相发了誓言，歃血为盟。结果第二年，崔希逸就突袭吐蕃军队，乞力徐大败。唐蕃战争再次全线打响。

这一阶段，唐朝在西域、青海、西川三条战线都占了上风，而吐蕃则在云南方向找到了突破口。剑南节度使鲜于仲通无理入侵南诏，逼得南诏为寻求帮助而臣服于吐蕃，吐蕃势力进入云南。

这个战略级别的胜利，压过了唐朝取得的那些战术性小胜。此后，唐朝将为自己的四面树敌付出代价。

天宝年间，边将们一边继续招惹四方邻居，一边继续向朝廷邀功请赏。当邻居们的反抗越来越强烈，而朝廷的封赏满足不了边将的胃口时，真正的危机来临了。

公元755年，唐玄宗天宝十四年，安史之乱爆发，与吐蕃对峙的唐军几乎全部撤到内地参战。

没有牧羊犬，就别指望狼有自制力。吐蕃很快作出反应，攻占陇右地区，切断了大唐内地与西域的联系，并逐步蚕食唐朝在西域的各孤立据点，将唐蕃战线由青海推进到陕甘，兵锋所及，长安战栗。

现在，时间又回到我们熟悉的公元 763 年，唐代宗广德元年的秋天。

这天，郭家六公子郭暧正带着两个家丁在长安西郊打猎。这两个家丁是代宗皇帝最近赏赐的，根本不会骑马射箭，浪费了郭暧好多箭簇，令他好不气恼，偏偏父亲郭子仪又叮嘱他要好好对待这两个人，骂不得更打不得。无奈之下，郭暧索性下马，一屁股坐在地上，打算生一会儿闷气。

忽然，他感到大地在震颤。出身将门的郭暧立即翻身上马，急驰到最近的山丘上观察。只见西边远处漫天蔽日的尘土，裹着各色旗帜一路向东，奔长安而来。郭暧认得，那是吐蕃的旗帜。

丢下两个家丁，郭暧向长安飞驰。回到城里时已近黄昏，眼见城内已是一片惊乱。原来吐蕃入侵的消息远比自己的马跑得快。

郭暧好不容易挤到家门口，问仆人："我爸呢。"

仆人回答："老爷一早就进宫议事，现在已经领兵去咸阳了。"

郭暧愈发焦急。父亲赋闲在家都已经一年多了，哪里有什么兵可以领？朝廷的兵马都在仆固怀恩手上呀。他赶紧换了匹马，又一路逆着人流，向咸阳奔去。

凌晨时分，郭暧终于到了咸阳。果然如他所料，老爹的"大军"就只有二十来个人。

总算找到了郭子仪，郭暧急忙问："父亲，这算是怎么回事啊？"

"泾州刺史降了吐蕃，恐怕是他告诉吐蕃人长安空虚，吐蕃这才敢大举深入至此。"郭子仪尽力保持着惯有的沉静。

"不是，我是说真的就这么些个人来打仗？我可是看见吐蕃的人马了，怎么也得有两三万呐！"郭暧焦急地说。

"二十万！"郭子仪这简单的一句话，却彻底把郭暧吓傻了。郭子仪看着满脸惊惧的儿子，一种作为父亲的勇气骤然升腾，充满了自己原本不安的心。

“我已经命令渭北行营的兵马前来抗敌，不必惊慌！”郭子仪低沉的声音让郭暧缓过神来。

“哦。”郭暧应了一声，又忽然想到渭北行营也不过就两千多人马，便问：“皇上得赶快叫仆固怀恩、李光弼他们来救驾啊，他们手上才有大军呢？”

“他们不会来的。”

“为什么？”郭暧又急了。

“皇上想罢了他们的兵权，所以纵容太监们四处造他们的谣，陷害他们也不是一两天了。说赌气也好，保命也罢，这回他们肯定不会来的。”

“那您为什么还来送死？”

郭子仪有些冒火，想说这也是你该问的？但看着儿子已经成熟的脸，才想起儿子都二十好几，也该启发他深入思考了。郭子仪是见过大场面的人，眼下的局势他不是不着急，而是很明白，急也没用。于是，他索性坐下来准备跟儿子好好聊聊。

“坐下。老六啊，怀恩、光弼虽然原来是我的下属，但都是你的长辈，你不应该直呼其名。”

郭暧见老爹语气舒缓，本来已准备挨一巴掌的脸部肌肉才松弛下来，安心坐下。

“老六啊，记得我是怎么做上官的吗？”

“父亲您是那年考上了武举，而且还是异等，就进宫做了禁军左卫长史，然后……”

“好。”郭子仪打断了他，“我是科举出身的，可你看，你认识的统军大帅里，还有没有科举出身的人呢？”

郭暧低头在心里一个个默数：仆固怀恩是世袭的金微都督，李光弼是契丹酋长之子，以前的哥舒翰是突厥酋长，高仙芝是高丽土豪，封常清倒是个汉人，不过是应募从军，也非科举出身。嗯，除了贵族勋旧，就是职业军人。

“就您一个。”郭暧得出结论，还顺便拍了个小马屁，“父亲，您真厉害！”

“嗯。自隋朝首创在民间开科取士以来，至今还不过两百年。武举自则天皇后创始，至今也只有几十年。而世家大族秉政掌兵，至少从东汉开始便是如此。我本是普通的老百姓，因科举高中而当上了武官，可上边的将领都是贵族出身，个个骄傲不驯，下面的士卒又都是职业老兵，也算是泼皮无赖。我只好以宽容来结交将领，以严厉来统御士卒，才勉强混得下来。”

“哦。”郭暧懒懒地应了一声，这些话，他似懂非懂。

“本来我是想在边疆好好干，积累一些功劳资历，然后回关中安家，也算光宗耀祖了。不想安史之乱后，我们朔方军突然变得如此重要，我也突然成了朔方节度使，统兵与叛军作战。若非战乱，朝廷怎么也不会让我这么一个科举出身的武官来当节度使。”

“哪有那么严重。父亲您本来就很会打仗，朝廷迟早都会让您统兵的。”

“呵呵，打仗！打仗可不是我一个人就能干的事啊，要靠士兵，士兵又需要钱粮。现今士兵都没了土地，若带兵的给不了他们钱粮，他们怎么会跟着去打仗？安史之乱后，朝廷给不出钱粮，就让带兵的自己去筹集，然后归自己分配。乱世艰难，本来就筹不了多少，下面的将领还要争夺，怀恩和光弼有好几次就差点儿为了钱粮的事动兵。我一个在军中没有根基的武科出身的将帅，在他们之间左右周旋，实在为难，迟早压不住他们。恰好，相州兵败，朝廷拿我当替罪羊，收了我的兵权。其实，这也不算是坏事。”

郭暧沉默着，艰涩地咀嚼着父亲的话。

郭子仪接着说："好在，我在军中宽严得当，积累了一些名声。大家觉得我做人还算公正，只要我不去触动各路节帅的兵马钱粮，他们还是要给我些颜面的。也正因为此，朝廷才觉得我还有些用处，才保了我们一家富贵。你看，皇上不是刚把升平公主许配给你吗？"

哎呀，那个傲娇的公主！郭暧一想到她，顿时心烦意乱。

郭子仪看不出儿子的心思，继续说："我们郭家没有别的权势，只有效忠皇家，才能永保富贵。眼下这场灾祸，怀恩可以不管，光弼可以不管，可我却不能不管。我这么做，说是为了皇家，更多的，是为了你们啊。"

郭暧没听见这些话，他还在心里咒骂着升平公主。

第二天，探马来报，渭北行营两千人马与吐蕃遭遇，全军覆没。吐蕃军队已经开进到长安近郊的便桥。郭子仪意识到自己再留在咸阳已经没有意义，于是带着"大军"赶往长安。

一天后，他赶到长安城外才知道，代宗已经放弃了长安，向东逃去。郭子仪立即追赶。

如此混乱的一次战役，让这位早已见惯刀兵的老帅都惊叹了——惊奇且哀叹。

就这样，吐蕃兵不血刃地开进大唐的心脏——长安城。

代宗皇帝向东狂奔四天，停留陕州；因为那里有太监鱼朝恩率领的神策军驻扎。郭子仪听说后，知道代宗暂时没有性命之忧，又看着自己的"大军"，意识到若此时前往由太监控制的陕州，恐怕有性命之忧的，就该是自己了。吐蕃大军从来没有让这位老帅退缩，却是这帮太监能让他感到恐惧。于是，郭子仪停下脚步，一路收拾从长安逃出的残军，往商州进发。

几天后，郭子仪的"大军"人数增加了两百倍，终于有了四千人。

郭子仪很清楚，这四千人怎么说都是干不过二十万人的，这一点大家也都知道。人们往往喜欢传颂那些战场上以少胜多的奇迹，但那也只能是奇迹。在现代信息化战争时代到来之前，装备相当的两军对垒时，人数上的优势一直都是最强大、最靠谱的优势。

郭子仪不可能把国家和自己家族的命运赌在任何不靠谱的奇迹上，所以他理智地选择了等待，他料定吐蕃吃不下整个长安。

又过了几天，吐蕃人终于吃饱喝足，二十万人心满意足地开始打包回家了。郭子仪带兵捡起了长安这块被吐蕃人啃完肉之后吐出的骨头。

唐朝人矫情地编造了许多故事，说吐蕃人是如何被自己吓跑的，但这些又怎能掩盖帝都轻易失陷的羞辱呢？如今我们的历史读物干脆对此事只字不提，以求自欺欺人，殊不知，历史哪里是如此简单就能被忘却的？在藏族同胞的口中，祖先吐蕃人闪电奇袭长安的往事，历经千年，依然口口相传，津津乐道。

剧变之中，郭子仪以其出众的冷静与坚持，第二次收复了长安。他的画像终于进了凌烟阁，朝廷给他的荣誉，到这时才赶上了仆固怀恩和李光弼。同时，朝廷又给了他兵权，任命他为河中节度使，前往收服已经不听命令的仆固怀恩和李光弼。

漫长的公元 763 年，唐代宗广德元年终于过去了。唐王朝治下的人们带着他们的梦想、诡计、城府、心机和无奈，进入了公元 764 年。

郭暧兴冲冲地跟着父亲率军前往河中。每天，他都在做着他这个年纪的人该做的事，梦想如何征服这个妖孽横生的世界，立下万世不朽的功勋。是的，要比父亲更不朽。

“父亲！这次我们终于能率大军去平定仆固怀恩这个反贼……哦，不，这个……这个叔叔，感觉真是太酷了！”虽然被父亲白了一眼，郭暧还是把他的话说完了。

“怀恩没有想造反。若真是要反，吐蕃入京时，他就会来趁火打劫了。他毕竟没有那么做。”

“可他已经开始攻打太原了啊！”

“怀恩和太原的辛云京有怨，他们各有兵将，争执不下就互相攻打，这也很正常。如今，各路节帅雄霸一方，这种事情恐怕以后会越来越正常，说不上谁反谁忠。”

老顽固，说话好无聊，有点儿激情不好吗？郭暖不想理会父亲，便策马前冲，高喊：“将士们！冲啊！”将士们莫名其妙地看着他，给面子似的跑了两步之后，又恢复了原来的拖沓步态。

这些人都怎么啦？

是啊，都怎么啦？正在和辛云京作战的仆固玚也在思考这个问题。战事正吃紧呢，祁县发来的援兵却迟到了。

“什么情况？”仆固玚向终于抵达的祁县援兵怒吼。他毕竟还年轻，难得有一次离开父亲独自领兵作战的机会，却遭遇各种不顺，这令他极为抓狂。

祁县援兵队伍前方的骑兵见状，连忙推卸责任：“我们骑兵本来很快的，都是后面的步兵拖了后腿。”

显然，这是一个很差的借口，而暴怒之中的仆固玚却未加思考，径直下令鞭笞后面的步兵。这里本值得他慎重考虑的问题是，骑兵都是胡人组成的，而步兵全是汉人，单只责问步兵，会引发怎样的无端变故？

被鞭笞的步兵们狠狠地盯着骑在马上的胡人。

入夜后，白天的羞辱开始在步兵军营中加速发酵传播：“仆固玚自己就是胡人，跟胡兵一起欺负我们汉人！”这腔怒火即将点燃整个夜晚。

自人类形成各种民族之后，这样类似的怨愤就不绝于耳，至今依然。然而，因族别引发的矛盾背后，往往深藏着经济资源的不足或分配的不公。此刻朔方军的数万士兵离开西北驻地为时已久，粮草不济，饥寒交迫的现实，才是军中胡汉恩仇烈火下垫着的干柴。

当夜，朔方军营里爆发兵变，狂怒的士兵杀掉了仆固玚，事态迅速扩展，围困太原的朔方军士气崩塌，军队急速瓦解，倒戈投降老领导郭子仪。此时，郭子仪的“大军”才真成了大军。

仆固怀恩没能阻止军队的崩溃，却也不甘心如此窝囊地输掉，带着数百残部逃回西北的朔方军大本营。

仆固怀恩家至今已有四十七人死难，但这新丧的爱子已不能算为国捐躯了。此刻，仆固怀恩的内心满是怨恨的灰烬，而复仇的欲望又把这堆灰烬聚合成一具战斗不休的阿修罗。

回到朔方后，他收拢部众，并纠集了回纥、吐蕃，再次杀向长安。然而，不知不觉间，原本炙手可热的仆固怀恩已经被时代厌弃，他的攻势被郭子仪很轻松地化解了。

一年后，这位战斗一生的阿修罗病逝。

在他死后，朝廷却又格外珍惜他的名誉。代宗皇帝多次为仆固怀恩开脱：“仆固怀恩没有谋反，只是被人蒙骗了。”“是朕的信义不够，使得仆固怀恩这样的元勋不安，朕感到很愧疚。”同时，朝廷依然肯定了仆固怀恩的地位，并未给他安上反贼的罪名。朝廷并不只是安慰那个死去的战将，而是借此安抚兵强马壮的朔方军。

正当仆固怀恩在西北兴风作浪时，东南传来讣告，早已被边缘化的李光弼去世了。自此，郭子仪成为唐王朝唯一的擎天柱。随后的几年里，年迈的老帅依然要带兵在长安东西两面奔波，震慑各路藩镇和各个游牧民族。

朝廷也给了郭子仪想要的一切。公元765年，唐代宗永泰元年五月，郭暧终于迎娶了他父亲梦寐以求进入郭家的升平公主。

新婚燕尔的升平公主并没有嫁做人妇的谦恭，依然是个骄傲无比的公主。郭暧忍耐很久之后终于爆发了：“你不就是仗着你爹是皇帝吗？告诉你，我爹只是不稀罕当皇帝而已！”

据坊间传说，郭暧还给了公主一个耳光。公主又急又气，可打又打不过，忍又忍不下，便跑回娘家找他皇帝老爹告状去了。

死鬼！敢跟本公主拼爹？

可皇帝老爹却告诉她："咱的乘龙快婿说的却是真的，他爹若想当皇帝，这天下还真就不是我们家的呢。"

郭子仪听说此事后，立马绑了郭暖进宫请罪。代宗皇帝劝慰这个不想当皇帝的亲家："民间常说，不痴不聋，不做家翁。小夫妻闹别扭，我们长辈就别跟着起哄啦。"

一场载入史册的夫妻矛盾总算过去了，郭暖的小家庭恢复了平静，至少没再闹出什么能载入史册这个级别的别扭。

接下来的一小段光阴里，唐王朝和他的兵将、子民们将享受些许宁静祥和。然而，没有人敢相信和平能有多长久，皇帝不信，郭子仪不信，田承嗣更不信。他们都在这段宁静时光里忙碌着，为了下一场厮杀，他们需要更强的实力、更好的时机。

历经几番浩劫的长安城艰难地喘息着。一家酒肆重新开张，老板好不容易找到一位中年西域男子，请他像十多年前时那样在酒肆中为客人跳"胡腾舞"——在开元盛世时风靡长安的西域舞蹈。

能再次看到曾在繁华时光里飞舞过的胡腾，长安人的眼里噙满了激动的泪。

诗人李端见此情景，忍着被虐的心，写下一首《胡腾儿》：

胡腾身是凉州儿，肌肤如玉鼻如锥。
桐布轻衫前后卷，葡萄长带一边垂。
帐前跪作本音语，拈襟摆袖为君舞。
安西旧牧收泪看，洛下词人抄曲与。
扬眉动目踏花毡，红汗交流珠帽偏。
醉却东倾又西倒，双靴柔弱满灯前。
环行急蹴皆应节，反手叉腰如却月。

丝桐忽奏一曲终，呜呜画角城头发。

胡腾儿，胡腾儿，家乡路断知不知？

如今的河西走廊已被吐蕃占据，舞者的家乡西域早已同唐朝失去了联系。西域，曾因为大唐帝国带来繁华而成为帝国的光荣与梦想，眼下，却找不回了。

同时，唐王朝在寻找着的，还有当朝皇上的爱妃、未来天子的亲生母亲沈氏。安史之乱时，她在乱军中失散，战事平息后，代宗皇帝几次下诏寻找，一直未果。

直到十几年后，当年的太子已继位，搜寻行动还没有停止。见母心切的德宗皇帝为此多次险遭冒名顶替者愚弄。群臣担心皇家颜面有失，劝他不要再找了，可他却说："我宁愿被骗一百次，都不会放弃！"

然而，沈氏最终还是和日渐远去的大唐盛世一样，总能梦见，终找不回。

此时，田承嗣倒是在瓜分老东家遗产时，找到了一群装扮华丽的马，据说是安禄山攻破长安时，从皇宫里夺来的。田承嗣看着这些马，除了装饰非凡之外，也不知道好在哪里，而且都很老了，便随便将其编入府中的杂役马匹里。

一天，田承嗣设宴请客，这些马儿听到酒席间的管弦丝竹声，竟然整齐地舞动起来。田承嗣大为惊骇，以为这马儿是妖怪，命令士兵鞭笞它们。

实际上，这些马儿是天宝年间经过专门训练作为宫廷仪仗的舞马。此时，音乐唤醒了它们沉睡已久的灵魂，使它们情不自禁地踏出了曾经熟悉的曼妙舞步。可它们却不明白为什么旁边有士兵要鞭打它们，还以为是自己跳得不够好才被惩罚。于是，马儿们在皮鞭中跳得愈加投入、专注。

这一情景却使士兵们更加惊恐，拿出了当年鞭笞大唐盛世的架势鞭打它们，直到它们一一倒下，倒在了自己一生中舞得最美的时刻。

也是在此时，后来被尊为诗圣的落魄老书生杜甫，在流浪途中遇到了曾经的长安歌坛巨星李龟年，相对感慨怅惘……

> 岐王宅里寻常见，崔九堂前几度闻。
>
> 正是江南好风景，落花时节又逢君。

此时，落花时节……

二　乱云始布

公元 772 年，唐代宗大历七年。一场全新的恶灵乱战在短暂的几年平静中即将孕育成熟。

这时节，田承嗣已是唐朝的魏博节度使。

“魏博”是唐朝专门为安置田承嗣而划分的一个军区兼行政区，管辖范围的设置并不是根据什么山川形便的原则，也不是根据什么经济的联系程度与文化的接近程度，其实就是田承嗣归降时实际控制着的那些地盘。

对，就是这么简单粗暴。

和魏博同样性质的节度使还有很多，其中较为重要的有位于今天河北石家庄、正定一带的“成德节度使”张忠志，与河南安阳一带的“昭义节度使”薛嵩，以及据守北京一带的“卢龙节度使”李怀仙。

田承嗣全权统治着魏州、博州、德州、沧州、瀛州五个河北州郡。降唐已近十年，除了对朝廷封赏他的诏令乐于接受之外，田承嗣对其他事一概不搭理，跟其他几个河北藩镇一起过着高度自治的“土皇帝”生活。

田承嗣最近不太开心。他已六十八岁了，来日无多，他必须要郑重考虑魏博的前程。在他死后，魏博是归还给朝廷，还是在田氏家族中传承？他当然愿意让魏博成为田家的私产，但朝廷肯定不愿意，可朝廷若要收回魏博，他又不甘心。

因此，田承嗣十分关注最近在卢龙发生的一起事件。

这年七月，卢龙节度使朱希彩被手下部将朱泚、朱滔两兄弟合谋干掉，朱泚在自立为代理节度使后，才向朝廷通报消息，并要求朝廷给予正式任命。

四年前，类似的事件在卢龙就已经发生过一次。朱希彩和朱泚、朱滔两兄弟合谋干掉了时任节度使的李怀仙。之后，朱希彩逼走了朝廷派来的新节度使，朝廷选择了忍气吞声，正式任命胡作非为的朱希彩为节度使。

如今，往事重现，田承嗣想看看朝廷这次有没有实力为卢龙任命一位合法的新任节度使，以此阻止藩镇自相授受。

很快，侄儿田悦传来消息："朝廷已经正式任命朱泚为检校兵部左常侍、卢龙节度使。"

"嗯，看来朝廷还是不敢干涉河北的事。"事情似乎没有出乎田承嗣的预料。

"伯父，我看这次朝廷比四年前还软弱。李怀仙被杀之后，朝廷好歹还派了个人去接收卢龙。结果，朱希彩搞了个阅兵式，带着那人一起看了看，就把那家伙给吓回长安了。这一次，朝廷连屁都没放一个，直接就让朱泚接了班。看来这朝廷现在真是弱爆了。"田悦不以为然地说。

田承嗣摇摇头："那次朝廷派去的人叫王缙，他可不是个胆小的人，当年老帅李光弼在徐州去世，就是他去为朝廷接收了李光弼的军队。他也是见过大世面的人，吓是吓不住的，不过是看出来朝廷管不了卢龙，所以干脆自己回了长安，免得横死异乡。他是个聪明人。这个朱泚嘛，听说今年才三十出头？"

"三十三岁。"田悦补充道。

“嗯，这就对了，你看我和张忠志，哦，又忘了，朝廷已经给这家伙赐了李姓，还赐名宝臣。李宝臣！呵呵，好乖巧的名字。还有薛嵩，再算上以前的李怀仙，我们可都是二十年前就跟着安禄山反了大唐的人呐。朱泚太年轻，恐怕跟我们这些老头子混不到一块儿去。而且他连杀两任节度使，也给我们留下了教训他的借口，毕竟李怀仙还是我的老战友呢。恐怕这朱泚会暂时倒向朝廷寻求支持。还有，他那个弟弟……叫什么名字？”

“哦，朱滔。”

“嗯，这个人是真心跟着他哥干吗？毕竟，猪槽只有一个，三头猪嫌挤，两头猪也嫌挤嘛。”

田悦不喜欢冷笑话，呵呵应了一声，接着问：“那我们要不就干脆趁机讨伐卢龙吧？”

田承嗣说：“没必要，你要记得，咱们魏博和他们卢龙，还有成德、昭义，再算上淄青、淮西，这些藩镇要想一代代传下去，说到底，还得互相团结，对抗朝廷。朱家兄弟现在不懂这个道理，不愿意和我们打交道，等你接班以后呢，谁知道？”

田悦点点头，说：“伯父您有这般见地，可他们却不见得能这么看吧。李宝臣说白了就是一个莽夫，胸无大局，一贯胡作非为；薛嵩那家伙呢，倒还真把自己当成了朝廷的忠臣，这几年一直和您作对。”

“我们这些人都已是暮年，没几天好日子了。只要朝廷不干涉我们自选接班人，河北很快就会到你们年轻人手上。那时，他们不懂，你再慢慢教他们嘛。”

“哦，对了！伯父，听说薛嵩病重，没多少时日了！”

“好啊！”田承嗣的眼里忽然有了光彩，“他若比我先死，可是你的万幸啊。这么多年，这家伙一直挡在我们西边，做朝廷的走狗，让我们没法接近汴州的大运河。他要真死了，他那儿子才十二岁的小屁孩，根本镇不住场面。到那时昭义肯定会出事，我们只要拿下他的地盘，就能威逼汴州，那可是朝廷的命根子啊。如此一来，朝廷就更惹不起我们了。”

“可是，伯父，您这样不是等于要灭了昭义吗？您刚刚可是说，咱们得和其他藩镇团结呢！”田悦担心灭昭义会引起其他人的不满。

田承嗣的回答，又让田悦回味良久：“咱们只是想在这乱世混下去。和，是为了混得下去，战，也是为了混得下去啊。”

果然很快，第二年，也就是公元773年，一月，昭义节度使薛嵩在田家叔侄的联合诅咒下，没撑多久，便真的死了。

薛嵩的儿子、十二岁的薛平继任节度使。这孩子知道自己管不住手下这些叔叔辈的悍将，硬把位子让给叔父薛崿，自己跑到长安去归降了朝廷。

昭义的局势瞬间陷入了震荡。

田悦知道消息，兴冲冲地跑来找田承嗣：“伯父，咱们该出兵打昭义了吧。”

田承嗣正在看一幅建筑设计图，像是座庙宇，慢悠悠地说：“不着急，你来看看这幅图怎么样？”

“哦。”田悦只好上前接过图纸。他也看不太懂，随便扫了两眼，就问：“挺不错的，这是座什么庙啊？”

“四圣祠。”田承嗣回答。

“哦。”田悦不懂装懂，心里默默地凑着四圣都有谁：孔子，孟子，老子，还差一个。对，一定是释迦牟尼佛。

“你不问是哪四圣？”田承嗣果然发问，说话时还像憋着笑。

田悦以为伯父想笑话自己没文化，连忙说出刚刚准备好的答案：“当然是孔子……”话没说完，就听见伯父爽朗的笑声。他说不下去了，难道应该是墨子、庄子？

“我这四圣是安禄山、安庆绪、史思明、史朝义这四代大燕国君！”

“呃……”田悦虽然不喜欢冷笑话，但这个无厘头的答案还是差点儿让他的下巴掉到地上。

“您这唱的是哪出啊？”田悦半晌才说出一句话。安史之乱平息已久，如今伯父突然要搞这玩意儿，什么意思？

“节帅，给朝廷的上书写好了，请您审阅。”田承嗣的秘书进来报告。

“我看看……”田承嗣开始审阅上书。田悦也想看看，就悄悄挪到他背后。

上书的内容是要求朝廷给田承嗣加一个“同平章事”，也就是名誉宰相的荣衔。田悦感觉自己完全坠入云山雾海，亟须伯父的启发。

田承嗣看完上书，感觉写得不错，便加盖了自己的印信，让秘书发出，转过头来看见田悦呆在一边，便示意他坐下。

“你急着要去打昭义，我这不是也在打吗？打仗可不是一定要上战场。”田承嗣得意地说。

“伯父，我们降唐已近十年，您今天突然给安史……不，是四圣，给他们立祠，这不是摆明了要反吗？”田悦的情绪由刚才的惊愕变成了焦急，“还要朝廷封您为宰相。您既然都要造反了，朝廷又怎么会同意呢？”

“我怎么会稀罕一个宰相的虚名？”田承嗣缓缓答道，“现在薛嵩死了，朝廷必定怕我作乱。如今朝廷手上能打仗的兵马，也只有郭子仪的朔方军那几万人，他们主要得防卫吐蕃、回纥，不可能有空来打我。况且，郭子仪如今已经是位极人臣，若他再立新功，朝廷还能拿出什么来奖赏他？又如何去奖赏他的士兵们？朝廷现在根本没钱。所以，皇上现在拿咱们没办法，这时候只要我们不明确地起兵造反，其他的想干什么都行。我这个四圣祠，建好之后随时准备拆，关键要看朝廷给我的拆迁费够不够，一个宰相的空衔肯定是不够的，这个道理皇上他应该明白。”

“您是说朝廷可能会让您兼任昭义节度使，把昭义手上的六个州给您？”田悦感觉自己大概懂了。

“如果朝廷懂事的话，应该会如此，若是能这样，也就省了舞刀弄枪。若朝廷装傻呢，那时候再动兵也不晚。娃儿！咱们魏博地狭田少，不到万不得已，不能妄动干戈。”

田悦终于明白了伯父的计划。

“对了，听说昭义部将裴志清和薛崿不和。你派人去跟他联络一下，或者你自己去跑一趟。”田承嗣对侄儿命令道。田悦也清楚，伯父这是在做两手准备，便领命而去。

十月，朝廷诏令到达魏博，田承嗣顺利地被授予“同平章事”之衔，不过，他所期待的朝廷额外加码，却并不是他想要的昭义。

朝廷没有任命田承嗣兼昭义节度使，而是决定将代宗皇帝的亲生女儿永乐公主许配给田承嗣的儿子田华，等两年后公主长大了就会嫁过来。

朝廷果然在装傻，而且也有比较靠谱的逻辑：对田承嗣，当然要继续笼络，既然他上书要荣衔，就说明他一定喜欢名誉，那么，让他和郭子仪一样与皇家结亲，他应该就满足了吧。

而实际上，田承嗣是个很实在的人，地盘、钱粮、兵马，才是他想要的。可如今，公主将要下嫁的诏书到了，总不能不要吧，既然不能不要，那四圣祠就不能不拆吧。

“唉！”田承嗣望着倒下的四圣祠，懊悔没能让它卖出个好价钱。

“裴志清那边怎么说？”田承嗣问田悦。

他准备动兵了。看来，对付装傻的朝廷，只能舞刀弄剑。田承嗣治魏博十年，已拉起一支十万人的队伍，在河北诸藩中兵力首屈一指，若单只对付混乱中的昭义，田承嗣还是很有信心的。眼下令他担心的是，其他藩镇见他独吞昭义一定会眼红，所以他迟迟不愿动兵，绕了一个大圈，想让朝廷把昭义给他，让其他人没话说，结果却未能如愿。

不过，无论朝廷是装傻还是真傻，都说明田承嗣的和平版计划落空了。

“伯父放心，侄儿已和裴志清说定，明年一月动手。届时，他会杀掉薛嵩，做我们的内应。”

“好。传令下去，全镇兵马进入战备状态，到时候，几路兵马同时进军昭义的各个州郡。”田承嗣需要在短时间内完成吞并，让朝廷和其他藩镇没有反应的时间。

在田承嗣磨刀的这段时间里，卢龙那边倒是发生了朝廷希望看到的事：卢龙新任节度使朱泚携弟弟朱滔入朝觐见。

入朝，是唐朝后期一个重要的政治名词，指藩镇节度使亲自前往都城长安拜见皇帝，向朝廷表示忠诚。

安史之乱以后，河北藩镇节度使入朝，这还是破天荒的头一遭，朝廷自然无比欢喜。最后，朱泚留在长安，带着一部分卢龙士兵驻守在长安附近，为朝廷防备吐蕃，朱滔返回到卢龙，掌握军政实权。

这为以后的一系列事变埋下伏笔。这事儿后面咱们慢慢说，先看田承嗣这边。

公元775年，唐代宗大历十年正月，昭义部将裴志清应约哗变，驱逐代理节度使薛崿。田承嗣迅速对昭义发动闪击战，攻克相、卫、贝、洺四州，剩余邢、磁两州也被围困。唐朝赖以屏障河北的昭义镇就这样被秒杀了。

田承嗣成功的闪电战，果然使朝廷和其他藩镇陷入被动，可人家已经把果子都吃下去了，还能怎么着？但朝廷总不能就这么忍了，无奈之下，只好请求其他藩镇出兵讨伐田承嗣，条件是各藩镇打下田承嗣的地盘，均归自己所有，并宣布削去田承嗣的官爵，贬为永州刺史。

田承嗣，这头吃撑肚子行动不便的狼，此时才发觉周围的其他饿狼开始向自己逼近。这位胜利者反而成了朝廷的诱饵，成功地诱使成德节度使李宝臣从西面、卢龙代理节度使朱滔从北面、淄青节度使李正己从东面、淮西节度使李忠臣从南面，向田承嗣倾压而来。

在朝廷看来，这都不算是战争，不过是一场对魏博惨烈的群殴。虽然根据约定的条件，朝廷得不到什么实际好处，不过，能勉强维持住朝廷的纲纪，出一口恶气，也算不错。

各路兵马中，成德与淄青两路打得最卖力。成德军击败由田承嗣亲自率领的魏博军，淄青军则深入魏博境内，攻陷德州。九月，成德、淄青两军在魏博境内实现会师，北路的朱滔也与成德军一起围攻魏博的沧州。

与此同时，在南线作战的田悦也被暴打一顿，仓皇地逃了回来，还带来了魏博大将卢子期被成德军擒杀的消息。

“伯父，看来咱们这次是捅了马蜂窝了，没想到朝廷的号召力这么强，这些该死的个个都动了真格儿的。”事态的发展使田悦陷入惊惶之中，束手无策。而田承嗣则在暗自责怪自己，只顾着满足自己的欲望，一时竟然忘记别人也会有欲望。好在他现在想起了这一点。

“成德和淄青的将领犒赏各自的士兵了吗？”田承嗣冷不丁地问了这么一句。

“嗯？不知道。应该没有这么快吧！”田悦说，“伯父有何妙计？”

“说不上妙计，姑且一试吧。如今，成德和淄青的兵马不是驻扎在一起吗？你抓紧时间，派人混进他们的军营，就说成德兵的赏赐是每人二十缗，淄青的是十五缗。快去！”

田悦赶紧出去安排，好一会儿才回来：“伯父，这有用吗？”战场上都败成这样了，田悦不相信这些雕虫小技能起到什么作用。

“试一试再说吧。节度使之间互相征伐，不过是为了抢地盘，士兵们打仗却是为了挣军饷。这些年，军饷不足，分配不公，逼得士兵哗变、诛杀将领的事情已经不少了。李怀仙、朱希彩，还有薛崿他们，若是能把与钱有关的事情处理好，恐怕也不会挨刀子了。为了钱粮军饷，士兵们逼节度使，节度使又去逼朝廷，以后的天下恐怕也就这样了。现在成德、淄青两军战绩差不多，我看淄青的兵打得更卖力一些，而犒赏却还没到。估计刚才那番谣言，淄青兵将应该会有兴趣去传的。”田承嗣分析得头头是道。

但愿吧！田悦在心中默念。

“凭什么要比他们少五缗?！”随后的几天里，淄青兵营中像蚊子一样四处飞荡着这个重大的问题，扰得淄青士兵们吃不好、睡不香，坐立不安。

是啊，毕竟这世上的老板只有两种，一种是抠门儿的老板，像自家李正己这样的；另一种是别人的老板，像对面成德军李宝臣那样的。整整多了五缗啊！对居上位者来说，这不算什么，可对普通兵士而言，真不是小数目。

“一定是上面故意克扣了！”很多士兵得出了这样的结论。于是，淄青军那些无辜的基层军官们不得不一一面对士兵们愤怒的质问，可他们也不知道怎么回事。

抠门的淄青老板李正己害怕了，这些闹薪的士兵手上可都是有刀的，他只好命令军队向东撤退，与成德军脱离接触，同时请专家来辟谣。

而阔气的成德老板李宝臣也惹麻烦了，士兵们巴巴地望着他，二十缗在哪儿呢？成德军也只好向西撤退。

田悦得知这一情况，高兴地向伯父报告，计谋成功。

田承嗣也高兴，而且他的高兴比田悦更深一层。因为这次计谋的成功，证明他对未来天下局势发展驱动力的判断是正确的：士兵逼将帅，将帅逼朝廷。

但他很快冷静下来，说：“这只是权益之计，我得跟李正己晓明利害。我写一封信，你去送给李正己。知道该怎么说吗？”

“知道。”田悦的计谋虽然还不如伯父灵活，但他自信，伯父的核心理念他是能够掌握的。

淄青军帐里，李正己正在接见田悦。

> 承嗣今年八十有六，溘死无日，诸子不肖，悦亦孱弱，凡今日所有，为公守耳，岂足以辱公之师旅乎？

田承嗣的信很短，意思是：我都八十六岁了（实际上他那年七十岁，他故意说错骗李正己的），快死了，儿子不成器，侄子也弱爆了，我现在占据的这些东西，都是在帮您暂时看管呢，您干吗急着打我呀？

李正己看着这么一个老头子还能写出这么些肉麻的话，捂嘴笑了。笑过后才问田悦："这么说，你伯父要归降于我？"

田悦回答说："当然不会！伯父与您都是一方豪杰，试想即便伯父降了您，您又真的制得住他吗？"

李正己碰了个钉子，有些愠怒，厉声问道："那你来干什么？"

田悦没有被他的声波打断思路，继续说："我来是想知道您以后的打算。若您决定就此起兵反了朝廷，杀向长安，改朝换代，我们魏博愿意归降将军，做将军成就霸业的先锋。若将军没有这个打算，那么请问，您为朝廷灭了魏博之后，还能做些什么呢？"

李正己愣住了，自己有几斤几两他还是很清楚的，一个十五缗的谣言就把他搞得焦头烂额，一统天下的事就更别想了。是啊，平定魏博之后干什么呢？他田承嗣老了，我不也快了吗？我死之后，这淄青留给谁呢？

田悦读懂了李正己的沉默，继续说道："伯父和您担忧的是同一个问题。时下，朝廷不愿意我们藩镇世袭，要把我们的地盘收回，可我们还在如此这般地为了朝廷互相杀伐，这样真的好吗？"

"呃……你说的是。"李正己倒也不是没想到过这些，只是担心田承嗣是不是也考虑过这个问题。如今，他明白了，对方的意图与自己是一致的，李正己决定，不再打下去。

李正己就这样回家了。现在，田承嗣要对付的，就是成德李宝臣与卢龙朱滔。

说起这李宝臣，田承嗣还真觉得有些对不住人家。当年，为了联络感情，田承嗣还曾招赘李宝臣的弟弟李宝正来魏博做自己的上门女婿。一次，一家人一起打马球，李宝正球风剽悍，防守中放倒对方前锋——田承嗣的儿子田维，不巧马匹受惊发狂，竟然将田维踩死了。身为主裁判的田承嗣立即下令终止比赛，并逮捕李宝正，然后写信质问李宝臣这事怎么办。

李宝臣还是很懂事的，主动服软道歉，并寄给田叔叔一根棍子，做足了请田叔叔好好教训一下弟弟的姿态。

故事的剧情，好像一般应该是这样的：田承嗣当即折断棍子，笑着原谅李宝正，从此一家人又幸福地生活在一起。然而现实并非如此简单美好，本书也不提供“宽恕是美德”的心灵鸡汤。

李宝臣送来棍子本来是做个姿态，给田叔叔一个台阶下。不想田承嗣真的一顿乱棍把李宝正给打死了。

想起这些，田承嗣就觉得李宝臣这次很难轻易饶了自己。不过，怎么说大家都是成年人，也该会考虑现实吧。现在李正己都回去了，李宝臣应该不会不犹豫吧。

李宝臣确实犹豫了，于是按兵不动。双方对峙了好几天。这些天，李宝臣一直在思索，李正己忽然撤退的真实原因，并且他的思索已经有了些结果。

就在这时，朝廷派太监来到他的军营，宣诏要慰劳成德将士。士兵们挤在帐外，认真地听取诏书的内容，等待听到朝廷赏赐的消息。从头到尾，士兵们都没听见朝廷要犒赏大家真金白银。

李宝臣看到士兵们失望的眼神，他很清楚，那种眼神很可能会变成愤怒。送走了太监，李宝臣和部将王武俊回帐议事。没过一会儿，有士兵进来报告，说太监嫌他送的礼物太少，刚出营门，就把礼物扔在了路边。

李宝臣气得把牙咬得格格响。王武俊说：“您刚为朝廷立下新功，这些人就敢这么对您，要真是把田承嗣平了，到时候朝廷一纸诏书召您入朝，那不是更受气？不如咋们先放田承嗣一马，有他在，朝廷才会看得起咱们啊。”

李宝臣最近思索李正己的撤退，认为他也是这么考虑的，现在听王武俊如此一说，更加确定了自己的想法。于是，他命令军队再向西撤，与魏博军拉开距离。

一天，有人向李宝臣报告说，在自家地里挖出一块奇石，上面刻着一些字，可能是上天的启示。这玩意儿在古代叫谶语，古人很相信这个。李宝臣赶紧命人将奇石取来观看，原来是一块圆咕隆咚的鹅卵石，上面写着：“二帝同功势万全，将田为侣入幽燕。”

人家老李年轻时，曾经在长安宫廷里当过侍卫，天下什么宝贝没见过？这破石头，这品相、这包浆，一看就是上星期新做的。这作假的水平实在太菜了。

不过，这些字是什么意思？将田为侣入幽燕？老李的老家就在幽州啊，但现在那儿可是朱滔的地盘呢。将田为侣？田是谁？田承嗣？难道说，我老李要和田承嗣一起杀回老家去？

正思索间，又有人来报告说田承嗣有书信到。李宝臣拿过信件来看。田承嗣在信中说愿把沧州送给他老李，而且会合兵一处去攻打朱滔的幽州。李宝臣明白了，这石头也是田承嗣闹的花样。

好吧，既然他田承嗣的计谋里也考虑了自己的利益，李宝臣也就不说破他，将计就计，占了沧州，免得士兵们空手而回找他老李的麻烦。至于打不打幽州嘛，倒也无所谓。李宝臣立即回信同意了田承嗣的计划。

这时候，朱滔还在苦战沧州，突然收到了李宝臣的信，打开一看，哭笑不得：

闻朱公仪貌如神，愿得画像观之。

听说朱老弟挺帅，给张照片我看看呗。

朱滔无奈地给李宝臣这花痴送了张画像，还听说李宝臣把画像挂在训练场上，天天对着看。

一天夜里，白天打完仗的朱滔本来睡得很沉，却突然被兵马喧哗声惊醒。不知哪来的骑兵已经杀进了自己的军营，而且这些人的弓箭都很有准头，全往自己身上招呼。好在朱滔基本功扎实，左右腾挪，才跨上马冲出重围。

飞驰间，朱滔听到后面的追兵喊着："射那个画像里的人！"

嗯？……画像？朱滔这才明白过来："李宝臣！你个狗日的!!！"

至此，围攻田承嗣的三路人马逐一被瓦解，南边淮西军见状也只好撤回。田承嗣虽然差点儿噎死，但总算是吞下了大半个昭义。朝廷见此情形，也只好承认既成事实。

公元 776 年，唐代宗大历十一年二月，在田承嗣发动战争的整整一年之后，朝廷恢复了田承嗣的官爵，等于宣告对魏博的战争失败。

随后，朝廷忍痛拾起田承嗣口中剩下的邢、磁两州，重建了昭义军，派遣朝廷重臣出任节度使，实行直接统治。此举总算是在河北插进了一根楔子。

比昭义的损失更让朝廷痛心的，是朝廷的尊严与威信再次被踏得粉碎。朝廷吃了田承嗣的要挟，受了田承嗣的哄骗，还挨了田承嗣的耳光，成了天下人的笑话。

而田承嗣得到了昭义的大部分地盘，虽然最后不得不把北边的沧、瀛两州丢给李宝臣，但比起新地盘的战略地位来，损失偏远且深陷河北漩涡中心的沧、瀛两州实在不算什么。尤其是新得的相、卫两州，往西不远就是东都洛阳，往南不远就是大唐的命门。

汴水流，泗水流，流到瓜洲古渡头，吴山点点愁。思悠悠，恨

悠悠，恨到归时方始休，月明人倚楼。

从我们现在讲述的时间起，再过些年，白居易这首《长相思》即将问世。词中女孩的离愁，从汴州一路顺水飘到江南，又随着风帆折返，才算罢休。

咱们先不忙着去玩味词里的悠悠情思。先想想，那时候就能从汴州一路坐船直通遥远的江南，汴州发达的交通可见一斑。而这自然是大运河的功劳。

隋朝倾尽国力开通的大运河，到唐朝时终于发挥出了它的强大功能。安史之乱后，大运河更是成为唐朝政治中心关中与经济中心江南之间的命脉。江南的钱粮通过运河北上关中，与西蜀、荆湖一起供养着半身不遂的唐朝，又存活了整整一百五十年。

自大运河兴盛以来，处于运河南北枢纽位置的汴州，就像聚宝盆一样汇聚着天下的财富，逐渐成为中国的经济中心。唐朝最终崩溃之后，汴州取代长安、洛阳的地位，成为下一个帝国——宋朝的都城。

传说赵匡胤建国时，本想效仿唐朝定都长安，却遭到群臣的一致反对。他向弟弟赵光义解释说是因为长安地势险峻，易于防守，而弟弟的回复却是："在德不在险！"一句话将建都问题提升到道德层面。赵匡胤见反对者太多，最后只好定都汴州。

中国的历史记载，有一个十分嫌恶的习惯，就是把什么问题都往道德上硬扯。是否定都汴州明显与道德没什么关系，有关系的只是支撑起汴州无尽繁华的无数财富。

当然，这时候的田承嗣还不会知道这些，他只知道汴州很有钱，而且现在，汴州离自己已经不远了。

此外，驻守汴州的汴宋节度使、田承嗣的本家田神玉病死了。似乎被田承嗣盯上的节度使都很倒霉，都会在一个恰当的时候病死。

田承嗣又一次按捺不住，决定故技重施，策动汴宋军内乱。一场新的混乱即将开始。而此时，离朝廷恢复田承嗣的官爵、宣布昭义之争结束，才刚刚过去三个月。

“伯父，我们的内应、汴宋部将李灵耀已经夺了节度使之位，现在正在上书朝廷，请朝廷正式任命。”田悦将得到的消息汇报给田承嗣。

“他还是晚了一步。朝廷现在已经任命在滑州（今河南滑县）的永平节度使李勉代理汴宋节度使了。李灵耀是我们的人，他在汴州，汴州的财富就都是我们的，可这个李勉就不一样咯。”田承嗣有些失望。

但田悦并不这么认为。经过上次的事，田悦已不再把朝廷当回事，便直接说：“朝廷任命了又怎样？现在汴宋的兵马已经全在李灵耀手上，李勉还敢去硬抢吗？”

田承嗣感觉到了侄儿正在膨胀的自信，本想出言打压一下，转念一想，毕竟自己也很希望得到汴州，那里的财富的确值得他再冒一次险，便问田悦：“那你打算怎么办？”

“我想，咱们应该出兵帮助李灵耀，打一打李勉。”田悦骄傲地说，“永平这些藩镇不像我们河北，兵多将广，他们都是朝廷弄来守运河的，打不过我们。”

田悦的说法不是没有道理。运河一线曾经是朝廷与安史叛军争夺的主战场，战时朝廷在这里设置了一系列的新藩镇，且多由朝廷派出的文官出任节度使，打理运河事务，兼管防务。汴宋、永平都是这样的藩镇。这类藩镇挺有钱，不过打仗还确实差点儿火候。

“然后呢？”田承嗣追问。

“然后……然后……”田悦的确没有想过然后。

看着田悦无言以对的样子，田承嗣有些失望。侄儿的思考过于主观，还欠老练，需要继续启发：“你没有想过其他藩镇？田神玉一死，想得到汴州的怎么会只有咱们魏博一家？淮西的李忠臣不想要？河阳的马燧不想要？他们离汴州可比咱们近啊！”田承嗣的教训来自上一次的昭义战争，“如今咱们若能通过李灵耀这个傀儡，背后控制汴州可就再好不过了。若我们直接出兵，让其他人知道了，我们又要成为众矢之的。”

“可是现在，李灵耀可能制不住汴州啊。咱们不出手，汴州就没了。”田悦已经敢于和伯父争辩，“况且，我们魏博大战一年，百业凋敝，物价飞涨。伯父，您知不知道，去年就有人向朝廷建议对我们进行经济制裁，不准商人进入魏博。幸好皇上没有实行，不然一定会激起民变。眼下不去控制汴州、得到汴州的物资，魏博暴涨的物价如何平抑？”

田悦这个理由使田承嗣陷入了深思，他当然不是一个关心人民群众生活的好领导，但也知道载舟覆舟的道理。自己的地位是靠士兵们支撑的，而士兵又是靠百姓的赋税供养的。这里面的利害关系，田承嗣不得不思考。况且，出兵也只是一个尝试，胜了最好，败了嘛，反正自己已经摸透了朝廷和藩镇的秉性，应该能应付得了。

“好吧，你带三万人马去攻打滑州。记住，只要让李勉放弃朝廷的任命就够了。”田承嗣终于决定再玩一把。

李勉果然不经打，田悦很快便达到了目的。朝廷对此也没什么办法，只好任命李灵耀为汴宋代理节度使。

然而，李灵耀这厮也忒不会做人。汴宋毕竟与河北藩镇不同，一直以来还是比较听话的。李灵耀一上来就学河北藩镇的样子，把汴宋下辖州郡里的朝廷命官全部罢免，自己重新任命地方官。

可是，河北不是你想学就能学的。

李灵耀这么一闹，激怒了朝廷不说，更重要的是砸了汴宋所有靠朝廷俸禄供养的人的饭碗。朝廷立即诏令临近的淮西、永平、河阳三位节度使围攻李灵耀，同时李灵耀的部众纷纷反水。仗还没开打呢，李灵耀控制的八个州郡就已经丢了三个。

而更出乎田承嗣预料的是，远在青州、强大的淄青节度使李正己和远在扬州、富有的淮南节度使陈少游，都主动要求参战，讨伐李灵耀。如此一来，唐朝的主要藩镇，除了西北方面要防备吐蕃走不开，成德和卢龙还在为画像事件掐架之外，其他的都来了。

田悦又一次惊叹，当今的朝廷还有这么大的号召力，招来这么多人马，而田承嗣则非常明白，这就是汴州的魅力、财富的魅力。

几路大军对着李灵耀一顿暴打，最终淮西李忠臣胜出，拿下了汴州。淄青李正己也干得不错，夺得汴宋军东部的曹、濮、徐、兖、郓五个州郡，几乎统一了今天的山东省全境。田承嗣却丢了本来能到手的汴州，还赔上了田悦带去救援的几万人马。

打完李灵耀之后，众人又盯上了田承嗣。

公元 777 年，唐代宗大历十二年三月，朝廷再次发出讨伐田承嗣的号召。

这时，田悦在伯父面前说话没了底气，之前若是按照伯父的稳妥计划去办，事情也许不会如此糟糕。

田承嗣却不太着急，他帮田悦分析说："这次朝廷要各藩镇攻打咱们，可不像上次。如今，成德和卢龙还在为画像事件怄气，不可能有空来打咱们，淮西刚刚吃下汴州，淄青吃得更多，他们消化都还来不及呢，更不可能北渡黄河再战。这些强藩不来，其他的都不敢来，你就放心吧。"

果然，如田承嗣所料，朝廷一声声嘶力竭的呼喊，等来的却没有一兵一卒，只有自己的回声。朝廷只能再次赦免田承嗣，又再次恢复了他的官爵。

朝廷的脸面，如今像极了一堵涂鸦墙，田承嗣在上面是涂了又抹，抹了又涂。天下人都在围观着田承嗣的疯狂涂鸦，并不时暗自思忖：恐怕我也可以去涂一涂。

若朝廷就这样一直被欺负下去，直至彻底灭亡，那也就没什么意思了。为了积蓄起反击的力量，唐王朝只能选择隐忍。但在朝廷力所能及的范围之内，王朝还得像个王朝的样子。就在宣布赦免田承嗣的同时，代宗皇帝亲自部署诛杀了专权的宰相元载，这一举措说明，至少在长安城里，唐王朝依然还是唐王朝。

代宗皇帝感觉他已经做到了自己能做到的一切，再也不希望被打扰。然而，树欲静而风不止。

公元 778 年，唐代宗大历十三年，八月。

原本姓张、十六年前因投降朝廷而被赐以国姓的成德节度使李宝臣，上书给代宗，称自己最近晚上忽然睡不着，感觉不想姓李了，还是想姓张，请皇上同意自己退回国姓，改回张姓。

朝廷上一片愤怒：国家以国姓赐你，你还敢嫌弃？大伙儿一致要求代宗皇帝驳回李宝臣这个无聊的要求。可代宗皇帝却很大度，下诏准了李宝臣改姓的要求。

时间在平静中飞快地消磨着。公元 779 年，唐代宗大历十四年三月，生命不息、折腾不止的田承嗣，终于折腾够了，以七十五岁的高龄寿终正寝。在他身后，魏博的地盘、兵马、钱粮也如他所愿，成了田氏家族的私产，顺利地交接到田悦手上。

从田承嗣开始，短短几年之内，前文出现过的主要人物将陆续走到生命的终点，把历史舞台清空，让给新一代人。

继田承嗣之后，生命即将谢幕的，将是大唐天子、代宗李豫。大历十四年，将是他生命中的最后一年。

这一年事情很多。田承嗣死了，朝廷要忙着派人去吊丧、册封新人，这边还没忙完呢，淮西又出事了。节度使李忠臣被干儿子李希烈赶出淮西，只身一人跑到长安，请朝廷帮忙。朝廷哪里帮得了什么忙啊？只好两边不得罪，封李忠臣为名誉宰相，留在长安做官，封李希烈为淮西节度使。这次，朝廷倒也没有一无所获，忠于朝廷的永平军节度使李勉乘淮西内乱，拿下了被李忠臣占据的汴州，为朝廷夺回了这个聚宝盆。

到了四月，继魏博、淮西相继出事之后，成德又来了。不过这次的事不算麻烦，倒是比较无厘头。一年前嫌弃国姓的张宝臣同志，最近忽然又觉得跟皇家姓其实挺好的，上书请皇上再赐他一回国姓。

需要说明的是，张宝臣（马上又要叫回李宝臣了）是奚族人，这个民族本来是没有姓氏的，他从军之后才跟他当时的领导姓了张，起了汉族名字张忠志，后来跟着安禄山造反，又姓了安，叫安忠志，降唐之后又姓了李。这倒也没什么好笑的，奚族人没有姓氏文化，自然也就不会认为姓氏有多么重要。所以，张宝臣可能就喜欢把自己的姓改来改去改着玩儿。

但朝廷并不这么认为，大臣们觉得这是张宝臣对朝廷明目张胆地挑衅与羞辱，要求给予强硬回复。但代宗皇帝依然很大度，准备同意张宝臣的要求。这一回，朝臣和代宗杠上了，事情就这么一直僵持着。

这天，时年三十七岁的太子李适进宫求见代宗，为张宝臣的事，他要再劝劝父皇。走近父皇身边时，李适听到他又在念诵《仁王经》，这是代宗十多年来的老习惯了。

> 生老病死，轮转无际，事与愿违，忧悲为害。欲深祸重，疮疣无外，三界皆苦，国有何赖？

李适已经对这些呻吟一般的句子感到无比厌恶，他果断地打断了父皇的吟诵："父皇！儿臣请问张宝臣求赐姓的事，父皇作何决断？"李适的声音很大。

"哦，是你啊……"代宗这才从佛经中抽出了一些注意力，"张宝臣要怎样，便怎样吧。"

"可是父皇，如此一来，国姓被他要了又扔，扔了又要，成何体统？"李适十分愤慨。

"儿啊……国家如今不成体统的事情还少吗？其他的大事都忍了，姓氏，毕竟也只是个虚名，他想要，给他就是了。”代宗想尽快结束与儿子的谈话，回到佛经的世界里去。

可李适显然不想放父皇回去：“父皇！忍耐总得有个底线吧！您说这国姓是虚名，可您也知道，朝廷现在除了这些虚名，就一无所有了，您还不珍惜？”

“朕命不久矣，等你登基了再看看，朕留给你的朝廷是不是一无所有。”太子的话还是刺痛了代宗皇帝。毕竟，他需要有个人能理解自己，这个人也应该是自己的儿子、自己的继承人。

“朕登基不久，安史之乱就结束了。大家把那算作是朕的功业，可朕心里很清楚，与其说安史之乱是被平定了，不如说是被暂停了。国家太需要一些时间恢复生息了。儿啊，你还记得那年陕州的事吗？”

代宗问的是十七年前的事。那年，回纥登里可汗与唐朝结盟，亲率大军前来帮助朝廷平叛，当时二十二岁的李适以皇帝长子的身份，代表朝廷前往陕州接待可汗。

席间，回纥人要求李适为登里可汗献舞，李适丝毫没有心理准备，手足无措。他的随从药子昂、韦少华顾及国家体面，出言拒绝了回纥人的要求，不想却激怒了回纥人，他们立即绑了药子昂等人，当着李适的面将人鞭打至死。

每个人在青年时代受到的羞辱，都会用心铭记一辈子。李适也不例外，并且从那时候起，他就开始怨恨自己处处忍辱求全的父皇。如今，父皇忽然又提到这件事，李适的心，骤然间涌起了一股酸涩。

“那时父皇何尝不想马上跟回纥人撕破脸打一仗，帮你出这口气？可你也知道，当时的情势不允许这么做啊！”代宗的情绪也激动了。

李适惊讶地发现原来父亲也在意过自己的委屈，被父亲问起的酸楚中，忽然汇入一股暖流，令他哽咽了。

“安史之乱暂停了，朕总算有些时间来整肃朝纲、中兴大唐，可几年下来才发现，朝廷原来的那些制度早已朽坏，根本无法按原样重建，必须寻找新的制度。摸索如何建立新制度，是朕这些年一直在做的事情，最近总算才有了些眉目……不能说是一无所有啊。”代宗皇帝的声音愈发沉重。

“十几年来，郭子仪逐渐在西北逼退吐蕃，巩固了我们的据点，长安城如今不会再随便丢失；河北藩镇虽然屡屡作怪，但最终还是没有接近运河一线，运河还在我们手里；朕让刘晏掌管财政，江南入京的钱粮这些年也越来越多，他又整顿了官盐，十几年间，朝廷官盐的收入增长了十五倍，去年朝廷的总收入总算有一千二百万缗，其中一半是卖盐的钱，有了这些钱，朝廷才缓过这口气来。儿啊，这可不能说是一无所有吧。”

李适平复了激荡的心绪，说：“父皇，既然如此，我们就不需要再这么忍下去了啊。”

代宗摆了摆手，说：“那是你要做的事情了。不过，你要记着，单凭这点儿力量，还做不了什么。儿啊，你登基之后，记得要先做两件事，等这两件事有了成效之后，你才能放手去做你想做的事。”

“哪两件事？”

“一是把现在一些地方已经开始实行的新税法整理出来，在全国推广。你也知道，天下的财政收入本来都是由朝廷掌握的，可天下大乱以来，我朝原来租庸的征税制度已经完全崩溃。朝廷掌握不了户籍，税钱收不上来，地方上却是近水楼台，用各种名目乱收，这很危险。要想治理好国家，一定要废除地方胡乱收税、中饱私囊，把各种杂税统一起来，然后与各地协商，可以给他们留一些份额，其他的全部要收到朝廷来。”

“可是，河北那些割据藩镇愿意这么做吗？”

“藩镇的钱财也不多了。他们也明白，再这么乱搞下去，迟早也会完蛋，他们也想长治久安。你要利用这一点。朝廷的新方法，也是给他们指了一条出路，给他们一些时间，他们会执行的。只是收上来的税，他们会给朝廷多少，就得看那时候朝廷有多少实力。所以，这需要时间。”

“嗯……”李适认真地记下了父亲的话，又问，“那另外一件事呢？”

“另外就是等新税法见效之后，朝廷有了足够的钱粮，就罢了郭子仪的兵权，用我们的钱粮去收编、供养他的军队，这样我们就能去考虑河北的事了……切记，切记，这些都需要时间！”看到儿子喜上眉梢的样子，代宗皇帝忍不住一再提醒他。

“儿臣明白。”李适恨不得马上就开始执行这些激动人心的计划。

“那么，张宝臣改姓的事……”代宗又问儿子。

“儿臣懂了，儿臣会劝说大臣们同意他改姓。”

公元 779 年，唐代宗大历十四年四月，成德节度使张宝臣又改回了李姓。

五月，大唐天子李豫驾崩，终年五十三岁，庙号代宗。皇太子李适登基，史称唐德宗。继朱泚、朱滔、田悦、李希烈等下一幕大闹剧的联合主演各就各位之后，作为领衔主演的新任天子就此登台亮相了。

三　旧梦重提

新天子德宗皇帝继位后，立即开始执行先皇交代他的两件事。可是新税法的事情，这位新天子一时还整理不出什么头绪，便令几位大臣先去做一番调查研究，他自己着手去做另外一件大事。

这天，德宗皇帝单独召见了大唐王朝的擎天柱，时任司徒、中书令、领河中尹、灵州大都督、单于镇北大都护、关内河东副元帅、朔方节度使、关内支度盐池六城水运大使，押蕃部并营田及河阳道观察等使的八十三岁高龄的老元帅郭子仪。

“尚父近来可好？”君臣礼毕，德宗首先问候老元帅，并使用“尚父”这个称呼。历史上君臣之间如此称呼的情况，还有周朝的武王姬发与姜尚，蜀汉后主刘禅与诸葛亮等，但他们都是奉先君遗命如此尊称元勋老臣，而这一次先皇代宗并没有这个意思，是新天子德宗自己想这么做的。

郭子仪自然懂得这声“尚父”的分量，连忙作惶恐状，说：“老臣不敢！”

“尚父保国安民，身系天下安危近三十载，先皇在时，就已经不直呼您的姓名，而是以大臣代称了。今朕登基，又岂敢僭越先皇？您如今已是四朝元老，当得起这个称号。”德宗和蔼地说。

老元帅郭子仪很明白，新天子抬高他地位的同时，必然会要求自己有所回报。自己已经八十三岁了，总不会再让我去冲锋陷阵吧。新天子想要的，无非是自己麾下的几万兵将，与其等他开口，不如我自己拱手奉上。

于是，郭子仪感谢并接受了德宗的褒奖后，说："陛下，老臣今年已经八十有三，自觉来日无多，已经难再为国御敌，烦请陛下另择良将率兵，好让老臣即日卸甲归田。"

见老人家如此明白事理，德宗心下暗爽，嘴上却说："尚父莫出此言！朕刚刚继位，尚父怎能弃朕而去？况且吐蕃凶恶、回纥狡猾，唯有尚父统兵，方可将其逼退，还望尚父莫辞辛劳。"

"老臣领兵三十余年，现在真是彻底老了，若陛下坚持要老臣领兵，老臣也只好勉为其难，只是毕竟上了年纪，筋骨松摇，万一有什么闪失，对不起国家啊。"郭子仪见新天子要玩矫情，只好以矫情来制矫情。

一老一少一番矫情后，兵权事也就这么定了下来：朝廷尊郭子仪为尚父，将他冗长的官衔精简为太尉兼中书令，实封两千户食邑；朝廷供养郭府一年五百人的口粮，二百匹马的草料；郭家十好几个子弟都做了官；条件是，郭子仪把自己手下的军队交给……

交给朝廷？德宗这才想起自己的新税法还没谱呢，一下子要供养这么多的军队，钱从哪来？这也不要紧，皇帝毕竟是皇帝，办法还是有的。思索一番后，德宗把郭子仪的军队分成几部分，交给郭子仪的几个部将分别统领。这样总好过兵权握在一个人的手里，至少这个人要造反，那个不一定也跟着造反。

德宗皇帝还懂得研究概率问题。

跟随郭子仪、李光弼、仆固怀恩三位元帅征战过的猛将李怀光，在这次分割当中成为河中尹、邠宁节度使，得到了朔方军最精锐的力量。

下一幕大闹剧的另一位联合主演自此登场，后面，李怀光的戏份还挺多的。

德宗没能吃下郭子仪的军队，但他依然急切地想拥有一支真正属于自己的军队。十四岁那年，安史之乱的爆发像地狱之火一样中断了他关于盛世的童年记忆，八年的战火狼烟又在他的成长岁月里写满了流离甚至屈辱。德宗缺乏安全感，他需要自己身边有一支战斗力一般就好的经济适用军，就像有些奢望不高的女生需要个经济适用男一样。

六月的一天，德宗与宰相崔祐甫、司农卿白秀珪三人找了个没有太监的地方，聊了很久。

第二天，神策军都知兵马使、右领军大将军、太监王驾鹤受到崔祐甫的召见。双方进行了亲切友好的谈话，就互相关心的问题广泛交换意见，崔祐甫对王驾鹤忠于皇上的立场表示赞赏，会谈在轻松热烈的气氛中进行了很久……

终于摆脱了崔祐甫这个话痨，王驾鹤回到神策军营，却发现营门并没有为他打开。守门的军士告诉他，是新任神策军都知兵马使、右领军大将军白志贞命令这么做的。

“白志贞是谁？”王驾鹤怒声发问。

守门的军士看在往日情分上，耐心地向他解释说，白志贞就是原来的司农卿白秀珪，“志贞”是皇上新赐的名字。在王驾鹤出门的这段时间里，他拿着圣旨来接管了神策军，并宣布任命王驾鹤为东都园苑使，赶紧去洛阳为大唐的园林事业贡献力量吧。

德宗终于掌握了一支军队——安史之乱时被太监收编、之后一直在太监手中的神策军。这就是新天子想要的规模适中、在自己身边的经济适用军。

王驾鹤郁闷地走在去往洛阳的路上，心中鄙夷着新天子居然用这种下三滥的手段夺了自己的军权。还有那个白志贞！志贞，什么狗屁名字，男不男女不女的。

王驾鹤不明白，“志贞”二字里，有德宗想要的安全感。

德宗继位才两个月，先罢郭子仪，后取神策军，这般大动作开始引起各藩镇的注意，他们纷纷想要试探一下这位新天子的意图。

淄青节度使李正己先动了。他知道朝廷缺钱，所以一下子给朝廷献上了三十万缗巨款。事先，李正己预设了两个很常规的结果：一是朝廷会收下这笔巨款，这说明这位新天子是可以用钱买通的。毕竟，能用钱解决的事，都不算什么大事。若是这样，那这位新天子也没什么志气。二是朝廷会拒绝，这说明新天子懂得“拿人家的手短”的道理，要坚持原则，不与藩镇做什么交易。若这样的话，这位新天子就还有点儿不好对付呢。

没过几天，朝廷来人了，说是来慰劳淄青将士的。李正己出帐听诏却听到了这样的话：“……赐淄青将士钱三十万缗……”三十万?！李正己猛醒：那不是我的钱吗？看着身边士兵们高兴的样子，李正己暗暗叫苦：狗日的，拿我的钱来赏赐我的兵，收买人心不说，还不明示这钱怎么分、每人给多少，让我自己来分，分不好可又要惹出麻烦的……

镇守成都的西川节度使崔宁，也决定要试探一下新天子，他的方式是入朝。按崔宁的推测，成都西面的吐蕃、南面的南诏，会趁他入朝、西川无帅的机会入侵，那时候，就看朝廷放不放他回来指挥打仗。

果然，崔宁前脚走，吐蕃和南诏组成联军后脚就杀将过来。两国合兵数万，兵分三路进逼成都。崔宁不在，蜀中各路兵马群龙无首，被联军轻松击溃。一时间，成都危急。

德宗见情况紧急，立即催促崔宁赶回成都指挥战斗。崔宁喜滋滋地收拾好东西，准备回天府之国继续当他的“土皇帝”了。

此时，升任宰相刚一个多月的杨炎求见德宗，进言说：“崔宁称雄西川，不听朝廷的号令已经十多年了。现在放他回去，若是他被打败了，固然不好，若是打胜了，西川还是他的，也没回归朝廷。恳请皇上您再慎重考虑他的去留。”

“这些朕知道，但总不能把西川丢给吐蕃吧？那丢的终究还是我大唐的脸面！”德宗在紧急局势面前显得十分焦躁，再加上看到杨炎明明一副有主意却又卖关子不说的样子，更加心急。

“皇上可以调动朱泚的兵马，再加上一些您刚刚控制了的神策军，一起南下救蜀。西川不同于河北，那里的兵将从来没有找过朝廷的麻烦，朝廷派将领入蜀，一定能控制住当地军队，然后合力与吐蕃、南诏作战，顺便能为朝廷收复西川。”

“嗯？不错，有道理。”德宗感觉这个杨炎傲是傲了点儿，想的点子还算靠谱。

于是，神策军将领李晟率领着朝廷整合的部队南下救蜀。一切如杨炎所料，西川地方军顺从地接受了中央军的整编，之后又大破吐南联军。

这是安史之乱后唐朝中央军的第一次出战，以如此的战绩登上历史舞台，给朝廷尤其是德宗关于复兴盛唐的无限美好想象。

同时，下一幕大闹剧的又一位联合主演——李晟闪亮登场。

德宗和他的大臣们急切地向天下展示着自己的智谋，使得各位藩镇节帅也开始敲打他们手下那些打瞌睡的士兵了：“打起精神来！新天子可不好惹。”

从古至今，韬光养晦，一直都是一条沉重却又容易被遗忘的古训。

等德宗连续完成了这几件干净利落的漂亮事，时间才缓缓地挪动到了大历十四年的年末。德宗将自己的第一个年号定为“建中”，他坚信，这会是又一个伟大时代的代名词，就像“贞观”，就像“开元”，他没有任何理由不坚信自己能做到这一点。

公元 780 年，唐德宗建中元年，一月。

德宗皇帝复兴王朝的步伐，并没有因为新年的到来而有一丝停歇。朝廷终于在这个万象更新的时节，颁布了由宰相杨炎最终整理拟定完毕的新税收法令——两税法。

在这里，我们必须要简单分析一下这个对唐朝以后命运影响深远的新法令。

此前，唐朝的赋税制度为“租庸制”，“租”即臣民给政府交的赋税，“庸”是臣民给政府做的免费苦力。

大唐帝国的建立，结束了自汉帝国崩溃之后中华大地上持续三百余年的战乱。唐朝初年，帝国人口稀少，政府手中掌握着大量的无主荒芜土地，但土地自己不会生出钱来，得有人去种庄稼，然后政府才能收到税。

为鼓励大家多生孩子、开垦土地，唐政府在全国推广了始于北魏时代的“均田制”，将土地平均分配给全国没有土地的成年男子，规定他们每年要把土地的一部分收成无偿交给政府。

这就相当于朝廷是一个巨大的包租公，全国成年男子都从它那里租到一份土地，他们每年的赋税就相当于租金，这就是“租”；他们还要给这个“包租公”当佣人，干些修宫殿、修陵墓、修衙门、修农田水利之类的活儿，这就是“庸”，合起来就是“租庸制”。

“包租公”为了保证租庸制的顺利实施，就要将每一个授过田的成年男子登记在“版籍”里。这相当于朝廷和全国成年男子签订了租赁合同和劳务合同，“包租公”提供土地，人民提供赋税和劳务，“包租公”每年按合同去收税就是了。

人们常说，不谋全局者不足以谋一隅，不谋万世者不足以谋一时。可这并不是很容易就能做到的事情。各种制度的设计一般是根据设计者眼前相对静态的社会形势而来的，对于未来，人们想不了那么多，也想不到那么多。所以初期，租庸制还挺不错的，为所谓的“贞观之治”奠定了坚实的基础，可后来慢慢就不行了。原因很简单，天下太平，成年男子越来越多，直到朝廷这个包租公再也没有土地可以给他们，再加上土地的买卖兼并、人口的迁徙和唐朝财政技术的限制，这个制度开始被撕裂。

安史之乱加快了租庸制的崩溃。战乱使得朝廷军费暴涨，同时也切断了朝廷的税源，朝廷变得越来越穷。而包括藩镇在内的地方各级政府，对于租庸制垮台的反应，则比朝廷快得多。大乱之后，中央政府的控制力大大削弱，来自中央的财政压力消失，各藩镇迅速抛弃旧制度，以各种新的名目向民众摊派税收，将钱抓在自己手里，不给朝廷。大唐帝国的财税制度自此一塌糊涂。

幸好，租庸制虽然是大唐税收的基础，但不是全部。前面说过，租庸制是针对无主荒地和无地农民的政策，对于那些已经拥有土地的贵族、官员、地主，大唐帝国还有一套税制。

贞观年间，整个国家对长期分裂战乱带来的饥荒依然记忆犹新。为了备战备荒，太宗皇帝要求在各地设立“义仓”，每年都要将一定份额的土地收成存到义仓里去。后来，这个备荒措施慢慢就成了一个固定的税收种类，无论有灾没灾都得交。因为是按照一定比例征收，硬性摊派到土地面积上去的，所以这一部分被称为“地税”。

“地税”不按人头算，而是按土地面积算，收税的依据不是每人交多少，而是每亩地交多少。天下大乱之际，土地上到底还有多少人，朝廷搞不清楚，但有多少亩地，朝廷还是知道的。这样一来，租庸制虽然失控，地税却依然能保证政府有一部分固定收入。

这些税其实还不少呢。早在天宝年间，地税的收入就已经和租庸制收入相差无几，占据大唐税赋的半壁江山。地税，这个初衷在于备战备荒的额外措施，后来竟还真的成了大唐帝国的救命稻草。

另外一种是户税。说起来，这也是太宗皇帝给他的不肖子孙们留下的制度遗产。户税是贞观年间制定并实施的一种资产税，根据家庭资产的多少征收，有钱的人多交，没钱的人少交，穷光蛋不交。

后来，户税与租庸制与地税一样，成为国家收入的支柱之一，且与其他两种不同，户税交的是钱，而不是农作物。这给了穷困的大唐帝国一个很好的启发，农作物运来运去多麻烦啊，干脆都像户税一样交钱算了。就这样，地税与户税成了税收的中流砥柱，支撑起了安史之乱后倾塌的大唐帝国大厦。

现在，所谓的新税法，其核心就是要给地税、户税这两种小三一样的制度一个正式的名分，使其成为名副其实的国家根本税收制度。这就需要中央政府将这两种税收的征收标准与方法，以最高国家法令的形式再次统一起来。

这就是新税法的实质。

朝廷先要确定每年全国税收总额，然后与各地协商，将总额分成不同的份额摊派给他们，形成一种事实上的包税制。听朝廷话的地方就多摊一些，不好意思，老实人好欺负嘛。而那些不听话的就只能少摊一些了，像魏博、成德、淄青这种地方就……呵呵。不管怎么说，如此一来至少保证了一部分税收的稳定。

以前的租、庸其实并没有废除，而是被合并到新法之内。此外，各地方这些年搞的苛捐杂税也没有少，而且被正式承认为合法，也被算进了新税法里。朝廷只是要求各级政府以去年（即公元 779 年）的实际税收为准，原则上不再加税。可以看出，新税法并没有减轻老百姓负担的意思，只是在原则上要求停止增加老百姓的负担。

若硬要说新税法对老百姓有好处的话，就是强制规定了政府征税的时间，每年两次，六月收一次，十一月收一次。这总比以前政府抽风似的说收钱就收钱好一些，同时也是两税法得名的原因，但很明显，这个名称并没有揭示出新税法最重要的含义。

对于那些拥兵自重的河北藩镇来说，两税法也为自己提供了一条长治久安的可持续发展的路子，执行两税法也能保证自己收入的稳定。况且，河北藩镇垄断着自己领地内的一切大权，朝廷不可能凭新税法的一纸文件，就能从自己的刀剑下带走赋税。所以，他们乐意接受两税法。

朝廷固然拿不到河北的赋税，但在其他地方的利益还是能够通过两税法明确实现。两税法将每年的税收分成三份，称为“上供”“留使”“留州”，分别给朝廷、节度使及州一级地方政府，分配的比例由朝廷和各地协商而定。江淮、荆楚、西蜀这些听话又有钱的地区，上供的比例非常高，几乎得上交一半的税收。所以，朝廷急切地盼望两税法尽快落实生效。

这儿还得多说两句。中国传统政治充斥着各种泛滥的道德评价，而较少去考虑如何实现这些道德原则的技术性手段。两税法也是如此。整顿税制，税外无税的理念，无疑出自“轻徭薄赋”的传统道德治国理念。然而，时代的局限使人们无法考虑到下面的关键点：随着社会的动态发展，政府行为的边际成本越来越高，这就迫使政府不得不抛弃诺言，加派新税，直至民众最终承担不起，转而推翻现有政府，将一切重新来过。

直至明末，思想家黄宗羲才发现了这个在各王朝循环的诡异宿命般的现象。可惜，在现代宏观经济学思想传入中国之前，没有人能解释这个现象产生的奥妙。

两税法颁布之后，朝廷立即向各地派人，去同各个“地头蛇”商量新法的落实，关键是商量新税收给朝廷分多少。

派往河北的是洪经纶，他首先来到魏博，与节度使田悦讨论新法的执行。

听洪经纶讲到新法要求各藩镇交出一部分的赋税，田悦立即装穷叫苦，以养兵为由，拒绝朝廷的要求：

“这恐怕很难办啊。我魏博如今有兵员七万人，每年光是养兵就得用掉近一百七十万缗，还不算其他用项，本镇的赋税实在吃紧得很呐。上供的事情，在下实在是无力承担。”

洪经纶知道田悦这是找借口，但朝廷半年来顺风顺水的振作气象，使他完全有勇气直接说破田悦的借口。于是，他大胆地抛给田悦一个尖锐且敏感的问题："如今天下太平，魏博也并非边疆，您养那么多兵干什么？"

"呃……"田悦没想到朝廷的这位使节竟然如此唐突，口无遮拦。这一招他没接住，心下暗想：这家伙够狠啊，想要我的钱，还想要我的兵。好吧，我倒要看看你和你背后的朝廷到底有多少分量。

田悦这条巨蟒，终于被德宗冒失的打草声惊醒。

"那以您看，我应该如何处置？"田悦反问洪经纶。

"裁军！"洪经纶朗声回答，"至少裁掉一半！这样您才能省下大笔军费，给朝廷上供。"洪经纶信心十足，且很是鄙视眼前的田悦。比起刚刚被他的皇上收拾掉的郭子仪、崔宁，还有吐蕃、南诏，田悦算得了什么？

田悦同样觉得眼前这个书呆子很可笑。倘若是在战场上，需要流干多少热血才能裁掉对手一半的兵力啊。这呆子凭几句空话就想让我裁军？朝廷竟然派这么个书呆子来和我谈正事。看来，天子真是没把我魏博放在眼里。不过，这样也好。

"节帅为何发笑？"洪经纶看到了田悦上翘的嘴角。

"啊？没什么。"田悦决定好好探一探朝廷的底牌，"我是觉得您的方法很有道理，我立即部署裁军的事，第一批先裁四万人下去，省出来的钱全部上供，您看如何？"

"如此甚好！"洪经纶满意了。魏博，不过如此尔。

接下来的几天，整个魏博都在忙裁军的事，走出军营的士兵们茫然地看着外面的世界，思索着自己接下来该干什么。还在军营里的士兵看着他们，也开始担忧自己，说不定哪天也将如此茫然。不安的气氛在军营内外飞散着。

田悦走进军营，士兵们纷纷围拢过来，期待他们的统帅为自己指明方向。

田悦眉头紧锁，同身边的士兵说：“你们从军多年，在外也没有什么产业，除了打仗什么都不会，全家还都靠你们的军饷供养，如今朝廷要裁军了，我担心你们以后该怎么办。”

士兵们集体沉默……

“早知道朝廷要裁军的话，真该早点儿让你们学些靠谱的技术，木匠活儿啊，瓦匠活儿啊之类的，你们出去也能有口饭吃。如今晚了，都是我的错，早该想到朝廷会抛弃我们的……”田悦悲戚地自责道。

“不是您的错，是朝廷的错！”士兵中忽然有人喊了一句，立即获得了海量共鸣，“对！是朝廷的错！”

田悦见士兵们已经看清了目前局势的始作俑者，便收起刚才的悲悯神情，大声对士兵们说：“朝廷对你们不仁，我田悦不会不义！我就算是违抗皇命，也要保住大家的饭碗！各位请立即回军营，走了的也叫回来，一切照旧！此外，我再给大家每人四十缗的奖励！”

士兵中立即爆发出山呼海啸般的欢呼声。

朝廷自以为是的粗疏计划，最终却使田悦抓住机会把自己打扮成了魏博军民的救世主。

意气风发的德宗却看不到这些已经开始涌动的暗潮。新税法颁布之后，德宗关注的是西北边境，他想趁吐蕃于西川新败、势头削弱之机，收复西北失地，重新打通河西走廊。他采纳了杨炎的建议，决定先在原州（今宁夏固原）筑起城池。

对此举措，镇守西北边疆的泾原节度使段秀实提出了异议：“如今朝廷边备尚虚，未宜兴事以招寇。”他认为，朝廷这是在瞎折腾、无事生非。

这句话激怒了急欲建功立业的德宗和提出这个建议的杨大人，他们将段秀实调回长安任司农卿（农业部长），命令李怀光接任泾原节度使，带着泾原的士兵前去荒芜的原州修城墙。

在没有重型工业机械的唐代，修建城墙可不是件轻松的事情，尤其是在人工与原材料都很缺乏的边疆。同时代的诗人张籍有一首诗，题为《筑城词》，可略见这项工程的艰辛：

> 筑城处，千人万人齐把杵。
> 重重土坚试行锥，军吏执鞭催作迟。
> 来时一年深碛里，尽著短衣渴无水。
> 力尽不得抛杵声，杵声未尽人皆死。
> 家家养男当门户，今日作君城下土。

杨炎这一安排彻底激怒了泾原士兵，他们认为这是杨炎强加给他们的报复。泾原部将刘文喜趁机煽动士兵拒绝朝廷的命令。德宗哪里容得下这等挑衅，立即命令朱泚、李怀光率兵攻打泾州。刘文喜不是朱、李二人对手，很快被部下杀掉。泾原士兵的怨怒之气，被朝廷暂时压制了下来。

与此同时，吐蕃也与朝廷订立盟约，西北局势暂时安定下来。

随即，淄青节度使李正己的使节来京，德宗骄傲地安排他参观了反贼刘文喜的头颅，向这个蠢蠢欲动的“地头蛇”秀出自己的肌肉。

经过近三十年的缠斗、隐忍、奋进，大唐朝廷终于再次声威大震，一个全新的伟大时代，似乎正如天子所愿，即将如期而来。

四　关山飞渡

公元 781 年，唐德宗建中二年，一月。

成德节度使李宝臣感觉身体很不好，估摸着自己时日无多，所以从去年开始，他就在为儿子李惟岳接班的事情忙着，他并不担心朝廷不让他儿子继位，不管天子在长安如何闹腾，这位热衷于以改姓试探朝廷态度的节帅，就是认定朝廷干涉不了自己家的事情。

真正让李宝臣担心的，是他手下的部将们。李惟岳性格软弱，肯定管不了他们，所以，李宝臣决定再帮儿子一把——杀了他们，自己带到阴间去管。于是，成德的大将们最近挨个儿被叫到恒州，然后都莫名其妙地死了。

这天，轮到了易州刺史张孝忠。李宝臣派张孝忠的弟弟张孝杰去叫他哥来。

张孝杰回来了，张孝忠却没来，只带回一封信：

> 诸将何罪，连颈受戮？孝忠惧死，不敢往，亦不敢叛，正如公不入朝之意耳。

大意是：你疯啦？杀这么多老战友！我怕死，我不回来。不过你放心，我也不会反水，就像你不入朝是一样的。

李宝臣见张孝忠不上当，也没了办法，总不能真撕破脸皮，带兵去易州打他吧。

另一位本来该死的部将王武俊，是李宝臣的儿女亲家，就算了吧。

然后，李宝臣死了，儿子李惟岳接班。

李惟岳，我们一直期待的下一幕大闹剧的最后一位联合主演，终于粉墨登场了。他的出现，就像是一幅神秘拼图的最后一块终于归位，一场天翻地覆大戏就此开启。

当然，对于这些，软弱的李惟岳自己并不知道，突然站到历史的聚光灯下，他茫然失措，根本不清楚自己应该在历史舞台上表演什么节目。

德宗倒是知道该干什么，他等李惟岳的老爹去死，已经等很久了。之前，魏博节度使田承嗣死在先皇时代，先皇没有阻止田悦接班。这一次，德宗不想再让这样的事情发生，李宝臣一死，李惟岳休想接班，他打算收回成德，就此终止割据藩镇的世代承袭，真正重建朝廷在全国的统治。

对于德宗而言，他太需要等李宝臣的死讯这个突破口来做文章了。

除了李惟岳，似乎全天下的人都知道德宗的想法。所以，李惟岳的家童王他奴劝李惟岳封锁老爹已死的消息，并以李宝臣的名义上书朝廷，请求把节度使的位置传给他。茫然的李惟岳采纳了建议。

不过，老爹李宝臣身体不好也不是一天两天了，全天下都在估算着他的死期。这也将是德宗继位以来第一次面对河北藩镇节度使的更替，全天下的人都想看看天子能不能就此收回成德。

这两天，成德节度使李宝臣已死的传言在长安坊间流传，德宗也听说了，却又接到了李宝臣的上书，说想把职位传给儿子李惟岳。德宗疑惑了，这家伙到底死没死？他决定派人去恒州看看。

得知朝廷使节班宏奉旨来探望李宝臣的病情，可把李惟岳给吓傻了，只得连声责怪给他出主意的王他奴：“你不是说朝廷好糊弄吗？咋这回较真了？”

“较真的只是皇上，这些使节未必如此，无非是给点儿贿赂而已。”王他奴指点李惟岳说。

班宏一到恒州，立即被李惟岳的人接进了节度使府邸，李惟岳在那儿等着他。

班宏说：“在下奉旨前来探望节度相公的病情，烦请少帅为在下引见。”

“不急，不急。尊使远来辛苦，请随我先到后堂叙话，稍事休息。”李惟岳回答。

听说你老爹都快要死了，你还不急？班宏暗想，看来坊间传闻是真的。

果然，跟李惟岳走进后堂，班宏一眼就看见一具硕大的棺椁。李宝臣确实死了！李惟岳令人抬上一只大箱子，看起来比他爹的棺椁也小不了多少。他亲自打开箱子，里面塞满了真金白银。

李惟岳对班宏说：“如尊使所见，我父亲已经去世，在下之所以未敢奏报朝廷，是怕朝中无人怜悯在下，阻止在下继承先父遗志，为国守边。这里有些碎银子，是在下为您准备的，烦劳您帮我暂时瞒着皇上，并替在下奏请皇上封我为成德节度使。在下不胜感激。”

钱能解决的事，都是小事。可班宏清楚，这次可不是小事，这是德宗皇帝期待已久的机会。天子铁了心要收回成德，估计谁帮李惟岳说话谁倒霉。我若收了这钱，恐怕命都没了。这就不是用钱能解决得了的事。

一番掂量后，班宏义正辞严地说：“大胆李惟岳！竟敢用如此龌龊的手段贿赂我！我班宏堂堂男儿，岂是你这点儿钱财能诱惑得了的？朝廷的官爵岂是你用钱财就能买来的？你简直是目无君父！劝你休要再执迷不悟！”说罢转身小跑出节度使府，往长安狂奔。

李惟岳被班宏的高风亮节吓愣了。

“你不是说使节能贿赂吗？这下怎么办？”李惟岳又把气撒在王他奴

身上。

“事已至此，只好为先相公发丧吧，您就干脆自封代理节度使。您放心，将士们会支持您的。然后，您可以示意他们上奏朝廷，要求封您为节度使。同时，通知魏博田悦、淄青李正己，他们毕竟和我们休戚与共，可以请求他们帮忙。”王他奴终于清楚，统一全国是天子的梦想，这是一个多少钱都买不来的梦想，所以这回，他总算理出了一个系统一点儿的计划。李惟岳没有主意，只好照办。

李宝臣的死讯现在已经不再是传闻，全天下都因此感受到了山雨欲来的侵骨阴风。

虽然田悦和李正己的使者都已来到恒州，告诉李惟岳说他们的主子都会支持他接班，但李惟岳还是心不定，毕竟当今德宗皇帝可不像先皇那般好糊弄，他们帮忙靠谱吗？一定要和朝廷杠上才能当上这个节度使吗？

成德部将邵真也在考虑这个问题，担心李惟岳惹怒朝廷，便哭哭啼啼地劝李惟岳：“先相公的丧事都还没完呢，我们就要和朝廷作对，这不好啊。干脆您把田悦、李正己派来的使节抓了献给朝廷，天子可能会原谅我们，说不定就会让您当节度使了呢。”他建议脱离其他割据藩镇的利益共同体，倒向朝廷一边，寻求已经强大起来的朝廷支持。

李惟岳心里也害怕朝廷，听邵真说得有理，立即下令：“那个谁，去把田悦、李正己的人给我抓起来！”

话音刚落，另一个部将却说：“先相公与魏博、淄青友好很多年了，怎么能这样抛弃他们呢？您就算抓了他们的人献给朝廷，对朝廷又有多大好处？朝廷难道就会因此信任我们吗？这样反倒得罪了魏博、淄青，他们的兵马很快就能杀过来，那时朝廷能帮得了我们吗？”

有道理呀！该死的，咋不早说！李惟岳又立即命令：“那个谁，去叫那个谁别去抓田悦、李正己的人！”

看来不跟朝廷作对还真就当不上这个节度使了。要跟朝廷作对就必须跟魏博、淄青联合起来。唉，李惟岳真心觉得这事很麻烦。

就这样，成德、魏博、淄青的联盟形成了。不久，镇守襄阳的山南东道节度使梁崇义也加入了他们的联盟。朝廷方面也开始紧密部署即将到来的战争，并将紧邻前线的汴宋军更名为宣武军。

宣武，一个霸气的名字！

和平，这头步履艰难的骆驼就快要被压死了——角力的双方都在寻找一根够分量的稻草，扔到骆驼背上。什么事将成为压死骆驼的最后一根稻草呢？

李正己率先找到了这根稻草。头一年七月，为国理财、功勋卓著的原宰相刘晏，在被贬谪之后不久又被下诏赐死。朝廷一直没有说清楚刘晏有何罪过，天下都为刘晏感到不平。

这回，李正己决定伸张一次正义。他上书质问朝廷为何诛杀功臣，并发出坦诚且尖锐的追问："我辈罪恶，岂得与刘晏比乎？"意思是说，如果刘晏这样的功臣都该死，那我们这些割据藩镇呢？

河北藩镇割据至今已近三十年，除了皇帝依然对此耿耿于怀之外，天下臣民大多已经接受了这种状态，不觉得这有什么罪恶，也就自然不会觉得李惟岳要接他老爹的班有什么不对。

而刘晏的死，却是刚刚发生不久的重大政治事件，天下人都同情刘晏的遭遇，李正己这一质问，一下子把自己一方摆到了道德的制高点。人们反而开始期待李正己带领着河北藩镇为刘晏讨回公道了。

实际上，刘晏是在与杨炎的党争中失利，被杨炎陷害致死的。在中国历史上，这也不是什么特别见不得人的事，自尊心极强的德宗却偏偏对此刻意遮掩，反而引起了大家的注意。

田悦、李惟岳这两个二代节度使，对李正己这一高明举措佩服不已：还是老一辈人见的世面多，手段多犀利啊！

公元781年，唐德宗建中二年，五月。

万事俱备，田悦的魏博军首先打破对峙的僵局，向西面的昭义发动攻击，包围了昭义仅有的邢、磁两州；李正己则向南进军，攻击重镇徐州，威胁运河；梁崇义也在襄阳响应，截断由汉江北上长安的交通要道。

朝廷陷入全面被动。

德宗之前只针对成德进行了军事部署，如今突然四大藩镇联合作乱，骄傲的德宗被打得措手不及。

福无双至，祸不单行！战端初启之时，朝廷就损失了最具号召力的伟大人物——退休在家的老元帅郭子仪去世了。虽然郭子仪已经对实际政局没有太大的影响，但仗才刚刚开打，他便辞世，实在不是好兆头。德宗皇帝的心境愈发烦乱了。

可不管心情有多乱，事情总还是要办的。这是追梦人与做梦人之间的本质区别。

当今天子德宗皇帝是一个勇敢追梦的人。此时，他认识到不管田悦他们怎么闹腾，朝廷的当务之急依然是优先保障江淮与长安之间的交通畅达，才有钱粮支持战争的进行。于是，他封淮西节度使李希烈为南平郡王，令他攻打襄阳梁崇义，恢复南北交通。

杨炎却反对这个计划，他对德宗说："李希烈此人凶残无比，皇上您让他去打襄阳，打下来他也不会给朝廷的。"

德宗看着依旧风度翩翩的杨炎，却感觉气不打一处来，要不是你跟刘晏互掐，让朕帮你杀了刘晏，朕现在怎么会惹上这一身骚？他怒斥杨炎："淮西离襄阳最近，李希烈不去打，你给我去打？你还是少给朕惹些麻烦吧。"

杨炎自知有愧，只好退到一边，不再进言。

而李希烈却并没有立即动兵去打襄阳，这让德宗十分焦急。这时，大臣卢杞报告："杨炎说李希烈靠不住的事，被他给知道了。所以才一直不肯进军。您干脆暂时罢免杨炎，等事情完了，再让他复出不就行了？”

焦躁的德宗立即同意了卢杞的建议，罢免了杨炎的职务，但也不打算再让杨炎复出了。

果然，李希烈开始缓缓地向襄阳挪动了。德宗觉得，这个卢杞还是个挺有想法的人呢。

同时，昭义战场上，在节度使李抱真的指挥下，昭义军发挥出极强的战斗力，与田悦尽力周旋。田悦久攻不下，错过了将先发制人的主动权完全转化为战场优势的最佳时机。

在这段时间里，卢龙节度使朱滔和河东节度使马燧已经同意加入战争，帮助朝廷一方作战。朱滔负责攻击李惟岳，继续和成德算当年画像事件的旧账；马燧则帮助李抱真对阵田悦。朝廷也派出了自己的神策军，由刚刚在西川立下战功的李晟统领，赶赴河北参战。

河北一下子又热闹了起来。

此时的田悦正亲自率军攻打临洺（今河北邯郸永年区）。自从独立带兵打仗以来，田悦就没打过一次像模像样的胜仗。这次，他想把这个尴尬的历史终结在临洺，所以，他集中魏博精锐，猛攻这座小城。可田悦的军事才能实在是不怎么样，战局很快便僵持住了。

僵吧，一座小城而已，拖，我也把你拖死。田悦才不怕拖呢，他刚刚收到马燧的信，他在信中说出兵只是应付一下朝廷，不会真和魏博打起来。田悦想想马燧怎么说也是个节度使，天下乌鸦一般黑，对朝廷都应该是阳奉阴违的，于是也就信了，并未派兵去堵截，继续攻城。

大家可能都猜到了下面的情节：田悦上当了。马燧的兵马很快与李抱真的昭义军主力会合，对田悦发动突袭。一番苦战之后，田悦放弃了对昭义各地的包围，全军后撤，大战不胜的尴尬纪录依然在延续。

风水轮流转，这段时间轮到藩镇联盟这边晦气倒霉。田悦兵败之后过了几天，藩镇联盟方面资历最老、谋略最深的淄青节度使李正己病逝。

至此，参与过安史之乱并深刻影响后世政治局势、开创并定义中晚唐时代的那一代人，全部告别了历史舞台。

和成德一样，李正己的儿子李纳接掌淄青的要求也被朝廷拒绝，德宗在坚持着他自己的原则。但在当前局势下，若德宗能灵活一些，向李纳点一下头，李纳就会失去继续站在藩镇联盟一边的必要性，也许藩镇联盟就会出现一些朝廷希望看到的松动。可德宗的冷酷拒绝，使得李纳更加坚定地站在了藩镇联盟一边。

坚持原则与随机应变之间的平衡，是每一个时代的人们遇事都应该细细思量的问题。

八月，北线战场上，朝廷继击败田悦之后，又赢得了一场重大胜利：差点儿被李宝臣杀掉的成德部将张孝忠投降朝廷，被任命为成德节度使；南线方面，李希烈攻破襄阳，杀掉梁崇义，重新打通南北交通。

现在，德宗的心情不再烦乱，经过三个月的较量，他发觉藩镇联盟也不过如此。待平定了河北，朕就可以北伐回纥、西征吐蕃，把我大唐带回盛世。

“皇上，李希烈攻破襄阳之后，并没有要把襄阳还给朝廷的意思，他的兵将一直赖在城里，没有撤离。恐怕李希烈是想把襄阳据为己有啊。”有大臣冷不丁地报告了这么一个消息，惊破了德宗的梦。

“嗯？怎么能这样？”德宗感到十分诧异。

怎么就不能这样？千里之外的襄阳城里，李希烈却在反问那些劝他把襄阳还给朝廷的人：“我帮朝廷打仗，死了我这么多人！费了我这么多钱粮！朝廷不应该给我点儿好处吗？我就这么占着襄阳怎么啦？朝廷不让我满意，休想拿回襄阳！”

是的，兵是李希烈自己养的兵，钱粮是李希烈自己筹的钱粮，现在仗打完了，账也该结了。

过了几天，朝廷新任命的山南东道节度使李承前往襄阳上任。李希烈出城一看，来的只有李承一个人，就为他随便安排了个地方住下，自己依然赖在山南东道节度使的府邸里。

李承在战前就知道李希烈不是个老实人，也曾经提醒过德宗。直到李希烈霸占了襄阳，德宗才想起李承的提醒，于是就命他为山南东道节度使，并准备派神策军护卫李承前去接管襄阳。当然，杨炎也提醒过，不过他现在已经彻底失宠，德宗似乎想不起他来了。

李承明白李希烈霸占襄阳是为了要挟朝廷，要朝廷给些赏赐。只可惜，德宗是个只知道梦想、原则这类虚头巴脑概念的人，不解人间风情，更不会想和李希烈玩这种交易。这样一来，自己带着不靠谱的神策军去上任，多半只会激怒李希烈，把事情搅得更乱。于是，李承提议不带兵，他自己有办法应付李希烈，一个人去就足够了。

德宗也乐得省事，便同意了。

这天，李承去见李希烈。李希烈逼问道："怎么样？跟你说的事情考虑好没有？上书朝廷，说你愿意把山南东道节度使让给我来当？"

"这是朝廷的决定，不是我们可以私下当作条件来交换的。"李承拒绝说，"不过，作为朝廷任命的本镇节度使，我倒是可以和你做另外一笔交易。"

"什么交易？"

"节帅为朝廷尽忠效力，朝廷本应嘉奖，但近来多事，朝廷实在无力犒赏您的军旅。您看看这襄阳城的物产如何，若是看得起，尽管拿走便是。就算是我暂代朝廷为您准备的些许军费，如何？"李承说出了自己计划，这也是他敢于单骑赴任的原因。

李希烈想了想，襄阳虽然不比洛阳、汴州那么有钱，也算是个富饶之地，要是抢上一把，抢得干净一点儿，怎么也得有个一两百万缗吧。于是就同意了。

只苦了襄阳百姓，汉江两岸一时哀鸿遍野。李希烈的军队满载而归后，李承也终于住进了节度使府。

对于历史上地方与中央的军事对抗，人们总是想当然地把中央当作正义的一方，凡是反抗中央的就是邪恶的。关于这个问题，这里暂时不作过多的讨论，以后这样的事情还有很多，大家可以慢慢看，慢慢评判。反正，刚刚被干掉的梁崇义是不会这样对待襄阳百姓的。

在德宗看来，襄阳的事情就这样摆平了。他只觉得这件事不过是李希烈一次偶然的胡闹，并没有把这次事件的来龙去脉再往深处思考一些。其实，哪怕再往深处想一点点也好。

南线方面的战火平息，北线战场的发展也愈加顺利。十一月，宣武节度使刘洽与支持朝廷的其他几路兵马一道与魏博、淄青联军在徐州会战，朝廷方面再次大获全胜。

时间很快来到战争爆发的第二个年头，公元 782 年，唐德宗建中三年一月。战场捷报依然不断，河阳节度使李艽加入战场，与马燧、李抱真合兵在漳河与田悦决战，田悦再次惨败，魏博三万大军几近全军覆没。田悦只带着千把人逃回魏州。

这次，田悦彻底承认自己不是带兵打仗的料，但面对哭天抢地的死难士兵家属和垂头丧气的残兵败将，田悦仍然需要振作起来，发挥自己最靠谱的技能——演讲与口才，来稳住士气。

他挎上战刀，来到军营外，召集齐全城军民，对他们说："我田悦不肖，承蒙成德、淄青二丈人保荐，嗣守伯父业（指李宝臣、李正己曾经帮助他求取继承魏博节度使的事），如今两位长者离世，其子却不得承袭，我不敢忘记他们的大恩，不自量力，辄拒朝命，丧败至此。战场上伤亡惨重，皆是我的罪过。我田悦上有老母，不能自杀，愿诸位以这把刀割下我的头颅，拿着出城降马仆射（指马燧）自取富贵，不必跟着我因败而亡！"说罢丢下刀，跳下马来躺在地上，作受死状。

田悦这段话把自己打扮成了一个孝义两全、仗义的魏博好男儿，谁要是真的杀了他，反而不道德了。于是，将士们回应："尚书（指田悦）您举兵徇义，不必为私利，一胜一负，兵家之常事，我们累世受恩，怎么忍心听您这般说呢？愿跟随您拼死一战。"

这将士们提到的"义"，值得一说。田悦反叛朝廷，看起来应该算是大逆不道，为什么在将士们眼里，却是一种义举？

什么是"义"？儒家经典《中庸》指出："义者，宜也。"义就是适宜、合适。那么什么算是"合适"？崇尚伦理的儒家认为，遵从道德理念做事就是合适的。义，就是指严格遵守并主动践行各种道德观念的行为。

宋元之前，河北地区经济长期繁荣，且距政治中心较远，政治压力相对较小，律法缺位。身处频繁且复杂的经济交往之中（这里经济交往的概念是广义的，不只限于商业活动），人们自然需要以道德来约束各自的行为，力求经济活动实现双赢。这就是司马迁所描述的"仓廪实而知礼节，衣食足而知荣辱"这一现象背后的原因。

经济长期发达，促使遵守公共道德理念在河北地区深入人心。河北成了中国古代各种"义士"的沃土，直到中国的政治中心来到河北地区之前，这里的民众一直是全中国的道德楷模。早于唐朝几百年前的曹操就发出了"河北义士，何其多也！"的感叹，回顾历史，不难发现，这真的不是一句空话。

与历代君王提倡的"忠"明显不同，"义"更加强调的是遵守和践行与自己身边关系密切的人的各种道德义务。田悦起兵抗命时，河北疏离朝廷已有三十年，长安方面要求河北士民尽忠的道德压力严重削弱，而遵循对身边人的"义"，依然是河北人民心目中一个重大的道德课题。所以，田悦把自己起兵的原因解释成为了成德、淄青的利益，而被士兵们认为是义举，这是可以理解的。

就这样，田悦反而爬上了道德制高点，阻止了军队士气的继续崩溃。

而且田悦办事还是很实在的，他知道讲道德也只不过是给士兵们打一针鸡血，过一会儿就会失效，于是，他拿出府库里的积蓄，又向境内商人摊派了一些税费，凑足一百多万缗，分赏给士兵。

在精神与物质同时得到满足之后，魏博全军又成了一支嗷嗷叫的虎狼之师。朝廷的军队围攻魏州，遭遇了魏博军前所未有的顽强抵抗，长时间没有进展。

田悦总算支撑住了大厦将倾的局面，现在，他需要在僵局之中找到一个逆转的机会。

而成德军那边的局势，却并不乐观，没有人能支撑得住朝廷的压力。张孝忠的反水打开了成德的北大门，使得朱滔的攻势相当顺利，成德重镇深州已经被他包围。待深州被攻陷，朱滔的下一个目标就是成德首府——恒州。

朱滔感觉到了复仇的酣畅，画像事件这笔老账，现在总算可以清了。

显然，李惟岳没见过这么大的世面，仗还在打着呢，他就已经没了主意，乱了方寸。成德的马仔们只好忙着给他出各种主意，节度使府又成了成德军中各种意见的辩论会场。这几天，正方选手、主张倒向朝廷一边的邵真占了上风，李惟岳依从他的意见，派亲弟弟李惟简去长安求和，并准备杀了自己军中跟朝廷作对的人，然后再由李惟岳亲自入朝，求得朝廷的谅解。

可李惟岳这人办事实在是太不靠谱，李惟简才刚出发，就走漏了风声，被田悦的间谍知道了。

于是，李惟岳受到了魏博使节的严正谴责："尚书举兵，正为大夫求旌节耳，非为己也。今大夫乃信邵真之言，遣弟奉表，悉以反逆之罪归尚书，自求雪身。尚书何负于大夫而至此邪？若相为斩邵真，则相待如初，不然，当与大夫绝矣！"

这是人家的原话，意思是说，我家主子跟朝廷打仗，是想帮你当上节度使啊，又不是为了我们自己！你可倒好啊，听了邵真的鬼话，派你兄弟去跟朝廷和解，想把这谋反的屎盆子往我们头上扣？我家主子哪里对不起你？你现在要是杀了邵真，咱们这朋友还有得做，不然，我们可要翻脸了。

这就是占据道德制高点的好处，可以随意发射道德子弹攻击他人，尤其是对李惟岳这种没主见的软蛋。

李惟岳又被说服了，放弃了归顺朝廷的计划，还当着魏博使节的面杀了邵真。随后，他亲率大军北上与朱滔、张孝忠作战。然而，好不容易才坚定了一回的李惟岳，却吃了个大败仗，十分狼狈地逃回恒州。

“王武俊那家伙怎么回事？打仗一点儿力也不出？害得我差点儿死在朱滔手里！”恼羞成怒的李惟岳把战败的责任都推到先锋王武俊的身上，“他自以为他是老爹的战友，就敢看不起我！我得好好收拾他不可。”

身边的人劝他在危难时刻应该加强团结，李惟岳这才悻悻地收了口。

成德的战局还在继续恶化，镇守赵州的部将康日知也降了朝廷。赵州在恒州东南方不远，过了赵州，要打恒州就没什么难度了。李惟岳无奈，只好命王武俊带兵去攻打赵州。

王武俊回家收拾东西，准备第二天一早就去打赵州。一边收拾东西，一边还要收拾自己烦乱的心情，结果就是，他一样也没收拾好。

这时，儿子王士真回来了：“父亲，明天您要多保重，我没法儿跟您一起去了。刚刚李惟岳那小子下令，要我从明天起在他身边带兵护卫。”

“哦……他这是拿你当人质啊。张孝忠、康日知投降，恒州已是危在旦夕，他怕我也去降了朝廷，所以才留下你。”王武俊知道自己已被主子猜疑了。

“父亲，您放心，我手里有兵，谁是谁的人质还不一定呢！”王士真安慰道，“倒是您自己，这次去打赵州，恐怕危机四伏啊。”

“嗯，你怎么看？”这才是王武俊心情烦乱的真正原因，他感觉这次出战不同以往，但又想不清楚到底是哪里有问题。既然儿子这么说了，他便很想听听儿子的见解。

“李惟岳办事没谱儿，毫无主见。今天想跟朝廷打仗，明天又想跟朝廷和好，搞得全镇军民无所适从，进退失据。现在看来，再打也是打不过的。恐怕李惟岳很快又想投降了。到时候他一投降，想保住性命就得有人当替死鬼，替他背这谋反的黑锅。可如今，成德宿将死的死、降的降，够资格替他背黑锅的，就剩下您了。康日知现在已经是朝廷的人，他李惟岳在这边也降了，您还在那边打赵州呢。那时，您岂不是坐实了这谋反的罪名？”王士真帮父亲理清了杂乱的思维。

“确实如此！”王武俊肯定了儿子的分析，“上次和李惟岳一起去打朱滔的时候，我就在担心这个。所以在战场上也没用力。我知道跟着李惟岳没法儿混，可我也不觉得投靠朝廷就是对的啊，我跟朝廷打过交道，朝廷的人也不是好东西。所以现在正为难呢！”王武俊把自己腰上的横刀抽出半截，推回去，再抽出来，又推回去。

“那么，既然父亲不想再为李惟岳出力，又不想投奔朝廷，就没想过其他出路？我听说朝廷最近有诏，谁杀了李惟岳，就把李惟岳的官爵给谁。”王士真诱导父亲往一个新的方向去思考。

“这……不好吧。”王武俊突然停住了抽刀的手，犹豫了。

王士真以为父亲跟随李宝臣多年，对李家有些情分，所以迟疑，便劝道：“父亲，您为李家厮杀半生，战功赫赫，也不欠他们什么了。如今李惟岳如此待您，您不该再有妇人之仁。”

“不是，”王武俊说，“我担心的是，朝廷说话算数吗？这恐怕只是朝廷玩儿的一个文字游戏吧。要知道，张孝忠投降时，朝廷就已经任命他当成德节度使了。李惟岳的节度使是自封的，朝廷又没有承认，朝廷承认的不过是什么大夫之类的虚衔。即便我真的杀了李惟岳，朝廷也只会把这些没用的虚衔给我，那有个什么意思？”

原来父亲担心的是这个！王士真豁然开朗，继续为父亲分析道：“杀李惟岳，重要的不是朝廷给什么赏赐，而是就此控制成德，取李惟岳而代之，这样我们就有资本和朝廷谈条件了，朝廷应该给您什么，让他自己去掂量。如果朝廷让您满意了也好，若是没让您满意，呵呵，我们也去联络魏博、淄青，再反一回便是。”

“嗯……有道理。”王武俊看着自己的儿子，心中顿感自豪。他又想起了老领导李宝臣，老领导啊，你睁眼看看你那败家的儿子吧！

父子二人商量好具体的执行计划后，王武俊不等天明，连夜带兵向赵州进发。

路上，王武俊又把自己的计划和兵将们做了沟通，并顺利地达成一致。于是，王武俊命令军队向后转，返回恒州，并派人密告留在李惟岳府中的王士真：动手！

黎明时分，王武俊回到恒州，命令士兵勒死了已经被王士真控制住的李惟岳，并砍下头颅送往长安。因此事变，成德战线忽然全面停战。

这时，魏博、淄青已经被压得喘不过气来，结束战斗看起来只是时间问题。因李宝臣的死而引发的历时近十个月的这场混战，看起来即将以朝廷方面的胜利而结束。

德宗享受着吹捧与谄媚，开始细数自己用兵以来的战绩：吐蕃、南诏、泾原刘文喜、山南东道梁崇义、成德李惟岳……数到这里，他已经弯下了自己左手的全部手指，他又缓缓地伸出右手，一边依次弯下手指，一边轻声念叨：“魏博田悦、淄青李纳……”

所谓的藩镇，也不过如此嘛！

德宗现在忽然又不能理解先皇了，他为先皇感到遗憾与惋惜，搭上了自己的名声，白白地忍让了十几年，真的有必要吗？值得吗？看看，朕根本没花多少力气就平了他们，父皇啊，您何苦呢?!

德宗骄傲地仰望着天空，此时，在他的眼里只有和他一样强大的、光芒四射的太阳。他很享受此时此刻的感觉。

面前放着一张河北藩镇的地形图，大臣们请皇上安排河北善后事宜。可能是刚刚仰望阳光时间太长了，德宗的眼睛有些看不太清楚，便随手在地图上比划了几下，让大臣们去办……

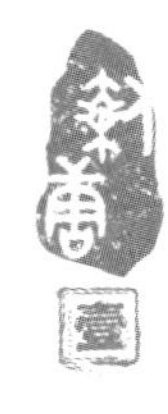

五　败如山倒

公元782年，唐德宗建中三年二月，恒州城里的王武俊接到了朝廷的委任状，根据他的功劳，朝廷决定任命他为恒冀都团练观察使。

说好的节度使呢？王武俊有些惊愕。观察使根本就没什么实权，并且王武俊得到的这个观察使还只能“观察”恒、冀两州。实权少、地盘小，王武俊不爽了。

都说幸福感是比较出来的，王武俊决定也来比较一下，希望能找到点儿心理平衡。

第一个投降的张孝忠居然就当上了节度使！而且还分得了易、定、沧三个州的地盘。实权比我大，地盘也比我多，凭什么？

嗯，康日知跟我一样，深赵都团练观察使。不对！他凭什么跟我一样？我可是杀了逆首李惟岳的人呢。

王士真看出了父亲的愤怒，说：“父亲，看来朝廷是想吃霸王餐了。皇上看起来不光是想制止成德的世袭，而是要把整个河北收回到朝廷的手中啊。您先别急，看看其他人怎么说。既然朝廷想吃霸王餐，那些想和朝廷做公平交易的人，肯定不会服气，比如朱滔，他打得那么卖力，肯定是指望着朝廷给他个好价钱。既然朝廷这么不知趣，我们就联络他们，干脆再反一回，向朝廷还个价。”

“嗯，是的。我也不是没想到朝廷会这么玩儿，只是觉得现在事情还没算完，朝廷居然这么早就摊牌了。”王武俊恢复了冷静，“嘿嘿……朱滔那个傻子，他想要深州，可朝廷偏把深州给了康日知。你猜朝廷给朱滔的地盘在哪？”想起比自己还悲催的朱滔，王武俊忽然又有了些说笑的心情。

“哪儿？”王士真也很好奇。

“朝廷把德、棣两州当成了给朱滔的赏赐。”

“德、棣……”王士真感到很奇怪，“那不是淄青李纳的地盘吗？”

“哈哈！”王武俊终于笑出声来，“朝廷慷他人之慨，意思呢，就是朱滔别歇着，赶紧去打李纳，拿回地盘。朱滔这小子，这么卖力气，卖得好啊。哈哈！”

“朱滔自统领卢龙以来，已两次为朝廷出兵。上次被李宝臣给耍了，朝廷连个话都没帮他说一句。这次朝廷又耍他，估计他的怨气也不会小，父亲您也可以和他联络一下。”王士真提醒道。

“嗯，不错。”王武俊收起笑容，“还有……那个田悦，还活着吗？”

田悦当然还活着，也知道了成德发生的事变，他现在正在认真研究朝廷对成德的善后处理措施。这些措施里透露出的目中无人，使他感到又惊又喜，朝廷居然把王武俊和朱滔往自己这边狠狠地推了一把！现在，他只需要再顺势上前去拉一把，他们恐怕就是自己这边的人了。

田悦立即向成德、卢龙派去使节。使节见到王武俊，开口便说：“您出万死之计，诛逆首、拔乱根，康日知岂能跟您一样论功、相提并论呢？可朝廷……”

“好了，这些我知道。”王武俊径直打断使节，“直说吧，你家主子是不是想和我联合，要我去帮帮他？”

使节见王武俊如此爽快，也就直说了：“正是此意。”

“好！没问题！”王武俊立即答应了。

不过，田悦派去联络朱滔的使节却遇到了麻烦。朱滔一直记恨着魏博曾经挑唆李宝臣暗算自己的事，虽然朝廷确实待自己不公，可魏博也不是什么好鸟。于是，朱滔一直摆着一张扑克脸，漠然地听着魏博使节口如悬河。见此情形，使节只好说出一些深层次的理由：“如今，朝廷想扫清河朔，不让藩镇承袭，听说要以文臣代武臣接管地方。魏博一旦败亡，则成德、卢龙也好不到哪里去，反之亦然！”

当今皇上的梦想是要从我们这些职业军人手上夺回整个河北，魏博、成德、卢龙三家现在是一荣俱荣、一损俱损，你不知道吗？

魏博使节的原话中，根据三家各自的地盘，自称“魏”，把成德称为“赵”、卢龙为“燕”：魏亡，则燕赵为之次也；若魏存，则燕赵无患。俨然把当今天下喻为战国时代了。

这一句关于天下形势的概括，终于引起了朱滔的思考。比起那些已经过去的恩怨，未来才更值得去谋划。自己出兵为朝廷卖力，本就是想和朝廷做个公平交易，好让自己的藩镇更加强大、巩固，现在看来，朝廷却想彻底灭了藩镇，直接控制河北，这就没交易可做了。就算自己能够忍下这次不公，但朝廷显然不会就此罢手。那么，自己的命运，若自己不去抗争，必然陷入悲惨境地。不如就跟他田悦反一回吧，至少得逼朝廷放弃“扫清河朔”的梦想才行。

于是，朱滔告诉使节：“叫你们主子等着！”然后命令部队准备南下救援田悦。

而这时，朝廷才刚刚向朱滔的军队下达了返回幽州的诏令。卢龙士兵苦战一场，虽然一无所获，但能马上回家，让他们感到无比欣喜。听说又要往南更远的地方行进，卢龙士兵失望了，一些人甚至拒绝开拔。

“皇上让我们回家，怎么又要去救什么田悦？”拒绝开拔的士兵这样质问。

这个对于疲惫的士兵们来说极具煽动性的问题，引起了朱滔的重视，他一边命人找出这些闹事的士兵，秘密杀掉，一边让军官们去向士兵宣讲这样一套说辞：“皇上本来承诺攻下李惟岳的州郡就归我们，所以朱大帅考虑到我们幽州很穷，想攻下深州，拿深州的钱粮充作你们的赋税，减轻你们的负担，这是为你们着想啊。结果朝廷不讲信用，把深州给了康日知，害得我们白白流了血。

“然后呢，朝廷总算有些良心，答应给我们士兵每人十匹绢，运到魏州时又被正在攻打魏州的马燧给抢了。朱大帅这次南下，就是要为大家抢回这些赏赐。这都是为了你们啊，不然的话，朱大帅在幽州有吃有喝，干吗不待在幽州享福，要带着大家去打仗？你们不想去就不去，吵什么吵？不像话！”

一套真假杂糅的说辞，立即把士兵们的愤怒引到了朝廷头上。发狂的士兵冲进刚刚来军中宣诏的朝廷使节住处，虐杀了无辜的使节，气势汹汹地跟着朱大帅南下讨薪。

这时，朱滔又想起那个还在朝廷为官的哥哥朱泚。如今要造反，这个哥哥也恰好能派上用场。于是，他写了封密信给哥哥，要他在恰当的时候响应自己。

不巧，这封密信被马燧截获，最终被呈送德宗手里。

德宗最近也慢慢了解到河北正在发生的奇异变化，刚刚派去恒州、要求王武俊把兵马钱粮分出一些给朝廷的使者回来说，王武俊拒绝了这个命令，并已经率部南下，似乎是要去救援田悦。

德宗还在讥笑王武俊的智商，你南下了，就不怕我这边的朱滔在后面踢你的屁股吗？

看到马燧截获的信函，德宗一下就蒙了。朱滔反了?! 就为分地盘这么点儿事，他就反了?!

自负的人，最令人厌烦的一点就是，自己的事再小都算个事，别人的事再大都是“这么点儿事”。

当然，当今天子确实有那么一些自负的资本，比如他往往能克制自己的情绪，迅速恢复冷静思考。很快，德宗皇帝接受了王武俊、朱滔已经反叛的事实。可如此一来，光靠河北战场上现有的军队肯定是不行了，于是他打出了自己最后的王牌，命令朔方节度使李怀光率领有着光荣传统和辉煌战绩的朔方军主力加入河北战场。

同时，为供应巨大的军需，德宗下令全国税收上浮两成，并强行提高官盐价格。通过两税法刚刚得到整顿的税制，又开始进入混乱的节奏。

德宗相信，眼下只是暂时的困难，秩序很快就会恢复。他也相信全国军民有义务和他一起渡过难关。对于有重大反叛嫌疑的朱泚，因为如今神策军、朔方军都不在身边，德宗确实不敢过多地去刺激他，而是像当年对付郭子仪一样，用名誉和财富换回他的兵权，把他从凤翔节度使的任上调回长安赋闲。

德宗何尝不想直接杀了朱泚，一了百了？可朱泚领着从幽州带来的兵，在长安附近已经驻扎多年，若杀掉至少现在还没有造反迹象的朱泚，必定会立即激怒他手下满布帝都周围的兵将。形势的无奈使德宗只能选择一场赌博，他赌朱泚不会反叛，赌注是自己的身家性命和大唐的都城。

无奈！德宗皇帝自继位以来第一次感到无奈，各种梦想在脑海里纷乱翻涌，想靠近它们、抓住它们，可手脚却像被锁住一般，使尽力气也动不得分毫。

那不是父皇在位时才会有的感受吗？怎么朕也会有呢？

时间缓缓地走到公元 782 年，唐德宗建中三年，五月。王武俊的成德军、朱滔的卢龙军抵达魏州。苦守魏州整整四个多月的田悦，终于等来他的救星。初夏和煦的阳光，把魏州军民的欢呼声衬托得更加热烈。

随后，三镇联军与李怀光、马燧、李抱真率领的朝廷军队在惬山（今河北大名境内）会战，三镇联军大获全胜，赢得了一场具有决定性意义的辉煌胜利。朝廷方面再也无力组织对河北的攻势，而三镇联军也没有再表现出更大的军事野心，河北战场一时就以这种奇怪的局面静止下来。

淄青的李纳也及时加入新形成的藩镇联盟当中，朱滔承认，是李纳成功地牵制住宣武、淮南两个巨有钱的土豪藩镇的势力，使其无法加入河北战场，因此，派遣魏博军前往支援李纳。

朱滔为什么能指挥魏博兵马？因为他如今是“四大藩镇拒命联盟”的盟主。要当上这个江湖味儿十足的盟主，自然也是要拿实力说话的。田悦虽然是联盟的实际组织者和策划人，但他手下的魏博毕竟元气大伤，他自己的战斗指挥能力也的确太渣，只好让贤；而王武俊只为联盟带来小半个成德镇，成德的大部分地盘已被降将们带走；李纳也同样被打得够呛。只有朱滔的卢龙军实力完整，兵强马壮。所以，这个盟主非他莫属。

登高望远，朱滔的野心也在微妙地升级、扩大。

而此时的德宗，却在痛苦地咀嚼着挫折与无奈的滋味。朔方军大败之后，自己手中已经没有完整的军队可以再投入战场，现在只能完全依靠其他藩镇的力量，继位以来，德宗第一次感到自己需要去乞求他人，可他拿什么去乞求呢？

他唯一能给别人的，只剩下各种官衔。天下太平时，人人会为了这些官衔斗得你死我活，可在如今的形势下，自己手上这些虚名，还能有多大价值呢？最终还得加上一些另外的东西——自己的承诺。他让淮西李希烈兼任淄青节度使，去打李纳，给李希烈的官衔其实就等于许诺将淄青送给李希烈。同时，他让河东节度使马燧兼任魏博节度使，还给了李怀光“同平章事”的宰相荣衔，希望这三位节帅再为国家努力一把。

能给的，朕都给了，朕都舍得啊。大唐天子的心，流血了。

不难看出，照这样的部署与承诺，即使战争胜利，德宗也无法完成自己“扫清河朔”的梦想，甚至将会一无所获。因此，他对眼下这场战争胜利的渴求，已经渐渐压过对自己梦想的坚持。

梦想，渐渐撑不住现实。

可惜，面对朝廷的乞求，三位大帅却无动于衷。比起为德宗皇帝去打仗，他们更想看看眼下的怪异局面最后还能幻化出什么幺蛾子。

转眼即到年底。这半年里，田悦和王武俊很聊得来，因为他们发现彼此有一个共同的偶像——田悦的伯父田承嗣，他们都非常敬仰田承嗣的高明手段。也正是出于对田承嗣的政治哲学的共同研讨，拉近了彼此的感情。

“现在局势稳定了，我们几个藩镇的目的似乎也达到了，朝廷至少最近几年管不了我们。下一步该怎么走？若是您的伯父的话，他会怎么做？”王武俊虚心地向田承嗣哲学的正宗传人请教。

“伯父在时，每次与朝廷作对，都要等到朝廷最后正式认输，下诏赦免，并恢复官爵之后，才会罢手。”田悦回答说，“朝廷毕竟有威信，必须让他承认我们这次起兵是无罪的，承认我们藩镇世袭的权力。这样我们做的事情才算名正言顺，天下人才不会有非议，我们才好混得下去啊。”

“嗯，是这样。但如今战事平息快大半年了，朝廷既没有再打我们，也没说要赦免我们。我看天子还没想认输，还想再斗上一番呢。”王武俊对目前的静坐战感到不解。

“当今天子确实不同于先皇，当今朝廷也确实比先皇在位时更有实力。要是先皇的话,打到这个份儿上恐怕早就服软了。现在天子可能是在等今年的税收收上来，待明年招兵买马再战。这种时候，我们可不能傻等着他来打，要争取主动权，先下手为强，给朝廷再出一道难题，看他怎么应付。”田悦一副胸有成竹的样子。

可王武俊的胸中却连个笋尖儿都还没有，他不理解田悦为什么突然就胸有成竹了，连忙说：“又要打仗？我们也支撑不起了吧。”

“不是打仗。您还记得伯父以前立四圣祠的事情吗？”田悦前几天才刚刚在田承嗣哲学研究课上给王武俊讲过这个案例。

“记得啊，您有何打算就直说吧。”王武俊十分期待田悦的高招。

“如今朝廷已经又奈何不了我们，这正是我们要价的时机。只要我们不再出战，我们要做什么，朝廷都会同意的。咱们四大藩镇干脆就各自称王吧。您就做赵王，我做魏王，朱滔就当个冀王吧，李纳当齐王。就像东周列国那样。但这样等于公开分裂啊，朝廷肯定不干，肯定会要求我们取消王号，可又没力气来打我们，那么，除了正式认输赦免我们，承认我们的世袭权力，他还能有什么办法？”田悦神情激昂，好像突然被伯父的灵魂附了体一般。

“妙啊！”王武俊惊叹道，“对了，我们干脆先拥立朱滔当王，就说我们都臣服于他，看看这小子有没有这胆量来坐这个王位。”他一直提防着朱滔。

“嗯？”田悦瞅了一眼王武俊，咧嘴笑了，“好啊。”

这下子，田悦知道了，不只是自己一个人不喜欢朱滔。

朱滔还算聪明，没有中套。大家都造着反呢，你们却让我一个人称王？这是一个坑！朱滔讲了一番有福同享、有难同当的道理，拒绝了王武俊和田悦的建议，坚持大家一起称王。

公元 782 年，唐德宗建中三年十一月。

按照两税法的规定，朝廷现在正忙着向各地催缴今年的第二次税收。德宗指望着这笔财富能迅速聚拢起来，支撑自己的梦想。而那四位与朝廷对抗的藩镇统帅，却在做着比收税更有意思的事情。

四大藩镇统帅在魏州举行了盛大的仪式：朱滔自封冀王，田悦自封魏王，王武俊自封赵王，李纳自封齐王。同时，四“国”宣誓结盟。

随即，齐王李纳给其他三位大王带来一封书信，是李希烈写给李纳的，信中说欲邀请李纳一起袭击汴州。

李希烈也要反了？！李纳的小伙伴们都惊呆了！

但是，就是否接纳李希烈加入联盟，四位大王产生了意见分歧。

盟主朱滔认为，应该对李希烈的加入抱积极接纳的态度，立即出兵与他会合，攻击汴州，扩大联盟的战果和影响力。汴州的宣武军主要和李纳捉对厮杀，所以李纳也支持朱滔的意见。

而王武俊则对朱滔的意见反应冷淡，扩大战果不过是在喂养他朱滔的野心，对自己并没有什么好处，还得搭上自己的兵马。成德在大战中损失严重，王武俊急着回恒州恢复生产、休养生息，实在不想陪朱滔再玩儿下去了。

双方为此互相瞪眼，场面一时紧张且尴尬。

田悦发话了："二位兄长息怒，听我一言。"同时摆摆手，示意两只斗鸡先坐下："虽然如今朝廷的军队被二位兄长击败，但我们自己也实在无力再战。出兵响应李希烈的事，朱兄确实还需再考虑考虑。"

王武俊一听田悦向着自己说话，得意地瞟了一眼还在瞪着自己的朱滔。

田悦继续说："况且，朱兄是否想过，李希烈执掌的淮西，本就是南北交汇的富饶之地。大战之后，他又出兵去襄阳抢了一把。目前，他的势力远在我们四国之上，若是与他联合，他会听从朱兄您这个盟主的调遣吗？"

朱滔一听田悦这话，也不再瞪着王武俊，低头深思起来。

"至于淄青方面，李兄放心，既然现在李希烈已经反了，宣武军后院失火，只得回去救援，肯定不会再和您过不去了。"田悦一席话，让李纳也放了心，他也接受了田悦的分析。

"当然，李希烈要反，对我们来说总算是件好事。李希烈兵强马壮，尤其还控制着南北交通要地。洛阳、汴州、襄阳这些重镇都在他的地盘周围，哪个都是朝廷丢不起的命根子。他若造反，朝廷只能先放下我们不管，去收拾他。我们不如再给朝廷的眼睛里掺点沙子，向李希烈称臣，劝他当皇帝。那样的话，朝廷的注意力就完全放到了李希烈身上，我们趁此机会，休养生息也好，攻城略地也罢，都方便得很呐。”田悦的分析看起来很有道理。

“好！”作为田悦的忠实粉丝，王武俊等着给他鼓掌叫好都等好半天了。坐在对面的朱滔被王武俊突然这么一声唬了一跳，转脸横了他一眼，扭过头去，继续思考田悦的话。

“那……李希烈要我去帮他打汴州的事，怎么答复他呢？”李纳问道。

“那就烦劳李兄派一些散兵游勇去应付他一下就行啦。”田悦回答。

朱滔依然没有说话。田悦知道，他不说话就是同意了。

十二月，李希烈果然反了，不过，当他看见李纳派来的那些不靠谱的援军，也就没有去打汴州，转而突袭汝州，兵锋直逼洛阳。

朝廷瞬间陷入全面被动，河北的事情再乱都没法多想了。

德宗恍惚了。朱滔、王武俊的反叛刚把他本来流光溢彩的梦想砸得粉碎，如今李希烈竟然又成了这些碎片上扎手的锋芒，使得德宗甚至都不敢去收拾自己那些残碎的梦。

国库又要见底了，朝廷的军队也被击溃，原来忠于朝廷的一些藩镇，见此局势都改为缩头观望。但德宗不能输，他命令大臣们想办法尽快再筹集些钱粮，再招募些新兵，以抵挡李希烈的狂飙，保卫东都洛阳。

“皇上，我们已经在全力督办，可这些事情无论如何着急，都还需要一些时间啊！”被德宗催得无奈的大臣们只得如此回复。

“需要一些时间！”好熟悉的一句话。

哦，想起来了，三年前，父皇不就是这么嘱咐的吗？德宗痛苦地闭上眼睛，让自己眩晕的脑海稍稍平复。

宰相卢杞忽然提议，说可以请元老颜真卿前往淮西劝李希烈归顺。茫然失措的德宗知道这是个不靠谱的办法，可无助的他也只能姑且一试了。

于是，七十五岁高龄的大唐英雄、四朝元老颜真卿，义无反顾地向东出发，可这一次，他再也没能回来。

如今，我们更熟悉的，是颜真卿的书法家头衔。

然而，中国的书法艺术从来不是一种纯粹技艺的夸耀。正所谓“字如其人”，从那些美丽的方块字里，一定能看得到书写者本身的人格魅力和情操风骨。

安史之乱初起时，在安禄山辖区内的平原郡任太守的颜真卿，毅然挑起了保国安民的责任，与堂兄颜杲卿一起在河北——安史叛军的后方组织起了声势浩大的反抗运动。若不是潼关失守，叛军得以卷土重来，颜真卿如今的头衔绝不会只是一名书法家。

叛军镇压了河北，颜杲卿一家也在这次镇压中英勇就义。

公元 758 年，唐肃宗乾元元年，颜真卿终于收殓哥哥一家人残缺的骨骸，并执笔为他们一一写下祭文。在写到侄儿颜季明的祭文时，颜真卿已是眼中泪涌，胸中血荡，几乎无法自已，任凭笔触在纸间飞舞涂抹，挥洒出了中国书法史上彪炳千秋的《祭侄文稿》，也在不经意间奠定了自己在中国书法史上光耀万世的地位。

至少在明清之前，中国没有专职的书法家，他们的地位都来自于自己不经意间倾洒于笔墨端的至情真性，这与如今专职写大字、动辄以书法家自居的人有着本质不同。

颜真卿此次出使淮西，也尽到了自己最后的力量。面对这位全国尊崇的老英雄，李希烈也不敢妄动，只得将他囚禁起来，放缓了逼近洛阳的脚步。这为朝廷赢得了一些宝贵时间。

朝廷在临近长安的几个藩镇里尽力抽调，终于拼凑出了一支一万多人的军队，由哥舒曜统领，与李希烈作战。

哥舒曜，是玄宗时代大将哥舒翰的儿子，带兵能力还算不错，很快就从李希烈手中夺回汝州，使朝廷的战局略见好转。

输红了眼的德宗为这次小胜狂喜，又振作了起来，急欲搜刮更多的赌资，好让自己翻本。

公元 783 年，唐德宗建中四年四月，德宗命令被他寄予厚望的神策军统帅白志贞在长安大量招募新兵。为筹集军费，他很快又出台了两种新的税收法规——“间架税”和“除陌钱”，即一种房产税和交易税。规定有房子的人都要交“间架税”，房子越大，交得越多；做买卖的都要交“除陌钱”，买卖越大，交得也越多。

自此，两税法承诺的不再加派新税，彻底成了空话。在战神之鞭的狂乱催逼下，黄宗羲定律只用了四年时间就尽显无遗。

而这段时间里，哥舒曜与李希烈围绕着汝州反复争夺，力渐不支，只得向朝廷求援。

德宗癫狂地搜索着兜里的筹码，想继续扔进这盘难解的赌局中。他饥渴的目光落在了泾原（今甘肃宁夏六盘山以东，蒲河以西地区）——那里还有些兵马……

六　帝都惊变

“皇上！不可！”翰林学士陆贽想阻止德宗调动泾原士兵，“如今长安周围、宫廷内外的兵力都已残缺不全，若是再有人像朱滔、李希烈那样反叛，我们拿什么去填补？哥舒曜这么长时间都撑过来了，怎么不能再撑一会儿？等在河北与田悦他们僵持的神策军撤回来，再让他们去救哥舒曜。泾原兵就在原地稳住，千万不要再惹是非啊！”

泾原士兵在德宗继位之初就曾作乱，如今又是危难之际，陆贽的担心也不是没道理。

快被逼疯的德宗拒绝了这个建议：“等河北的神策军回来都什么时候了？！你闪一边儿去！”

泾原节度使，设置于唐代宗大历三年（公元 768 年），下辖泾、原二州，首任节度使马璘是一位传奇人物，每个梦想穿越到唐朝的男孩都会想要成为如他一般侠客式的人物。

开元盛世，马璘没有流连内地的烟花杨柳，孤身仗剑赴西域从军，在自己梦想的大漠孤烟、长河落日之境中屡建奇功，成长为一位将军。

安史之乱后，他从西域为朝廷带回一支和他一样如侠客一般不羁的传奇军旅。叛乱平定后，朝廷安排马璘带着他的军队进驻泾原，在郭子仪的统帅部署下，与周围的凤翔、邠宁、鄜坊三镇一起成为拱卫长安、防御吐蕃的基本力量。

大家可能还记得，电视剧《亮剑》中，赵政委曾经说过这样一段话：一支部队也是有气质、有性格的，而这种气质和性格，与首任的军事主官有关，他的性格强悍，这支部队就强悍，就嗷嗷叫，这支部队就有了灵魂。从此以后，这支部队不管换了多少茬人，它的灵魂仍在。

时光荏苒，马璘早已作古，泾原节度使的人选也已几经更迭，当年跟随马璘一起东归的士兵，如今活着的也不多了。可这支军队中那股与军人应有的性格截然不同的侠客个性，却像遗传基因一般保留了下来。

抛开现代武侠小说涂抹在“侠”身上的各种色彩，单追寻侠的本义，《韩非子》里说得很清楚：侠，以武犯禁。

朋友们应该还记得当今天子继位之初，泾原士兵因为拒绝去偏远的地方执行任务而闹出的那场乱子。那一次，他们遭遇了朝廷的严厉镇压，以侠客自诩的泾原士兵忍了那口气，因为侠客圈子里有一句常被挂在嘴边的话：君子报仇，十年不晚。

如今才刚刚过去三年，泾原士兵就来到了长安城下，由他们的节度使姚令言带领着，前往汝州前线与李希烈作战。

公元 783 年，唐德宗建中四年十月，五千泾原士兵带着他们的家人，到达长安，在城外的浐河边驻扎。

初冬的长安，并不会比泾州更冷，即使连绵的冬雨不停地落在身上，泾原的士兵们也没觉得身上有多冷。倒是长安城里进进出出的那些衣着华美、厚实的达官贵人们，看到在雨中衣衫褴褛的士兵们，总会作莫名其妙惊讶状，指指点点：“他们不冷吗？”

在雨里站了半天的士兵们，眼光躲过了贵人们一次又一次的质疑，好像真的开始觉得有些冷了，是哪里冷呢？

跟着他们从泾原来到长安的家属们，还在一旁看着他们。这些家属们是听说自家男人要去帮朝廷打仗，朝廷会给他们很多很多赏赐，才跟着一起来的，想直接把朝廷赏赐的东西带回家。可现在，冰雨里站了大半天，什么都没见着，还被长安的贵人们当作乞丐，鄙视了大半天。家属们的目光，让士兵们觉得脸面挂不住了，他们窘迫地躲避着来自自家人抱怨的目光。

节度使姚令言一大早就进宫去向德宗辞行了，恐怕这时正在享受着朝廷丰盛的午餐赐宴呢。而按照唐朝的规矩，此时泾原士兵们的伙食就由长安地方政府负责，但士兵们等了半晌，等来的却是一些冷冰冰的粗粮和蔬菜。

“什么意思?！”一个老兵踢翻了饭菜，向送饭的人吼道。

其他士兵也扔下饭菜，纷纷围拢过来。

“天冷……菜凉得……快。”送饭者小心地回答。

“老子马上就要为国家去送死了，皇上就拿这样的东西来给我们吃?！”老兵咬着牙厉声喝道。

“我们只是京……京兆府……府的人，是府尹让我们准备这……这些的，其他的……我们也不清楚啊……”送饭者看着眼前一触即发的架势，浑身打着哆嗦，嘴里两排牙齿不停地互相撞击着，话都说不清楚。

“什么京兆府，反正你们都是朝廷的狗腿子！”老兵并不接受他的辩解。

“打！”士兵群里突然有人大喊一声。包围圈中心的送饭者与士兵之间最后的一点间隔瞬间被吞没，送饭者很快便死于非命。

惯于以武犯禁的泾原游侠兵的怒火就此被点燃，他们抖开湿透了的军旗，披挂上沉重的盔甲，呼啸着往长安城门冲去。

雨中平静的长安城被骤然惊醒，城里的居民完全不知道发生了什么事情，但却能以首都居民所特有的敏锐政治嗅觉判断：要政变了。他们纷纷从窗缝里露出眼睛，观察着这些士兵的动向。

果然，这些士兵从通化门进城之后，没有向四周的坊市扩散，而是径直冲向皇宫。

德宗已经知道发生了事变，跺着脚怒骂京兆府在自己眼前捅出这么大的娄子，命令泾原节度使姚令言赶快出去安抚他的士兵，又让白志贞把他新招募来的神策军全部集结起来。

“皇上……”白志贞听到要集结神策军，顿时低下头，支支吾吾着思索该怎么应付。

“怎么啦？快去！其他事情以后再说！”德宗重申命令。

“皇上……”白志贞只好老实交代，“神策军营里一个兵都没有……”

“嗯?！”德宗愣了半晌。

原来白志贞受命募兵以来，将朝廷划拨给他的军饷全带回了家，又随便编造些假名册来搪塞。被蒙在鼓里的德宗皇帝一直以为自己身边有的是兵呢。

回过神来，德宗指着白志贞想骂点儿什么，听见外面的喧哗声经越来越近，看来是姚令言没控制住哗变的士兵，他只好扔下白志贞，转身跑回后宫，准备从后门逃出长安城。因来不及通知宫里的所有人，只好遇上谁就带着跑。

姚令言确实没控制住他的士兵。刚一碰面，姚令言准备向士兵们说点儿什么，嘴刚张开半截，一支冷箭“嗖”的一声就朝他招呼过来。姚令言赶紧趴在马背上闪避过去，随即冲入乱军大喊道：“诸位不应该这样啊！东征立功，何患得不了富贵？为何偏偏行灭族之计？”

姚令言是朝廷空降到泾原的节度使，任职时间也不长，在军中没有什么威望。德宗这时候指望他能控制住暴怒的泾原兵，确实太看得起他了。

士兵们没有理会姚令言的叫喊，反而很快就将他拉下马来，死死摁在泥地里。有一个士兵甚至举刀向他砍去。

“别杀他！”一个老兵喝令道，“留着活口，让他替我们背黑锅。”

士兵们一听也觉得有理，又把姚令言从泥里拉了起来，扶到马上，押着他跟队伍一起继续向皇宫逼近。

路上，队伍又遇到了前来宣诏的一伙儿太监，说皇上赐给大家每人两匹锦帛。

在唐代，锦缎丝绸和钱币一样是硬通货，可以直接拿到市场上去买东西，两匹锦帛长二十四米，宽一米四。这份赏赐其实不算轻。

而对已经闹出事端的泾原士兵来说，这是朝廷挨了巴掌才赔上来的笑脸，实属犯贱。士兵们无法接受朝廷这种前倨后恭的态度，一阵乱箭将太监们射成了刺猬，然后继续前进。

没过一会儿，又遇上了一伙儿太监。这回，朝廷给泾原兵的赏赐加码到"金帛二十车"。我们不太清楚"车"算个什么计量单位、有多大，但以当时形势来看，肯定必须是比上次的还要多，而且不止多一点儿。不过，这依然无法安抚暴怒的士兵，这些太监又成了刺猬。

"杀人啦……"长安百姓看到泾原士兵开了杀戒，骚动不安。但几个老兵很懂得应该怎样安抚围观群众，他们向百姓们呼喊："汝曹勿惊！不夺汝商户僦质，不税汝间架除陌矣！"

什么意思呢？就是告诉大家，你们别害怕！我们都是大侠！我们不会抢你们的钱和东西，更不会收你们的房产税和交易税！

大侠就是大侠，他们敏锐地捕捉到了老百姓对新开征的"间架税""除陌钱"的严重不满，成功地使长安居民在自己和朝廷的恩怨之间保持了中立。

一时间，长安全城居民都跑来围观泾原士兵撞击皇宫大门的壮观景象。

此时，德宗带着两位爱妃、太子以及几个儿子、一位公主和一群太监，仓皇逃出长安城。一位贵妃匆忙之中还把传国玉玺系在衣袋里带了出来。刚出城门，一行人便遇到郭家七公子、郭子仪的儿子郭曙带着家奴正在打猎。

得知情形，郭曙连忙上前护驾。

“臣保驾不及，望皇上赎罪！”郭曙向德宗跪拜说。

德宗恍惚地看着眼前的这个人，好半天才认出他是郭子仪的七公子。上次吐蕃攻破长安，正是他的父亲在危难之际重新撑起大唐，这次，还会有郭子仪这样的人来帮助自己吗？

从长安逃出来的一些官员们，有的已经找到德宗，他们立即提醒皇上赶快派人去杀了朱泚。当年平定泾原刘文喜作乱之后，朱泚曾经当过一段时间的泾原节度使，后来又因与朱滔之间的嫌疑，被闲置在长安。这次泾原兵作乱，会不会是他指使的呢？就算不是，这次的事变也很有可能被他利用。

“来不及了！”德宗有气无力地说着，摆摆手示意大臣退下，谁都别说话了。这会儿，他只想一个人好好静一静、好好躲一躲。

逃难的队伍仓皇地追着落日的脚步，向西狂奔……

这天夜晚，泾原兵带着家属们一起，忙碌地搬运着皇宫里的财宝，一些胆大的长安居民也乘乱混进皇宫疯狂偷窃。

几个老兵则与被绑架的节度使姚令言一起，商议下一步的打算。

“事已至此，我们已经闯下滔天大祸。朝廷这回说什么也不会饶恕我们的，反正横竖都是死，我们干脆就反了吧！”老兵甲说。

老兵乙却说：“反了？谁当头？你当？还是我当？我们都是几个老兵油子，在军营里横一下也就算了。造反？谁会跟着我们啊？”

老兵丙指着一边瑟瑟发抖的姚令言，说：“他不是在这儿吗？”

其他几个老兵瞥了一眼角落里的节度使，都没说话，心里都在嘀咕：就凭他？

“段相公眼下也在城里，不如请他出来当我们的头儿？”老兵甲说的是原泾原节度使段秀实，当年就因为劝天子不要在边疆修城墙，被调回长安，闲居至今。也就是因为他的调动，触发了上一次泾原兵变。

“不行，不行！段相公向来要求军纪严明，他老人家要是看见我们这么胡闹，一定会生气的。我们还是别去招惹他吧。”老兵乙虽然否决邀请段秀实来带头的提议，但言语中依然透露着对这位老领导的敬畏之情。

“我看……”姚令言在一边说话了，“还是请朱泚、朱相公来带头吧。段相公被调回长安之后，他做过一段时间的泾原节度使，那时他对弟兄们也很不错的。而且，皇上现在因为猜忌，也把他闲置在长安，他心里肯定不舒服，你们……不，我们干脆就去请他出来带头吧。”

姚令言知道自己已经难以逃出生天了，干脆就积极一点儿，为他们想点儿办法，说不定还能被当作自己人，从而保住性命呢。

老兵们想想，也确实没有其他更好的人选，于是前往朱泚府上，迎接老领导来做他们的新头领。

朱泚，这位本该像田悦、王武俊一样雄踞一方却被提前退休的“老干部”，面对几个深夜前来请自己出山的泾原老兵，那颗在幽州被弟弟朱滔排挤、在朝廷又被天子怀疑的雄心，瞬间变成了野心。

双方一拍即合。

凌晨时分，朱泚骑着雄骏的战马，穿过举着火把、整齐列队的泾原士兵的队伍，踏上大唐宫门的阶梯，跨进含元殿。

落难的德宗，这时已到达咸阳。他不清楚长安城里的情况，所以也不敢在离长安很近的咸阳停留太久，又继续向西逃去。

一路上，德宗一言不发，跟随的人也不敢上去搭话。

德宗静静地听着自己心碎的声音。

冷冷的冰雨还在下着，多么漫长的一天……

七　梦醒时分

不同于在愤怒情绪支配下毫无计划作乱的泾原士兵，朱泚出山之后，立即将这次行动的目标提升为一次正式的造反。既然要造反，光靠这些大头兵自然不行，哪怕他们个个都自以为是侠客，也不行。他需要招揽一些有名望的人才，其中最重要的，当然是被泾原士兵深深敬畏的段秀实。

经过一整天的混乱，困在家里的段秀实也大致搞清楚了当下的状况。这时，朱泚派来的兵已经包围了他的住宅，说是要请他进宫商议大事。来的都是自己在泾原的老部下，对他也是毕恭毕敬。段秀实心知自己无法掌控眼下的局势，只好跟着他们去见朱泚。

路上，他见到了自己在泾原时曾栽培过的得力助手岐灵岳。岐灵岳向老领导详细说明了眼下的情况：天子已经逃往奉天（今陕西乾县），朱泚暂时也没有和朝廷摊牌，但造反是肯定的了。目前，他们正在策划一个阴谋，趁朝廷对朱泚还没有防备，突袭奉天，杀掉天子。

段秀实听罢，倒吸一口凉气。

见到朱泚，段秀实尝试着劝了两句，见朱泚神情不悦，便没有再说下去，而是提起自己同样被朝廷闲置的遭遇，渐渐打开了朱泚的心锁，获得他的信任，也探知朱泚已经派兵去了奉天，假意接天子回长安，实际上是要去杀天子。

段秀实镇静地向朱泚表示效忠之意，然后迅速离开，立即找来了岐灵岳，让他去偷姚令言的节度使大印，做个假军令让偷袭奉天的军队回来待命。

岐灵岳便去了。等了很久，才跑回来说没偷到。

危急时刻，段秀实只好拿出自己司农卿的印章，盖在已写好的假军令上，让岐灵岳赶紧去追上那支队伍，把他们骗回来。

可能是天色已然昏暗，亦或是泾原士兵不太识字，接到盖着农业部长大印的撤军命令后，他们真的稀里糊涂就返回了长安。

"怎么搞的？！"朱泚看着队伍这么快就空手回来，怒了。

"是岐灵岳传军令让我们回来的呀！"士兵们也没明白朱泚生什么气。

岐灵岳立即被逮捕。

朱泚心机深重，并不相信岐灵岳这么个小军官敢如此胆大包天、假传军令，命令严刑拷问背后的主使者。

岐灵岳至死也没有说出段秀实的名字。

段秀实咬牙忍住呜咽，看着自己的爱将被朱泚当众虐杀，心知自己已无法凭借理智的隐忍扭转时局，能够证明自己生命价值的，只剩下一腔热血。他决定寻机亲手为爱将复仇。

第二天，朱泚召集几个投降的朝廷大臣商议自己称帝的事情。段秀实也去了，趁着朱泚和其他人认真讨论选国号的机会，段秀实单手操起手中的笏板，朝朱泚的咽喉猛戳过去。

朱泚毕竟是正值壮年的职业军人，反应奇快，立即挡开了段秀实的袭击，笏板只戳破了他的额头。后面的搏斗，朱泚占了上风，身边人见状也加入朱泚一边，合力杀死了段秀实。

朱泚见段秀实确实死了，这才装模作样地大喊："义士也！勿杀！"

他不能让泾原士兵知道是自己杀掉了他们爱戴的老领导。

段秀实被杀的消息，很快传到了奉天。

德宗的耳边反复回响着几年前段秀实激怒自己的那句话：“未宜兴事以招寇。”那时，豪气干云的他觉得段秀实是在奚落他的伟大梦想，不想如今，这话却诡异地应验了。自己追寻梦想的脚步，果然招来一拨又一拨的贼寇，害得江山垮塌大半，现在更是连长安都给弄丢了。

德宗的内疚、悔恨，突然间全部汇集成汹涌的泪水，夺眶而出。德宗终于放肆地哭了出来，任凭自己梦想的碎片在眼泪里溶解。

人，不懂事的时候，为什么就那么容易被激怒呢？我们常说的成长，所谓的懂事，是否都要由一场泪雨先来浇灭心中那原本不羁的怒火，才能好好开始呢？

若是从来就没有过这些梦想，朕是不是会过得轻松许多？德宗痛苦地反省着。

有人说，做人要是没有梦想，和咸鱼又有什么区别？可是，朕虽然有个兴复大唐的梦想，却落得如此不堪，又能比咸鱼好得了多少？

生活的残酷之处，就在于它不会善解人意地停下来，等待我们舔舐干净自己的伤口，收拾好心情再出发，它只会自顾自地发展，让伤痕累累的我们应接不暇。

很快，事变的消息就传遍了天下。

长安附近的几个藩镇陷入混乱，兵将们几乎都获得了自主选择权，分别向朱泚控制的长安或德宗驻扎的奉天靠拢。这两个地方如今成了关于两种前程的赌博，去长安有成为朱家王朝开国功臣的机会，去奉天则有可能得到李家王朝救难元勋的名声。

投奔朱泚的，大多是他从幽州带过来的兵马，不会比去奉天的人多多少。可朱泚依然急不可耐地在事变爆发的当月就坐上了皇位，宣布建立新国家，定国号为“秦”，改元应天。给他这么大信心的，不仅是眼前已归他所有的长安城，还有远在河北、已是四大藩镇联盟盟主的弟弟朱滔。朱泚封弟弟为“皇太弟”，并给他写了封信：

> 三秦之地，指日克平。大河之北，委卿除殄。当与卿会于洛阳。

长安这边，哥哥马上就能摆平，河北的事情，就交给老弟你了，我们两兄弟就在洛阳会合吧！

朱滔得意洋洋地把哥哥的书信拿给大家看，想显摆一下自己的实力。然而，田悦、王武俊、李纳看到的，却是朱家兄弟的野心已经破坏了联盟内部的平衡，河北战场凝固的局势，开始有了微妙的变化。

朱滔开始积极准备去与哥哥会合，局势的变化使他需要更大的地盘来安放自己膨胀的野心，而联盟其他成员的目的却已实现，对朱滔这个盟主的野心自然表现得极为冷淡。朝廷之前的强硬态度使得他们团结一致，而此时朝廷意外落难，却把他们的联盟给瓦解掉了。

王武俊、李纳离开了魏州，心满意足地回到各自的地盘上，等待朝廷最后认输，正式承认他们的地位。朱滔也只好不甘心地暂时回幽州去了。

此前，事变的直接原因，是为了调兵支援哥舒曜与李希烈拉锯的洛阳外围战场。经此变故，哥舒曜再也支撑不住了，只好放弃前沿阵地，退保洛阳。李希烈却没有追到洛阳城，因为他发现，哥舒曜这么一退，裸露在他眼前的，除了历尽磨难、如今只剩下“东都”这个虚名的洛阳，还有正在汇聚天下财富的汴州城。于是，李希烈扔下洛阳，掉头向汴州伸出了他淫邪的利爪。

与藩镇联盟对峙的各路朝廷军队，几乎同时得到了长安剧变的消息，都纷纷撤回各自的地盘，采取观望姿态，只有朔方军节度使李怀光立即统率麾下大军，向长安挺进，准备为朝廷收复长安。

李怀光曾是郭子仪的部下，在德宗分割郭子仪掌握的军队时，大部分精锐都被分到他的手上，他实际上成为郭子仪军事遗产的主要继承人，这使得他做梦都想有个机会立下如郭子仪一般的功勋。如今看来，这个机会到了。

同样努力向长安靠拢的，还有在河北作战的神策军大将李晟，他也有一个和李怀光一样的梦想——成为这个时代的郭子仪。

在他们到来之前，朱泚的兵马已经杀到奉天城下。史书中用了很大的篇幅来描述这一场战役的诸多细节，褒扬在生死一线间拱卫王室的忠义英雄。但我们在这里却不想过多复述这些情节，不管怎么说，这也只是一场双方都只有几千人的小规模战役。瘦死的骆驼比马大，朝廷的号召力怎么说也比朱泚要强，撑住了朱泚最初最猛烈的攻势后，朝廷便有了喘息之机，赢得了短暂的、等待救援的时间。

德宗的状态似乎比前几天要好些，他很清楚，自己应该在眼前的这场绝望之役中打起精神鼓励士气。其实，他从来没有如此近距离地指挥过真实的战争，虽然多年前他曾经挂名元帅，参与了安史之乱最后的战役，不过自己从来没有真正去过前线。现在，在奉天这个遍布血与火的小城里，刀剑入骨、箭簇穿风的声音真真切切地在耳边回响着。生死一线间，强烈的求生欲望暂时压住了德宗心中的剧痛。

战斗还在持续着。

一天，一个来自远方的人从奉天城下战壕里的尸山血海中爬了出来，跑到城墙根儿下，冲上面大喊道："我是朔方军使者!!! "

李怀光的朔方军来了！这声呼喊无疑是绝望的奉天城听到的最美天籁。

朔方军不愧是老牌劲旅，出手不凡，在醴泉（今陕西礼泉）轻松击败围困奉天的叛军，朱泚闻讯赶紧龟缩回长安城内。

奉天之围终于解除。

李怀光在千钧一发之际及时赶到，拽开朱泚逼到王朝咽喉上的锋刃，拉住了急速坠往谷底的绝望天子，朝廷的倾塌局势终于得到一丝缓解。

这一刻的美好，让已输得精光的德宗欣喜若狂，他急切命令李怀光不用前来奉天朝见自己，而是一鼓作气、再接再厉，继续进攻长安。

可接下来的事情，却又让德宗目瞪口呆。急着要回长安的似乎只有他一个人，至少李怀光并不着急，他着急的是朝廷何时兑现解救奉天之围的奖励。接到朝廷攻打长安的命令，李怀光认为朝廷是想把这笔账先赊着，等收复了长安再一起算。

赊账，是一种以交易者信誉为抵押的交易方式，而信誉，则来自于其兑现承诺的意愿与能力。在李怀光眼里，眼下的朝廷已是这般光景，谁知道以后会是什么样？复杂局势以及未来的高度不确定性，使李怀光停止了继续为朝廷投资的行动。

况且，长安城高池深，敌情不明，李怀光也不敢贸然发动进攻。于是，他没有执行朝廷的命令，而是令部队驻扎在咸阳附近，观望局势。同时，利用这片刻的平静局势和自己目前举足轻重的地位，李怀光掀起了一场重大时政议题的讨论：究竟谁应该为目前朝廷的全面失败负责？

这是包括德宗在内，全天下都在沉重思考的一个重大问题。这个问题的最终结论，一定程度上决定着天下人心向背，乃至王朝命运的兴亡。李怀光把矛头指向了卢杞、白志贞等人，多次上书要求德宗清算他们。

德宗犹豫了。虽然卢杞、白志贞陷害忠良、贪赃枉法，臭名昭彰、众怒所向，但他们总算是自己的人，执行的是自己的想法，目前更是自己最后的挡箭牌、遮羞布——守护着的，是德宗最后的尊严。现在要求清算他们，何尝不是清算自己？可若不舍弃他们，又如何在这艰难时光里凝聚人心？

经过一次次的变故，德宗心底非常清楚，自己在这场灾难中有着无可推卸的责任。可受伤的自尊又紧紧地捆绑着他，让他怎么也无法开口承认这一点。他的嘴边，最近总是挂着以前从未说起过的一个词语——“天意”。

而天子的秘书、年轻睿智的翰林学士陆贽，却对混乱世事的来龙去脉了然于胸，更重要的是，跟随德宗多年，他也知道如今解开纠缠时局的唯一钥匙，就是由德宗代表朝廷发声，承担起引发这场变乱的责任，对已经无法抑制的各方反对势力作出妥协。可要做到这一点，首先要德宗放弃还捏在手里、已然破碎扎手的尊严，那是德宗梦想的碎片。

对朝廷命运的责任感，促使陆贽想尽快寻机夺过天子手上的碎片将其扔掉。

一次，德宗漠然地问陆贽："天意既然如此，我们眼下还能再做些什么？"

陆贽不愿当面回答，更不愿当众刺激德宗，也不愿随意安抚一下天子了事，于是便说："陛下请容臣细细思量。"随即告退，回到居处立即开始书写给德宗的上书。

德宗因为受伤而变得极度敏感，陆贽决定采用书面语言这种能使人冷静理性的方式与之交流，避免面对面、话赶话的语言交锋产生过激情绪，使得交流无效。

很快，德宗收到了陆贽的上书：

> 臣谓当今急务，在于审察群情，若群情之所甚欲者，陛下先行之；所甚恶者，陛下先去之。欲恶与天下同而天下不归者，自古及今，未之有也。夫理乱之本，系于人心。况乎当变故动摇之时，在危疑向背之际，人之所归则植，人之所去则倾，陛下安可不审察群情，同其欲恶，使亿兆归趣，以靖邦家乎？此诚当今之所急也。

在陆贽看来，眼下最紧要的事情，不是要打败控制长安的朱泚，也不是已经攻占汴州的李希烈，更不是盘踞河北的朱滔、田悦、王武俊，而是要天子走出自己的小宇宙，"审察群情"，学会换位思考，去了解这个世界。每个人都有想法、有欲望、有梦想，他们都是活生生的人，而不是天子手中的玩物，天子必须了解其他人的好恶，才能从中找到与自己梦想契合的地方并加以利用，如此才能团结人心，实现梦想。不然，您再伟大的梦想，也不过只是您一个人的胡闹而已。

陆贽认识到，正是这几年里，德宗不顾一切地推行自己强硬的政治方针，从来不对其他人的欲望作丝毫的让步妥协，最终造成了眼前的败局。所以，转变思想，开始“审察群情”，是眼下主观上能做的最根本、也是最要紧的事情。

可是，才看完这第一段，德宗就看不下去了。

审察群情？朕难道没有这么做吗？一开始，李惟岳想接他死鬼老爹的班，当成德节度使，这点儿小心思难道朕还不知道吗？但节度使之职是朝廷的，本来就该由朝廷来任命嘛，阻止他们私自传袭，朕有什么错？

然后呢，朱滔、王武俊、李希烈一个个反水。朕知道他们是嫌官小了、地盘少了，可他们本来就是朕的臣子，为朕效忠、替朕打仗这是天经地义的事情，为了这么点儿小事就要造反，这是他们不忠，朕有什么错？

泾原士兵经过长安，接待他们伙食的任务是京兆府的事情，朕根本就什么都不知道，他们闹事，朕有什么错？

陆贽你胡闹什么，朕怎么没有“审察群情”？可这些忤逆的“群情”朕能去迁就吗？

自负的人往往迂腐，迷信一些纸上的原则，所以他们常会说“本来就是什么什么嘛”；自负的人往往很自私，崇信自我的尊严，所以别人的事在他们眼里都是“这么点儿小事”；自负的人往往善于自欺欺人，不承认事情有时不在自己的掌握之中，所以遇事时，他们常说自己“根本就什么都不知道”。

如今，自负的德宗把陆贽的上书扔在一边，揉了揉有些疼痛的眼睛，然后往椅背上一靠，喃喃地说：“都是天意……”

德宗没有回复陆贽。没过几天，陆贽新的上书又不依不饶地出现在了德宗的面前：

> 臣闻立国之本，在乎得众，得众之要，在乎见情。

陆贽要说的，还是上次的话题，要求德宗认真体察群情。德宗依然没有心情认真看下去，眼光顺着文字一溜就滑到了上书的末段：

> 至于变乱将起，亿兆同忧，独陛下恬然不知，方谓太平可致。

“咝……”读到这里，德宗深吸了一口气。

陆贽说的“变乱将起”，这次变乱起自建中二年，变乱将起难道是指建中元年？那时朕做事情顺风顺水，难道不是“太平可致”吗？大家怎么会在那时候就认为朕会惹出祸事呢？陆贽真是胡说八道！

呃……德宗又突然想起刚刚殉国的段秀实激怒自己的那句“未宜兴事以招寇”，不就是在建中元年时说的吗？那么，陆贽的话难道是真的？那时候就全天下尽人皆知的事情，只有朕一个人不知道？那时朕还以为是自己在独自修剪着这个蓬乱的世界啊，原来这个世界从那时起就把开始把朕牵进了眼下的剧本里。

陆贽接下来的话终于刺穿了德宗的泪腺：

> 陛下以今日之所睹，验往时之所闻，孰真孰虚？何得何失？

今日眼前，昨日耳边，真假得失，泪中方见。

德宗终于意识到，不论自己如何掩耳盗铃，都无法将这场灾难的责任推卸出去。如今局势下，输得精光的自己若再不交出所谓的尊严，承认失败，并作出妥协、让步，恐怕大唐王朝即将陷入万劫不复的深渊。不管自己是否真的心甘情愿，都必须挣脱自尊的束缚，去面对真实的、平凡的自我，和真实的、残酷的世界。

公元 783 年，唐德宗建中四年十二月，泾师之变后的两个月，大唐天子开始向世界妥协——将卢杞、白志贞等人贬斥，并下诏赦免朱滔、田悦、王武俊、李纳以及李希烈的抗命谋反之罪。

同时，德宗更换了年号。这个曾经寄托着自己梦想的“建中”历史里却满是狼藉，德宗不想再继续下去了，他宣布改年号为“兴元”。

最后，为了争取散失的人心，德宗决定将数年战乱的责任承担下来，向天下坦诚承认自己的过失。他命令中书省为自己撰写检讨书——“罪己诏”，并让陆贽审阅，准备在新年到来之际颁布天下。

原本中书省撰写的文稿已经让德宗读来很是难堪了，可陆贽却认为不够深刻，要求措辞更加严厉才行，这让德宗的脸面上挂不住了。

“何必如此？”德宗苦笑着轻声责问陆贽。

陆贽则给德宗讲了一番承认错误要诚心诚意的道理，提醒他既然要认错，就得认真诚恳。德宗无奈，最后让步了，让中书省按陆贽的要求，把文稿拿回去再改一次。

“陆卿，你今年多大年纪了？”德宗忽然问陆贽。

“臣生于玄宗天宝十三载，今年三十。”陆贽答道。

“哦，难怪……”德宗沉默了。

陆贽出生的天宝十三载，即公元 754 年，是安史之乱爆发的前一年，那年德宗十二岁，大唐盛世的光景已深刻地烙进了童年记忆。历经磨难之后，带领大唐回到那样的时光便自然成了他执着的梦想。可在陆贽这一代人的记忆里，根本不知道盛世的模样，所以他才会觉得朕的梦想是个错吧……

公元 783 年，唐德宗建中四年最后一天——除夕之夜。

远在南方的诗人戴叔伦，在回家途中的旅店里咀嚼着自己一年来的悲伤感慨，写下律诗《除夜宿石头驿》。

旅馆谁相问？寒灯独可亲。
一年将尽夜，万里未归人。
寥落悲前事，支离笑此身。
愁颜与衰鬓，明日又逢春。

德宗若是此时就能看到这首诗，一定会为之动容。

因为明天，那份承认自己的梦想是错误、是灾难、是罪恶的“罪己诏”就将向天下公布。同是寥落悲前事，也只支离笑此身，徒添愁颜与衰鬓，不忍明日又逢春。

公元 784 年，唐德宗兴元元年，正月初一。

兵部的骑兵带着德宗的赦文《奉天改兴元元年赦》，也就是那份“罪己诏”，沿着驿路，以每天五百里的最快速度向全国各个州郡进发。

我们节选其中的主要内容，来读一读大唐天子的悔恨：

> 致理兴化，必在推诚；忘己济人，不吝改过。

全文的开头是德宗为自己亲自做检讨寻找的理论依据。

> 朕嗣服丕构，君临万邦，失守宗祧，越在草莽。不念率德，诚莫追于既往，永言思咎，期有复于将来。明征其义，以示天下。

紧接着这句话，德宗说明了自己做检讨的现实原因是，自己已经把国家搞得稀乱，连祖庙都弄丢了，以至王朝走到了崩溃边缘。

> 小子惧德不嗣，罔敢怠荒，然以长于深宫之中，暗于经国之务，积习易溺，居安忘危，不知稼穑之艰难，不恤征戍之劳苦，泽靡下究，情未上通，事既拥隔，人怀疑阻。

从此处，德宗正式开始了他的检讨。他放下帝王尊严，自称“小子”，说自己虽然不敢怠慢国事，但毕竟从小宫女抱着、太监跟着，也没怎么认真研究过治国的事情，眼高手低、志大才疏，不懂得世事艰难。继位以后想给大家做一些好事，却落实不到基层里去，对基层的真实想法也搞不清楚，结果到头来事情一件都没办好，让大家产生了怀疑。

犹昧省己，遂用兴戎，征师四方，转饷千里，赋车籍马，远近骚然，行赍居送，众庶劳止，或一日屡交锋刃，或连年不解甲胄。祀奠乏主，室家靡依，死生流离，怨气凝结，力役不息，田莱多荒。暴令峻于诛求，疲甿空于杼轴，转死沟壑，离去乡闾，邑里丘墟，人烟断绝。

在这样的形势下，自己却一点儿都没有醒悟，还到处惹是生非，跟人打仗，全国人民因此付出了沉重的代价。

天谴于上而朕不寤，人怨于下而朕不知，驯致乱阶，变兴都邑，万品失序，九庙震惊，上累于祖宗，下负于蒸庶，痛心靦貌，罪实在予，永言愧悼，若坠泉谷。自今中外所上书奏，不得更言“圣神文武”之号。

都闹到天怒人怨的程度了，我还不悔改，最终把都城给弄丢了。我对不起列祖列宗，对不起全国人民，也对不起自己“圣神文武皇帝”的尊号，大家以后不要再这么叫了。

以上是德宗对自己的反省，言辞沉痛、恳切，引用初中班主任们常说的一句话就是：这份检讨还算比较深刻。

大家不要去讥笑一个承认自己错误的人，无论是什么迫使他认错，敢于认错就是勇敢的，何况是向全天下认错。

以下的内容则是德宗在认错之后，对当前形势的具体妥协，我们接着看：

李希烈、田悦、王武俊、李纳等，咸以勋旧，各守藩维，朕抚驭乖方，致其疑惧；皆由上失其道而下罹其灾，朕实不君，人则何罪！宜并所管将吏等一切待之如初。

李希烈等人都是朝廷的功臣旧将，本来都好好地在替国家守护着地方，我偏偏要去招惹他们，硬生生把他们逼得造反了。这都是我的错，我不配当这个皇帝，他们是无罪的。现在，我知道错了，我还会像以前一样对待他们，希望他们原谅我。

中国历史上，有很多皇帝下诏“罪己”，但这句“朕实不君”，无疑是其中分量最重的。德宗在此不仅承认了自己对河北藩镇的方针是错误的，更承认了自己重振王朝、扫清河朔的理想是错误的。

说这一段话，德宗是违心的……

> 朱滔虽缘朱泚连坐，路远必不同谋，念其旧勋，务在弘贷。如能效顺，亦与维新。

德宗也认识到了朱滔问题的特殊性，虽然同在赦免之列，但将他从李希烈、田悦等一干人等中单独列出，另外说明赦免的理由，并引出了德宗最后无法饶恕的愤怒——朱泚。

> 朱泚反易天常，盗窃名器，暴犯陵寝，所不忍言，获罪祖宗，朕不敢赦。其胁从将吏百姓等，但官军未到京城以前，去逆效顺并散归本道、本军者，并从赦例。

朱泚丧尽天良，偷了朕的皇位，挖了朕的祖坟，他干的坏事朕都不忍心再说下去了。他得罪的是大唐的列祖列宗，连朕都不敢赦免他。但是，朕相信，这样的极品恶棍，我们大唐几十年也就只出了这么一个，长安城里的人都是无辜的，只要是在官军收复长安之前脱离朱泚的，都在赦免之列。

德宗对他的敌人作了最大程度的妥协，把自己的对立面压缩到了仅朱泚一人。

诸军、诸道应赴奉天及进收京城将士，并赐名奉天定难功臣，其所加除陌钱、税间架、竹、木、茶、漆、榷铁之类，悉宜停罢。

全国来奉天帮朕守城的，或直接去攻打长安的将士，全部都赐予“奉天定难功臣”的光荣称号，这些人家里的除陌钱、税间架等等等等苛捐杂税全免了。

德宗试图以此拉拢天下广大的中间派站到自己这一边来。当然，这段话更主要的是说给依然按兵不动、静坐示威的朔方军李怀光听的。

前面我们已经说过，除陌钱、税间架都是在战时加派的新税。自古以来，老百姓对暴政就有着极强的耐受力，在很大的范围之内，新的暴政不会引发严重后果，而政府只要主动取消一丁点儿暴政，老百姓就立马对政府感恩戴德。所以，德宗就把取消一些本来就不应该存在的苛捐杂税，当成了给支持自己的臣民的奖赏。

罪己诏很快传遍全国。在混乱中博弈的各路风云人物开始根据自己的想法，对德宗的悔恨作出各自的反应。

此时的天下，客观上最具优势的势力，无疑是在战乱中实力不减反增、占据着南北之间富庶地区的李希烈。泾师之变发生之后，李希烈又乘乱夺取了汴州，一时间，河北的各个藩镇、西北的天子与朱泚都不是他的对手。

若是一位真正的乱世枭雄，一定可以利用好这样的有利局面，纵横捭阖，挨个儿收拾掉各路人马，开创一个新时代。然而，李希烈没有这样的战略眼光，他只不过是个暴富的强盗。

看到德宗的罪己诏，李希烈的野心骤然爆棚，忙不迭地扯起新旗帜，建立新政权，自封为帝，定国号“大楚”，年号“武成”。

更愚蠢的是，他没有利用自己攻下汴州之后形成的新战略优势。拿下汴州，李希烈的地盘其实就和田悦的魏博很接近了，可他没有利用这个宝贵的地缘政治机遇，及时地与河北诸藩镇进行针对朝廷的战略协同，而是扭头南下，攻击从长江中游的鄂州直到下游的寿州一线的朝廷州郡。

看来，李希烈满脑子想的，还是去富裕的地方抢钱。

钱固然重要，但放弃这么好的机遇去抢钱，也说明李希烈的水平确实不过尔尔。

可笑的是，李希烈的军队南下后，没抢到钱，反而招惹了一大堆本来没有积极参与中原乱局的南方藩镇，将自己原本处于全国中心位置的战略优势，一下子搞成陷入四面合围的劣势。

希烈兄，除了钱，你的眼里还能有点儿别的吗？

长安方面，既然罪己诏明确朱泚是德宗唯一无法宽恕的人，他也就只好铁了心跟德宗继续闹下去。他把国号由最初的“秦”改成了“汉”，不知道这么改有什么意思，可能是他最近学习历史发现汉代要比秦代长很多年，他也想沾沾汉朝的福气吧。

这边，迷恋虚荣的李希烈、朱泚忙着过自己的皇帝瘾，而田悦、王武俊、李纳则实在多了。罪己诏已经明确承认他们的节度使地位，他们抗命的目标已经正式达成，便立即取消各自“魏王”“赵王”“齐王”的称号，上书朝廷表示谢罪服从。

朝廷方面也及时重新接纳他们加入自己的系统，加封田悦为检校左仆射，也正式承认李纳接任淄青节度使，尤其向王武俊展示出更多的实惠：将原成德降将康日知调到别处任职，把他手下的深、赵两州交给王武俊。

这样一来，他们的盟主、“冀王”朱滔就被晾在了一边。接到罪己诏时，朱滔已走在率军南下洛阳去和哥哥会合的路上，他没有理会罪己诏，继续行进。走到魏博地界时，他要求田悦发兵和自己一起去打洛阳，却被田悦找借口拒绝了。

气恼的朱滔立即与田悦翻了脸，跟他打了起来。虽然田悦指挥作战的能力比不过朱滔，但毕竟是在自己的地盘上开打，回旋余地大，两家一时也分不出胜负来。

罪己诏使得朝廷从河北战场抽出身来，李希烈又把自己带进了坑里。至此，天下局势的焦点完全落到长安战场上，也落到了在这个局部战场上势力最大的朔方军节度使李怀光身上。人们都认为，朔方军能轻松击败朱泚的乌合之众，都在准备庆祝新时代的郭子仪出现。

然而……

八　英雄时势

李怀光，这位来自帝国东北的靺鞨族汉子，显然是个不解风情的人。他并不懂得此刻已站到聚光灯下的自己，应该摆出一些适合观众期待的姿态，即立即发兵攻打长安，为受尽折磨的天子和天下臣民们带来一场收复帝都的虚幻狂欢。事实上，李怀光连做做样子的想法都没有，他一直按照自己对战场形势的保守判断，自顾自地在长安与奉天之间呆立不动。

历史舞台上的聚光灯往往只有一盏，李怀光在下面发呆、打瞌睡，什么都不做，白白浪费着这种站在世界之巅的美好感觉，可把那些做梦都被聚光灯照醒的人恨得牙痒痒。其中，刚刚升任神策军行营节度使的李晟牙痒得最厉害。

记性好的读者应该还记得李晟。当今天子德宗继位之初，他曾经率领着德宗直属的神策军入川，击败吐蕃和南诏的联合入侵，为安史之乱后的唐朝赢得第一次对外战争的胜利。

那是李晟在历史舞台上的第一次亮相。那时大家可能会以为，这位新出场的李将军应该是一位翩翩少年，实际上，那年李晟已经五十二岁了。

现在李晟五十七岁，在唐代，这已经是个临近死亡的年龄。

李晟来自青藏高原东北角洮州（今甘肃临潭）一个世代从军的家庭。为国立功、把自己的画像挂到凌烟阁里，是这个家族世代相传的梦想。可历代祖先们都离这个梦想非常遥远，沉积了几代的梦想便沉沉地压到李晟身上。李晟十八岁从军，年轻时的他，骁勇无双，曾赢得“万人敌”的美誉。

然而，时光容易把人抛。

李晟壮年时代漫长的军旅生涯，也是一个属于军人的时代，一个接一个的武将在历史舞台上翻云覆雨，可他却并没有遇到什么真正属于自己的机遇。荒凉的等待中，曾经引以为傲的骁勇体魄也随着青春一起离开了他。

直到五十二岁时，李晟才等来一次率军入川御寇、独当一面的表现时机，他终于一举跻身王朝顶级将领的行列之中。随后，他又率军参加朝廷围剿田悦的战役，却因遭到朱滔的突袭而败北，此后便一直率军休整。

泾师之变是德宗的灾难，而在李晟的眼里，却是自己实现家族梦想的最后机会。事变发生之后，李晟立即率军向长安靠拢，希望能为天子收复长安，立下旷世奇功。他必须要抓住这个机会，哪怕这个机会根本不在自己的手里，也必须凶狠地把它抓过来。

此时，李晟带着他手下的一万神策军驻扎在长安东北方的东渭桥，这里是长安接纳来自江淮钱粮的交通要道，大军在此可谓进退自如。

然而，和李晟同样驻扎在这里的，还有神策军的另一位将领刘德信，他的动作比李晟还要快，在事变发生的当月就从对抗李希烈的战场上飞速撤回，并已和朱泚在见子陵（今西安东南）打过一仗，神策军在东渭桥的阵地也是他开辟出来的。

一天，李晟正枯坐军帐，士兵忽然报告刘德信将军来访。嗯？他来干什么？李晟心里很是纳闷，可转念又想，不管他来干什么，我干我想干的事就是了。他一面命令士兵安排接待，一面叫来几个亲信，小声安排了些事情，最后说："摔杯为号！"

"啊！李将军！恭喜李将军啊！"刘德信大老远就这么吼叫着过来了，"恭喜李将军荣升行营节度使啊！近来军务紧急，一直没空来道贺，李将军见谅啊！"

两个月前李晟来到长安时，就已经被任命为神策军行营节度使，虽然他管不了刘德信的军队，但毕竟官阶比他高了一级，刘德信来道贺是应该的。

"呵呵！刘将军……请进！"李晟阴阳怪气地将刘德信带进军帐。

一阵略显尴尬的寒暄之后，两位将领的话题落到眼前的局势上来。

"我准备这几天就向朱泚进攻，收复长安。"李晟抛出一个计划，"刘将军，您是否跟我一起攻城？"

刘德信面露难色："呃……李将军，您知道，我的队伍是去年才组建起来的，刚被派到汝州去打李希烈，泾原兵就作乱，朝廷也就没有给我们发过军饷。士兵撑了四个多月了，现在就这么僵着还行，攻城恐怕……"

李晟慢慢端起酒杯，盯着刘德信又问道："没有军饷都能撑这么久？刘将军您做得不错啊。"

刘德信尴尬地一笑，说道："唉……还不是全靠劫掠……"

李晟忽然摆出了一副惊讶的表情："劫掠？从哪里劫掠？"

刘德信以为李晟也想去打劫，便大方地说："就在东便桥附近啊，那地方富家商户多得是呢。"

"刘德信！你竟敢纵兵劫掠民间！该当何罪？"李晟忽然举起酒杯，厉声质问刘德信。

刘德信被突如其来的义正辞严给问蒙了，这些年来各路军队到处打打杀杀，军饷接济不上就抢劫民间，这不是常事吗？李晟干吗突然要拿这个说事儿？

“李将军，你这话是什么意思？”刘德信反问李晟，“如今天下谁家的兵马不抢老百姓？你装什么大尾巴狼？你不抢？”

其实刘德信说的是真的，那时包括功勋卓著的朔方军在内，都时常以劫掠的方式解决军需，没人觉得这有什么不正常。

“其他人我管不了，我们神策军乃是天子的军队，军饷本来就比其他军队都高，而且都是从皇上那里直接划拨下来，可你竟然还去劫掠百姓，你这丢的是皇上的脸！”李晟说的也没错，神策军的军饷的确是由天子直接承担的，理论上讲不存在缺乏军饷的问题，不应该去抢劫老百姓。

“李晟！我刚刚不是说了吗？我的队伍刚刚建起来朝廷就遭了灾，没给过我们军饷！”刘德信大怒，掀了桌子，立起身来。

李晟毫不示弱，也立即抓着酒杯站起来，身边的几位高大武士见状，立即抽出横刀，上前逼住刘德信。

然而，李晟却慢慢松开了手，把酒杯轻轻放在桌上，缓了一口气，低声狠狠地问：“那去年滬涧之败，你怎么解释？”

李晟说的是去年刘德信在与李希烈作战时吃的一场败仗。

那天德宗突发奇想，忽然想赌一把大的，命令刘德信前往袭击李希烈的后方，刘德信就带兵去了，走到半道，德宗又忽然胆怂不敢赌了，命刘德信带兵回来。结果返回的路上，刘德信中了李希烈的伏击惨败而归。

这笔糊涂账怎么能算到自己的头上?！可刘德信看着李晟铁青的脸，和他身边士兵已经亮出锋芒的刀，明白李晟这是在故意找茬儿。可他完全没有防备，身边一个自己人都没有，除了求饶别无选择。然而，他依然不知道李晟到底要的是什么，自己能拿什么向李晟求饶？

“李将军，您要在下做些什么？还请明言，在下一定答应。”刘德信哀求道。

“很简单，我只要你承认滬涧之败是由你造成的，还有你的军队劫掠百姓的罪状。仅此而已。”李晟平静地说着，拿出一张文书和一支笔扔到刘德信脚下，上面是已经写好的刘德信的“罪状”，只有最后留出了一处空白，待刘德信画押。

刘德信松了口气，说：“好！”于是趴下身子捡起笔，在文书上写下了自己名字。

李晟看见刘德信画完了押，一边缓缓地往椅子上坐，一边慢慢地伸手把桌上的酒杯推向边缘。

几位武士认真地盯着酒杯的运行轨迹。

“叭！”酒杯与刘德信的头颅几乎同时落地。

事后，李晟立即拿着文书，带上人马，驰入刘德信的军营，向惊惶的士兵们宣布他们的主帅已经认罪伏诛，现在他们已全归自己统领。这样，李晟手下的兵力一下子几乎翻了一番，达到两万人，李晟也成了长安战场中仅次于李怀光的第二强者。

然而，文无第一，武无第二。李晟虽然好不容易才成了老二，但被老大李怀光吃掉依然很容易。很快，李怀光一纸上书向德宗请求把李晟的军队划归自己指挥，德宗同意了。李晟只好悻悻地率部离开东渭桥，前往咸阳与李怀光的朔方军会合。

刚到咸阳，就遇到朱泚的兵马杀出长安，前来挑战。李晟认为这是一个极好的战机，便向李怀光说：“朱泚若固守长安，攻取或许会消耗时间，但现在他敢跑出来，可是大好时机，将军一定要抓住这个机会啊。”李晟建议抓住叛军走出坚固的长安城外的战机，在野战中击败对方，也许没错，可李怀光听了这话，很是不爽，你李晟到这里是来听我指挥的，结果倒先指挥起我来了。他觉得必须在两军统一指挥后，尽快确立自己的统帅权威，不能一开始就向这个神策军将领让步。于是，李怀光找了个借口搪塞说：“你的军队才刚到这里，饭都还没吃呢，怎么打仗？”然后命令军队坚守阵地，不予出击。

如今，我们很难明确地判断此事的是非，只能做一个大致的分析猜测。

文人记载军事是很不专业的，关于朱泚此次出击，史书上只说“泚众大至”，再没什么更详细的描述。那么问题来了，怎么算是“大至”？若朱泚叛军确实抛弃长安城的坚固防御工事，倾巢出动，李晟的建议就是正确的，这的确是一个不可多得的战机。

但我们似乎也没有理由认为，作为一个高级别专业战将的朱泚会这么犯傻，更大的可能是朱泚实行了一次小股部队的试探性攻击，这就的确没有必要打草惊蛇，李怀光处理正确的可能性更大一些。

那么，从去年（公元 783 年）十一月李怀光到达战场、解奉天之围之后到现在，已经快四个月了，他不顾全天下人的殷切期盼，迟迟没有向长安发起进攻，搞得天下人的情绪由惊喜而焦急，由焦急而怀疑，到底又是为什么？

通过观察，我们不难发现，这一场持续时间不短的战争中出现的数次局势逆转，拐点都在某一次城池攻防作战中。

首先是田悦对临洺的久攻不下，使得河北藩镇联盟失去战争的主动权，朝廷得以纠集力量反攻。朝廷一时扭转战局后，也在攻击田悦的魏州城时陷入泥潭，令田悦得以等待形势变化，再次翻转战局。而李希烈叛乱之后，在汝州城下与朝廷方面反复纠缠，更是直接触发了泾师之变。

那么，作为长安战场统帅的李怀光，不可能不知道这次战争里这些因为攻城不利触发的全局逆转战例。面对防御工事最为坚固精良的长安城，李怀光的谨慎是有道理的。

为什么各方军队攻击城池都这么困难？热衷于玩电脑游戏的看官，可能更会觉得奇怪，攻城有这么难吗？我们也时常听说“进攻是最好的防守”这般激励人心的话，不过，很可惜，本人认为这句话仅适用于实力相当的两条汉子一对一单打独斗的时候。

来看看真正经历过战争的人怎么看。兵圣孙武在他的兵法中指出：

“上兵伐谋，其次伐交，其次伐兵，其下攻城。攻城之法，为不得已。”把攻击城池算成最后实在没有办法的办法。

攻坚战中，防御的一方往往能够更好地利用各种天然的、人工的地形优势，能够更快地就近获得经济补给、支持，能够更好地得到民众的精神鼓励（当然，朱泚在长安可能没有这项优势）。除非防御方面犯下明显错误，或者进攻方面具有压倒性实力，否则，攻坚战在任何时代都是战争中一个最大的难题。

直到一千多年后，普鲁士军事理论家克劳塞维茨依然在他的巨著《战争论》中指出：防御这种作战形式就其本身来说，比进攻这种作战形式强。

在现代信息化战争出现、根本性地改变战争攻防形态之前，高耸的城墙一直是古今中外攻城战将们的梦魇。

战争是由经济支撑的。这次战争中，主动攻击的一方屡次在攻坚战中陷入胶着，继而失去战争主动权，反映出当时各方的经济实力实际上是无法支撑一场完整的战争的。因为，顺利完成对某个意义重大的城池的占领，往往是战争结束的辉煌标志。

在那时全国最高、最坚固的长安城墙里，防御者朱泚还没有犯下明显的错误，进攻者李怀光就只能用更长的时间，尽量争取聚集起压倒性的实力，所以，他要求把李晟的军队划归自己指挥。

从事理上看，收复长安这件事，李怀光只能这么慢慢地办，可是自古中国人办事都不能只看事理，还得摆平人情呢！大家都急着收复长安，你李怀光这么拖着算怎么回事？

只知道望着长安城墙发愁的李怀光，丝毫没有察觉到周围越来越多质疑的眼神，而李晟则在一边思量着，应该如何让这些质疑为自己所用。他懂得，比起战场上的胜负，朝野上下目前更需要的，是有人能做出一个积极进取的姿态。

这天，又发生了一场小规模战斗。朱泚再次出城前来骚扰，李怀光赶紧披挂上阵。刚到阵前，李怀光就被吓了一大跳。吓着他的不是朱泚，而是他的战友李晟。

原来，年近六旬的李晟竟然穿着锦裘绣袍，浑身光彩地站在清一色朴实军装的士兵之中，动作夸张地指挥作战。

老土且木讷的李怀光，看见李晟这副模样，顿时瞠目结舌，赶紧走上前去拉住李晟，说："将务持重，岂宜自表襮为贼饵哉？"

拜托，你一个带兵打仗的人，稳重一点儿行不？你穿成这样是要给敌人当活靶子？显然，李怀光不懂得如何欣赏李晟这一身集大唐先锋时尚之大成的行头。

李晟也并不需要李怀光的欣赏，他大声回答道："昔在泾原，士颇相畏服，欲令见之，夺其心尔。"原来，李晟以前曾经做过泾原四镇北庭都知兵马使，也就是长安城里叛军们的老领导之一。他穿成这样就是要叛军们看见，知道是自己来剿灭他们，这样叛军就会害怕。

李怀光额间瞬间垂下三根黑线，都这么大的人了，咋还这么幼稚？他愣了半天才说："随你吧。"就走开了。

看着李怀光的背影，李晟一声冷笑，他当然不是幼稚，他比李怀光可成熟多了。他相信，自己这身时尚装备很快就会成为坊间疯传的热门话题，他李晟不顾个人安危、积极求战的光辉形象，很快就会树立起来，他的风头，自然很快就会盖过那个不解风情的李怀光。

果然，朝野上下目睹了李晟急公好义的姿态后，终于"恍然大悟"，李怀光按兵不动，一定是居心叵测，有不可告人的险恶用心！

已陷入舆论风口浪尖里的李怀光对此浑然不觉，依然按照自己对战役发展的保守估计，自顾自地慢慢积攒着攻城所需的巨量物资。当然，他积攒物资的方法，也只能是去老百姓那里抢。

这几天，朔方军又去某个村庄洗劫了一番，赶着一大群牛羊，带着恐怖的笑容，喜滋滋地回来了。路上遇到几个神策军的士兵，朔方军的人还主动牵出几头大黄牛，想送给他们，以示友好。

“来来来！牵回去吃！”朔方军士兵笑着说。

“不要！”神策军士兵板着脸说。

“别客气啦！牵回去嘛……”朔方军士兵笑得有些尴尬。

“不要！”神策军士兵还是这么说。

“怕什么啊，大家都饿着肚子在打仗呢。你们不饿吗？”朔方军士兵的笑脸僵住了。

“不饿！”神策军士兵坚定地回答。

朔方军热脸贴了个冷屁股，只好牵着肥牛自己回营去了。

李怀光听说此事就纳闷了，神策军的兵真的不用饿肚子吗？他命人前往调查，结果却让他心理失衡，神策军的兵还的确不用饿肚子，他们的军饷钱粮都是朝廷直接给的，比自己这边高出好几倍。

军队是一种拥有合法暴力的机构，要想军队能克制住自己，不随意使用暴力，唯一的方法就是喂饱他们。没有什么事实能证明神策军的道德水平会高出当时的其他军队，他们的军纪严明只能来自于高出当时其他军队的后勤保障水平。当然，这也必然会触发逐渐发现待遇存在巨大差距的朔方全军将士的愤慨不平。

就在这个暗潮涌动的时刻，德宗派遣陆贽前来劳军。聪慧如他能感觉到此刻军营中的怪异氛围吗？他又会如何处置呢？

营门外，陆贽首先宣读了天子的慰问，作为全军统帅的李怀光接过诏令，刚要跟陆贽搭话寒暄，身边的李晟却抢先开了口：“使者远来辛苦！”李怀光斜过眼睛，看到一身时尚光芒的李晟老脸上堆满了灿烂的笑容。这点儿风头都要抢，李怀光实在不想多说，也就不再和陆贽攀谈，转过身来示意进帐内叙话，李晟也跟着进去了。

中军帐下，陆贽详细说明这次德宗所发放的赏赐数目，神策军得到的又比朔方军要多。

李怀光火了，质问道：“将士战斗同而粮赐异，何以使之协力?！”

这是一个很实在很关键的问题，大家都在玩儿命，凭什么还同工不同酬，搞差别待遇？李怀光没有责问李晟，而是向代表朝廷的陆贽发问，也算是克制了情绪，找到了问题的关键。确实，这个问题只能由朝廷出面解决。

而陆贽十分清楚朝廷窘迫的财政只够供养神策军，一时不知道、也找不到理由搪塞，只好给李晟使眼色，示意他来说说情况。

李晟多聪明啊，立刻就明白了，站出来对李怀光说：“公为元帅，得专号令，晟将一军，受指令而已。至于增减衣食，公当裁之。”意思是说，你李怀光既然是统帅，这些事情都是你说了算，你要是看不惯我们神策军的后勤太好，你说句话给我们扣掉就是。

处处抢风头的李晟，这时候突然又承认李怀光的领导地位了。

皮球被踢了一圈，又回到李怀光的脚下。

李怀光原意是让朝廷给自己的朔方军增加赏赐，结果被李晟说成是自己想削减神策军的赏赐。李怀光再蠢也不会做这种事情，可是，以他的口才又想不出什么话怼李晟，只好沉默。

陆贽见气氛尴尬，立即切换了话题，说：“皇上担心您的兵力不足，已经派人去邀吐蕃相助，您看……”

“不可！”李怀光迫不及待地打断陆贽，“若攻克京城，吐蕃必然纵兵抢掠，到时谁能遏止！这是一害。皇上有过旨意，招募士兵若是攻城成功，每人赏百缗，吐蕃发兵五万，若以应援赏，这五百万缗何从而来！这是二害。吐蕃兵马必然不会打头阵，而是停留观望，我们胜了他们更来邀功，若我们败了，他们又会随机而变，谲诈多端，不可亲信。这是三害啊。”

一说到与战争相关的事情，李怀光立即又变得逻辑清晰、思维敏捷，随口就列出不能让吐蕃参战的三条很靠谱的理由，总结起来就是，吐蕃不会真的出力，而且还会疯狂要价。陆贽听了这话也点头表示同意。

而李晟的思考角度却完全不同，他觉得当今天子明显不是一个会经常主动征求别人意见的人，向吐蕃借兵的事想做就做，根本不用事先征求李怀光的意见；况且天子早年就被借来对付安史之乱的回纥兵羞辱过，应该是很忌讳向外求援的，怎么会提出这样的计划呢？

但是陆贽作为朝廷的代表，他在这里说的话一定是经德宗授意的，那么，德宗为什么要给李怀光带这番话呢？

嗯！李晟明白了，天子是在催促李怀光尽快攻城，同时也是在试探他的忠诚！看来，天子对目前战局的焦虑正在升级，对李怀光的怀疑也开始无法掩饰了。

说完这些，李怀光就和陆贽没什么话可说了，会议也就结束了。但李晟和陆贽之间，却还有很多需要沟通的事情。

这天晚上，陆贽来到李晟的军帐里，直接发问："现在的局势，大家都觉得很诡异，皇上让我来问问您，到底是怎么一回事？"

"呃……"李晟沉吟许久，低声说，"的确很诡异，告诉您……"

他示意陆贽再靠近些。陆贽附耳过来，李晟用更低的音调说："李怀光要谋反，要投靠朱泚！"

"哦……"陆贽并没有像李晟想象中那样被吓得跳起来，他的表情并不惊讶，也低声说道："这只是坊间传言，恐怕没有什么真凭实据吧。"

"空穴不来风啊！李怀光屯兵咸阳这么长时间都不进军，您说他不是谋反是要干什么？"李晟反问陆贽。

"军旅的事情我不太懂，李怀光按兵不动我也搞不清楚为什么，但就算李怀光真要谋反，也应该积极行动起来，不会老这么拖着吧。就眼下情形，朱泚的势力其实远不如他，他又怎么会去投靠朱泚？河北的事情已经了结，李希烈也四面树敌、寸步难进，李怀光早些时候不造反，这时造反，恐怕时机不太好吧。况且，以他的兵力，要谋反的话，直接进攻奉天也不会有太大问题，不然也应该尽快拿下长安作为谋反的根据地啊。他这么拖着，也不像是要谋反的样子呢。”陆贽虽然年轻，但凭着多年在王朝中枢浸淫出来的经验，对各种政治流言都有独立思考的精神。

“事关皇上性命、朝廷兴亡，可不能有丝毫麻痹大意啊！这几年意想不到的谋反还少吗？您敢保证李怀光绝对不会谋反？敢不敢？如果他真的就反了，您能保证皇上的安全吗？”李晟一下子就把问题上纲上线到事关国家生死存亡的高度。

陆贽只好沉默，他哪里敢做这个保证？谁又敢做这个保证？

“况且，”李晟见陆贽无言以对，便进一步说明道，“他朔方军怎么说都只是地方藩镇的军队，就算现在不反，谁知道他以后反不反？如今朝廷这么困难，要真让李怀光拿下了长安，朝廷拿什么赏赐他们？就算李怀光思想好、不闹事，谁敢保证他手下的兵将就不会跟泾原兵一样闹事？”李晟一边说着，一边慢慢绕到了陆贽身后，拍了拍陆贽的肩膀。

陆贽知道李晟是要自己表态支持李怀光将会谋反的说法，进而通过自己去影响朝廷对李怀光的看法。但这个计划毕竟过于恶毒，陆贽在心中权衡着。

李晟看出了陆贽的心思，便继续往陆贽心中的天平上扔自己的砝码：“您要知道，只有我们神策军才是皇上的军队，真正忠于皇上啊……我们神策军跟您一样，都是皇上出钱供养着的啊。”

陆贽明白了，这次争端，自己应该站在神策军一边，但他依然有些担忧：“看来您其实也清楚，李怀光的确无意谋反。可若我这样禀告皇上，会不会真把李怀光给逼反了？当年的仆固怀恩，不就是这样被逼反的吗？”

“放心，李怀光没那个胆魄，他这个人，您还没看出来？做什么事都瞻前顾后、务求万全，一旦压力够大，他最多只会带兵离开这里而已。”

李晟似乎吃透了李怀光的性格。

“可是，不管怎么说，正经事还是要办的吧。李怀光要是走了，您能保证可以收复长安吗？”陆贽问道。

“没问题！”由自己去收复长安就是李晟整个计划里最终想要去做的事情，“朱泚手下也不过就那么些个人，靠的也并不是长安城坚固的防御工事，而是从城里抢来的财富。现在时间这么长了，我估计城里也被抢得差不多了，收复长安，不难。”

陆贽见李晟除了擅长钻营人情世故，琢磨正经事的能力也还算靠谱，就下定决心和他站在一起，表态同意帮助他排挤李怀光。

“对了，首先我会上书求皇上把我的军队调回东渭桥驻扎，这样的话，就不用听李怀光调遣了，以后的事情才好办。皇上要是问您这事，您得帮我跟皇上说说啊。”李晟最后叮嘱着陆贽。

走出李晟的军营时，夜已经深了。蜷缩在这个倒春寒的时节里，刚而立之年的陆贽，想起焦急的德宗与老实的李怀光都将成为李晟手中的无辜玩物，望着夜空中几点寒星，轻叹一声：“做人难啊……”

一夜辗转反侧之后，陆贽决定还是提醒李怀光一下。毕竟他还只是个三十岁的年轻人，胸中还有些义愤、还有些不忍。

于是，一大早，陆贽就来到李怀光的帐前。

李怀光见陆贽进来，热情地说：“哦呵，使者大人，这么早啊，夜里睡得怎么样？想来这军旅之中可不比您府上条件好啊。”

看见李怀光对周围的危险完全没有察觉，陆贽顿时更生出几分同情，便也不再与他寒暄，直接切入正题：“明公，李晟想要带他的部队回东渭桥去，您看这样合适吗？”

提示只能到这里了，陆贽希望李怀光能自己想想李晟想脱离他的指挥背后的原因。

然而，李怀光根本就不想提李晟这个人，对于这个时髦老头，他只是觉得眼不见、心不烦，仅此而已，对其他事情，他更不多想。

因此，听了陆贽的话，李怀光不假思索地回答说："李晟既欲别行，某亦都不要籍！"意思是他要走就走，我这里不用他帮忙。

陆贽闻言，苦笑一声，但还是不想放弃，便顺着李怀光的心情说："明公用兵如神，指挥有方，而且麾下猛将如云，装备精良，收复长安本来就是很轻松的事情，的确用不着朝廷的帮助啊！"

"就是嘛。"李怀光很喜欢听这样的话，刚想豪迈地笑上几声，忽然觉得陆贽话里有话，"哎？你什么意思？我几时说过用不着朝廷帮助啊？"

"那，李晟想带着朝廷的神策军脱离您的统一指挥，您说不需要他帮助？神策军可是皇上的军队，他服从您的指挥，不就是朝廷在帮助您吗？不论李晟对您的态度怎样，他都是朝廷的人。关于李晟的去留问题，明公还需再三斟酌，别再给旁人留下轻视朝廷的话柄啊。"陆贽言辞恳切，希望李怀光能重视这件事。

"呃……"李怀光似乎有些领悟，但还是放不开对李晟的厌烦，"这些其实我也知道。不过您不知道啊，李晟这个人真的是太让人恼火了，要不是现在大敌当前，我早就收拾他了。现在可是他自己要走啊。"

提起李晟令他恼火时，李怀光眼中露出一丝凶光。这束真实而醒目的光芒，让陆贽突起寒颤，既然李怀光也心怀杀机，那么，也许把他们俩分开也不一定是坏事。再看李怀光还像孩子似的理解与处理人际关系，他也不再想劝下去了，便说："等我回去了，皇上要是问起李晟移军的事，我如何回答？"陆贽最后一次拷问李怀光思考的深度。

"恩命许去，事也无妨。"李怀光的意思是，只要皇上同意他走，那就走吧。

此时，他依然觉得这事没什么大不了。

陆贽苦笑，这个时代已经不再眷顾李怀光这样思想简单的人，既然如此，自己也改变不了什么，只好返回复命。

陆贽回到奉天时，李晟要求移军东渭桥的上书几乎也同时到达，德宗向陆贽咨询处理意见，陆贽建议同意李晟的要求。

于是，李晟的神策军得以脱离李怀光的指挥，重新获得独当一面的权力。

九　愿赌服输

眼看着长安战事久无进展，德宗便将注意力放在了已基本平静下来的河北地区，任命王武俊兼任卢龙节度使，意在利用朱滔与王武俊之间的矛盾，让王武俊替自己去平息河北最后还在作乱的朱滔。

就在这时，李晟的一封上书到了，德宗赶忙打开来看：

> 怀光反状已明！

李晟开宗明义的第一句话，就把德宗吓得愣了半天。李怀光真的要反？历经几年来各地武夫们的翻云覆雨，德宗已成惊弓之鸟，再经不起半点儿恫吓。

几个月来，德宗也在思量李怀光是否忠诚，但毕竟自己已近倾家荡产，还有什么资本去怀疑这位重兵在握的大将呢？他只能一直强迫自己信任李怀光。可是，李晟这一句话，却又印证了自己心中最不祥的预感。

德宗定了定神，继续看下去：

> 缓急宜有备，蜀、汉之路不可壅，请以裨将赵光铣等为洋、利、剑三州刺史，各将兵五百以防未然。

李晟准备让德宗向西蜀撤退，部署军队守住前往成都的洋县、广元、剑阁等处关隘，防止李怀光叛变时朝廷陷入绝境。

德宗惊惶失措，叫来陆贽，给他看李晟的上书，并询问现在该怎么办。陆贽也惊讶了。他没想到李晟的动作这么快，才刚到东渭桥就急着对李怀光下手了。看着被李晟唬得六神无主的德宗，陆贽意识到自己的意见在此时举足轻重，他选择有所担当。

“皇上莫急。”陆贽试图安抚德宗的惊惶，“坊间传说李怀光要谋反，也不是一两天了，但毕竟都没有什么真凭实据，现在李晟也没拿出什么像样的根据来说明李怀光确实要谋反啊。事关重大，还请皇上从长计议。”

“陆卿，你太书生气了。这又不是县衙断案，哪里用得着那么多证据啊，李怀光拥兵自重这么长时间，不是想造反是要干什么？”德宗反驳说。

“皇上也说李怀光长时间拥兵自重，可他若是真要反，为什么早先不反，现在才反？且从李晟的上书来看，李怀光到现在也没有什么造反的实际动作。若他真要造反，会给我们留这么长的时间，让我们从容地准备后路吗？”陆贽说。

德宗暗忖陆贽的话，觉得有些道理，但毕竟是性命攸关的大事，他不敢再完全信任任何人。

陆贽见德宗沉默不语，便提出一个折中的方案：“这样吧，恳请皇上您再给李怀光一个机会，再给他一些恩典，催促他进军，看他如何对待。同时请皇上移驾西去梁州（今陕西汉中），离李怀光远一点儿，若李怀光真造反了，再去成都也不迟。”陆贽的处理意见，综合考虑到德宗对李怀光不敢放弃的希望和无法回避的恐慌。

“好吧……”德宗同意了陆贽的意见，颁布诏令，加封李怀光为太尉，增加了他的封邑，还赐给了他免死铁券。

铁券，是我国政治法律历史上一个奇异的存在，也是最高统治者与统治集团中各种功臣或权臣达成的一种契约。最高统治者承认受赐铁券者的丰功伟绩，并对受赐者及其后代享受优厚待遇作出公开的书面承诺，其中最为特殊的一点，是受赐者在一定范围之内不受司法权力的监督，即所谓的“免死”。

根据我国历史上“刑不上大夫”的司法原则（此处无意争论这句话的书面原意究竟是什么，只根据其在实际中所体现出来的意义为准），受赐铁券的人，作为既得利益者，本来就已地位尊崇，不会受到普通法律的约束，能以死亡威胁到他们的人，往往只有最高统治者本人，所以免死铁券在很大程度上，是对最高统治者自己的约束。

当然，铁是会生锈的，即使上面刻下皇帝的承诺，它该生锈还得生锈，所以说这种约束是非常脆弱的。越到后来，我们就越能看到，免死铁券的作用更像一张催命符。即使早在唐代，铁券中皇帝承诺的言外之意就已广为人知，就连李怀光这种愣头青都知道。

“圣人疑怀光耶？人臣反，赐铁券。怀光不反，今赐铁券，是使之反也！”在宣诏封赐李怀光的仪式上，当着朝廷使者和全军将士的面，李怀光冷不丁地来了这么一句。

原来，前不久德宗刚刚也给王武俊、李纳一干人等赐了铁券。李怀光的意思是，天子是在怀疑我吗？朝廷给那些造反的人赐铁券以示安抚，可我又不造反，你给我个铁券干什么？是叫我也来造反不成？

也许李怀光只是得了赏赐心情好，顺口开个玩笑，亦或是在舆论压力下，他的确有了这个担心。但无论如何，德宗赏赐铁券的言外之意，李怀光本该在自己睡不着的时候悄悄去想，而不是在大庭广众之下大大咧咧地说出来。他这一句傻话，等于宣告陆贽此前的苦心周全统统成了无用功。

这句话，也使因同样处在舆论漩涡中心而情绪敏感的朔方军将士们，集体陷入了痛苦。从郭子仪治军以来，朔方将士们凭借着对朝廷的忠诚，赢得无数的荣誉和实惠，他们没有理由要抛弃朝廷。即使面对外界的汹汹流言，他们也一直坚持着相信他们的统帅李怀光不会造反，而此刻，李怀光这一句话，使他们的信心崩塌了。

宣诏仪式结束后，立即有部将在营门外公开质问李怀光："您既不下令进攻朱泚，对朝廷又如此不恭敬，难道真的想反么？功高太甚，一旦弃之，便是自取灭亡，将富贵送予他人，于咱们自己有什么好处？"

这一质问立即引发朔方军将士的强烈共鸣，纷纷要求李怀光给予正面回答。

李怀光无奈，只好向手下将士们解释自己按兵不动的原因："我不是要反，如今敌方势强，故因此养精蓄锐以待时机。"

显然，他在战前没有把自己的战略方针跟将士们通气、求得将士们的理解，这时候被逼无奈才说出来，却已经无法让人信服了。从此，不善言辞的李怀光开始不断地应付将士们的质疑，朔方军的士气也因此渐渐瓦解，李怀光自己也在疲于应付中开始失去理智。

与此同时，德宗悄然离开奉天，向南翻越秦岭往梁州进发。

李怀光得知此事之后，终于醒悟了。德宗这一走，将使自己完全坐实谋反的罪名。

他连忙派人前往追赶德宗，想留住天子，把事情解释清楚。

可此时的李怀光在人们心中已经失去信誉，现在不论他干什么，人们都会认为他要干坏事。愤怒的人们只认为李怀光派兵是要去袭击天子，不去思考若要追杀落荒的德宗，李怀光完全可以施展出更加凶狠的手段。

李怀光在大众心中的反叛罪名就此敲定，罪状则是联合朱泚，逼走大唐天子。朔方军内部陷入了严重的混乱，支持朝廷的一方与支持主帅的一方先打了起来，长安前线的朔方军完全失去了战斗力，已无力再进攻长安，就连他们的大本营邠州（今陕西彬县一带）也被支持朝廷的部将控制。

进退维谷的李怀光只好带着他的支持者们脱离长安战场这个是非之地，往东绕过长安，前往河中驻扎。虽然顶着反贼的黑帽子，但他确实至始至终都未对德宗发起过任何军事攻击。

而李晟则大获全胜。摧毁李怀光的势力之后，李晟如愿成为朝廷最为倚重的战将。朝廷将长安战场的指挥权转交给他，并赐他“同平章事”的宰相荣衔。在这场暗战之中，李晟把李怀光情商低这一弱点无限放大，最终赢得名利双全的完胜。

随后，李晟改变之前李怀光的保守策略，开始向长安城里的叛军展开积极的攻势。

时间进入兴元元年（公元 784 年）四月，疯狂的时代又向人们抛出了一个意想不到的情节。从本书开篇就一直陪着我们到现在的魏博节度使田悦，在一场狗血的家庭纠纷中被自己的堂弟、田承嗣的小儿子田绪杀掉，草草地结束了自己不断闹腾、兴风作浪的一生。这也使得正准备帮助朝廷讨伐朱滔的王武俊停下了脚步，他更关心朝廷这次是否会承认田绪接任节度使。

可此时的朝廷哪里还能再去招惹河北呢，很快就正式任命田绪为魏博新任节度使，承认这一次不正常、但仍然属于田氏家族内部承袭的节度使交接。

王武俊这才放心地拉开架势，准备和朱滔大干一场。

长安方面，李晟也在与朱泚的搏斗中开始占据上风，大唐王朝与朱氏兄弟的最后决战，即将展开。

此时的对决其实已没有太大悬念了。

五月，李晟顺利收复长安城，朱泚也在逃亡时被杀，历时八个月的泾师之变宣告结束。这也证明，李晟对战场形势的判断的确比李怀光高明得多，正是他在战场内外的高明手段，为大唐王朝迎来了宿命中的触底反弹。

也是在五月，河北方面也传来了好消息，王武俊击败了朱滔。虽然朱滔逃回了幽州，但因实力大减已镇不住幽州兵将，卢龙军也开始内乱，朱氏兄弟的野心全面坍塌。

六月，德宗终于收到李晟正式报捷的文书：

臣已肃清宫禁，祇谒寝园，钟簴不移，庙貌如故。

李晟的文书一如既往地简短，却又总能触到德宗皇帝的内心。自己的皇宫、祖先的陵寝，终于又一次收复，李晟说了，那里的一切都没有变。

德宗心中悲喜缠乱、五味杂陈，不争气的眼泪又要涌出来了，他用掌心狠狠地摁住双眼，感叹道："天生李晟，以为社稷，非为朕也……"

七月，德宗终于回到长安。

战争依然没有结束，李希烈还在顽抗，而比他的问题更为紧迫的，是李怀光。目前，朝廷已经宣布解除李怀光的一切职务，同时又授予他"太子太保"的荣衔，这说明朝廷并没有真的把他当作反叛者。

李怀光所占据的河中，也就是现在的山西省永济市，地处秦晋咽喉，乃是长安与潼关以东地区之间的交通要道，此地山河环绕，地势险要。诗人王之涣的千古绝句"白日依山尽，黄河入海流"，就是在这里的鹳雀楼上写下的。朝廷可以不在乎已经失势的李怀光，但必须控制河中地区。

经历一番恩怨后，现在的李怀光是否愿意与朝廷合作，是德宗回到长安之后必须面对的第一个问题。既然朝廷已经公布了对李怀光的处罚决定，德宗首先想到的当然也是去执行这个决定。他任命给事中、孔子的第三十六世孙孔巢父为宣慰使，带着给李怀光的亲笔信，前往河中说服李怀光放弃兵权，前来长安。

德宗在信件中说：

奉天之时，非卿不能救朕，今日之事，非朕不能容卿。宜委军赴阙，以保官爵。

奉天被围的时候，除了你没人能救朕，现在呢，除了朕也没人能救你，你应该赶快自解兵权，马上到长安来，这样还能保住你的官衔。德宗首先还是说到了李怀光的功绩，也依然没说什么谋反的事情，这也侧面说明谋反确是子虚乌有的事。

可惜，德宗言辞恳切的书信本该起到的作用，却被孔巢父这个书呆子给搞砸了。他以一副胜利者、审判者的姿态，盛气凌人地来到河中朔方军的军营，李怀光也老老实实地摆出弱者的姿态，自觉地脱下官服，换上一身白衣前来迎接孔巢父。朔方军是被冤枉的，如今又忍下这口气，接受朝廷的处罚，已是不易，他们最需要的是孔巢父的好言宽慰，以平复军中压抑的情绪。

可是，这书呆子并没有这么做。

他没有扶起跪在营门迎接自己的李怀光，而是径自阔步走进军营，大声向朔方军士问道："军中有谁可代太尉领军？"

在朔方军中择人代替李怀光领兵，而不是由朝廷派人，本来是德宗对朔方军采取的一个安抚性的宽大政策。但当孔巢父在大庭广众之下将此意这么吼出来，却立刻变成了对朔方军将士敏感自尊的羞辱。

孔巢父实在低估了李怀光在军中的威望。为自己的统帅抱屈的将士们，瞬间开启了疯狂模式。孔巢父这儿诏书还没读完呢，狂怒的士兵们一拥而上，对他一阵暴打，高傲的使臣很快便死于非命。

使节被杀，使朝廷最终与李怀光兵戎相见。德宗调集河东节度使马燧的人马，与神策军从东西两面向河中合围，李怀光也没再让步，发兵抗拒。传说要造反的李怀光，到这时才和朝廷发生了真正的军事冲突，但主动的一方却是朝廷。

在长安刚刚收复、朝廷财政紧张的情况下，许多人建议德宗赦免李怀光，这位自负的大唐天子却不依不饶，一定要与李怀光见个高下。

转眼冬天又到，按照以前的惯例，朝廷这时应该给朔方军发放冬衣，而眼下朔方军已和朝廷对立，负责此事的官员提议不给他们发冬衣，况且朝廷手头也紧，不发冬衣也是自然而然的事情。

这时，德宗却意外地说：“朔方军累代忠义，如今只是被李怀光控制了，将士们又有什么罪？应照数发放军衣和赏赐，待道路通了，马上下发。”

也就是说，德宗把要打击清算的目标精确定位到李怀光一人身上，朔方军将士们依然是他要笼络的对象。

德宗与李怀光之间的战局陷入胶着状态。而此时，在围剿淮西的战场上，却迎来一场大胜。十一月，汴宋军大将刘洽收复了汴州，李希烈遭到决定性的失败。

又逢年底，一步步坠入谷底的德宗，在这一年的百转千回里，又看到黎明的曙光。

最近，他常常和精通《易经》的陆贽讨论一些哲学问题。《易经》中以元、亨、利、贞的周转来喻指春夏秋冬的循环。元，象征春的生机；亨，表示夏的繁盛；利，恰似秋的收获；贞，代指冬的严酷。

在陆贽的讲解下，德宗也似乎从中看到自己生命历程中荣辱沧桑的轨迹，尤其是这一年里的起死回生，恰似天地间的冬去春来。哦！冬去春来，冬即贞，春即元。贞元，贞元……他反复地咀嚼着这个词的含义，最终决定改年号为“贞元”。

历尽劫波的德宗，依然是个坚强的人，至少从这个新年号里，我们依然能看到他对未来的希望。

公元 785 年，唐德宗贞元元年，这是德宗继位以来的第六个年头。六年前刚刚登基时的德宗，时常畅想着等自己的梦想在帝国版图上施展开来时，属于他的时代会是什么样子。当然，那时的他，怎么也不会想到如今会是这般光景。

几度生死挣扎、几番苦痛纠缠之后，德宗才渐渐明白了梦想的沉重，也终于承认了自己的渺小。

最近，他总是在怀念他的父亲、那位四处忍辱求全的先皇，不停地责怪自己少不经事时曾经对父亲的不屑。如今，自己也算尝遍世间哀愁，回首往事时才发现，那个嘲笑自己父亲的人，原来才是真的可笑。

拿起父亲当年最爱读的《仁王经》，德宗学着父亲当年的样子，虔诚地诵读起来：

> 生老病死，轮转无际，事与愿违，忧悲为害。欲深祸重，疮疣无外，三界皆苦，国有何赖？……

成长的路上，我们终将成为我们曾经讨厌过的那种人。

十　余生漫长

贞元这个年号，似乎真的承载着王朝复苏的天意。德宗改元的第一年里，朝廷收到了各地传来的好消息。

六月，曾经的藩镇抗命联盟盟主、卢龙节度使朱滔病死，部将刘怦接任节度使。和去年的魏博节度使交接一样，朝廷也没有干涉卢龙这一次的权力更替。所以刘怦也就心满意足，没向朝廷找茬儿。

七月，河中的李怀光终于坚持不住了。山穷水尽之际，耿直木讷的战将李怀光不想再向世人辩白，也不愿再向朝廷屈服，更不希望被绑去长安再受羞辱，于是，他选择自尽，用永远的沉默成全了李晟的千秋美名。

其实，除了我们这些旁观者，没有人需要正义，胜利者不需要，失败者也不需要，只是为了照顾旁观者的情绪，占了上风的人把他们所得到的一切，取名为“正义”。

朝廷的对手，只剩下李希烈。德宗相信，四处树敌、处于十面埋伏之中的李希烈日子长不了了，不必费力围剿，便下诏命令包围李希烈的各路人马，除非李希烈先动手打过来，否则暂时不要主动向他发起进攻。

德宗似乎参悟了“无为而治”的玄机。事实上，迫使他把这个道理付诸实践的，除了那些痛苦的悔悟外，还有复苏时刻的一抹倒春寒。

这一年，黄河流域遭遇大旱，长安周围的浐河、灞河枯竭，渠井无水，军民饥馑。德宗甚至听说禁军之中流传着这样一句话：“拘吾于军而不给粮，吾罪人也？”眼皮底下浮动的军心，使德宗如坐针毡。

不过，旱灾是公平的，它可以使朝廷无法动弹，更可以让李希烈瞬间崩溃。淮西部将陈仙奇利用军心动摇之机，于贞元二年（公元786年）四月毒杀李希烈，率部归降朝廷。至此，起于建中二年（公元781年）五月、历时整整五年的混战局面，终于宣告结束。

淮西的降伏，使得长安与江南之间的血脉终于再次畅通，镇守浙江的韩滉立即为朝廷送来三万斛粮食。

听到粮食已经到达陕州、即将进入关中的消息，德宗狂喜，对太子说：“米已至陕，吾父子得生矣。”

萧索的时光里，大唐天子的快乐也是如此平凡、真实。

吃饱饭的大唐天子，才有足够的能量来检视这次漫长混战留下的狼藉。朝廷最初的目的，是要收复河北不服王命的藩镇，如今看来，这个目的显然没有达成：魏博依然姓田；淄青倒是姓李，不过是李正己的李，而非皇家的李；卢龙虽然改姓刘，却依然不听王命。河北藩镇再次向朝廷明确了各自割据自治的权力。

只有成德，在这次战争中被分成三块：王武俊得到成德节度使的名号和恒、冀、深、赵四州；原属成德的易、定二州归属于投降朝廷的义武节度使；张孝忠成德镇的另一位部将程日华则在沧州另起炉灶，成为横海节度使。

义武、横海这两个新藩镇，不大不小地楔在河北群雄之间，四周遍布饿狼使他们不得不倒向朝廷一边，寻求庇护，所以他们对朝廷的态度是比较恭顺的，这也算是朝廷在这场战争中的一些意外收获。

成功刺杀李希烈后，陈仙奇也只做了三个月的淮西节度使，就在七月被部将吴少诚给干掉了。在这个全民厌战的时刻，吴少诚收敛起自己的野心，得到德宗承认之后，带着部队回到蔡州（今河南汝南）蛰伏。

战争中南北豪强都曾觊觎过的汴州，最后落到大将刘洽手中。战后，他受命任宣武军节度使，并改名为刘玄佐，心满意足地守着汴州这个聚宝盆，专心地聚集着南北财富，不时给朝廷分上一点儿。

以宣武为典型代表的一批中原地区运河沿线的藩镇，掌握着海量的财富，他们通过主动给朝廷上交利润的方式，换取朝廷对他们自治的承认，在政治立场上，都向朝廷方面靠拢，逐渐成为朝廷制约河北、淮西的重要筹码。

在与朱泚的斗争中有过突出表现的禁军将领韦皋，此时已在成都的剑南西川节度使府里掌印一年。德宗希望这位智勇双全的武将，能为朝廷保护好西川这个后花园，抵挡吐蕃、南诏两大强邻的蚕食。

而在王朝的心脏——长安，则驻扎着声威渐涨的神策军。德宗拿出全天下最好的待遇来笼络神策军，保持他们的忠诚。这也使得德宗需不断地想出各种手段向天下敛财。

同时，他不敢再把这支军队交给任何一员武将。

这是可以理解的，任何人在遭遇欺骗之后，都会开始戒备旁人，天子也一样。环顾四周，德宗发现，曾经最讨厌的太监们，的确如父亲所言，其实是最可信赖的人。旁人都想当皇帝，只有他们不这么想。于是，他把神策军交给太监统领，太监这一群体再次登上了唐朝政治舞台。随着神策军的不断壮大，想让他们提前谢幕，再也不会像以前那么简单了。

这就是大唐混战之后的新格局。德宗庆幸自己还能活着看到这个新时代，尽管已与自己想要的完全不同。德宗也谨守着“清静无为”的深刻教训，不再鲁莽地干涉时局的发展，任由各种事物在这难得的宁静时光中自由滋长。

安静，是历尽劫波的大唐王朝上下共同的愿望，而它那强横的邻居——吐蕃，却不太喜欢安静。吐蕃这一任赞普赤松德赞乃是吐蕃历史上著名的有为之君，且正值盛年。身为有为之君，赤松德赞目睹隔壁大唐王朝乱作一团，若这时候不上去补一刀、抢一把，怎么好意思呢？

公元786年，唐德宗贞元二年八月，吐蕃将领尚结赞率兵突袭泾、陇、邠、宁等长安周边重镇，大唐朝廷命李晟、浑瑊、马燧出兵，准备应对吐蕃深入。唐蕃之间新一轮的战事就此触发。

说到赤松德赞，还有一个值得一提的传说。据说，他是金城公主与赞普赤德祖赞所生之子，出生不久就被没有儿子的妃子那囊氏强行抱走了。

喜欢看宫斗剧的小伙伴们应该都知道，有个自己亲生的儿子，对后宫佳丽是多么重要一件事，吐蕃宫廷也不例外。于是，金城公主不断向丈夫申诉。可是英明的赞普也难断家务事，他搞不清楚事情的原委，没有作出仲裁。直到儿子长大后，赤德祖赞才组织了一场“认亲会”，让金城公主和那囊氏分坐左右，让站在中间的赤松德赞自己作出选择。

母子间的奇妙牵绊，使赤松德赞径直奔向金城公主一边，说：“我赤松德赞是汉人的外甥，那囊家岂能是我的舅家？”于是，公主终于和失散的儿子相认了。

这是唐蕃之间残酷历史中一段温馨的传说，可这似乎也真的只是个传说，因为它只在一些小说体的藏文史料中被绘声绘色地描述过，而唐朝方面却没有金城公主在吐蕃留下子嗣的正式记录。据敦煌发现的吐蕃严肃历史文书《大事记年》记载，金城公主于开元二十七年（公元739年）去世，而赤松德赞则出生于天宝元年（公元742年）。因此，赤松德赞是金城公主之子的说法是有疑问的。

此时，传说中的大唐公主之子赤松德赞毫无情面地挥戈东指的现实，也说明这些传说对历史实际上毫无意义。

尚结赞于八月秋收之际突袭内地、掠夺庄稼，在遭到李晟的阻击之后主动转移战略方向。十一月，尚结赞兵临盐州城下，也就是现在的陕西定边。

尚结赞占领要塞过程极为简单，只用了一句话。他警告盐州刺史说：“我欲得城，听尔率人去。”

历来吐蕃犯边，主要是抢掠人口牲畜以及财物，对据守城池并没有多少兴趣，而这次却只要求盐州刺史交出城池，不要人口。这对突遭大难的盐州来说实是万幸，盐州刺史便带着百姓撤离，把盐州城交给吐蕃。吐蕃以此为根据地，顺势向东挺进，攻占银州、麟州，完全控制了现在的陕西北部榆林地区一带，对大唐朝廷构成了重大的威胁。

随即，在战场上高出一筹的吐蕃却被自己脆弱的经济绊住了脚步。原来，青藏高原发生雪灾，致使军粮不济，尚结赞的军队只好停止进兵。

大唐朝廷此时却迎来一场及时雨，浙江韩滉、汴州刘玄佐在这年年底先后入朝，为朝廷送来大量钱粮。

战争局势即将出现逆转之际，尚结赞忽然抛出议和结盟的提议。

对于是否接受吐蕃的求和，朝廷内部经过论争，主战派李晟被孤立，武将中的主和派马燧、浑瑊得到几位宰相的支持而占了上风。

经过双方使节几番来回商议，最后议定，于贞元三年（公元 787 年）闰五月在平凉川会盟，尚结赞代表吐蕃方面，而唐朝方面则由浑瑊出席。

因在论争中失利而被罢黜兵权的李晟，知道会盟确定的消息之后，悲愤地说：“吾生长西陲，备谙虏情，所以论奏，但耻朝廷为犬戎所侮耳！”意思是说，我生长于西部边境，吐蕃人是什么德行我清楚得很，之所以要直言，就是怕朝廷被吐蕃人玩弄羞辱啊！

可这时，德宗与其他人却都在计较李晟于泾师之变时为争功而擅杀无辜者刘德信、诬陷老实人李怀光的作为，所以借此机会罢了他的兵权。

曾经机关算尽的李晟，此前恐怕也没想到，人情与事理之间的权衡，最终也使自己陷入困境。不择手段、不近人情的处事方式使得自己也失去了公信力，如今自己的建议明明是对的，却没人理会。

果然，在平凉川的结盟会场上，浑瑊刚刚换上结盟的礼服，便听得三下雷鸣般的鼓声，吐蕃骑兵突然由四面涌向会场。浑瑊见势不妙，夺马逃出会场，准备回军营拉出队伍和吐蕃干一仗。不想，回到军营一看，士兵们居然跑得更快，早就全没影儿了。浑瑊无奈，只好孤身一人仓皇地回到邠州。

这场“劫盟”确实是尚结赞的缓兵之计。虽然没能按原计划擒住唐朝大将浑瑊，但经此一劫，浑瑊暂时没脸面再出来领兵了。而在战前，尚结赞就认为“唐之良将，李晟、马燧、浑瑊而已，当以计去之”。如今，李晟、浑瑊都已经失去了话语权。对于马燧，他决定利用一下唐天子脆弱的自尊，来为自己解决问题。

结盟的决议最终是由德宗拍板决定的，现在搞成这个样子，他自然急着要找一个替罪羊来给自己背黑锅。恰巧这时，被吐蕃方面释放的俘虏、马燧的侄儿马弇回来了。德宗便问他：“吐蕃为什么就这样把你放回来了？”

马弇向德宗转述了尚结赞对他说的话：“胡以马为命，吾在河曲，春草未生，马不能举足，当是时，侍中（马燧现在的官衔）渡河掩之，吾全军覆没矣！所以求和，蒙侍中力。今全军得归，奈何拘其子孙！”

尚结赞这话说得很深明大义：马是我们游牧民族的命根子啊。今年春天草长得不高，我们的马全部饿得脚软，若是那个时候马燧来攻打我们，我们可就完蛋啦。幸好马燧那时候非但不打我们，还主张议和。我们全军将士的性命都是马燧保住的，现在怎么好意思拘禁他的晚辈呢？

也许德宗看出了这是尚结赞的离间计，毕竟这个计谋的实施其实很不纯熟，许多地方都露出了马脚。可现在如果说破这个计谋，那结盟失败、被吐蕃戏弄的责任就只能由自己来承担了。

两害相权取其轻，于是……

“好你个马燧！害苦了朕！”德宗故作愤怒地吼道，“就这样的水平还带什么兵？把他给我叫回来！”

公元 787 年，唐德宗贞元三年六月，马燧也被免去军职，回长安赋闲。

至此，尚结赞所担心的李晟、浑瑊、马燧，都暂时从战场上消失了。

经过一整个盛夏的休养，尚结赞的军队于八月再次整装出发，向南闪击陇州、凤翔。直到年底，吐蕃军队因为掳掠的战利品多到拿不动而主动回撤时，朝廷才收到“击退”入侵者的“捷报”。

吐蕃军队的来去自如，使大唐朝廷方面捉襟见肘，应对不暇。经过一番考虑，宰相李泌，有了一个更好地解决吐蕃问题的方法。这天，趁前线将领向朝廷请求支援战马而发愁的机会，李泌说出了这个计划：“陛下诚用臣策，数年之后，马贱于今十倍矣！”李泌意在告诉皇上，您要是听我的，保证几年之后，战马就不值钱了。

李泌精通道术，半人半仙，是位历经玄宗、肃宗、代宗时代直到当今天子四朝的传奇人物。德宗的胃口被他这么一吊，还以为他有什么快速养殖战马的神功，立即来了兴趣，赶忙让他说下去。

“愿陛下推至公之心，屈己徇人，为社稷大计，臣乃敢言！”李泌要求德宗先答应他，拿出以天下为己任的博大情怀，为国家社稷敢于牺牲自己的伟大精神，他才敢说。

德宗向来敏感，一听李泌这话头不对，好像不是要介绍什么道法神功，便问道：“卿何自疑若是？”言下之意是，你李泌到底要说什么就好好说，别阴阳怪气的！

李泌这才说：“臣愿陛下北和回纥，南通云南，西结大食、天竺。如此，则吐蕃自困，马亦易致矣。”

李泌提出的，是一个世界级战略计划，联合回纥、南诏，乃至阿拉伯帝国以及印度，一起对抗吐蕃。这也可以说明，当时的吐蕃的确是一个世界级的强大帝国，与唐朝所拥有的世界级开阔视野相差无几。

可是说出这样一个听起来十分了不起的计划，李泌为什么要在前面做那么严重的铺垫呢？我们接着看这对君臣的对话。

德宗铁青着脸回答说："三国当如卿言，至于回纥则不可！"你让联合南诏、阿拉伯、印度都可以，就是不跟回纥合作！

那时，回纥倒是很想跟唐朝合作，屡次请求与唐朝和亲，都被德宗拒绝了。

这是为什么呢？大家应该还记得前面讲过的当今天子曾在陕州的回纥军营中受辱的事。即便后来贵为天子，德宗仍然对年少时的那次羞辱耿耿于怀。

既然已经说到这里，李泌决定把话彻底说开："臣固知陛下如此，所以不早言。为今之计，当以回纥为先，三国差缓耳。"我就知道陛下您会有如此反应，所以才先要您以国家为重。现在看来，要对付吐蕃，拉拢回纥是关键，其他那三家倒也不着急。

"唯回纥卿勿言！"德宗执拗地拒绝着李泌靠近自己心中那道久远而深沉的伤痕。

"臣备位宰相，事有可否在陛下，何至不许臣言！"既然您让我当宰相，那么提出建议就是我的职责，同不同意是您的事情，但您不能阻止我说出来！

从李泌的话里我们可以看到，在唐代，皇帝拥有一票否决权，但没有干涉宰相行使自己职责的权力，这是中国由秦朝开始直至南宋的古典政治运行方式，皇权实际上并没有绝对的独裁地位。

到元朝时，这一政治架构开始解体。明朝朱元璋废黜丞相，使皇帝独裁加速发展，直至清朝雍正设立军机处，才完成将全部行政机构纳入皇权直辖的漫长历史过程，皇权的独裁才达顶峰。

德宗听李泌如此说，也知道他的建议是正确的，但依然不愿意松口，威胁李泌："朕于卿言皆听之矣，至于和回纥，宜待子孙；于朕之时，则固不可！"朕什么都可以听你的，只有这件事情，留给后世子孙去做吧，反正朕是拉不下这个脸面。

“岂非陕州之耻邪?！”李泌急了，直接一句话捅穿了德宗的支吾遮掩。

在李泌的咄咄逼人面前，德宗已无所遁形，只好正面回应李泌的质问：“然……韦少华等以朕之故受辱而死，未暇报之，和则决不可，卿勿更言！”

也许在那一夜里惨死于回纥鞭下的韦少华等人，的确与天子有着真挚的友谊，使德宗近三十年来都没有忘记为他们报仇的夙愿。但更大的可能是，德宗为遮掩受到威胁的自尊，将他们当作随手扯来的一块遮羞布。

话已至此，李泌退无可退，只能继续试图解开德宗这个已经凝固的心结：“害少华者乃牟羽可汗，陛下即位，举兵入寇，未出其境，今合骨咄禄可汗杀之。然则今可汗乃有功于陛下，宜受封赏，又何怨邪！”牟羽可汗就是前文出现过的那位登里可汗，也就是羞辱当今天子的人。而如今他既然已经被回纥现任可汗合骨咄禄给杀了，这段恩怨不仅该就此了结，现在的回纥可汗甚至还是对天子有功的。李泌理智地就事论事，帮德宗分析该如何面对如今的回纥。

被揭开的旧伤痕在流血。德宗不想再跟李泌讨论这件事情，他愤然跳出了整个讨论的固有逻辑，质问李泌：“卿以和回纥为是，则朕固非邪？”你反正就觉得朕是错的，是吧？朕不想提起曾经的伤痕，这有什么错？

李泌见德宗如此无理，也愤怒了，针锋相对：“臣为社稷而言，若苟合取容，何以见肃宗、代宗于天上！”我说这些也是为了国家，要是因为只考虑你的感受而不说，我有什么脸面去见先帝你的祖父和你的父亲?！

一阵怒目对峙之后，德宗被李泌坚毅的态度逼退，牙缝里挤出一句：“容朕徐思之。”便草草结束了这次对话。

这段对话中，德宗一共也就说了六句话，其中因拒绝与回纥和解而说的“不可”一词出现了四次，要求李泌不要再说下去的“勿言”出现了两次，足见他对陕州之辱是多么地讳莫如深！

可是，天子和宰相的身份与距离，注定他们终究是低头不见抬头见的，以后的十几天里，二人见面唯一的话题就是回纥，德宗觉得自己的心理防线快要崩溃了。这天又值朝会，李晟、马燧等人都在场，李泌决定再和德宗决战。惜墨如金的《资治通鉴》也详实地记录了这次对话，让我们一起来看看这君臣二人的口水战吧。

还是李泌先说话："陛下既不许回纥和亲，愿赐臣骸骨！"既然皇上您不和回纥和亲，那我就要辞职不干了。

德宗气愤地说："朕非拒谏，但欲与卿较理耳，何至遽欲去朕邪？"朕又不是听不进去意见，只是要和你讲个道理嘛，你至于为了这个就辞职吗？

看看我们大唐天子的这点儿气量，愣是要跟自己的臣子争个嘴上的输赢。李泌哭笑不得，只好悠悠地抱怨了一句："陛下许臣言理，此固天下之福也。"言下之意似乎是说，你这家伙要是真知道什么叫道理，也就真是天下的福气了。

德宗没有理会李泌的抱怨，继续说着他想说的话："朕不惜屈己与之和，但不能负少华辈。"朕想通了，可以委屈一下与回纥合作，只是又不能对不起韦少华他们。

李泌闻言，终于眼前一亮。德宗说"不惜屈己"，哎呀，总算松口了。现在，德宗需要李泌给出一个合适的理由，克服自己最后的心理障碍——毕竟那时自己的小伙伴们可是替自己去死的。

李泌对此心领神会，立即为这个历史事件提出了一个崭新的解读角度："以臣观之，少华辈负陛下，非陛下负之也。"是韦少华他们辜负了您，可不是您辜负他们。

"何故？"德宗听了李泌这句话，很是欣喜。三十年了，终于有人来为自己长久的负罪感开脱了。

"昔回纥叶护将兵助讨安庆绪，肃宗但令臣宴劳之于元帅府，先帝未尝见也。叶护固邀臣至其营，肃宗犹不许。及大军将发，先帝始与相见。所以然者，彼戎狄豺狼也，举兵入中国之腹，不得不过为之防也。陛下在陕，富于春秋，少华辈不能深虑，以万乘元子径造其营，又不先与之议相见之仪，使彼得肆其桀骜。岂非少华辈负陛下邪？死不足偿责矣。”

李泌讲了一个发生在安史之乱初期的故事。那时，回纥叶护可汗也曾经出兵帮助唐朝平叛。当今天子的祖父、当时的皇帝肃宗派李泌代表朝廷做接待工作，而没有安排皇子出面接待。并且李泌也拒绝过叶护让自己去他军营里的邀请。直到出兵前夕，当时的广平王，也就是当今天子的父亲，才在出发仪式上与叶护可汗有过公开的短暂会面。这是对合法入境的回纥军队的一种必要的防范。而韦少华他们却不明白这个道理，傻乎乎地就把皇上您送到回纥军营里去了，事先也没商量好相见时的外交礼节，这才搞得回纥人放肆侵犯了您的尊严。这是韦少华他们的严重失职，是他们对不起陛下您啊，他们其实是死不足惜。

李泌这一说法明显是不着调的，皇子代表朝廷与外国元首会面是大事，显然不可能是韦少华这些人说了算的。李泌把责任推到他们身上，只不过是要卸下德宗的心理负担而已。

接着，李泌又援引了一个历史故事：“且香积之捷，叶护欲引兵入长安，先帝亲拜之于马前以止之，叶护遂不敢入城。当时观者十万余人，皆叹息曰：‘广平王（指先帝，当今天子的父亲）真华夷主也！’然则先帝所屈者少，所伸者多也。”

公元 757 年，唐肃宗至德二年，唐朝在回纥的帮助下收复长安后，叶护可汗要进城劫掠，被先帝、即当时的广平王制止。人们都赞叹先帝的面子可真大，连回纥都得听他的。

而当时的实际情况究竟是什么样的，相信亲历过安史之乱的李泌和德宗都是知道的。那时回纥答应出兵的条件是攻下长安之后，城里的财富任由回纥士兵自由掠夺。

当时挂名天下兵马大元帅的广平王，即先帝，考虑到长安毕竟是都城，被抢光了也不好，于是请求叶护可汗再帮朝廷收复洛阳，去洛阳再履行条件。叶护答应了，所以没有进入长安城，只是惨了洛阳。古都洛阳经此一劫，再也没有机会恢复元气。可当时在旁围观的老百姓并不知道这些秘密协议，所以，看起来是先帝的脸面压过了回纥。

李泌继续说："叶护乃牟羽之叔父也。牟羽身为可汗，举全国之兵赴中原之难，故其志气骄矜，敢责礼于陛下。陛下天资神武，不为之屈。当是之时，臣不敢言其他，若可汗留陛下于营中，欢饮十日（这是委婉地假设回纥当时如果将他拘禁起来的情况），天下岂不得寒心哉！而天威所临，豺狼驯扰，可汗母捧陛下于貂裘，叱退左右，亲送陛下乘马而归。陛下以香积之事观之，则屈己为是乎？不屈为是乎？陛下屈于牟羽乎？牟羽屈于陛下乎？"

牟羽带着他全国的兵来帮我们打仗，心生骄慢其实也很正常。而陛下您却并没有被他的架势所吓倒，使他们根本不敢拘禁您，最后还得恭恭敬敬地放您回来。

很显然，李泌在尽力美化三十年前的那次屈辱。

当然，和前面那个故事一样，真实情况到底如何，君臣二人心知肚明。李泌说这么多的意思就是，那些真实的屈辱其实大家并不知情，大家看到的只是面子上还说得过去的事情，就像先帝似乎在众目睽睽之下成功阻止叶护洗劫长安那样，就像牟羽最后还是在众人面前把当时的皇长子、后来的德宗体面地送回去那样。

李泌的长篇大论，使德宗渐渐打开了三十年来的心结。他不再言语铿锵地吼着为韦少华等小伙伴们复仇了，那不过是一个借口罢了。最后，他还想探探其他人的态度如何，于是便转头询问李晟和马燧："故旧不宜相逢，朕素怨回纥，今闻泌言香积之事，朕自觉少理。卿二人以为何如？"朕就是不想提回纥啊，今天听李泌这么说，朕也觉得自己没道理，你们觉得呢？

既然德宗都“自觉少理”了，这二人还能怎么说？也就顺势表示：“果如泌所言，则回纥似可恕。”

德宗作出哀叹的样子，说：“卿二人复不与朕，朕当奈何？”唉，你们两个也不同意朕的说法，朕该怎么办？

德宗的回答明明是根据德宗自己给出的暗示而言的，而他又反而说这二人“不与朕”。为什么？

其实，外强中干的德宗需要一种被动的感觉，他想让大家知道，是他们这些人作出了与回纥合作的决定，而不是他本人。

之后，李泌再次发言讲述吐蕃犯边带来的窘迫形势，并保证自己能为朝廷在这次合作中争取到最大程度的利益。费尽口舌，德宗终于同意与回纥联合对抗吐蕃的计划。

公元 787 年，唐德宗贞元三年八月，德宗将自己的女儿咸安公主许婚给回纥合骨咄禄可汗，唐回同盟开始形成。同时，南诏也在剑南西川节度使韦皋的积极斡旋之下，开始和吐蕃脱离关系，重新寻求唐朝的保护。而吐蕃的急速扩张也引起东亚各大政治势力的警觉，东亚政治格局由此发生了重大改变。

十二月，德宗外出打猎，偶然来到一户普通农家之中。这家主人赵光奇，以农民特有的质朴热情招待了德宗一行。

和现在首长考察基层时一样，德宗也和赵光奇进行了亲切交谈，嘘寒问暖拉家常。

“百姓乐乎？”老百姓过得怎么样啊？这一直是德宗最关心的事情。所以，一到赵光奇的家中，他就关心地问着（参考现在常见的时政新闻格调）。

“不乐！”赵光奇无视一旁各级地方官的暗示，甩出了两个令全场气氛瞬间陷入尴尬的生硬字眼。

陪同皇帝一起出游的最高级官员、长安最高行政长官京兆尹，怒视着手下的官员们：你们怎么安排的，没教过老百姓该怎么说话吗？他手下的官员们又依次怒视着自己的下属，直到最基层、赵光奇这个村子的里正，他不敢怒视任何人，只好暗自叫苦：光奇啊！你这个不懂事的玩意儿，你的台词难道不应该是现在朝廷政策很好，我们老百姓的日子过得很好、很幸福吗？

德宗也有些奇怪。根据他刚刚收到的报告，今年的收成已是近几年来最好的一年。一斗米的价格降到一百五十钱左右，这可比战乱时期一斗米动不动就要一千钱好很多，怎么老百姓还不幸福呢？

“今岁颇稔，何为不乐？”德宗直接向赵光奇抛出了自己的疑问。

“诏令不信！”一说起这个，赵光奇就气不打一处来，直接指出近年来政府说话都没算过数，毫无信用。

“前云两税之外悉无他徭，今非税而诛求者殆过于税。”两税法颁布的时候，朝廷就说清楚了，两税之外不会再有其他的苛捐杂税。现在倒好，每年要交的苛捐杂税比正式的税收还多。

“后又云和籴，而实强取之，曾不识一钱。”然后呢，朝廷又说要以公平的价格收购我们的粮食。结果倒好，完全是强抢，政府一分钱都没给我们。

“始云所籴粟麦纳于道次，今则遣致京西行营，动数百里，车摧马毙，破产不能支。”开始的时候，朝廷要我们把交税的粮食送到官道边上，政府的人自己来收。现在倒好，要我们自己把粮食送到京西的神策军军营里去。好几百里路啊，我们的车拉垮了、马拉死了，去交个税，就能把我们弄得倾家荡产！

“愁苦如此，何乐之有？每有诏书优恤，徒空文耳！恐圣主深居九重，皆未知之也！”日子过成这样，您叫我们怎么乐啊？乐什么啊？要说朝廷也很有些优恤我们的文件，结果一个也没见落实啊。皇上您长期宅在皇宫里，这些事情恐怕您不知道啊！

德宗沉默了……

“愁苦如此，何乐之有？”赵光奇刺耳的言语久久地在他心中激荡。原来在自己治下，百姓们的日子竟然过得这般窘迫。德宗心中闪过一个念头，要好好整顿一下混乱的税收。

可是，严峻的现实很快扑灭了他的情感冲动。几年来的生死波折使德宗无比在意朝廷的安全，为此他需要大量的钱粮来供养他手下大量的军队，而越来越重的军费负担，最后也只能落在百姓们的肩上。

德宗现在知道了，比中央政府的税负更加可恶的，是地方各级的层层盘剥。可一旦取消地方政府的各种加派，不就等于堵塞了他们的财路吗？要是真把他们给逼急了，还会为自己好好办事吗？他们一旦不跟自己合作了，自己的皇位还坐得稳吗？

最后，德宗在赵光奇家中做了一个艰难的决定：免去赵光奇一家的赋税。而对于其他普遍性的、制度性的问题，德宗什么都没有说，一切照旧。

家家有本难念的经！赵光奇家里有，天子家中也有。萧条时光里，大家都不容易。

公元788年，唐德宗贞元四年九月，德宗正式将女儿咸安公主送往漠北，成为合骨咄禄可汗的妻子、回纥汗国的可敦娘娘。德宗还赐给新女婿合骨咄禄可汗一个相对好记一点儿的汉文名号——长寿天亲可汗。

女婿也在婚礼上对德宗表态说：“昔为兄弟，今为子婿，半子也。若吐蕃为患，子当为父除之！”以前咱们是兄弟，现在我娶了您的女儿，就是您的半个儿子。吐蕃要是再敢和你过不去，我就去给您干掉他！

自此，唐回同盟正式形成，西北战线的形势终于得到了扭转，吐蕃对长安的直接威胁终于解除了。吐蕃转而攻击西南，又被韦皋击退。

此后的几年里，回鹘（和亲时，回纥使节要求唐朝将国名的汉文译法改成“回鹘”）在西域向吐蕃发动攻击，将战线转移到广阔的西域地区。

当时的西域形势极其复杂，唐朝在这里依然残留着一些孤立的军事据点。也是在这里，吐蕃又遭遇了如日中天的阿拉伯帝国，与之展开惨烈的血战。

吐蕃军队的顽强战斗，最终使得阿拉伯帝国在葱岭外暂停扩张的脚步，回鹘势力也暂时没能进入西域，唐朝在西域的飞地（一种特殊的人文地理现象，指隶属某一行政区域管辖但不与本土比临的土地）也就此全部落入吐蕃之手。

从此唐朝完全失去了西域。

但此后，吐蕃也再没能对唐朝本土地区发动过有威胁的进攻。吐蕃，这团诡异的烈火，从此终于不再是唐王朝的燃眉之急。

可穷怕了的德宗，并不会因为宿敌的离去而停下聚敛钱财的脚步。惨痛的人生经历不断地在提醒他，新的敌人随时都会出现，在下一场祸乱来临之前，一刻也不能停止准备工作。

虽然自己曾经向全天下作出两税之外再无他税的承诺，但这承诺这几年已经被自己，或者说是被现实践踏殆尽，加派的各色税目早已超过两税的定额。

可即便是这般敛财，德宗还觉得不够，他不断地寻求着新的收入来源。没过多久，他看上了一种当时已经风行全国的饮料——茶。

后来被尊为“茶圣”的陆羽，此时正在江南各地的烟波山水之中云游。他是一个特立独行的人，并没有把自己的生命投入到那时的遍地狼烟中去追名逐利，也没有把自己的心灵寄托给琢词磨藻的律诗绝句里。在那个喧闹的时代里，他一直安静地坐在茶树旁，看它们在每年的清明时节，抽出嫩芽。

为了描摹出自己一生所爱的绿叶，陆羽用了近三十年的时光，凝练成七千余字的《茶经》，那时已在全国流传。茶，也从此在深沉的中国文化中点缀出一片永不消逝的翠绿。

随着茶叶成为生活必需品，大宗的茶叶贸易也开始在全国范围内辗转生财。这一现象引起了政府的关注。在茶叶的原产地、江南各地方政府，率先开始对茶叶贸易征税，且收获颇丰。因此，德宗也有意在适当的时机将茶税在全国范围内推广，为自己开辟一个新的收入来源。

光开源还不行，要想富起来，还得节流。

德宗发现宫里的开销太大，听人说这是因为皇宫需要的生活用品都是从大商人、大买办那里采办的，而他们故意把价格抬高了。苦思冥想之后，德宗发现若是不通过这些经销商、绕过这些中间渠道，直接向生产者采购，岂不是会便宜许多？

于是，德宗派出许多太监，每天到长安的各大商圈里向赶集的自产自销小商贩们直接采购各种物资，这叫作“宫市”。

德宗本来就是想以这样的方式来节省开支，所以给太监们的钱也就不多，而太监们又想把这些钱带回自己屋里，于是所谓的“宫市”就成了明目张胆的合法打劫。

二十年后，诗人白居易在编辑诗集《新乐府》时，将自己一首记录当时“宫市”抢劫实况的《卖炭翁》编入其中。时至今日，这首诗都能让我们真切地呼吸到那个遥远时代的哀愁。

卖炭翁，伐薪烧炭南山中。满面尘灰烟火色，两鬓苍苍十指黑。

卖炭得钱何所营？身上衣裳口中食。可怜身上衣正单，心忧炭贱愿天寒。夜来城外一尺雪，晓驾炭车辗冰辙。牛困人饥日已高，市南门外泥中歇。翩翩两骑来是谁？黄衣使者白衫儿。手把文书口称敕，回车叱牛牵向北。一车炭，千余斤，宫使驱将惜不得。半匹红绡一丈绫，系向牛头充炭直。

卖炭老人穿越千年时光的诉说，能感动我们，却终究无法震撼到大唐天子的心。

但世道艰难，能让天子心慌的事情，总是会发生的。

公元 792 年，唐德宗贞元八年三月，多年来为帝国把守汴州的宣武节度使刘玄佐突然去世。

刘玄佐镇守汴州的七年间，虽然拥有着高度的自治权，但始终和朝廷保持合作，保障了运河这条大唐生死命脉的畅通。如今，刘玄佐之后，如何安排宣武节度使的接班人，是朝廷必须慎之又慎的重大问题。

而在宣武内部，刘玄佐生前似乎也没有对自己的身后事作明确的安排。是要进一步向朝廷方面靠拢，将节度使的任免权交给朝廷，还是由刘玄佐的后人直接接任节度使，继续保持高度自治的地位？这个方向性的重大问题，在宣武诸将之中产生了巨大分歧。

倾向朝廷的一方反应更快一些，他们在隐瞒刘玄佐死讯的同时，迅速与德宗取得联系，请求天子派新任节度使前来接管宣武。

这对朝廷来说当然是好事，德宗立即选定了一位干练的文官、陕虢观察使吴凑，前往宣武就任。为了保证他能顺利接手，德宗还专门征求了宣武方面的意见，询问他们是否愿意让吴凑来当这个节度使。得到宣武方面肯定回复之后，吴凑才开始向汴州进发，刘玄佐的死讯也正式向外公布。

不料，吴凑走到半路时，汴州风云突变。

亲朝廷的宣武部将们急欲开始阿谀他们的新主子，连刘玄佐丧事需要的器物用具都不肯划拨，说是要留着交给新节度使，由他来决定给不给。老领导尸骨未寒，他们就翻脸不认人，这一举措激怒了其余的宣武兵将，他们发动兵变，杀掉亲朝廷派武将，拥立刘玄佐之子刘士宁为节度使。

消息传到长安后，德宗也不敢再去刺激宣武，只好正式承认刘士宁接班人的位置。只要不堵住运河、与朝廷公开对抗，谁当节度使都行。

德宗也只好这样宽慰自己了。

然而，后来的事实说明，刘士宁同志确实不是块儿当领导的材料。也许就是因为如此，他老爹才没有像河北的那些节度使那样，早早地安排儿子来接班。在兵变中阴错阳差接了班的刘士宁，一直没有搞清楚自己该干什么，他似乎有着消耗不完的荷尔蒙，每天进门就和美女欢娱，出门就和野兽追逐。

拥立他的兵将们忍了一年多，终于忍不下去了。

公元 793 年，唐德宗贞元九年十二月的一天，刘士宁又出门打猎去了。宣武宿将、刘玄佐的老乡李万荣，率兵占领节度使府，向士兵们宣称："敕征大夫（指刘士宁）入朝，以吾掌留务，汝辈人赐钱三十缗。"意思是说天子叫刘士宁去长安啦，现在大家都归我管了，我给大家每人发三十缗钱！

前面半句明显是个幌子，关键是后面关于钱的这句话打动了人心，况且刘士宁的所作所为的确过分，李万荣在军中也颇有威望。很快，宣武全军顺利倒戈。李万荣派人去通知还在打猎的刘士宁："敕征大夫，宜速即路，少或迁延，当传首以献！"皇上叫你去长安，你快一点儿，你再不去，我就把你脑袋砍了送去咯！

"什么情况？"专注于猎物的刘大帅哥蒙了，呆立半晌才搞清楚是自己成了猎物。他有家不能回，只好按李万荣指的路，真跑去了长安。德宗也没杀他，只是把他拘禁起来。

很快，李万荣口气骄横地要求正式任命的上书，就摆到德宗面前。此时已经升任宰相的陆贽，建议德宗借此机会将李万荣升调到别处去任节度使，再次尝试由朝廷派人去接管宣武。而德宗害怕再引出事端，让皇子李谌在长安挂名宣武节度使，摆出一副朝廷能够控制汴州的姿态，以李万荣为"留后"，即代理节度使，实际掌握宣武实权。

对于远处藩镇的强横无理，德宗只能忍着，可对于身边忠臣的逆耳直言，他就没有这么好的耐心了。陆贽担任宰相的一年多时间里，屡次上书指责德宗对内对外的各项基本政策，而且由于陆贽长期在德宗身边工作，十分了解皇上的那点儿小心思，因此他的指责又总能刺痛德宗的心窝。

公元 794 年，唐德宗贞元十年十二月，德宗罢免了陆贽的宰相职务，很快又将他贬为忠州别驾。

忠州，即现在的重庆忠县，正是十五年前蒙冤功臣刘晏的死地。陆贽见自己被贬到这个地方，也就明白了德宗的意思。自己才刚刚四十出头，可德宗却已再也不想见到他了。

面对人们对他政治生命过早终结的惋惜，陆贽回答说："吾上不负天子，下不负所学，他无所恤。"

这里的"不负"，就是我们如今常说的担当。这风云惊变之际，正是敢于担当的精神，托举着我们的民族、我们的家庭，乃至我们自己，在波诡云谲的历史之中一路走来一路歌。

遭贬的陆贽再也没有机会去医治王朝的沉疴了，可是，他那死性不改的担当，却根本停不下来。既无缘医国，那就去医治身边的苍生黎民吧。在生命最后的十年时光里，陆贽没有趴在忠州无所事事、顾影自怜。一个有担当的人总会很忙，他忙着收集各种药方，编成医书《陆氏集验方》五十卷。

从庙堂良相到人间良医，陆贽用担当为自己书写了完整的人生。

四百年后的南宋时期，陆贽的一位后人也在仕途之中遭遇挫折，和先祖一样，他也选择了以医学来安放自己的余生，续写了陆贽的医书，定名为《陆氏续集验方》。不过，他的另一项特长为他赢得了更大的身后名——他擅长写诗，他叫陆游。

公元 795 年，唐德宗贞元十一年五月，德宗正式任命李万荣为宣武节度使，同时，把一些在神策军中带过兵的太监派到比较听话的藩镇里去当"监军"，试图打入藩镇内部，加强对他们的控制。

被派到汴州的监军太监叫俱文珍。很快，考验这位太监监军能力的时刻就到来了。

公元 796 年，唐德宗贞元十二年六月，刚刚当一年多节度使的李万荣身体就不行了，管不了事儿了。李万荣的儿子李迺抢先发动兵变，准备在老爹死之前，驱逐朝廷势力，为自己接班清除障碍。

关键时刻，俱文珍利用宣武军的内部矛盾，拉拢宣武宿将邓惟恭一起抓捕了李迺，将他送往长安。朝廷的处置也极为聪明，利用这个机会，派遣文官出身的董晋去接任宣武节度使。没有参与兵变的李万荣则被授予太子少保的光荣闲职，宣告退休。

没过多久，李万荣病死，董晋顺利接手汴州。

然而，关于节度使的交接更迭，朝廷与各大藩镇之间始终不可能达成稳定的妥协，也没有形成稳定的制度，因此，每次节度使的死亡都会引发朝廷与藩镇之间的重新博弈。

公元 799 年，唐德宗贞元十五年二月，好不容易消停两年多的汴州，又因为节度使董晋的死亡而闹腾开了。董晋死后，德宗以为自己在宣武的统治已经稳固，也就没有从朝廷派出有足够威望的大员接替节度使职务，而是将董晋的助手、行军司马陆长源提拔为新任节度使。

可惜，陆长源有理想、没手段，是个不谙世事的呆子。刚一上任就放出狠话："将士驰慢日久，当以法齐之！"其实他指出的问题是对的，提出的方略也是对的，但是，你自己悄悄慢慢地去做就是了，为啥非得嚷嚷出来呢？

这几年来，每一位新上任的宣武节度使，首先要做的便是给士卒们发些钱财作见面礼，以拉拢人心。本来宣武就很有钱，所以士兵们认为这些是必须的，而且新节度使的见面礼一定要比前任给得多才行。

可是，固守儒家清高操守的陆长源先生显然不喜欢玩这一套，他说："我岂河北贼？以钱买健儿求节钺邪？"我难道是河北的那些土贼？靠拿这些臭钱收买将士，然后要挟朝廷给我加官进爵？

事实证明，陆先生你真的想多了。给将士们发点儿钱，最主要的作用不是让他们帮你加官进爵，而是保证你的生命安全。富裕惯了的宣武将士们哪里容得下这么抠门儿的人当自己的老板。一气之下，他们发动了兵变，杀掉了陆长源。

监军俱文珍只好再次拉拢宣武另一位宿将刘逸准出来收拾局面，朝廷也只好任命刘逸准为新任节度使。可没过几个月，刘逸准又死了。这一次，宣武将士排除了俱文珍的干涉，自行拥立刘玄佐的外甥韩弘入主汴州。

自刘玄佐去世后就折腾不止的宣武军，从韩弘掌印开始，终于平静下来，这时已是贞元十六年（公元 800 年）。尘埃落定，汴州依然落到了武夫手上，德宗试图以直接派遣文官代替职业军人镇守汴州的努力，终究没能成功。

不过，在贞元年号的悠长时光里，德宗的尝试并非全无收效。到这个时候，朝廷的文官已经开始在很多藩镇担任节度使，王朝的权威在他们的旌旗下也得以存续。

背负着贪财恶名的德宗，在这悠长时光里，通过聚敛各种正规的、不正规的收入，为朝廷供养起了一支规模达到二十万人的神策军，且通过他信得过的太监，对这支军队保持着有效的控制。

已经实行两百多年的科举制，也在贞元年间迎来第一次人才大爆发，裴度、韩愈、白居易、刘禹锡、柳宗元、元稹、牛僧孺、李宗闵等后来历史舞台上的联合主演，都在贞元时代通过科举考试开始了他们的政治生涯。

随着他们的成长，一个新的时代即将开启。

而这个已经陈旧的时代，依然在承受着孕育新时代的阵痛。

公元 803 年，唐德宗贞元十九年。

从这一年开始直到七月间，关中的天空未曾落下一滴雨，龟裂的土地颗粒无收。德宗为此准备免除长安地区当年的赋税。而可恶的京兆尹李实为了讨好德宗，竟然无耻地宣称：“今岁虽旱，而禾苗甚美！”就这一句话，最终使德宗没有下达免税诏令，也逼得长安百姓只得拆房砍树卖几个钱，才算凑齐了上缴的赋税。

长安这个凄凉的冬天，深深地刺激着三十五岁的正八品监察御史韩愈的心，他终于按捺不住，上书天子要求停止今年的征税工作，把今年还没收到的税推迟到明年一并征收。然而，这个已经充分考虑朝廷脸面的建议，却还是激怒了德宗。韩愈因此被贬到岭南的阳山去当县令。

风雪中告别长安、孤身南行的韩愈不会想到，他这一生和岭南的不解之缘，才刚刚开始。

“我心如冰剑如雪，不能刺谗夫，使我心腐剑锋折！”这是韩愈留在第一次岭南之路上的感叹。

也是在这一年，一尊巨大的弥勒佛像在嘉州，也就是如今的四川乐山建成。这尊高七十一米的伟岸圣哲从此端坐在这里,慈悲地俯视着一代又一代在红尘中无知奔忙的芸芸众生。

中国人,一直抱着实用的目的去选择自己要去供养、崇拜的各路神佛，弥勒佛在佛教中是由释迦牟尼亲自授记的未来佛，他身上一直承载着人们对未来天下太平的美好向往。

可是，那个时代的人们对未来的期望得有多么深远、沉重，才必须要塑出这么大的一尊弥勒佛来承载？

留下巨大神像的时代，真实都是人们感到无力掌握命运的时代。

十一　世事如棋

就连一直认为未来的一切都在自己掌握中的王叔文，最近也感到了无法预知的变数正在向自己走来。

王叔文，来自南方的越州，也就是今天的浙江绍兴。他因为棋艺高超，被招入宫廷为“待诏”，受命为太子李诵教授棋艺。

所谓待诏，是以某种出众特长而被招揽到宫廷之中，在皇帝身边随时等待诏命、发挥特长的人。当年，诗仙李白就曾经凭借他的文学天才担任玄宗皇帝的翰林待诏。不过，在自视甚高的诗仙看来，自己只不过是做了皇帝的玩物，所以，在无奈留下对杨贵妃“云想衣裳花想容”的谄媚之后，他很快便离开皇宫，回到属于自己的广阔江湖中。

而王叔文却并不这么认为，他知道现在的太子就是未来的天子，与太子的关系将决定自己的命运，乃至整个王朝的命运。所以，他静静地等待着机会。

这天，年轻气盛的太子李诵正和身边的待诏们一起讨论国内局势，大家一致对“宫市”这项无耻的政策表现出极大的愤慨，李诵也义愤填膺：“寡人见上，当极言之。”我要去见我老爹，要好好地跟他说道说道，这事不能这么办！

待诏们纷纷赞美李诵是个仗义直言的人，李诵也得意地接受着他们的马屁，却突然瞥见王叔文在一旁沉默无语。等其他人都走了，李诵留下王叔文，问他：“向论宫市，君独无言何也？”刚刚我们在说宫市的事情啊。宫市，你知道吗？宫市很无耻的你知道吗？你什么意思啊？闷在那里也不说句话，我这么仗义难道不值得你赞美一句吗？

王叔文平静地说：“皇太子之事上也，视膳问安之外，不合辄预外事。陛下在位岁久，如小人离间，谓殿下收取人情，则安能自解？”作为皇太子，只要好好关心您老爹的健康就行，不应该去干预朝廷里的事情，您老爹当了这么多年的皇帝，他是个什么样的人，您还不知道吗？要是有人趁机离间你们父子，说您现在就急着收买人心，您怎么跟您老爹解释？

李诵这才猛然醒悟。

自玄武门之变以来，唐朝的历代太子能顺利活着继承皇位的并不多，死后被追认为皇帝的倒不少。可见，这太子是一个公认的高危职业，他们死亡的具体原因各不相同，而根本原因则都是过早地参与政治，引起他们老爹的不满，招致祸端。

想到这些，李诵惊出一身冷汗，刚刚那些怂恿自己去向父皇进谏的人，恐怕是要害我吧。幸好王叔文你提醒了我。李诵向王叔文投去感激的目光。

从此，王叔文成为李诵的亲信，甚至成为他的精神导师。在其他同样有野心的人还在官场的诡谲风云中挣扎浮沉时，王叔文却在太子的庇佑下，和这位王朝未来的掌舵者轻松地一起畅想着如何摆布未来的政局。谁可以当宰相，谁能够带兵打仗，等等，是他们最喜欢谈论的话题。凭借着与太子的私人关系，王叔文似乎能绕过官场之中急流险滩的历练，在下一个时代开始之后直接跻身王朝政治殿堂的最高处，然后轻松自由地施展出自己的抱负。

渐渐地，不仅是王叔文自己感到命运已尽在掌握，他的身边也开始有了一些仰望的目光。王叔文开始成为另外一些人命运的风向标，一股以他为核心的新政治势力在贞元晚期渐渐形成。随着德宗身体的日渐不支，王叔文期待中的时刻即将到来。

然而，意想不到的是，太子却也在这时候突发重病，身体瘫痪、口不能言、人们期待中的那一轮巡天初日陡然成了风中摇烛。与命运博弈多年的王叔文，会如何应对命运之神这次出格的落子？

公元805年，贞元二十一年。

新年刚过，在天子医疗组工作的王叔文的战友王伾，告诉了王叔文一个绝密的消息：德宗已经驾崩。

唐德宗，唐朝最后一位亲身见证过开元、天宝盛世的皇帝，他将带领王朝回到盛世作为自己的梦想，他为梦想奋斗过、挣扎过，可最终，是他毁了自己的梦想，还是梦想毁了他？他与他的梦想之间的相爱相杀、无尽纠葛，留给我们太多的唏嘘感叹。

最后，他和我们很多人一样，梦想被现实凶狠地碾碎，没能为我们留下一段荡气回肠的复兴史诗。

他妥协了。他与他痛恨过的藩镇维持了长时间的冷和平，他也背负着世人的指责，固执地充实王朝的力量，他想把一个更强大的朝廷交给他的后人，他们能够再次开启一段追梦的轮回。

千万别去嘲笑他，因为那看起来很像在嘲笑我们自己。如果你一定要嘲笑他的话……可以叫他疯子，但不要叫他傻子。

他，是一个敢驾驶着梦想去撞击现实的人。然而，命运之神直到他临终之时都还在和他开玩笑。他的继承人竟然也要跟着他一起离开这个世界。

带着未尽的牵挂与不舍，六十四岁的德宗含泪而逝。

王叔文早一步知道了这个消息，也立即明白此刻局势极为微妙，病重的太子能否顺利继位也是未知，可自己毕竟只是一个待诏，根本没有资格主动加入这场决定自己命运的博弈。在棋枰上看惯燕起鹤落、虚拟厮杀的他，此时却束手无策了。

掌握事态发展主动权的，是德宗身边的太监们，他们暂时隐瞒了德宗驾崩的消息。太监们的领头人物，是从宣武监军任上回宫的俱文珍，这可是个见惯大场面的厉害人物。德宗已死，神策军暂时由他掌控，身边的太监们纷纷劝他放弃拥立不喜欢太监的太子李诵继位，凭借目前的优势，完全可以另选他人。

而俱文珍则认为，如此重大的事件，应该先搞清楚朝廷大臣是否愿意合作。毕竟，太监们此时还没有强大到遮天蔽日的地步，没有朝廷的支持，他们不敢妄动。

德宗驾崩后，俱文珍秘密召集翰林学士郑絪、卫次公等人进宫。翰林学士本来只是皇帝的秘书，但随着学士陆贽在泾原之乱时加入到最高决策层后，翰林学士的地位有了很大的提升，成为天子身边的重要顾问。如今，太监们要有所举动，也要征询这些顾问的意见。

俱文珍先向顾问们宣告了德宗驾崩的消息，看着惊骇的学士们，俱文珍马上又补了一句："内中商量，所立未定！"意思是说，我们太监还没想好让谁来当皇帝呢！

俱文珍在试探自己的企图会不会受到抵制，如果不会的话……

"皇太子虽有疾，地居冢嫡，内外系心。必不得已，当立广陵王（太子的长子李纯）。若有异图，祸难未已！"卫次公不等俱文珍把话说完，就立即顶了回去。他的意思很明显，太子生病也是太子，就算真的不行了，也该让太子的儿子李纯继位，这有什么好商量的？你们要是敢胡来，小心吃不了兜着走！

俱文珍本来也就只是想试探一下，见情况不妙，也就放弃了，可况立了太子又怎么样？太子现在恐怕连起床都困难。于是，他决定对外发布德宗驾崩的消息，召太子进宫，于柩前继位！

太监们试图自主选择主人的行动没有成功，但太子羸弱的身体告诉他们，不要沮丧，也不用着急，很快就会有机会的。

接到继位遗诏，四十四岁的太子李诵压抑多年的悲喜之感，却因为身体瘫痪而无法尽情释放，但他知道自己此刻应该做什么。他艰难地示意身边的人为他穿上孝服，他要去先帝灵前守孝，要让支持他的人知道，他还活着，也要让蠢蠢欲动的人知道，他，还活着！

侍从们费尽周折，却没能把孝服换到李诵僵硬的身躯上，他只好穿着原来的衣服，只在脚上套了麻鞋，在众人的搀扶下向太极殿艰难地挪去。

正月二十六日，太子李诵在太极殿正式登基继位，是为唐顺宗。惊慌不安了近一个月的人们，眼看着病重的李诵强忍病痛坚持着完成整个登基大典的繁琐礼仪之后，都放下心来，喜极而泣。

看着这一幕，王叔文也流泪了。十多年的等待终于结束了，整个帝国终于像一张空白画卷一样在眼前豁然铺开，等着自己去为它涂抹颜色。他施展抱负的时刻终于到来了，虽然，这一切看上去和自己的想象已经不太一样……

如今的天子已无法像以前那样给自己强有力的支持，一切只能在顺宗的默许下，由王叔文自己去安排。从未在真正的官场中得到过任何历练的王叔文，没有任何可靠的利益共同体，天子都自身难保，他更没有什么像样的政治资本，但事已至此，走到梦想边缘的王叔文也从没想过放弃。面对这一生未见的诡异棋局，王叔文勉强自己镇静下来，细数着自己手中可用的棋子。

顺宗登基之后，王叔文被任命为翰林学士，这个职务相当于天子的秘书，地位虽然不高，但自先帝以来，翰林学士得到越来越多的信任，使他们更深入地参与到朝廷事务的决策中。这个职务能方便与顺宗的沟通，也能直接经手朝廷的各种文件，很适合王叔文这样的幕后总指挥。

王伾，和自己一样曾是待诏，现在也成了翰林学士。他为人随和，与众人的关系都很好，可以用来沟通宫里和自己的信息往来。

李忠言，顺宗在东宫时就跟随在身边的太监，一直忠心耿耿。他要想在宫中立足，势必会与俱文珍等人发生矛盾，要想同俱文珍对抗，就必须和自己结盟。嗯，他也是个重要的棋子。

牛昭容，顺宗的宠妃，却没有给顺宗生下一儿半女。据坊间八卦，她和顺宗的正妻王氏，也就是顺宗长子李纯的生母，关系闹得很僵。眼下顺宗身体不好，李纯很有可能成为下一场政变的主角。牛昭容肯定不愿意看到王氏母子得势，所以，她只会希望顺宗活得久一点儿，这也是自己能够利用到的地方。

有了王伾、李忠言、牛昭容三人，宫里的事情基本上也就没问题了。接下来，王叔文还需要在朝廷里安排一些人手，尤其是宰相班子里，一定要有自己人。

王叔文自己是当不了宰相的。在当时作宰相需要有极好的家庭出身和雄厚的政治资源，这些王叔文都没有，所以，他只能去寻找一个合适的人选，在宰相班子里忠实执行自己的方略。

要想实现自己的梦想，先要有听自己话的宰相。

当时的宰相是杜佑、高郢和郑珣瑜，都是先帝留下的老臣，他们是不可能听王叔文吩咐的。费了些力气，王叔文才在靠拢自己的人中，挑出吏部郎中韦执谊。此人官当得不大不小，而且还是先帝时有些名望的大臣杜黄裳的女婿。于是，王叔文提议让韦执谊升任宰相，顺宗也同意了。

如此一来，王叔文的执政班子就算凑齐了。以他自己为核心，由他提出动议，王伾则负责与宫里联系，而顺宗的反馈，则由李忠言和牛昭容传递给王叔文。这段程序走完之后，王叔文再把决策内容下达到宰相韦执谊手中，由他负责说服其他宰相一起签发执行。

此外，王叔文身边还有一帮对现状不满、吼着叫着要改革时弊但官位不高的愤青，他们的任务，是为王叔文执政制造良好的舆论氛围，并提供顾问服务。

这些人中有的知名度很高，比如时年三十四岁的监察御史刘禹锡，比如时年三十三岁的监察御史里行柳宗元，他们的知名度并非后来才有的。在当时，年轻的刘、柳就已被世人瞩目，且并非只会舞文弄墨的文学家，而是公认的政治新星。

唐朝有句俗话，“三十老明经，五十少进士”，以此形容考取科举中的进士科是件多么艰难的事。不过，却难不倒刘、柳二位学霸。贞元九年（公元 793 年），二十二岁的刘禹锡、二十一岁的柳宗元同榜高中进士，惊骇世人。

在看重家世出身的唐朝，刘禹锡自称是汉景帝后裔。这位汉景帝也确实厉害，中兴汉朝的刘秀是他的后裔，鼎立三国的刘备是他的后裔，五百年后的学霸刘禹锡同学还是他的后裔。景帝这一脉风水真好啊。当然，这些说法是否靠谱，还有待考证。

而柳宗元的家世可就是真的很牛了。柳氏乃是自北朝起就一直显赫至今的河东士族。唐高宗时，敢公然和武则天对抗的宰相柳奭就是柳宗元的先祖，虽然最后惨死，但他为家族挣来的名声，如今正好让柳宗元受用。

如此杰出的青年才俊都来给自己当马仔了，王叔文的虚荣心瞬间就被灌满了。

很快，王叔文施政的第一批措施出台，他做了一些大快人心的好事，罢免凶狠搜刮民脂民膏的京兆尹李实，一举废除贞元年间的“宫市”和“五坊小儿”等横掠民间的暴政，也废除一些藩镇在税收之外上贡给朝廷的额外供赋。这些举措大大减轻民众的负担，也为王叔文的执政在民间取得了一些支持。

最初的一切顺利，让王叔文有些得意忘形了。看来，治国并不是一件很难的事情呢。他和他的党羽们天天飘飘然地互相肉麻地吹捧着。

“叔文兄啊，您真是当世周公啊！”

“哪里，哪里，执谊兄，您才是当世管仲呢！”

“您是诸葛孔明复生啊！”

“您是伊尹再世啊！”

顺宗继位时的一阵心惊胆战之后，命运似乎又回到王叔文的掌心之中。此刻，王叔文对自己的未来信心满满。

王伾家的箱子里这时也满满当当地。一朝天子一朝臣，人们都知道，更加密集的人事调动即将到来，他们都想在关键时刻向新的当权派积极靠拢、效忠。于是，他们纷纷来到王叔文和王伾的家门前，并且很快发现王伾为人更随和，更好打交道，更愿意把手上突然得来的权力变现。

短短一个多月时间里，王伾家原来空空荡荡的箱子全部填满了金银锦缎，王伾连忙去订制了一个更大的箱子，陶醉地和老婆一起睡在大箱子上，畅想着不久之后这个箱子也被塞得满满当当时的幸福生活。

王叔文清楚地认识到钱财对朝廷的重要性，尤其是对自己执政地位的重要性。在政治的执行层面，他可以躲在幕后，操纵前台的韦执谊来达到目的，但在政治的基础层面，也就是钱粮的征收管理方面，王叔文对身边的每个人都不敢放心，于是他决定亲自来把控这个至关重要的权力。

他任命德高望重的老臣杜佑为度支及诸道盐铁转运使，然后任命自己做副使。他料定了已七十高龄的杜佑不可能真的每天来办公室计算这些高位数加减乘除的账目，实权将完全掌控在自己手中，而且还能躲在这位老臣的身后避避风头。

随着王叔文及其党羽的高歌猛进，人们对他们的不满也在极速地积累。

这天，年轻得意的学霸刘禹锡同学与一个没有加入王叔文集团的小官员窦群发生了冲突。事情的经过，历史上并没有详细记载，恐怕也就是个不值一提的小事情。可刘禹锡背后正得势的同党们，却因此立即气势汹汹地群起攻击窦群，要求将窦群贬斥，而窦群也上书控诉刘禹锡“挟邪乱政”。最后还是韦执谊懂事，让自己人收敛一些，制止了大家对窦群的攻击。

具体的是非如何，人们并不太关心，他们更多关注的，是王叔文手下很多人在欺负窦群一个人。

这天，憋着气的窦群来拜访王叔文。为平息窦群的怨气，王叔文恭敬地接待了他。接受王叔文的歉意与安抚之后，窦群却忽然说：“总有难以预料的事情。”

王叔文听出了窦群话里有话，连忙问道：“如何？”要窦群把话说明白。

“去年李实伐恩恃贵，倾动一时，此时公逡巡路旁，乃江南一吏耳。今公已处实形势，又安得不虑路旁有公者乎？”窦群告诫王叔文，刚刚被你罢免的京兆尹李实，去年此时也是炙手可热、作威作福，那时候你也不过是站在路边敢怒不敢言的一介小吏而已。现在你也到了李实当时的高度，你就不担心路边会有和那时候的你同样敢怒不敢言的人吗？

这本是一句沉重的告诫，可惜并没有引起王叔文足够的深思。人在顺风顺水的时候，哪会去想那些事情？

王叔文揽权、王伾揽财，其他人到处闹事，韦执谊只好忙着四处为他的队友们打圆场、擦屁股，可领头大哥王叔文似乎并不理解韦执谊的辛苦。这天，王叔文跑到宰相办公的中书省，找韦执谊商量事情，正值午饭时间。

按照唐朝的制度和礼仪，几位宰相中午要在一起吃工作餐，而这个时候，其他官吏都不能去打扰这些政府领袖用餐。

王叔文来到中书省，要门卫帮他去叫韦执谊出来，这个尽职的门卫向王叔文解释了上述的礼仪制度。

“什么东西！韦执谊敢跟我摆谱？你马上去叫他给我滚出来！”王叔文怒了。

门卫只好进去通报，请韦执谊出来。

听说大哥在外面等得发火了，韦执谊只好难堪地放下碗筷，向杜佑、高郢、郑珣瑜三位老大人告辞，出去见大哥。

三位老大人虽然觉得这很不成体统，但想着可能也就是说两句话的工夫，算了吧，于是他们也放下碗筷等韦执谊回来。结果等了好一会儿，门卫却进来报告说韦执谊已与王叔文到外面吃饭去了。

这目中无人的鲁莽举动，可把三位老大人给惹毛了，郑珣瑜当即发作，说：“吾岂可复居此位！”如此不成体统，还怎能继续坐在这儿呢？说罢出门牵马回家，再也不来中书省办公了。随后，杜佑、高郢也采取相同的举动，宣示与王叔文集团的对抗。

“恭喜韦兄啊，他们三个不来上班，这宰相就只剩下您一个人喽。你可要好好珍惜这个机会哟。”王伾兴冲冲地跑来祝贺韦执谊。

“呵呵，谢谢……”韦执谊好不容易才憋出一个笑脸，心中暗想：你们这可是把我害苦了呀！

十二　棋非世事

公元 805 年，唐德宗贞元二十一年（唐顺宗永贞元年）四月初六。

这天早朝，顺宗一如既往静坐龙椅，沉默不语。王叔文正想把他要做的事情说出来走走过场时，顺宗身边的俱文珍忽然尖着嗓子吼了一声："宣册立皇太子诏！"

"嗯?！"王叔文大惊，这才看见广陵王李纯今天也出现在了朝堂上！诏书的内容也正是册立他为皇太子。

若在平时，新皇继位册立太子也很正常，可如今，顺宗随时可能生命垂危，此时此刻确定继承人，就有着丰富的政治意义。这意味着王叔文的反对者们在必要的时候可以进一步启动"太子监国"的政治程序，发动一次合法的政变，而作为王叔文总后台的顺宗，则随时有被替代的可能。

可这么重要的诏书，为什么能绕过王叔文就在朝堂上公开发布呢?

虽然王叔文能够通过李忠言和牛昭容及时与顺宗沟通，但忙于揽权的他却忽略了这项权力还并没有被他完全垄断，包括反对派在内的其他人也依然能够与顺宗取得联系。

此前，俱文珍等人来到天子的病榻前，写了"立嫡以长"四个大字给顺宗看。

身体残疾的顺宗，思维是清楚的，对于眼下的暗潮涌动也心知肚明。他明白，现在局势已在失控的边缘，人们迫切需要他明确地安排好自己的身后事。

顺宗痛苦地点了点头，俱文珍等人便赶紧起草了立皇长子李纯为太子的诏令。

此诏一宣，王叔文才终于感到窦群所言不虚，世间人情果然不像棋枰上那般黑白分明，蓦然间，自己的反对者已经到处都是。可顺宗命不久矣，他王叔文必须得为即将到来的摊牌决战作准备。

这时候，王叔文才想起自己需要掌握武力，需要从太监们手里夺过神策军的控制权。

和让老臣杜佑担任盐铁转运使的招数一样，王叔文选择老将范希朝为左右神策军京西诸城镇行营节度使，这是一个相当于现在首都卫戍区司令员的重要职位，同时派自己的死党韩泰当范希朝的副手，前往奉天接管神策军。

打着范希朝的幌子去接管神策军这招儿，一开始还很灵。范大将军年高德劭，由他去接管自己手上的兵马，太监们还真不好说什么。况且他都这么大年纪了，也搞不出什么名堂。

于是，五月三日，范希朝与韩泰前往奉天赴任。

送走他们二位，王叔文心里踏实了，这下子，自己可是兜里有钱、手上有刀了，也不用再怕谁了。

不得不承认王叔文真的很天真。

而俱文珍却老辣多了，虽然暂时放过了范希朝，但他并没有放松对王叔文本人的警惕。经过一番琢磨，他认识到，王叔文手上各种权力之中，最关键的是能够凭借翰林学士这个职位干预朝廷的日常核心事务，这和现在的秘书吃香是一个道理。

俱文珍当机立断，采取明升暗降的方法，草拟诏书任命王叔文为户部侍郎，留下他度支盐铁副使的职务，却免了翰林学士之职，然后跟王叔文一样走个程序把顺宗糊弄过去后，就颁布执行了。打蛇打七寸！俱文珍这一下子打得很准。王叔文再也无法入翰林院办事，若要干预朝政就真的是名不正、言不顺了。

王叔文深知俱文珍这招厉害，赶忙招呼王伾等同党为自己说情。俱文珍也见好就收，答应让王叔文隔几天来翰林院里办一下公，但就是不恢复他翰林学士的职务。

王叔文可能一生都在嘲笑唐王朝的各种体制，不屑于加入这样的体制之中，并准备着彻底、根本地改变这些可笑的体制。可直到这时，他才发现，这个漏洞百出的体制拥有着强大的力量，轻飘飘的一纸诏书就能让自己这个事实上的文官小吏动弹不得。

这天，心情烦闷的王叔文在家中接待了一位客人。此人名叫刘辟，来自成都。他的主子是剑南西川节度使韦皋，镇守西川已整整二十一年了。这些年，韦皋联合南诏对抗吐蕃，战功卓著，为朝廷稳稳地守住了西川这个后花园。

如今，韦皋已被封为南康郡王，乃是朝廷当之无愧的南天一柱。他的使节来访，王叔文自然不敢怠慢，耐着性子和刘辟聊了好半天他根本不感兴趣的成都美食、美女之类的无聊话题。

聊着聊着，刘辟便切入正题，开始滔滔不绝地抱怨西蜀地区的行政区域划分不合理。

当时的西蜀地区有三个相当于现在的省一级行政区域，分别是治所在成都的剑南西川道，管辖如今的四川盆地西部地区；梓州的剑南东川道，管辖四川东部和重庆地区；梁州的山南西道则下辖陕西南部与四川北部地区，所以，西蜀地区在唐朝时统称“三川”。

这里顺便说一下如今“四川”这个名称的由来。到北宋真宗时期，在唐朝“三川”的基础上，又将川东门户夔州（今重庆奉节一带）提升为相当于省一级的行政区域。在宋朝，这种行政区域叫作“路”。

如此，西蜀地区就有四个行政区域：以唐朝的剑南西川道为基础的益州路、以剑南东川道为基础的梓州路、以山南西道为基础的利州路，再加上新的夔州路。这四个同一地理单元内，经济文化联系十分紧密的行政区被合称为“川峡四路”，再进一步简称为“四川”。元朝正式设立“四川行省”，四川的名称由此固定下来。

王叔文听着刘辟对西蜀行政区域划分不合理的长篇吐槽，稍微总结归纳了一下，刘辟的中心思想是想说他的主子韦皋现在的地盘太小，想把剑南东川道和山南西道给吃下去。

果然，刘辟如此说：“太尉（指韦皋）使某致微诚于公，若与其三川，当以死相助，若不与，亦当有以相酬！”韦太尉托我给您带个话儿，您要是让太尉总领三川之地，我家太尉一定会鼎力支持您的事业，您要是不帮这个忙嘛，呵呵……

应该说，这是目前在斗争中落于下风的王叔文的一个大好机会，以韦皋的威望与实力，若是他加入自己一方，胜利的天平无疑会重重地向自己这边倾斜。

但同时，这也是一个挑战。从刘辟的传话中可以清楚地看到，韦皋是铁了心要参与到这次朝廷斗争中来，他不会选择中立，如果王叔文不答应他的条件，他就会倒向俱文珍一方。

对于刘辟抛出的这个问题，王叔文必须慎重地作出选择。可惜关键时刻，王叔文下了一着臭棋。他可能是觉得刘辟提出的这个本来可以商量的条件玷污了他的清高，亦或是刘辟说话时的态度让他觉得受到了胁迫，总之，在最需要谨慎抉择的生死关头，他犯浑了。

“你算个什么东西？朝廷大事是由着你来讨价还价的？”王叔文差点儿没掀了桌子，“滚！”然后甩手跩回后庭。

刘辟一个人被晾在前堂。既然是来谈判讲条件的，他当然也想到王叔文可能会拒绝，但这般无礼地被拒，却在他意料之外。都是在官场上混的，犯得着当面撕破脸吗？况且，打狗还得看主人呢。

呆愣了半晌，回过神来的刘辟只好离开。出门时，正好遇见了来找王叔文商量事情的韦执谊，他把刚刚的情形向韦执谊复述了一遍。韦执谊听罢一阵心凉，也只好安抚几句。送走刘辟之后，韦执谊来到王叔文家的前堂，不等他开口，王叔文先气呼呼地说："你！去叫人马上给我杀了那个刘辟！"

"王兄，不可啊！"韦执谊大惊，"您不和韦皋联合也就罢了，至于非要刘辟的性命吗？这样只会得罪更多人。请您千万千万要三思啊！"

韦执谊毕竟是自己同党中在台面上地位最高的人，他的话王叔文怎么也得听进去一点儿，他这么说，王叔文也不好再任性了，只好深吸一口气，问道："你来干什么？"

韦执谊也做个深呼吸，调整了一下自己的情绪，说："王兄，羊士谔的事，您还是不愿意放他一马吗？"

这是前几天的一件事。羊士谔是从南方来长安办差的一个小官，期间公开谈论王叔文当政的事情，发了些牢骚，说了些刺耳的话，不想被王叔文知道了。可能是羊士谔的话说得太难听了，王叔文气得非要杀了他，好不容易才被韦执谊给劝住。王叔文的气一直没消，羊士谔一直被关押着。韦执谊担心事情闹大，便来和王叔文商量最后给个说法。

"给我乱棍打死他！"王叔文从牙缝里挤出这么几个字。

"王兄，你冷静一点行不行！"韦执谊有些生气了，"人家不过说几句话，你就要动刀子杀人？本朝开国以来还没有因言获罪论死的事情！难道你要开这个头？"

虽然言论自由的概念产生于近代西方，但在明朝中国皇权走向绝对化之前，中国人也拥有着很大范围的言论自由。在政治正常运行的时期里，对于仅限于言语范围之内的叛逆，最高统治者当然也会给予惩罚，但一般只以终结对方的政治生命为限，不会从肉体上消灭对方。西周厉王“防民之口，甚于防川”和东周郑国大夫子产“不毁乡校”的故事，作为正反两面的经验教训，一直被历代统治者所学习着。

在唐代，由于开国之初的太宗与魏征联手为王朝君臣关系定下了基调，所以王叔文动辄喊打喊杀的作派，在当时的人们看来，是极为不可理喻的。可王叔文却看不到这些，只看到韦执谊一会儿不让他杀这个，一会儿又不让他杀那个，他怀疑这家伙还是不是自己一伙儿的？情绪激动的他一迭声地质问韦执谊：“你现在什么意思？看着风向不对就想叛变了是不是？”

韦执谊顿感委屈心寒，抬眼望了好半天房梁才把泪水咽下去，说：“非敢负约，乃欲曲成兄事耳！”我没想过要背叛您，我是想让您的成功来得更稳妥一点儿，更顺利一些啊！说罢他绝决地转身离开。

这一去，韦执谊再也不打算回来了。

王叔文疯了！韦执谊边走边骂道。

可能王叔文是真的疯了，但更可能的是，他觉得自己现在手中掌握着神策军，不需要向其他人妥协。

但问题是，他真的掌握神策军了吗？曾经无数次咒骂讥讽过王朝行政体制的王叔文，现在却莫名其妙地迷信着这一套行政体制，他似乎真的相信一纸诏书、一员老将、一个菜鸟，就能控制住那些多次玩弄过王朝命运的赳赳武夫。

随着范希朝与韩泰到达奉天开始行动，各营神策军也渐渐发现实权在韩泰手中，而这个人是王叔文的同党，于是，太监们在军中广布的支持者纷纷向俱文珍报告这一情况。俱文珍愤怒了，立即传令神策军各营：“无以兵属人！”不要把兵权交给别人！

收到密令的各营将领都没有去奉天接受新帅的调遣，范希朝和韩泰成了光杆儿司令，韩泰只好回长安告诉王叔文，计划失败了。

“奈何！奈何！”足智多谋的王叔文这时也彻底方寸大乱。

而被他拒绝的韦皋没有违背自己“若不与，亦当有以相酬”的诺言，适时给王叔文送来了自己的“酬”。

六月十六日，韦皋的上书到达长安说：

> 陛下哀毁成疾，重劳万机，故久而未安，请权令皇太子亲监庶政，俟皇躬痊愈，复归春宫。臣位兼将相，今之所陈，乃其职分。

皇上您身体不好，现在应该让太子监国，等您身体好了再回来。

正如韦皋所言，自己“位兼将相”，威望非凡，的确是提出启动“太子监国”这一应急预案的最佳人选，他的话立即得到朝廷多数人的支持。

同时，韦皋还给太子李纯写了一封信，信中说：

> 圣上远法高宗，亮阴不言，委政臣下。而所付非人，王叔文、王伾、李忠言之徒，辄当重任，赏罚任情，堕纪紊纲。散府库之积以赂权门。树置心腹，遍于贵位；潜结左右，忧在萧墙。窃恐倾太宗盛业，危殿下家邦，愿殿下即日奏闻，斥逐群小，使政出人主，则四方获安！

韦皋提出了一个有趣的说法，说当今天子“远法高宗”，学当年唐高宗的样子。大家都知道唐高宗是个什么样子，就是坐在皇位上不说话，什么事情都由老婆说了算。然后，他又指出问题的关键——“所托非人”，用严厉的措辞指责王叔文集团是乱政的奸党。最后，他请求太子采取果断措施，立即消灭王叔文集团。

位高权重的韦皋代表地方藩镇表态，引来其他藩镇纷纷上书要求清算王叔文。他们给朝廷的压力无疑是极具分量的，王叔文的处境愈加不妙。

束手无策的王叔文颓然坐于棋枰边，呆滞地盯着棋枰上的黑白纵横。高明的棋艺改变了他原本平淡无奇的命运，使他能有机会接近帝国政治最高层。之后，他不甘心只以大国手的身份被人们铭记，他不愿放弃命运中的无限可能，勇敢也好，鲁莽也罢，他走上了平常人想都不敢想的绝险之路。几个月来忙于争斗，他已经很久没有好好下过一盘棋了。在陷入十面埋伏的时刻，眼前沉静的棋枰让他备感亲切。

棋枰上有纵横各十九条平行线，交织出三百六十一个交叉点，黑白棋子分别由两位对弈者支配，放置在这些交叉点上。每个落下的棋子四周空白的交叉点，叫作这颗棋子的"气"，也是这颗棋子赖以生存的条件，如果它周围的气都被对方占据，即是我们常说的气数已尽，这颗棋子也就死了。

这还是很小很小的时候，王叔文在老师的第一堂课上学到的围棋最基本的规则。眼下，王叔文猛然发觉，自己就是一颗气数已尽的棋子：依靠的天子失势，能处理政务的职位被罢免，亲自扶持的宰相与自己决裂，控制兵权的尝试失败，他的败局已定。

深蕴纹枰之道的王叔文明白，胜负已定的情况下，爽快地投子认输是一种潇洒风度。想到这里，他的脸上浮出一丝释然的、苦涩的笑。

六月十九日，王叔文在翰林院摆下宴席，请来他的对手俱文珍。虽然已经喝下好几杯冷酒，但一生争胜的王叔文还是说不出认输的话，好半天才说："叔文母病，以身任国事之故，不得亲医药，今将求假归侍。叔文比竭心力，不避危难，皆为朝廷之恩。一旦去归，百谤交至，谁肯见察以一言相助乎？"我老娘亲生病了，我想辞官回去照顾她。我做的一切都是为了报效朝廷啊。人走茶凉，恐怕我离职之后，大家马上会翻脸不认人。到时候，谁能为我说句公道话？

俱文珍明白王叔文认输求饶的意思，心中很是不屑，对着他就是一阵抢白。王叔文没有反驳，端起酒杯，向着俱文珍一举，也不等回礼，便仰首一饮而尽。

第二天，王叔文向顺宗递交辞呈，说不出话的天子愧疚地望着自己的导师，含着酸楚的泪点了点头。

自此，王叔文退出这场权力巅峰之战，他的党羽也随之瓦解。

八月四日，顺宗终于坚持不住了，宣布禅位给太子李纯，即唐宪宗，而他则成了唐朝开国以来的第四位太上皇。直到这时，顺宗才想到自己还没有在王朝的历书上留下一个属于自己的年号，这才把贞元二十一年改作永贞元年。

发生在这一年里的事情，一直以来争议不断，直到20世纪50年代，才最终被定性为“永贞革新”，王叔文因此被追认为改革家，他的作为则被认定为是一场以打击宦官与藩镇等消极势力、革除政治积弊的进步运动。

也许王叔文真的是一位有着高洁政治理想的人物，但那只能是也许，毕竟历史只给了他短短半年的表演时间，他的历史地位，我们只能以他这半年来的实际行动作为评判依据，而不是我们对失败者的同情。

在这段时间里，王叔文的作为是支撑不起“革新”“改革家”“进步”这些褒扬之辞的。

“革新”，即革故鼎新，在政治上是指系统性地废除旧的制度，建立新制度，是一种规模较大的政治变革。如果大家对这个定义没有异议的话，我们可以把王叔文的作为与这个定义一一做个比对。

先看系统性。王叔文施政半年，大多数时间耗费在与反对派的争斗之中，并没有表现出一整套完善的革新施政方略。

再看废除旧制度，建立新制度。制度，是系统性方略的外在表现。王叔文在执政之初废除了德宗时期的一些暴政，这的确是有利于民众的好事。但终止前任领导不得人心的做法，其实是每一个智力正常的继任领导都会做的事，有谁不懂得收揽人心的重要性？把这算作“废除旧制度”，显然分量还不够。王叔文并没有考虑过“宫市”这些暴政出现的制度性原因。而在建立新制度方面，王叔文就更加无所作为了。

最后，规模较大。这就更不沾边儿了。

所以，基于历史事实，王叔文和他的伙伴们的作为，只是一幕在初期以永贞天子为核心，天子生病之后王叔文被暴露到风口浪尖与其他政治集团争夺权力的、历史中早已上演过无数次的普通的宫廷争斗戏码。

如果王叔文的势力是“进步的”，那么他一定会有个落后的、腐朽的对手，既然他失败了，这个妖魔般的对手一定会把国家带向崩溃灭亡的深渊，把人民打入水深火热的地狱。

然而，真是这样吗？

本书现在可以剧透一下，在明处与王叔文争夺的俱文珍等太监，并没有在接下来的历史中再激起什么风波，而在暗处，王叔文真正的对手、现在已登基称帝的新天子李纯，将会把苦难深重的大唐王朝带向最后的辉煌。

告诉您，接下来，新的年号叫作“元和”。

如果硬要把王叔文的夺权行动定义为“革新”的话，那么这场所谓“革新”的真正继承者与坚定执行者，恰恰就是王叔文的死敌、新天子李纯。

这说得通吗？好了，这个问题大家慢慢去争。

历史的车轮已经向下一个时代隆隆进发，我们先跟上去吧。

十三　新皇旧梦

坐上含元殿皇位的李纯，时年二十八岁。自玄宗皇帝以后，大唐终于再次迎来一位青年统治者，这意味着他将有更加充沛的精力和更加悠长的时间，来修补这个飘摇的帝国。当然，前提是，这个青年多少得有点儿想要这么做的责任感。

李纯恰恰符合这个前提。

李纯七岁那年，他的祖父德宗皇帝刚刚回到被朱泚占据的长安，李纯用童真抚慰着德宗受伤的心。

一次，德宗逗李纯说："汝谁子？在吾怀？"你是谁家的娃娃呀？怎么坐在我的怀里？

聪明的李纯大声地回答说："是第三天子！"在这个孩子的眼里，祖父是第一天子，父亲是第二天子，自己当然就是第三天子咯。从幼年开始，李纯就大概知道了自己未来的使命。

李纯成长于贞元年间，也不断深入地理解着对未来自己将成为天子的意义。和本朝历代皇子皇孙一样，李纯在学习儒道经典的同时，各种文体特长都在爱好的驱使下全面发展着。

不过，除了围棋。

李纯从来都不喜欢常到自己家中来和父亲下棋的王叔文，这个自视甚高的人，骄傲的眼睛里只有即将登基的父亲，从来就没把自己这个“第三天子”放在眼里。

父亲继位时，李纯也已是个成熟的男人，他对这个国家混乱的原因有着自己的思考。他认为，每个人都应该谨守自己的社会角色，不能有丝毫的僭越，这样才能形成一个安宁平静、井然有序的社会。这也是中国儒家传统政治学说里所强调的“纲纪”。所以，王叔文以一介待诏的低微身份，僭越、操纵皇权的作为，恰恰是李纯最不能容忍的。

而在其赖以生存的永贞天子病重后，情商低下的王叔文这才意识到与李纯关系的重要性，他派自己的一个同党做李纯的侍读，希望像自己当年影响永贞天子一样，从精神上去影响、控制李纯。

李纯根本不吃这一套。面对那个老是把话题从书本往当今朝政上扯的侍读，他没有客气，愤怒地质问：“陛下令先生为寡人讲经义耳！何为预他事？”你要讲课就好好讲课！跟寡人扯什么犊子？

公元 805 年，唐德宗贞元二十一年，或者说是唐顺宗永贞元年八月，一阵风波之后，李纯登上大唐帝国的至尊宝座，史称唐宪宗。继位后，他要做的第一件事，就是清算王叔文集团。

八月六日，清算开始。首当其冲的是王叔文本人和王伾。已经离职的王叔文被贬往渝州任司户，太上皇去世后，王叔文被赐死，王伾被贬为开州司马。

此后，对王叔文集团的甄别处理工作还在继续着。九月十三日，刘禹锡、柳宗元等人被贬，两位学霸就此开始他们漫长的贬谪生涯，而远离政治漩涡的生活，让他们有更多的时间思考真实的人生。哲人命运的不幸，往往是人类文明的大幸。帝王将相们的旷世功业终将消散，而他们的诗文却至今都在为人们传诵、深思。

最后，还剩下一个韦执谊要处理。官居宰相的他是王叔文集团中官爵最高的一个，对他的处理必须严厉，甚至有论死的可能。但这个韦执谊毕竟不像他的其他同党那么嚣张，还多次制止过王叔文的过激行为，在大家心目中，他也还不那么讨人嫌。

有趣的是，宪宗这时对韦执谊的岳父杜黄裳表现出了极大的信任，任命他当了宰相。杜黄裳曾经在王叔文执政期间要求女婿脱离王叔文集团，拥立太子监国，被韦执谊拒绝过。如今，政治立场不同的翁婿二人同时位列宰相，群臣都在认真地咀嚼着这位新天子释放出的这个意味深长的政治信号。

而杜黄裳知道，女婿被处理已是板上钉钉的事，不可避免，但新天子能任命自己为宰相，也表明对王叔文集团的清算将会到韦执谊为止，不会再扩大打击面。一番权衡之后，杜黄裳在女婿的处理意见形成过程中保持沉默，没有为他求情。

十一月七日，韦执谊得到了王叔文集团里除王叔文本人之外最严厉的处罚——被贬到帝国最遥远的崖州，也就是今天的海南岛任司马。

同时，宪宗也加重了已被处理掉的其他人的处罚，作为这次集中清算行动的收尾。王叔文集团主要成员十人被逐往偏远地区任州郡闲职，史称“二王八司马”。

其实，宪宗这次政治清算是很有节制的，他把政治斗争的残酷性控制在最小的程度之内，除必死的首犯王叔文在太上皇死后被赐死之外，没有人被杀；打击政敌的行动也没有泛滥，时间也不长；杜黄裳也能够以特殊的身份出任宰相。

新天子的行动维持了一年之内经历两次皇位更迭的朝廷的稳定运行，这也使得他有能力应付时代给予他的第一次挑战。

“天下未乱蜀先乱。”这是我们观察中国古代西蜀地区政治动向时，时常会提到的一句话，这句话在唐代尤其适用。在政治中心长安周围，东都洛阳与西蜀的经济最为发达，相比无险可守的洛阳，西蜀四面又有着难以逾越的天然屏障，保护着占据这里的人或割据或问鼎的野心。所以，长安吹出的朔风，往往会在这里最先泛起波澜。

公元805年，唐德宗贞元二十一年或唐顺宗永贞元年的八月，新天子刚刚继位，还在集中精力处理王叔文集团时，刚刚还在谋划着独占四川盆地的剑南西川节度使韦皋突然死了，在长安被王叔文大骂的刘辟自任留后，宣布接掌西川，并要求朝廷给予他正式任命。

从本书开始至今，我们已经看到过很多次藩镇首脑更替引发的政治风波乃至战争，其中最热闹的，莫过于德宗时因成德节度使李宝臣的死亡而引发的建中年间一连串的战乱。

战败的朝廷没能就节度使的任免权问题形成制度，只能与地头蛇们达成临时的妥协。贞元年号下的二十一年间，成德、魏博、淄青、卢龙等军事力量强大，但毕竟离长安较远，就算朝廷控制不了也不会导致朝廷立马活不下去的那些割据藩镇，都经历了节度使的更替，朝廷都没有再去贸然干涉。

而对其他一些军事实力较弱、与王朝的生死联系更紧的藩镇，朝廷则必须保证他们的政治立场倾向于自己一方，因此尽量利用节度使死亡的机会，派遣朝中文官去接掌帅印。

西川便属于后者，就算朝廷日子过得再惨淡，也不会放弃控制这个地方。不过，事情毕竟过于突然，前不久韦皋还在生龙活虎地搅动长安政局，现在突然就死了，皇帝宝座还没坐热乎的新天子并没有做好心理准备。

宪宗尝试着让宰相袁滋去接任剑南西川节度使，却被刘辟阻挡在剑门关外无法到任。恼怒的新天子严厉地责怪袁滋的胆小怕事，并将他贬斥，这一行动也向刘辟传达出了朝廷对西川志在必得的决心。

同时，宪宗以一种谈判的态度对刘辟作出了一些让步，任命他为节度副使，代行节度使职权。这却被刘辟解读为软弱，他得寸进尺提出了老领导韦皋之前的无理要求——兼并三川！

血气方刚的新天子的耐心，被耗尽了。

公元 806 年，宪宗终于开始了属于自己的年号纪年——唐宪宗元和元年。新年刚过，太上皇李诵驾崩。宪宗从此独自走上完全属于自己的追梦之旅。

西川的事情，是这一年开始时的头等大事。摩拳擦掌的宪宗与朝臣们商议应该如何处置。他希望听到的是和他一样喊打的声音，结果，却听到了一片“兵者不祥”“西蜀险固难收”之类的陈词滥调。

宪宗知道不应该责怪他们，毕竟建中时代的梦魇依然历历在目。巧合的是，当年祖父德宗皇帝第一次用兵也是在西蜀，群臣无法不担忧眼下又是一个可怕轮回的开始。

宪宗心焦地期待着有不同的声音出现。群臣之中，历尽官场浮沉的杜黄裳非常清楚这一点，作为罪臣韦执谊的岳父，只是被宪宗当作一个团结和谐的政治象征而被摆到宰相位置上的他，也急需向宪宗证明自己物有所值。

“陛下，臣有一言！”杜黄裳高亢的嗓音抬起了宪宗低垂的眼皮：“辟狂戆书生，取之如拾芥耳！臣知神策军使高崇文勇略可用，愿陛下专以军事委之，勿置监军，辟必可擒！”刘辟这个家伙不过是个发狂的书呆子，很好收拾的。神策军大将高崇文很厉害，皇上您让他去打刘辟，别弄监军什么的妨碍他，他一定能把刘辟给您抓回来！

“哦？”宪宗惊喜地看着杜黄裳。知音出现啦！他要和这位知音演一出双簧，联合起来劝服不敢出兵的群臣。

“刘辟既然敢窃据西蜀，违抗诏命，也算是个有胆识的人，您怎么说他只是个狂戆书生呢？”宪宗笑着问杜黄裳。

杜黄裳会意，从容答道：“自安史以来，能够割据州郡、抵抗王命的人，都是军队出身的武夫，只有这些人才镇得住手下的骄兵悍将。刘辟这小子，贞元年间考中进士之后被韦皋招去成都做了文职干部，后来一直混到度支副使的位置。虽然管着西川的钱袋子，不过这职位很难做人，容易拉拢人，更容易得罪人。他又从来没在军中带过兵，更没什么武力军功，蜀中将士如何能够对他心服口服？这样的人，不是狂戆书生是什么？不过自以为是而已，臣敢说西川军中不服他的人多着呢。”

宪宗满意地点点头，又问：“他既然这么容易打，那么就让剑南东川道、山南西道的人出兵去帮朕打下来就是了，为什么还要动用朕的神策军呢？”

杜黄裳依然自信地回答：“陛下勤修国史，一定知道德宗皇帝刚继位时，西川发生的事情。当时的节度使崔宁在朝，吐蕃入侵，德宗皇帝没有让崔宁回成都去指挥战役，而是命令神策军李晟前往西川，平定祸乱的同时，也为朝廷收回了西川的控制权。如今这事，也和那时的情形一样。陛下要想收获西川，自然也得自己出力才行。”

“您说到德宗皇帝……”宪宗喜悦的脸上浮现出一丝忧虑，即使是他，也无法不担心这次出兵会重蹈建中年间的覆辙，“德宗皇帝用兵也是从西川开始的。朕担心战端一开，又会像建中年间那样，招来无边祸乱啊。”

这是蔓延在群臣心中一个普遍的担忧，宪宗问到这里，杜黄裳也不敢接这个茬儿了。一时，朝堂上又陷入了沉寂。

“陛下不必担忧！”翰林学士李吉甫发言了。他是肃宗时宰相李栖筠的儿子，年轻时就凭借父亲的门荫进入仕途，这时刚刚从饶州刺史的任上回朝。

因领会到了宪宗的意图，他便接着说：“此一时彼一时，且此一事彼一事，陛下没有必要做这样的对比。建中祸乱起于河北，与那之前的西川战事并没有太大的关系，德宗皇帝平定西川的行动也是成功的。如今西川再次作乱，陛下只管平定西川就是，等到以后陛下剑指河北之时，再去好好掂量德宗皇帝的教训，也不迟！”

“说得好！”宪宗非常欣喜地看着又一位支持者。

李吉甫！宪宗仔细端详着他，认真地记下了他的样貌，然后继续问杜黄裳：“那么，神策军中宿将甚多，杜爱卿为什么独独要推荐高崇文这个很普通的将领呢？”

这个问题杜黄裳早想好了，他胸有成竹地回答说：“宿将功高难赏，若是让他们再立新功，陛下除了把西川给他们，还能如何赏赐？高崇文是一个纯粹的战将，若是让他去拿下西川，事成之后陛下也好将他召回，再让朝中文官去接替他。这样，朝廷的纲纪也就能控制西川了。”

说到这里，杜黄裳清了清嗓子，说出了自己这几天苦思冥想揣摩出的新天子想要的施政方针：“陛下必欲振举纲纪，宜稍以法度裁制藩镇，则天下可得而理也！”

“好！”一番话听得宪宗心潮澎湃，就差为杜黄裳鼓掌了。重振纲纪，这可是宪宗的理想！

“好个以法度裁制藩镇！说得好！”杜黄裳这句高屋建瓴的总结概括，如同拨云见日一般，让宪宗多年以来的思考有了一个豁然开朗的定义。

纲纪！法度！天下！

在杜黄裳、李吉甫等人的鼓励下，宪宗决心对西川动兵，他令高崇文率军一万入川，并让山南西道、剑南东川道协助高崇文。

尘封多年的大唐王朝复兴梦，又一次整装出发了。

西川战役中，宪宗表现出了一位合格统帅应有的耐心与从容。在战局胶着时刻，他没有浮躁地催促前线的高崇文，而是给予他更大的支持，不仅将剑南东川道的实权交给他，还调动江淮地区的兵马溯江而上，直逼三峡，对刘辟形成战略包围之势。其间，他还轻松处理了发生在夏州（今陕西靖边）的一次小规模抗命事件，保证了战役后方的安定。

公元 806 年，唐宪宗元和元年八月，高崇文率领的朝廷军队攻克成都，历时八个月的西川战役以朝廷获胜告终，刘辟被擒送长安，等待处置。初战告捷的宪宗兴奋地对宰相杜黄裳说："此役取胜，可都是您的功劳啊！"

年事已高的杜黄裳坦然地接受着宪宗的褒奖。他洞察人心、力劝新天子坚定用兵的举措，使得自己摆脱了女婿留下的尴尬，为自己的家族在新的时代里赢得了生存空间。

被押送长安的刘辟一路上的表现，的确对得起杜黄裳"狂戆书生"的评价。这家伙坐在囚车里该吃照样吃，该睡照样睡，跟没事人似的，他觉得朝廷也不会真把自己怎么样，到长安后最多也就是被天子骂几句，然后把他贬到某个地方做个闲官而已。

他倒是挺看得开。

到了长安地界时，神策军前来接管钦犯，他们把刘辟从囚车里狠拽出来，拿绳子将他从头到脚绑了个结实。刘辟还不忘大大咧咧地责备他们："何至于是？"搞什么名堂？不就是没听朝廷的招呼，抗个命嘛！至于这样吗？

听说了这些趣闻后，宪宗觉得有必要把刘辟当作一个典型案例，向全国来一次普法教育。

祖父德宗皇帝当年也曾在平定泾原刘文喜作乱之后，拿叛将的脑袋对淄青使节做过一次隐晦的法制宣传。但这一次，宪宗决定向全天下公开刘辟的罪状，同时向各大藩镇正式宣布本届朝廷的底线。

宪宗在兴安门前亲自公审刘辟，刚几句话审完便命人宣读早就写好的判决书："刘辟生于士族，敢蓄枭心，驱劫蜀人，拒扞王命。肆其狂逆，诖误一州。俾我黎元，肝脑涂地。贼将崔纲等同恶相扇，至死不回，咸宜伏辜，以正刑典。刘辟男超郎等九人，并处斩。"

文言文不太好懂，不过把废话精简掉缩写一下，大家就懂了：刘辟因"拒扞王命"被"以正刑典"。也就是说，刘辟因为不听朝廷的话被杀头啦。

狂戆得有些可爱的刘辟哭号着被拖下去砍了，也许他至死都没想明白，何至于是？

通过对刘辟的判决，朝廷向各路地头蛇宣告了自己的底线：严禁“拒扞王命”。朝廷没找你们的时候，你们可以自己玩儿自己的，朝廷也可以不管。但是，一旦朝廷找你们有事，给你们下命令，你们决不能不听！

这就是宪宗想要的“法度”，而落实这样的“法度”，就会形成新天子理想中的“纲纪”。

和德宗皇帝一样，宪宗在继位之初也来了一次精彩的亮相，这也使得德宗皇帝的教训在新天子的心中越发醒目，他谨慎地度量着自己的步伐，唯恐再次踏进那恐怖的轮回之中。

平定西川之后，宪宗没有像祖父德宗皇帝那样连续发动内战，而是选择了等待。

公元 807 年，元和二年，宪宗认真地为自己的事业做着各种准备：让年老的杜黄裳出任河中节度使，把守长安咽喉要地，并让新任宰相武元衡赴成都接替高崇文担任剑南西川节度使；将高崇文调回长安统领禁军，又让神策军老将范希朝出任朔方节度使，统领首都边防；在都城周边地区，文官与神策军取代了地方武将的势力，成为拱卫朝廷安全的主要力量。

如此一来，就算是以后与藩镇作战失败，宪宗也不用担心会出现德宗时泾师之变那样的无妄之灾。

此时，翰林学士李吉甫已经升任宰相。在成为京官之前，李吉甫已先后在大唐帝国东南的明州（今浙江宁波）、西南的忠州，以及正南方的柳州担任州郡长官多年，丰富的从政经验使他对国内局势有着犀利的见解与独到的解决方案。

自两税法实施以来，由于其中“上供”“留使”“留州”的税收三分法则，使州郡一级政府成为征税的主要组织者与实际分配者，在国家财政体系中的地位开始突出。州郡政府手中有钱，也就不用事事都听从他们的上级，也就是节度使的招呼。

李吉甫在地方上任职期间就发现了这一趋势，就任宰相之后，他提议朝廷正式承认州郡“得自为政”，也就是承认他们的自治权力，实际上是通过授权使其逐渐脱离各自上级节度使的管辖。同时，李吉甫派出一大批朝廷官员前往各州郡任长官，执行朝廷这个釜底抽薪之计。

这个紧扣经济发展形势的制度进步，保证了宪宗法度的顺利实现。李吉甫任期内，三十多次对藩镇节度使发出任免调换的命令，都没有遇到阻遏。以法度裁制藩镇的方针，取得初步成效。

百忙之中的李大人，即使晚上下班回家也没空逗孩子玩儿，他还在忙着写书。很快，一本叫作《元和国计簿》的全国财税统计汇编，就会摆到宪宗面前。

现在，李大人还在忙着写，我们就暂时不管他了，让他自己先慢慢写吧。

公元 807 年，唐宪宗元和二年九月，宪宗看到了镇海节度使李锜请求入朝的上书。这当然是好事啊，天子表示很高兴。

镇海节度使驻节杭州，管辖如今的沪宁杭地区以及浙江西部（当然，唐朝时，现在的上海基本上还在海平面以下），乃是国家钱粮的重要来源地。李锜是唐高祖的八世孙，宗室子弟，是当今天子八竿子之内能打得着的亲戚。贞元年间任盐铁转运使，靠这个职务搞了不少钱，现在又在苏杭膏腴之地当长官，这家伙有点儿飘飘然，于是也想学着河北藩镇的样子，在浙西搞搞割据。

还是那句老话，河北不是你想学就能学的。

不过，如今的我们站在历史的尽头看清楚一切以后，才放这样的马后炮而已，在当时的人们看来，不先学上一学，怎么知道能不能学到呢？

李锜说要入朝，不过是想试探一下朝廷对他的态度。他希望得到的回答，自然是江南税务繁忙，你就不要来了，然后他就可以心安理得地在杭州继续搞钱。结果，朝廷给他的回复是：你来吧！而且还郑重其事地派太监到杭州接他入朝。

这下子李锜只好耍赖，当着太监的面装各种病，就是不走。太监赖不过他，只好向宪宗如实报告了情况。

宪宗被这赖皮惹恼了，你以为朝廷是什么地方，你想来就说来，想不来又不来！他下令命李锜必须马上回朝，并派出新任镇海节度使去接替他。

李锜玩儿砸了，只好铤而走险，密令手下兵将谋杀辖区各州郡的刺史。结果，就这造反的第一步，李锜都没玩儿好，常州、湖州的刺史非但没被杀掉，反而起兵跟李锜干了起来。

这便是李吉甫承认州郡自治权的改革成果。

很快，朝廷也做出反应。宪宗正式削去李锜的官爵，命令临近镇海的几个藩镇进军杭州。

长江流域的各藩镇一向很听话，很快就逼得李锜的军队发生内乱，军士们将李锜绑了交给朝廷方面的联军。

公元 807 年，唐宪宗元和二年十一月，这场叛乱就这么结束了。

李锜得到了和刘辟一样的待遇，被送往长安。天子在兴安门前亲自审问他，然后宣判，然后把他砍了。

又值年末，忙了一年的天子终于得到一些闲暇。他发现自己喜欢吟诵的那些李白、王维的诗歌居然早就过时了，时下诗坛人气最高的是白居易，连自己身边的太监、宫娥都喜欢他的诗。

上班才一日，时尚已千年。

为赶上这个时髦，宪宗连忙叫人弄来几首白居易的诗。其中一首是《观刈麦》，就是看农民割麦子。宪宗也没见过割麦子，于是好奇地朗读着这首今年刚刚写出的新诗：

田家少闲月，五月人倍忙。

哟！今年五月刚刚写出来的诗呢，我得把这首新诗背下来，这样就没人说我老土了吧。

夜来南风起，小麦覆陇黄。妇姑荷箪食，童稚携壶浆。相随饷田去，丁壮在南冈。

嗯！写得好啊，看来他写的是在朕的英明领导下，劳动人民又迎来一年一度的丰收嘛。

足蒸暑土气，背灼炎天光。力尽不知热，但惜夏日长。

哦！原来收麦子这么辛苦啊。但是，这么辛苦也是有价值的嘛，现在政策这么好，经济形势这么强劲。

复有贫妇人，抱子在其旁。右手秉遗穗，左臂悬敝筐。

咦？这么大的丰收，麦子恐怕都吃不完，为什么这些农家妇女还要去捡麦穗？真是太节俭了吧。

听其相顾言，闻者为悲伤。

哎？怎么又悲伤了，虽然辛苦一点儿，但毕竟收成还是很好的嘛，这有什么好悲伤的？

家田输税尽，拾此充饥肠。

原来那些麦穗才是农民们真正的粮食！其他的收成都是要交给政府的税收。

全部的收成都要上交？这是文学夸张修饰，还是历史事实？本书认为，不排除可能有一定程度的夸张，但这个夸张的程度并不会太高，因为那时唐朝出现了严重的通货紧缩。

德宗贞元年间，全国经济总体上保持和平态势，市场的物资供应重新丰富起来。这本来是好事，但却遇到了一个难解的结，东西多了，现钱不够啊。还不是哪一家人的现钱不够的问题，而是全国的货币供应不足，这就是通货紧缩。

先说明一个背景，唐代人们在市场上买东西用的是铜钱或绢帛，金银一般只用作储存和大额支付，没人拿着沉甸甸的金银去市场上买零碎。

可中国历来缺铜。战乱之后，朝廷掌控的铜钱数量也大大减少。大家富户眼见兵荒马乱，对未来经济发展的信心不足，也不敢拿钱到市场上做什么买卖，而是将钱币悄悄地存起来。这样一来，市场上的货币就不够了，这导致市场的有效需求不足，商品价格一跌再跌却仍然什么也卖不出去。

可这时，朝廷不仅无力维护货币秩序的稳定，反而还不得不与民争利，和民间争夺铜钱。

两税法规定，税收不收农作物实物，而是收现钱。那些年里，大家手里都没钱，粮食也卖不出去，到最后农民还是只能上交实物充税。那么，这就产生了一个实物和现钱之间折换率的问题。

通货紧缩严重的情况下，地方政府上下其手，粮食的价格被压得很低，农民交出几乎所有的粮食，才能交足税收，这并不夸张。

元和三年（公元 808 年），两百个铜钱买一石米（唐代一石相当于五十三公斤），到元和六年（公元 811 年），米价跌到了两个铜钱一石。

> 今我何功德，曾不事农桑。吏禄三百石，岁晏有余粮。念此私自愧，尽日不能忘！……

旁边的小太监见宪宗读得入神，凑过来问：“皇上，白居易的诗怎么样？”

宪宗这才回过神来，连忙把诗掩上，就回答：“哦，挺好的……那什么……白居易现在在哪里？”

小太监回答说：“他现在在盩厔县（今陕西周至）做县尉。”

“你去告诉宰相，调他进宫，任翰林学士。”宪宗命令说。

这下看起来，白居易估计是要走运了。这些年来，从翰林院里走出的宰相已是不少，白居易也才刚刚三十出头，前途可谓一片光明。

年底，李吉甫的大作《元和国计簿》终于出炉。这是一部在当时技术条件下，对朝廷现存家底最为完整、精确的梳理和统计。其中显示，截至元和二年（公元 807 年），唐朝天下共有四十八个藩镇、二百九十五个州，其中，有十五个藩镇共七十一州的赋税完全不上交朝廷。

这十五个藩镇中，有地处西北边防前线的凤翔、邠宁、振武、泾原、银夏、灵盐、河东，这些地方人口稀少，半农半牧，防御任务很重，也没什么赋税可交。而魏博、成德、卢龙、淮西、淄青，则是高度自治的割据藩镇，也是朝廷的主要对手。

朝廷的钱粮来源主要依赖东南的八个藩镇，他们支撑着朝廷每年收入的近三分之二。这八个藩镇是浙东、浙西、宣歙、淮南、江西、鄂岳、福建、湖南，这是中国历史上经济重心向东南转移的重大历史趋势第一次得到国家统计资料的明确印证。

除去十五个不交税的藩镇、八个税收支柱藩镇，还有二十一个骑墙观望、朝廷诏令对他们时灵时不灵的中间派藩镇——心情好的时候呢，给朝廷上一点儿税，心情不好呢，就联合割据的藩镇一起抗命。

从国家收入的角度来看，《元和国计簿》的统计表明，只要朝廷把东南八个藩镇牢牢控制住，就不会灭亡；只要朝廷能在二十一个骑墙藩镇中争取更多的支持，就有强大的希望；若朝廷能完全掌控骑墙藩镇，就有剿灭割据藩镇、再次完成统一大业的希望。

宪宗平稳地把他的统治推进到了元和年号下的第三个年头——公元

纪年的第808年。

宪宗满意地看着朝廷力量的稳步增强，以及朝廷法度的渐次普及，这似乎是平静的一年。

李吉甫在这一年将戴着宰相的头衔前往淮南担任节度使。

看来，宪宗确实明白了，如今的南方之于帝国而言，无比重要。

这一年，发生了两件事情。在当时人的眼里，这是两件无关紧要的小事，就像御花园里的蝴蝶扇动了一下小翅膀，而站在历史尽头的我们却能清楚地看到，多年以后，这两件小事会卷起多么浩大的风暴。

一件事情是元和三年（公元808年）四月，朝廷举行了“贤良方正直言”考试。参加考试的，是礼部推荐的一些政绩不错的基层官员，考试内容则是当今时政中是否存在问题与其解决方案。

这很可能是一种走过场的考试，不可能真的让考生“方正直言”。不过，有那么几个愣头青好像不懂这个，真的上书直言说天子过分信任太监，导致太监专横跋扈。

他们是时任伊阙（今河南洛阳龙门）县尉的牛僧孺、陆浑（今河南洛阳嵩县）县尉皇甫缇和往届进士李宗闵。这三位二十郎当岁的小官因为自己的直言深陷险境，太监们要求宪宗严惩此三人。而那时候还是太监天敌的文官集团，则发动了广泛的营救行动。

作为文官领袖的宰相李吉甫，也被要求加入营救行动中，表态声援三位正直青年。

或许是李吉甫考虑到太监之于宪宗的重要性，知道这是自安史之乱以来历代天子事实上最信任的一帮人，反对太监几乎无异于反对天子本人，所以他在这次事件中保持沉默。

这便给那些愤怒的道德卫道士留下了见危不救、妥协投降的罪名。牛僧孺等人脱险之后，也刻骨铭心地记下李吉甫的冷漠。熟悉历史的读者可能已经从这当事双方，尤其是牛僧孺这个十分抢镜的姓氏上，判断出这件事情的重要性。

没错，这就是后来绵延四朝、近四十年朝臣党争的缘起。

另一件事发生在西域。在回鹘与吐蕃的龙争虎斗之中，吐蕃旗下的一支突厥雇佣军不愿再充当炮灰，在这一年六月毅然脱离吐蕃，投靠唐朝，并得到大将范希朝热情接纳，从此，他们在唐朝的北方边境繁衍生息。

他们就是沙陀族。

读者可能对这个名称很耳熟，是的，这就是那个在唐朝崩溃之后，于中原地区先后建立过后唐、后晋、后汉以及北汉四个王国的沙陀族。

没有人总去留意森林里时常落到地上的种子，即使那是未来参天乔木的起始。比起那些过于深邃的渺远未来，人们更愿意关注有迹可循的青萍之末。

十四　天步艰难

公元 808 年，唐宪宗元和三年年底，成德节度使王士真的身体状况，成为天下人关注的焦点。大家应该还记得，王士真是成德王氏第二代节度使，他辅佐父亲王武俊在建中年间翻云覆雨、左右逢源，最终名利双收，得到了成德四州的控制权。

贞元十七年（公元 801 年）王武俊去世，德宗皇帝没有阻止他把权力交给王士真，而王士真在任的几年时间里对朝廷一直很是恭顺，双方相安无事了很长时间。

现在王士真身体不行了，他想把权力再交给自己的儿子王承宗。但当今的天子会让他这么做吗？

王士真将儿子王承宗叫到身边。这个和当今天子年纪相仿的青年已经官居成德节度副使。近些年来，河北藩镇为节度使世袭做着制度化的准备，各节度使纷纷任命自己的儿子做节度副使，让他们在军中历练，准备接班。

王承宗在节度副使的职务上已经干了些时间，在成德军中也有些威望。王士真之后由他接班，在大家看来是顺理成章的事情，王承宗本人对这事也信心满满。

王士真也没绕弯子，直接问儿子："你接班也就是这一两年的事情了，我看兵将们都很服你。可关键是朝廷那边，我还想问问你，你打算怎么来应付天子？"

王承宗可能还没想过这个问题，轻松地回答说："嗯，我会像父亲您一样，不跟朝廷生事，时不时还给天子进贡一点儿，这样就没什么了吧。"

"哦？"王士真忽然诡异地笑了："这么说，你一点儿都没有担心过天子可能会不让你接班？"

"不会吧？咱们王家可是对朝廷有功的，要不是祖父当年打跑朱滔，他们李家天下就完蛋咯。"王承宗确实没想过天子有可能那么做。

"有功？"王士真笑道，"那只不过是当年我们跟朝廷做的一笔交易而已。我们帮他打走朱滔，他让我们做成德节度使。至于功劳什么的，只不过是朝廷的场面话而已，你不要当真。"

"但是，前些年，我想想应该是……是元和元年的时候，淄青的李师古死了，朝廷也没有不让他弟弟李师道接班啊？淄青都可以这么做，朝廷也不会单单只跟咱们成德过不去吧？"王承宗争辩道。

"那时候朝廷用兵西川，没空管淄青而已。现在朝廷很悠闲，就等着哪个藩镇往他枪口上撞呢！可惜我这身体不争气，这第一个撞枪口的，看样子多半是咱们成德了。"说罢，王士真长叹一声。

王承宗向来没把朝廷放在眼里，见老爹这么说，便不屑地说："父亲！朝廷有什么好怕的？就算撞枪口了，皇帝又能拿咱们怎么样？他还敢跟我们打仗不成？我们可不是西蜀、浙江那般好欺负的呢！"

"我不是害怕皇帝，"王士真看着儿子，一脸严肃，"我是担心天时有变。如今的天下，已不是二十年前德宗皇帝时的天下了。那时候，两税法刚刚实行，江南也还没有现在这么富庶，朝廷手里没多少钱粮，德宗皇帝贸然进攻，结果虎头蛇尾，很快就被我们翻盘了……"

王士真清了清嗓子，接着说道："现在可不一样。自贞元年间至今，朝廷一直在韬光养晦，积蓄力量。而这些年里，我们的实力并没有多少增加。相比之下，咱可就不能再像以前那样看轻朝廷咯。况且当今天子也与德宗不一样，他不像德宗那样只知道舞刀弄剑，不到万不得已，他是不会随便动武的。这是个有谋略、有城府的人。儿啊，你如此小看他，实在是让我放心不下啊。”

“那怎么办？”被父亲这么一说，王承宗有些着急了，“总不能就这么由他摆布吧？”

“当然不能。”王士真回答说，“但是，儿子，你要沉得住气，要比皇帝还要沉得住气才行。虽然当今天子颇有谋略，但我们成德镇的分量也不比西川、浙江那样的小妖，这一点我想他也是知道的，即便他不知道也会有人提醒他的。所以只要能用谈判搞定的事情，他是不会动兵的。到时候你就先跟他慢慢谈，把他的底牌摸透，让他们先出招，然后你才好从容应对。你要记住，最好逼得朝廷出兵，这样我们就能和河北其他藩镇联合起来对付他了。还有，要记住，我们和魏博、淄青的同盟一直存在，只要朝廷真出兵，你就要挑动他们一起来搅局，这样，朝廷应付起来可就难了。”

说到这里，王士真停顿一下，才又沉重地说：“如果到最后成德保不住了，你千万记得，丢掉成德，保住我们王家！”

“孩儿记下了！”王承宗说。

公元809年，唐宪宗元和四年二月，王士真死了，其子王承宗自立为节度使。

现在就要看朝廷如何接招了。

二十八年前，成德节度使李宝臣的死触发了建中年间的大乱，如今，成德又把这同样的难题扔给朝廷，这会是一次宿命的轮回吗？

身处长安的宪宗正在审阅王承宗要求正式任命的上书，同时也在一一检视各大割据藩镇节度使的现状。

从上一次乱战平息至今已近三十年，几个割据藩镇的节度使都已换人，如今的魏博节度使是田绪的儿子田季安，执掌魏博已有十多年；淄青节度使是李纳的儿子李师道，四年前接哥哥李师古的班；卢龙节度使刘济，他的父亲刘怦在取代朱滔的帅位之后很快去世，他盘踞幽州至今已近三十年；淮西节度使吴少诚，曾是李希烈的部将，李希烈被陈仙奇刺杀之后，吴少诚又为主人复仇，并坐上节度使宝座，至今也很多年了。

魏博自田承嗣开始已经在田家人的手中传承三代四人，淄青从李正己开始也传了三代四人，卢龙、淮西、成德的传承中断过，节度使改了几次姓，但就是没有姓李的份儿。

这让宪宗感到十分焦急，如果再让他们这么无休止地传承下去，复兴王朝就永远是空谈。可是，怎么阻止他们呢？王承宗的要求能不能同意呢？

成德的军事实力远高于自己刚刚击败的西川和浙江，宪宗深知这一点，所以，立即对王承宗动武并不是最佳选择，可也不能就这么放过他。就算阻止不了，也要趁他现在有求于自己，跟他讲讲条件。

宪宗摊开河北地图，眼光忽然停在卢龙与成德间小小夹缝中的易、定二州，那里属于义武节度使张茂昭。张茂昭是三十年前德宗讨伐李惟岳时归降朝廷的成德部将张孝忠之子。在东边的沧州，还有一个横海镇，也是当年成德降将在朝廷支持下自立的藩镇。

这两个藩镇不大不小地卡在河北群雄之中，生存条件的艰难使他们不得不在远处的朝廷与眼前的饿狼之间左右周旋，甚至更多地倒向朝廷一边寻求保护，渐渐形成了朝廷与河北藩镇斗争的桥头堡。

宪宗心想，若是这样的藩镇能再多一个就好了。

再细看地图，成德所属德、棣二州地处魏博、成德、淄青、卢龙、义武、横海六镇相接的要冲地带，乃是群雄必争之地，魏博、淄青、卢龙都先后控制过此处，王武俊投靠朝廷后，才从朱滔手中将此地夺走。

虽然成德控制此地已经多年，但周遭形势复杂，其归属依然争议不断。若是这个地方能到朝廷的碗里来，朝廷在河北的势力也就能攻守兼备、进退自如了。

成德节度使的位置，这次可以让王家人继续做，不过也得要他王承宗知道，朕的委任状可不像以前那么便宜。

想到此处，宪宗的嘴角轻轻地勾出一丝微笑。

太监吐突承璀跟随天子多年，察觉到宪宗这个细微的表情后，便知道他已有了主意，于是问道："皇上，王承宗的事您看该怎么处置？中书省那边已经来人问了多次，等您做决定呢。"

"哦……那倒不急，先给朕放出话去，朕要兴兵讨伐成德！"宪宗站起身来，豪迈地喊着。

"皇上，万万不可啊！"宰相裴垍、翰林学士李绛等人得知消息后，忙着列举各种理由，劝宪宗不要动武。对他们苦口婆心的劝阻，宪宗不置可否，只是一直用"哦""呵呵"之类的话回复着他们。一时间，干戈将起的风闻再次填满朝野。

不过，宪宗既没有做什么用兵的准备工作，也没有批复王承宗的上书。半年过去了，除了宪宗放出的流言顺利地四处飞散外，事情本身却一直静止不动。

王承宗倒也真沉得住气，面对宪宗的冷压力，他以同样的方式回应，他要等宪宗自己亮出底牌。

到了六月，宪宗见王承宗没什么反应，便加大压力，派老将范希朝出任河东节度使。范希朝带着神策军和他特有的沙陀骑兵黑压压地进驻了朝廷掌握中离成德首府最近的重镇——太原。

宪宗估计王承宗快要求饶了，便开始准备下一步计划的实施。他叫来翰林学士李绛，得意扬扬地说："老李啊，实话告诉你吧，朕根本就不会真的跟王承宗动武，朕不过是吓唬吓唬他而已。现在估计他也被吓得差不多了，朕想要他交出德、棣二州，咱在那里新建一个藩镇，派人去掌管。此外，朕还要他王承宗开始每年上交税收。怎么样啊？哦，对了，朕还要他交还成德下属州郡官吏的任免权，让我们朝廷的人去任职！你看这些事情怎么落实下去为好？”

李绛愕然！难怪皇上这几个月总是阴阳怪气的，原来心里想的是这么一出。想让狼把肉从嘴里吐出来，光靠吓唬是不行的，想让王承宗吐出这么大一块地盘来，也不是吓唬吓唬就能管用的吧。

李绛说出了自己的担忧：“皇上，德、棣二州归成德管，已经不是一天两天的事了，现在要他吐出来可不那么容易，而且周围的藩镇见您如此强行分割地盘，恐怕会和成德勾结起来反对朝廷。那样可就不好办了。皇上，这事儿您恐怕还得再好好想想。”

宪宗用一个白眼回答了李绛的忧虑。

李绛见状，心知已经劝不回宪宗，只好准备帮他擦屁股善后，他沉思一阵，然后说：“皇上您实在想这么搞呢，也不妨一试。王士真死了快半年了，朝廷还没派人去成德吊唁，这不太好。现在您就派个人去吧，让他把您的意思转达王承宗，并暗示他主动上书请求将德、棣二州献给朝廷，还有请求从今年开始上交税收，还有那什么……”宪宗对成德的要求太多，李绛一下子还没记得住。

“请求朝廷向成德下属州郡派遣官员！”宪宗补充道。

“哦，对对对，就是这个。这些话皇上您先别说，要让王承宗自己说出来，这样才不会落下话柄。至于王承宗说不说这话，那是他的事情，他要是说了呢，那自然是好事，他要是不说就算了，这样朝廷也不会没面子。”李绛对宪宗的计划是比较悲观的，不过他仍然给天子提出一个至少能保全颜面的方案。

“好吧，就这么办！”宪宗看出了李绛对自己计划的质疑，可他也承认李绛的策略更加稳妥，虽然铁青着脸，但还是同意了。

公元 809 年，唐宪宗元和四年八月，京兆少尹裴武代表朝廷前往成德首府恒州吊唁王士真，并执行天子专门嘱咐的使命。

王承宗终于看到了宪宗的底牌。虽然他也多次猜想宪宗会对自己的接班提出这样那样的要求，但当裴武向他转达完毕时，宪宗的高要求还是出乎他的意料。

总的来说，宪宗要他割地、交钱、放权，若是同意这些条件，就算承认自己的节度使地位，可这样的节度使，当着恐怕也就没多少意思了。王承宗在心中已经拒绝了这些条件。

裴武又说："还请明公主动上书朝廷，自请献地、上税、请官。如此更能充分显示出明公您对我大唐朝廷的无限忠诚，赢得万世美名，何乐而不为啊。"说罢裴武自己在一边大声干笑起来。

王承宗把握紧的拳头悄悄背到身后，陪着裴武一起干笑："是啊，多亏尊使提醒啊，哈哈哈……"

待笑声终止后，王承宗说："尊使所言，甚合我意。我立即上书朝廷，请求献地、上税、请官，请尊使将上书带回朝廷。但毕竟兹事体大，我还得跟成德兵将们通告一声，让他们知道这是我的意思，免得到时候横生是非。"

裴武连忙回答说："应该的，应该的。"言罢告辞回驿馆去了。

送走裴武，王承宗立即叫来亲信，让他们把这个情况告知魏博节度使田季安，请他与自己交换情报，协调行动。

很快，田季安的情报传来，朝廷将任命现在的德州刺史薛昌朝为德、棣二州的节度使，赐名保信军。朝廷任命薛昌朝的使节已经出发，很快将经过魏博地界，到时田季安将会尽力拖住使节，让他在魏博多待一段时间。剩下的事情该怎么办，就看王承宗自己安排了。

"薛昌朝！这个吃里扒外的东西！"王承宗愤怒了。

薛昌朝是原昭义节度使薛嵩的儿子。薛嵩死后，昭义被田承嗣鲸吞大半，薛昌朝逃到成德，娶了王武俊的女儿，成了王承宗的姑父，现在在德州做刺史。

王承宗原以为朝廷会派个长安的文官来接管德棣，结果居然就地任命他这个姑父当节度使。看来这姑父和朝廷的关系可不一般啊。自己的家人和自己的敌人关系不一般，这是一件很要命的事情。

王承宗当机立断，派遣亲兵去德州把姑父薛昌朝擒到恒州来。

这时，朝廷给王承宗的诏令也到了恒州，正式任命他为成德节度使。在宪宗看来，这场买卖算是就此完成。

同时，朝廷派出了另外一路使节前往德州，任命薛昌朝为德棣节度使，不过他们在路过魏博时，受到田季安超规格的热情款待，魏博上下轮流请他们吃了好几天的大餐。等他们醉醺醺地到达德州，叫刺史薛昌朝出来接旨时，才知道薛昌朝已经被他侄儿捉到恒州好几天了。

宪宗被王承宗结结实实地玩儿了一把，还白白地正式任命他做了节度使。本打算不战而屈人之兵的宪宗感到羞恼难堪，群臣看笑话的样子更让他下不了台。

这下，只能动武了。

公元 809 年，唐宪宗元和四年十月，朝廷下诏削夺刚刚赐给王承宗的所有官爵，然后命令神策军及各路藩镇讨伐成德。

一时间，天下旌旗猎猎，牛气冲天地向成德进发。

可是，受天子之命统帅这支阳刚帅气的军队的人，却不怎么阳刚帅气，他就是宪宗身边的大太监吐突承璀。他在军帐中尖声细气的叫喊，生硬地掺杂在士兵们雄壮的呼啸声中，显得极不协调。

当然，这些只是我们的感觉。当今天子没觉得这有什么不协调。他自幼就看着太监们指挥神策军保卫皇宫，成为皇帝后，他也自然地让陪伴自己长大的太监吐突承璀接替退休的俱文珍继续指挥神策军。这很正常啊。

况且，满朝文武大多劝诫过自己试图分裂成德的计划，如今他们的话应验了，自己要是再拉下脸去面求他们收拾残局，这个皇帝还怎么当啊？

这边大军刚刚出发，淮西方面却传来消息，节度使吴少诚死了，部将吴少阳接管了军队，要求朝廷任命。

“唉！你早点儿咋不死？！早一点点就好了嘛！”

宪宗好无奈呀。淮西虽然也是割据抗命已久，但一直被朝廷势力包围着。如果能向淮西施压，阻力要比盘根错节的河北藩镇小得多。可惜现在大军已出，无法再顾及淮西。宪宗除了跺脚咒骂吴少诚这个死人两句，也没什么别的办法了。

“师不跨河二十五年矣！”魏博节度使田季安在本镇的防务会议上感叹，黄河以北已经二十多年没有出现过朝廷的军队了。

“今一旦越魏伐赵，赵虏，魏亦虏矣，计为之奈何？”河北藩镇一直以战国诸侯自诩，魏博称“魏”，成德称“赵”。面对朝廷的强大压力，考虑到可能出现“赵虏魏亦虏”的悲惨结局，这些诸侯们很自觉地开始结成统一战线。

众将之中有人吼道：“愿借骑五千以除君忧！”意思是要像三十年前田悦那样出兵与朝廷正面对抗。此言一出，众将群情激奋。

田季安看着大家士气如此高涨，也立即回应：“壮哉！兵决出！格沮者斩！”好啊！我决定出兵帮助王承宗和朝廷对抗，谁敢提反对意见就去死！

“不可以！”喧嚣的人群中偏偏就冒出了这么个反对的声音。

田季安顺着人群纷纷侧过的眼光看去，原来是卢龙来魏博公干的使节谭忠，他不是自己的人，当然杀不得，田季安只好耐着性子问道：“说吧，为什么不可以？”

“如某之谋，是引天下之兵也！”谭忠大声回答。如果真像那个谁说的那样和朝廷对抗，就会引来全天下的兵力围剿魏博。

这话听得田季安心中一紧。

“何也？今王师越魏伐赵，不使耆老宿将而专付中臣，不输天下之甲而多出秦甲。君知谁为之谋？”我谭忠为什么这么说呢？您也看到了，这次朝廷路过魏博讨伐成德，没有让朝中的元老大臣领兵，而是任命太监为统帅；没有调动全国的兵力，而只是征发了长安附近的神策军。从这些情况里，您能不能看出这次出兵是谁的主意？

这是一个全新的分析角度，田季安还没有想到过，便示意谭忠继续说下去。

“此天子自为之谋，欲将夸服于臣下也！”谭忠言简意赅地指出，这是天子为挽回被王承宗戏弄的颜面，重新建立自己威望而一意孤行采取的行动，实际上没有取得整个朝廷的支持。

“若师未叩赵而先碎于魏，是上之谋反不如下，且能不耻于天下乎！既耻且怒，必任智士画长策，仗猛将练精兵，毕力再举涉河。鉴前之败，必不越魏而伐赵，校罪轻重，必不先赵而后魏，是上不上，下不下，当魏而来也。”谭忠继续分析着，要是朝廷去打成德的军队先在魏博就被您给干掉了，这会让天子在朝廷中更下不来台，如此一来魏博就不光是得罪朝廷，更是羞辱了天子本人，天子肯定会跟魏博没完，还会再来河北找您算账的，而且那时候，天子肯定不会再先去打成德，而是会先来收拾您的魏博。

田季安觉得谭忠分析得很有道理，现在朝廷的实力已经比以前强大了很多。在德宗时代，割据藩镇不会考虑自己招惹了朝廷之后的后果，毕竟那时的朝廷，就算天子再想怎么样也就只能那样。而现在就不同了，经过这近三十年时光的刻苦锻炼，朝廷的肱二头肌已经不容小觑。

“那，依先生之见，我应该如何处置？”田季安谦逊地问道。

“王师入魏，君厚犒之。于是悉甲压境，号曰伐赵。”谭忠建议田季安好好接待进入魏博的朝廷军队，同时把自己的兵力摆到成德边境上去，做出一副要帮朝廷打成德的样子。

“而可阴遗赵人书曰：‘魏若伐赵，则河北义士谓魏卖友；魏若与赵，则河南忠臣谓魏反君。卖友反君之名，魏不忍受。执事若能阴解陴障，遗魏一城，魏得持之奏捷天子，以为符信。此乃使魏北得以奉赵，西得以为臣，于赵为角尖之耗，于魏获不世之利，执事岂能无意于魏乎！’赵人脱不拒君，是魏霸基安矣。”

谭忠考虑得还挺周到，他建议田季安暗地里写信给王承宗，就说我要是来打你呢，河北义士该骂我出卖朋友了，要是跟你一起干呢，河南忠臣又要骂我背叛朝廷。我真受不了啊，不妨这样吧，你悄悄送我一座小城，然后我拿这个去跟天子说我们魏博已经出过力了，这样对老王你也没多大损失，但可是救了我老田的命哦，怎么样？

有意思的是，“河北义士”和“河南忠臣”在这里成了两个对立的名词。在前面田悦起兵时，我们曾经讨论过当时“义”的意义。三十年前，田悦毫不犹豫地选择了对藩镇尽义，丝毫没有想过要对朝廷尽忠的问题。而现在，“忠”这个来自朝廷方面的道德压力不再无足轻重，而是让田季安必须仔细考虑、慎重取舍的重大课题。

道德观念的形成，从来不是莫名其妙的空穴来风，而是经济基础在人们思想行为中的客观体现。“忠”，成为一个值得考虑的问题，说明这些年来，朝廷的实力确实不一样了。

听完谭忠的分析，田季安高兴得很，说：“善！先生之来，是天眷魏也！”真好啊！谭先生您在这个关键时刻来到我们魏博，真是老天垂怜啊！

于是，田季安按照谭忠的建议，与成德王承宗暗自通气之后，“攻陷”了成德的一个小县城，拿着这个投名状假模假式地加入朝廷讨伐成德的大军之中。

不过，被老天眷顾的不只是魏博，其他加入朝廷大军的藩镇基本上都是这么做的，然后出工不出力地跟着太监统帅吐突承璀在成德附近游而不击，装作很努力的样子在河北磨洋工。

义武节度使张茂昭倒真的很努力地在和王承宗交战，自从他老爹张孝忠投降朝廷以来，义武就和王氏成德结下了深仇死怨，一直依靠朝廷的支持才能在河北立足，所以这次攻打成德，张茂昭义无反顾，使出了吃奶的力气。

比较卖力的还有刘济的卢龙军。从几十年前李宝臣和朱滔因“画像事件”结怨之后，成德与卢龙一直相互拆台，摩擦不断。这次成德又与朝廷对抗，卢龙自然毫不犹豫地站到朝廷一边，倾巢出动，从北面攻击成德。

除去这两支生力军在奋战，朝廷方面其他几路人马依然堂而皇之地磨洋工。时光，就在他们的哈欠里飞逝。

在长安的皇宫里，宪宗则不得不面对朝臣们此起彼伏要求停战的唠叨。

其中，翰林学士白居易的谏言最让宪宗烦乱，他的上书冗长而全面地把天子这次行动批得体无完肤，最后还扔下一句，“何不思于一时之间而取笑于万代之后乎！”意思是皇上你做事不动脑筋，现在把事情搞砸，你就成了个笑话！

谁是笑话?！天子震怒了。他叫来同为翰林学士的李绛，准备商议一下怎么处理白居易。

“白居易小臣不逊，须令出院。”

难道天子气冲冲地对李绛说，要让白居易出院，不给他继续治疗的机会？呵呵，当然不是这意思，出院是指要把白居易赶出翰林院。

亏得李绛好一番好说歹说，才让宪宗把这口气给憋回去，暂时没有报复白居易。

转眼之间，冬去春来。时间到了公元 810 年，唐宪宗元和五年七月。

此时已是朝廷对成德宣战的第十个月。面对眼前局势，宪宗终于同意停战，并恢复了王承宗的官爵，承认由他接掌成德节度使，也正式取消在德、棣二州另建藩镇的计划。一场在宪宗想象之中本该轰轰烈烈、风风火火的战役，就这样憋屈地不了了之了。

在这次与藩镇的斗法中，论奸诈、论悍勇，宪宗都没占到上风，他所坚持的法度，也被迫暂时搁浅。

不过，相比三十年前的那次战争，朝廷方面这次的表现还是有进步的。首先，朝廷的经济实力平稳地支撑住了这场历时近一年的战役，而没有发生全局性崩溃，避免了战局突然出现德宗皇帝时期那样可怕的逆转。

其次，在战役进行中，开战或停战的主动权始终掌握在朝廷手中，朝廷施展的空间显然比以前广阔多了，步伐也比以前从容多了。

经过这次不大不小的挫折，宪宗重新估量了自己的实力，然后平静下来，耐心地等待着下一个更好地推行朝廷法度的时机。

而朝廷官员们在劝服宪宗停战之后，却没有停下与宪宗的继续斗争，他们还要求宪宗清算太监吐突承璀统领大军却毫无战果的责任。宪宗知道，这个责任其实是自己的，既然众人提出让吐突承璀来为自己背黑锅，宪宗想了想也就勉强同意了。

九月，吐突承璀被罢免兵权。

消息一出，满朝欢腾，大家欢喜得跟过节似的。

这一年，文官们受了太监不少的气。年初，监察御史元稹在出差时与一伙太监争夺驿馆客房，被太监们给暴打了一顿。宪宗居然还庇护太监，将元稹贬谪，满朝文臣皆为此不平。这次斗倒吐突承璀，总算是出了一口恶气。

不过，文官们和太监的漫长争斗，这才刚刚开始而已。这次被暂时斗倒的吐突承璀，只是被宪宗调出去避避风头罢了。三年之后，他便会回来，继续在元和天子的护佑之下作威作福。

在对成德作战中颇为卖力的义武节度使张茂昭见朝廷大军解散，只剩下自己独自面对被自己打疼了的王承宗，为避免遭到报复，张茂昭把义武节度使之位让给部将，自己带着全家入朝。

虽然这只是张茂昭的个人避难，但也是自大历年间朱泚入朝之后，河北藩镇节度使的第一次入朝，也算是一件值得高兴的事情。

公元 811 年，唐宪宗元和六年一月，宪宗召回在淮南任节度使的李吉甫，让这位实干派的治国能手回到自己身边发挥能力。年底，宪宗又提拔与李吉甫政见颇有不同的李绛为宰相。二李的竞争制衡，使得宪宗始终保持着朝廷意见最终仲裁者的地位。

就这样，宪宗小心翼翼地引领着朝廷向着自己的方向进发。

十五　云聚雨落

公元812年，唐宪宗元和七年八月。

宪宗苦苦等待的机会来了。这次是魏博节度使田季安死了，嗅到尸臭味的饥饿秃鹫们立即开始向魏博靠拢，其中自然有宪宗，还有魏博周边各路地头蛇，以及魏博内部的各位骄兵悍将。

田季安死后，他十一岁的儿子田怀谏在其母元氏的扶持下，宣布接任节度使。孤儿寡母在政治上历来都是山雨欲来的标志。微妙时刻，田怀谏的远房祖父、都知兵马使田兴，渐渐掌握了魏博镇的实权。

朝廷方面，宪宗也正在与李吉甫、李绛两位宰相紧急商议如何处理魏博的问题。

李吉甫知道宪宗等这个机会已经等了很久，而且他估算着现在的国库也可以保证天子掀起一场比上次规模更大的军事风波，所以，他强烈建议宪宗出兵压制魏博。

宪宗当然喜欢李吉甫的这个建议，在李吉甫长篇陈述时，宪宗就不住地点头表示赞许。好不容易等李吉甫说完了，天子赶紧跟进表态："说得好！朕也是这么想的啊！"

"嗯哼！"旁边的李绛清了清嗓子，看来他又准备要发点儿杂音了。

宪宗和李吉甫只好无奈地斜过眼去，看他准备说些什么。

李绛开始了他的长篇大论。宪宗和李吉甫的神态，随着李绛的话发生了变化，宪宗由刚开始时的不悦慢慢变成欣喜，李吉甫由最初的不满变成叹服。

“……此所谓不战而屈人之兵也！”李绛最后说。

宪宗拍手大叫：“说得好！事情一定会像你说的那样发展的！”

于是，宪宗放弃直接攻打魏博的打算，只命令神策军陈兵魏博边境，进行战略威慑。

被宪宗派去领兵威慑魏博的这个人选很有意思。他叫薛平，四十年前，他的父亲、时任昭义节度使的薛嵩死后本来把位置传给了那时才十二岁的他，可他自度坐不住这个位置，于是让出节度使职务归降朝廷，并得到了很好的抚恤。

现在，朝廷让他走到田怀谏的面前现身说法，这是一个意味深长的信号。

那么李绛到底对宪宗说了些什么？可以告诉大家的是，事情的确像李绛所说的那样去发展了。所以，我们可以不去研读李绛的言语，直接来看看魏博发生了什么吧。

田季安一死，田兴这个魏博田氏家族中还活着的、辈分最高的人按捺不住了。他不是魏博创始人田承嗣的直系后裔，他的父亲田廷玠是田承嗣的堂弟，从田承嗣起家开始就一直跟着他，立下不少功劳，也拥有一支相对独立的军队，在魏博中地位很高。

建中三年（公元782年）田廷玠死后，田兴继承了他的地位。与他同辈的两任节度使田悦、田绪都对他敬畏三分，之后的田季安也不敢忤逆他。现在，田怀谏这熊孩子节度使已是他的孙子辈儿了。在这种情况下，就算田兴自己没什么打算，也会有人帮他打算些什么。

这些天，田怀谏的母亲元氏和她的姘头正在进行频繁的人事调动，撤换了许多老资格的功臣宿将，把自己的亲信安插到各个要害位置上去。田兴地位尊崇，元氏自然不敢一开始就去动他，不过田兴也知道，自己迟早会被搞掉。

他的人生中，已经历过几次节度使的更迭，所以他很清楚，要想在新节度使的时代站稳脚跟，需要及时表态效忠，以此来交换新节度使保护自己既有利益的承诺。

而现在看来，新节度使是个娃娃，他自己没什么主张。而他母亲一介女流，就更说不上执政谋略，一上台就搞全面清洗，完全不按套路出牌。这么一来，田兴觉得自己表态与否就都没什么意思了，反正这娘们儿对不是她的人都不会手软。

与其……不如……

田兴想到了最后的绝决，但他毕竟不是莽夫，这样的大事他还需要从长计议。要从这个孤儿寡母加姘头的组合手上夺权并不难，难的是夺权后怎样迅速压制内外各种反对势力、平复局面。

成熟的人做事都会考虑后果。

于是，田兴叫来儿子田布，想问问他的意见。

“父亲，夺权之后，我们归降朝廷吧！”田布建议说。

“呃……”田兴沉吟许久才说，“我不是没有想过这个，归降的话，朝廷会给我们很多的支持，我们的夺权行动也就能名正言顺了。只是……若降了朝廷，我费劲巴拉地把这个节度使抢过来，还有什么意思？”

“嗨！父亲，怎么会呢？”田布听他爹这么说，居然笑了出来：“您看您，整天不读书、不看报，对如今朝廷的政策是一点儿都不了解。归降朝廷只需要向朝廷表个态，说从今以后我们魏博听朝廷的话，遵守朝廷的调度。说是归降，其实也就是和朝廷结个盟而已。我们魏博什么样的实力，朝廷应该知道，我们表态归降，这对朝廷来说已是意外之喜，我想他们不会再提出什么过分要求的。就算他们提了什么过分的要求，我们不理他，大不了再跟他们翻脸就是了。”

“你说得也是。”田兴依然有很多担心，“不过，若是我们突然倒向朝廷，就等于要跟成德、淄青、淮西他们决裂，他们恐怕不会答应吧。他们近在咫尺，要是跟我们动起武来，朝廷恐怕也是远水救不了近火呢。”

“父亲放心。”田布继续说道，“您还没看出来？现在的朝廷，实力也不再是以前的样子了，上次虽然没能打下成德，可也已经把王承宗弄得够呛，这次他肯定不敢再妄动。王承宗不闹事，其他人就都不敢闹。淮西那边，虽然也不听朝廷的招呼，但从来没跟河北联过手，那不过是一头特立独行的猪而已。估计朝廷很快就会找机会收拾他们。您不用担心这些人。”

田兴沉默着。

田布赶紧继续劝说：“父亲，朝廷现在很期待我们能归降啊。您看率兵在我们边境驻扎的是些什么人？薛平啊！那家伙当年孤身一人投靠长安，现在都混成神策军大将了。何况我们是要带着军队、地盘归降呢？”

“好吧，你去安排吧。”田兴终于开了口。

田布一听，便兴冲冲地去安排具体事项了。

第二天，田兴去节度使府上班。刚走到门口，就见好多士兵呼啦啦地向他围拢过来。

该死的娘们儿，要杀我也用不着这么大阵仗吧，我又不是什么万人敌！田兴见此情景，心中暗骂，脚却不住地发抖，根本挪不开脚步，更别说逃跑了。

士兵们围拢来后，一个带头的忽然在他面前跪下了，其他人也呼啦啦地跟着全跪了。田兴蒙了，这唱的又是哪出？

“元氏淫乱帅府，和那个姓蒋的合着伙儿逼得我们没了活路。大家实在没有办法，只好请您接掌帅印，为我们做主！”带头的将士大吼道。

后面的士兵们也跟着呼啦啦地吼道：“请您为我们做主！”

哦！原来是田布这小子安排的，不错！

田兴是读过书的人，知道按照儒家礼仪此时该怎么做。于是，他谦卑地说：“承诸位错爱，在下何德何能，怎敢有此妄想？诸位还是另择贤良吧。”

嗯？带头的大头兵没领会到田兴的故作姿态，昨天田布导演给自己说戏的时候，也没说会有这句台词啊。这几个大头兵毕竟表演经验不足，应变能力不强，一时乱了方寸，一拥而上要把田兴往节度府大堂里抬，可把田兴给吓坏了，趴在地上不敢起来。

双方僵持了一会儿，田兴定下神来，怯生生地问：“你们真的愿意听我的话？”在得到大家肯定回答之后，田兴才慢慢站起来，拍拍身上的灰尘，整理好衣冠，开始对士兵们发号施令：“勿犯副大使（指田怀谏），守朝廷法令，申版籍，请官吏，然后可！”意思是说，你们不要伤害我的侄孙，跟我一起归降朝廷，把魏博的户口、税收上报朝廷，请朝廷派遣官员到我们魏博来，这样我才答应你们做节度使！

士兵们见田兴终于说出了剧本上定好的台词，这才欢天喜地、齐声呼喊：“诺！”然后士兵们在田兴的率领下冲入节度使府邸，抓捕了田怀谏与元氏母子。田兴顺利掌握了魏博，并立即向朝廷上表请降。

公元812年，唐宪宗元和七年八月，割据称雄近五十年的魏博突然在田兴的率领下归降朝廷，天下局势为之大变。

朝廷方面格外珍惜这个天降之喜，毫不吝啬地赐予田兴银青光禄大夫、检校工部尚书、魏州大都督府长史、兼御史大夫、上柱国、沂国公、充魏博等州节度观察处置支度营田等使这一串冗长的光荣头衔，还赐给田兴一个更响亮的名字“弘正”，又赐魏博全军一百五十万缗，宣布魏博下辖六州人民免税一年。

这下子，魏博军民全体上下对朝廷心悦诚服，田弘正带着魏博军民自此开始死心塌地跟着朝廷干。

同时，这也动摇了魏博周边成德、淄青的斗志，看着魏博人得了这么大的好处，他们开始扪心自问："倔强者果何益乎？"跟朝廷对着干还有什么好处呢？

当然，朝廷能有这么大的经济实力来笼络人心，多亏了多年来的紧缩银根、专心聚敛，货币全被朝廷给收去了，民间市场上根本无钱可用。元和六年（公元 811 年），在严重的通货紧缩之下，米价竟然狂跌到一石二钱，即使是在贞观、开元的经济繁荣时代，都不曾出现过如此低价，可以想象，为了宪宗的胜利，民众承担了多么大的痛苦。

朝廷这次赐钱一百五十万缗，意味着市场上终于多了一些货币可供流通，民众手中积压的货物也终于能卖得出去了，紧迫的生活终于有所缓解，这才是朝廷这一次收买人心成功的真正原因。

根本性地推动历史发展的宏大力量，其实是历史记载中着墨最少的经济风云。我们可能从未在意，但它却从未缺席；我们可能也无从观察，虽然它无处不在。

在那个税额高企、货币紧张的艰难岁月里，年轻诗人李绅的两首诗开始被人们广泛传诵。时至今日，这两首诗依然是我们每一代人在孩提时代就能记诵的经典。诗的题目是《悯农二首》：

其一
春种一粒粟，秋收万颗子。
四海无闲田，农夫犹饿死！

其二
锄禾日当午，汗滴禾下土。
谁知盘中餐，粒粒皆辛苦！

四海都无闲田了，农夫为什么还会饿死？这是数千年来一直困扰着我们这个农业文明大国的沉重问题。

当然，我们的大唐元和天子现在不会去思考这些问题，当了七年皇帝，平稳地度过了一次次的挑战，除了上次被成德逼成平手之外，其他的对手都顺利地被他搞定了。这对于他来说，已是不小的成就。

与他的祖父德宗皇帝不同，宪宗的记忆里已经没有开元盛世的样子了，所以也就没有那份亦幻亦真的复兴梦负担。他记忆的起点，是五岁时泾师之变被父亲慌乱抱起逃离皇宫的那一刻。带着他的帝国远离那样的噩梦，越远越好，这就是他的梦想，一个对于一国之君来说显得有些平凡的小梦想，但这梦想其实更真实。

捡到魏博这个大宝贝后，宪宗像吃饱了的秃鹫一样蹲回树梢，安心地等待着下一次死亡盛宴的来临。

公元 813 年，唐宪宗元和八年五月，镇守成都六年的剑南西川节度使武元衡接到了回京的命令。宪宗似乎是在和他开玩笑，并没有告诉他回京来干什么。一路忐忑的武元衡走出了艰难的蜀道，才接到了天子的第二道诏令，再次命他担任宰相！这让已经五十六岁的武元衡喜极而泣。

他是女皇武则天的远亲后裔，但那层遥远的关系已经无法给他的仕途带来任何便利。凭着自己的力量，他从科举考试中脱颖而出，经过官场上的层层考验和历练，到贞元末年，他开始接近帝国政治的核心圈。

在波诡云谲的顺宗时代，他没有向王叔文集团靠拢，甚至因为与刘禹锡发生过冲突而被贬官。

塞翁失马，焉知非福。武元衡与王叔文集团的勇敢对抗在当今天子的心中留下了深刻而美好的印象。继位后，宪宗迅速将他重新提拔起来。元和二年，武元衡第一次就任宰相。

平定刘辟作乱后，武元衡以宰相之尊奉命接替功勋武将高崇文，出任剑南西川节度使。在天府之国的六年里，武元衡精心打理着自己治下的土地，希望以在这里的政绩来交代自己一生抱负。

武元衡没有想到，宪宗竟然还会给他一个更大的舞台。以自己五十六岁的高龄，他还能加入到李吉甫、李绛的宰相全明星组合之中，为整个帝国勾画蓝图，实在是太幸运了。

越过秦岭，远望帝都，武元衡顿感豪情万丈。

久违的感觉!

公元814年，唐宪宗元和九年正月，李绛辞去宰相之职，与武元衡政见接近的李吉甫没有了对手。六月，同样主张对藩镇采取强硬军事手段的张弘靖补上了李绛留下的相位。三位鹰派宰相的就位，使天下人都嗅到了暴风将至的气息。

事实证明，宪宗的安排本就是有意而为。

鹰派宰相班子刚刚组合完毕，淮西传来消息，节度使吴少阳死了，其子吴元济照例自领节度使，挑衅朝廷法度。令人无法理解和容忍的是，在朝廷对他的接班要求尚未明确拒绝之前，吴元济居然就开始纵兵四出、攻城略地，威胁东都洛阳。

宪宗见吴元济这般猖狂，也就没有按照惯例对吴少阳的死作任何礼节性的哀悼，而是密集地调整着淮西周围的兵将部署，以此回应张牙舞爪的吴元济。

全国局势，箭在弦上。

偏巧在这个时刻，宰相李吉甫去世。悲伤之余，宪宗命武元衡接替李吉甫，全盘筹划对淮西的战争。

十月，宪宗正式下诏对淮西宣战，以山南东道节度使严绶为主帅，协调指挥各路人马围攻淮西。

一场决定大唐王朝后半生命运的战争，就此开始。

十六　黑袈白眉

一开始，朝廷方面的军队依然一如既往地延续着拖沓节奏，互不服从、各自为战，使得声势浩大的朝廷联军反而屡次被淮西击败。但以武元衡为首的鹰派宰相班子坚定了宪宗继续战斗的决心，并继续为前线加大投入。

刚刚归顺的魏博节度使田弘正也加入了朝廷联军。空前巨大的压力面前，吴元济决定向成德节度使王承宗、淄青节度使李师道这两个长期与朝廷作对的老油条求援。

王承宗前面已经出场，大家比较了解，这里就不多说了。我们来聊聊这个淄青节度使吧。

李师道，淄青李氏的第四任节度使，李正己的孙子、李纳的儿子，前一任节度使李师古是他的异母哥哥。

李师道没有经历过祖父、父亲那样在刀尖上舔血的日子，也没有像哥哥一样从小背负着家族使命，在叮嘱约束中小心翼翼地成长，他一直是个骄横任性的贵公子，高贵的地位与富足的生活，把他的人格塑造得扭曲而残忍。

直到李师古发现自己可能真的生不出儿子了，才不得不把这个离经叛道的弟弟当作接班人。李师古亲自拟定了对弟弟的培养计划，不再给他巨额零花钱，将他下放到州郡里去做小官，对他进行严苛的训练。

李师古向他的亲信解释自己对弟弟的良苦用心：“吾非不友于师道也，吾年十五拥节旄，自恨不知稼穑之艰难，况师道复减吾数岁，吾欲使之知衣食之所自来，且以州县之务付之，计诸公必不察也。”当人家哥哥不容易呀。我并不是不喜欢这个弟弟，我自己才十五岁就接任节度使，常常遗憾没有体会民众生存的艰辛，何况弟弟比我还小那么多。我这么对他，是想让他去好好体会一下生活的味道，所以才让他去州县锻炼啊。希望你们能理解我。

从李师古的这段话里，我们也能看出割据藩镇的统帅们其实并不是我们想象中那般凶神恶煞、横征暴敛，他们也懂得载舟覆舟的道理，也会认真考虑自己治下民众的需求。

哥哥的良苦用心至少从现在看来是没有白费的。接任节度使几年来，李师道一直收敛着自己的不羁，谨慎地打理着哥哥千叮万嘱才放心留给他的淄青。

不过，江山易改，本性难移。野兽一时没有露出嗜血的本性，一般只是因为还没有闻到血腥味而已。

李师道翻来覆去地读着吴元济的求援信，不时露出一丝狞笑，信的字里行间，似乎就充满了血腥味。

“去，请圆净大师来。”李师道命令道。

这位法号圆净的僧人，来自中岳寺，已是八十多岁高龄，但依然肌肉横生、青筋毕露，一身宽大的黑袈裟和着他的步伐节奏兀自轻扬；挺傲的白眉下，一双放射凶光的眼睛让人不寒而栗、不敢靠近。

江湖之中都知道，此人曾是史思明的手下悍将，数十年来藏身佛寺，潜修武艺，也不时露头出来搅动一下江湖风云。

黑袈白眉，一个江湖中人谈之色变的恐怖传说。

他阔步进屋时，骄傲的李师道也赶紧起身施礼，迎接这位示现人间的阿修罗。

“大师，您来的正好，在下正有事求教于您呢。”李师道亲自为圆净奉茶，说话的声音也是难得的谦逊卑微。

“将军所说，莫非是朝廷用兵淮西之事？”圆净沉声问道。

“大师果然料事如神，我想问的正是此事呢！”李师道满脸堆笑，几乎谄媚地迎合道，“现在吴元济也正式向我和成德求援，但朝廷势大，我估计成德方面也不敢有什么实际的行动去帮他。可淮西与我淄青唇齿相依，我若不帮这个忙，恐怕朝廷下一个目标就会是我呀。”

“此乃用兵之事，将军不去调兵遣将，却来找老衲……将军之意，老衲明白。将军素来仗义疏财，屡为老衲救危解困，这回若是能帮到将军，也是老衲的荣幸。其实只需将军把您养在洛阳的那些亡命死士交给老衲指挥，老衲自会为将军解忧！”圆净爽快地说。

“大师有何良策？”李师道很是好奇。

“不可说！”圆净闭目轻声回答，“说破良策，即非良策也！”

李师道闻言警觉地向四周环顾了一下，说：“好！就依大师！还请大师尽快行动。”

“放心！”圆净起身施礼，转身离开。

公元 815 年，唐宪宗元和十年初。

一场好似来自九重地狱之下的红莲阴火，烧毁了朝廷在河阴的后勤基地。朝廷为淮西战事准备的三十万钱帛、三万斛粮食，一夜之间灰飞烟灭。

一时之间，军心动摇，满朝震惊，宪宗身边又响起了罢兵息战的聒噪。

李师道得知后，狞笑着说：“圆净办事，果然给力！”

慌乱的宪宗紧急召见武元衡。君臣在后殿密谈，没有人知道他们说了些什么。众人只是看到，跟武元衡谈话之后的宪宗又恢复了原先的坚定态度，命令各地重新筹措军费，继续保持对淮西的军事压力，并拿出应急储备，让御史中丞裴度带去淮西前线犒劳军队。

裴度从前线回来后，也向宪宗报告了前线军心恢复稳定，可以继续进行战争的意见。

看来，是武元衡坚定了宪宗的信心。

中岳寺里，圆净的马仔向他汇报了这个情况。看来，天子并没有被他的特战行动吓住。

“听说，是宰相武元衡坚决劝说天子继续征讨淮西的。”马仔对圆净说。

“武元衡……”圆净半闭的豹眼忽然凶光一闪。

马仔还送来李师道给圆净的一封信，圆净打开一看，上面写着一句奇怪的话，像是孩子们跳舞时唱的童谣：“打麦，麦打，三、三、三，舞了也！”这是什么意思？马仔们都不知道李师道这封信是什么意思，只有圆净一看就懂，随后将信捻到烛火边烧掉。

长安城里，武元衡正在会见成德节度使王承宗专程派来拜访他的使节。在这个特殊时刻里，成德来使也没有拐弯抹角，直接告诉武元衡，如果他能出面劝说天子退兵，成德会给他多少多少好处。

武元衡闻言勃然大怒。战事紧急，他要做的事情很多，实在不愿意在这些人身上浪费时间，便厉声斥责了成德使节，并将其赶出家门，然后又赶去中书省进行紧张的战争参谋工作。

一眨眼，时间到了六月初三。

闷热的长安又让武元衡辗转难眠，好不容易熬到四更天，他强打起精神，穿戴好朝服冠冕，骑马出门向北边的宫门走去，准备开始又一天的忙碌。

天还没亮，武元衡坐在马上，低头算计着军费款项。打着哈欠的侍从一手牵马，一手提着灯笼。万籁俱寂中，唯有这马蹄回声悠长，夜幕压顶下，只剩那灯影摇曳颤晃。

自开战以来，武元衡经常这样赶早出门上班。已经习惯了这般景象的主仆二人，在空荡荡的长安街巷中缓缓前行着。

“嗖！”远处往来一声凄厉的弓弦响。侍从手中的灯笼熄灭了。不等他惊叫出声，又一次弓弦响声破空而来，侍从的喉咙已插入了一支箭簇，他睁着惊愕的眼睛向后仰倒。

武元衡扯住缰绳，刚要调转马头，第三声弓弦响结束……

黑暗之中化出一个人影，提刀向已成尸体的武元衡走来。他并没有穿夜行衣，因为他本来就披着一件黑色袈裟。

这就是“打麦，麦打，三,三,三，舞了也”。

六月正是收割的“打麦”时节，六月初三是“三、三、三”。“舞”，就是当朝宰相武元衡！

“天干物燥，小心火烛！”半个时辰后，打更人走进这个巷子，才发现这里有两具无头死尸，其中一具还穿着宰相袍服。

长安城被吓醒了。

太监用慌乱颤抖的声音叫醒宪宗，把这个骇人听闻的噩耗告诉他。宪宗顿时呆如木鸡。当朝宰相横尸街头，这自古未闻的奇案，居然被自己给遇上了。

宪宗还没缓过神来，又一个太监慌慌张张地跑进来说：“启……启禀皇上，御……御史中丞裴……裴度，也……遇刺了！”

“人怎么样？死了吗？”宪宗急忙追问。

“受伤严重，现在还在家中医治，眼下生死不明！”太监回答说。

“派太医过去，给朕救活他!!！”悲愤的宪宗嘶哑地吼道。

“诺！”太监飞奔而去。

宪宗颓然跌坐在台阶上，不知道该怎样接受这刚刚发生的一切。

下一个目标不会就是朕吧！宪宗猛然想到这个问题，立即召集全部大内高手在自己的寝宫集结。待各位高手环伺身边时，宪宗惊跳的心才慢慢缓了下来，这才走出寝宫，去宣政殿上朝。

宪宗走上大殿时，已是天明。但阶下只有几个官员稀稀拉拉地站着，多数人都被吓得不敢来上朝了。

宪宗见状，立即部署全城戒严，命近郊神策军全部入城，封锁全城街巷，朝官身边全部配备神策军严加保护。

宪宗还命令执金吾、京兆府及其下辖的长安、万年两县全力追查凶手。

京兆府几个捕头接到命令刚要冲出衙门，就有一支飞镖“嗖”的一声向他们袭来。带头的捕头闪身避过，飞镖兀自钉在府衙大门正中，上面还有一张字条。

捕头赶紧拔下飞镖，展开字条一看，傻了：“毋急捕我，我先杀汝！”别急着来抓我，小心我先把你杀了。

看到这赤裸裸的恐吓，几个捕快脚都哆嗦了。

执金吾、长安县、万年县等所有受命参与缉捕凶手的衙门，几乎同时出现了同样内容的字条。

长安全城陷入深沉无边的黑色恐怖之中。

危急关头，悲愤交加的宪宗却表现出君主应有的正义与勇敢，他没有向血雾背后的恐怖黑手让步，而是部署更多的神策军入京安定局势，加紧对凶手的搜捕。

最重要的是，他任命同样遇刺、尚在重伤之中的主战派裴度接任宰相，以此向施暴者表明自己不妥协的立场。

在宪宗的强力支持与督促下，对凶手的追查也很快有了结果。神策军的侦办人员认为，凶手在成德进奏院，也就是成德的驻京办。那里有个人叫张晏，平时就很是嚣张，而武元衡在遇刺之前曾拒绝过成德使节的贿赂，于是他们断定张晏就是行刺凶手。

宪宗素来厌恶成德王承宗，一听到这个结果，隐忍多时的怒火终于爆发了，立即命令查抄成德进奏院，斩杀张晏等人，为武元衡报仇，并将王承宗列为幕后主使者，要求朝廷讨论给王承宗定罪之事。

宰相张弘靖对这个武断的决定提出了质疑，认为仅凭这些“证据”不足以支持王承宗是主使者的判断，况且目前朝廷还在和淮西作战，不宜再去招惹成德，以免节外生枝。宪宗怒火难平，虽然勉强同意暂时不去讨伐成德，但依然执意下达认定王承宗为罪犯的诏令，要求王承宗赶快来长安认罪。

远在郓州的李师道看着王承宗躺枪，笑得合不拢嘴。自从被哥哥严加管束之后，他好多年都没有这么自在地任性放肆过，得意之余，他收拾不住自己蠢蠢欲动的心，指示圆净给他再干一票大的。

此时的圆净已离开长安，到了东都洛阳。既来之，则安之。圆净准备在洛阳完成李师道给他的新任务。而且，洛阳城里的兵力现在几乎全部被调到淮西前线，只有些战斗力不强的留守兵驻扎在近郊地区。天赐良机！

燥热的天气，使洛阳城里的每一个人都坐立不安、心烦意乱，东都留守吕元膺尤其如此。

在唐朝前期，洛阳有着与长安并列为帝国首都的特殊政治地位，所以朝廷在这里也设置了一整套的中央衙门。皇帝在洛阳时，这些衙门就作为中央政府执行权力，皇帝不在洛阳时，这些衙门就由东都留守管理。这年头，皇帝很久没来过洛阳，东都留守也就成了一个闲职。

直到朝廷对淮西开战之后，洛阳因为临近前线而再次成为地位突出之地。吕元膺临危受命，为朝廷把守洛阳这个与前线非常接近的第二首都。前线战事迟迟没有进展，洛阳城里本就人心惶惶。最近，后方的长安又闹出了惊天大案，吕元膺在洛阳城里也是如坐针毡。

八月初一，一场日食又把惊弓之鸟般的洛阳居民给吓了个半死，城中秩序大乱。吕元膺主持了各种祭祀活动，亲自到洛阳的街巷之中走访居民，好不容易才勉强把人们的情绪安抚下来。

也就是在走访之中，吕元膺忽然发现，这一片恐慌混乱之中，淄青留后院，也就是淄青设在洛阳的办事处门口人来人往、井然有序，他们难道不害怕日食所预示的天降灾祸吗？

联想到最近朝廷公布的武元衡命案调查结果，说是成德驻京办执行了这次谋杀。那么，淄青的留后院，会不会也做些什么出格的事情呢？

吕元膺立即下令部署对淄青留后院的秘密监视。

几天后的一个黄昏，密探踉跄着跑回留守府，慌张地给吕元膺送来一个令人脊背发凉的关键情报：淄青留后院里有好几十号武林中人，他们准备今天晚上突袭洛阳行宫，然后火烧洛阳城！现在他们已经在准备吃晚饭，吃完后就要动手。

“吃完就动手？”吕元膺惊呼！

“嗯！是的，我回来的时候，他们已经在剁牛肉了！”密探补充说。

“牛肉？”吕元膺似乎从这两个字里听到一丝救急的希望。他们有好几十号人，又都是些精壮汉子，那得吃掉多少牛肉啊？

唐代畜牧业还不够发达，没有专门用来吃的肉牛，而耕牛作为重要的生产工具，享受着和现在大熊猫一样的保护待遇，吃牛肉在唐朝是触犯刑律的事情，轻则挨板子，重则流放到南方热带去喂蚊子。即使有人实在想偷嘴解馋也只能悄悄地干。现在这帮人要吃牛肉，还偷偷搞到那么多牛肉，本身就是一件费工夫的事情，何况那么多牛肉得炖到什么时候啊？居然现在才开始剁肉，估计今晚三更之前他们是吃不上了。

“来人！”吕元膺抓紧时机，下达命令，“命令伊阙的留守兵即刻入城，攻击淄青留后院，院内人等，格杀勿论！”

部署在城南不远处伊阙的这支队伍，是吕元膺手中的唯一希望。

二更时分，伊阙留守兵按吕元膺的安排到了淄青留后院。在院里等着吃牛肉的亡命徒们听到院外兵马喧嚣，一时也没了主张，纷纷望着他们的带头大哥——黑袈白眉僧圆净。

院门被撞开，几个士兵猛冲进院内，想抢这头功。圆净豹眼猛睁、白眉骤挺，手握横刀健步迎上，只见寒光闪过之影，未闻刀剑相斫之声，圆净就干净利落地划开这几个士兵的咽喉。

其他人见带头大哥如此神勇，也就忘了没吃着牛肉的遗憾与饥饿，纷纷挥舞着手中兵器，施展平生所学，与留守兵奋力厮杀起来。这几十个人也不愧是在江湖上混的，面对人数比己方多出好几倍的留守兵，他们还真就杀出了一条血路，从南门退出洛阳，向城外的山野中撤退。留守兵眼见这帮人如此骁勇，杀出了城门，也不敢再追。

总算及时制止了他们焚宫屠城的疯狂计划，但吕元膺没时间为这件事情沾沾自喜。他明白，只要这伙儿人还在，他们接下来的计划就只会更加疯狂。吕元膺忧心忡忡地望着城南山上茂密的丛林，一时也理不出什么头绪，一筹莫展，只好尽量加强洛阳的戒备，被动地等着敌人下一次露头。

洛阳城南，两座大山隔河对峙，形若门户，乃是东都锁钥、中原塞阙，名曰龙门山。山中居民并不耕作，而是世代追逐着险山密林中的飞禽走兽，以打猎为生，民风悍勇，不同寻常。

饿着肚子跑出洛阳城的淄青敢死队，莫名其妙地跑进了山民们的地盘，也跑进了他们纵横江湖岁月的终点。

这天，龙门山里的一个猎户射中一头肥鹿，打算扛下山去卖掉，路上遇到一个避难的淄青敢死队成员。这家伙也是饿急了，便抢劫了猎户的大肥鹿。猎户不甘示弱，立即回村里召集起全村的男丁，上山围捕这些入侵者。

镇上你称霸，山中我为王！

无处不在的兽夹、陷阱、网兜，让这些绿林好汉陷入绝境，闻讯而来的官兵也趁机加入战斗。最终，淄青敢死队的武林高手们在龙门山的阴沟里翻了船，全军覆没。

凭着一柄三尺横刀拨乱大唐江湖数十载的圆净，也被龙门山中致密的荒草灌木绊住了手脚，被窝囊地活捉了。

官兵怕他再逃跑，拿铁锤猛砸他的小腿。圆净运起硬气功，官兵们砸得满头大汗，可就是伤不了他的腿。

折腾半天，圆净玩儿够了，也明白自己这次已无法逃出生天，便嗤笑打他的士兵："鼠子，折人胫且不能，敢称健儿？"小屁孩儿，你拿把锤子砸人的小腿都砸不断，也配在军队里混？说罢自行散了气功，把腿往前一伸，说："再来！"

这位末路的魔王，至死都有着一腔残忍的豪迈。

圆净及其余党被押回洛阳，由吕元膺亲自审问。圆净一言不发，但他的小弟之中还是有人招供了。自此，河阴钱粮失火、宰相当街遇刺这两大奇案的真相才大白于天下！

圆净被判就地正法。临刑前，这魔王仰天长叹："误我事！不得使洛城流血！"最后关头，他耿耿于怀的依然是那次未遂的犯罪。是谁误了他的事呢？是提议动手之夜先吃一顿牛肉的那位？还是去抢猎户鹿肉的那位呢？

吕元膺的奏报送达长安，这下轮到宪宗感到烦乱了。一开始以为凶手是王承宗，为此朝廷还义正辞严地和王承宗翻了脸，现在又说真凶是李师道，身为一国之君，他怎么拉下脸面来改这个口？

既然已是骑虎难下，宪宗想想，干脆就这么着吧，他并没有立即向社会公布凶案的真相。

恰好王承宗为支持李师道，不停地在招惹站在朝廷一边的魏博田弘正。田弘正气不过，屡次向朝廷请求去打王承宗，宪宗同意了。于是河北两大藩镇，魏博与成德的对决，就此开始。

公元 816 年，唐宪宗元和十一年正月，与淮西的战斗高下未分之际，宪宗又正式向成德宣战，命令与成德相邻的河东、卢龙、义武、横海、魏博、昭义六大藩镇一齐出兵，围剿成德。

两线作战，这种非常考验朝廷经济实力的危险游戏，又开始了。

十七　元和中兴

然而，战争的节奏依然拖沓胶着。过了整整一年的时间，朝廷的军队依然没有赢得一场摧枯拉朽的大胜，幸好也没有遭遇什么意义重大的失败。宪宗依然在以裴度为首的主战派大臣支持下，咬牙坚持着这场艰难的角力。

从元和九年（公元 814 年）十月开始的这场战争，正在成为一场消耗战。

我们如今隔空旁观，会觉得这样的战争很是无聊，不过，这对朝廷来说，倒也不算是坏事。

当年德宗皇帝进行的战争倒是大起大落、跌宕起伏，极富戏剧性，但那是因为当时的经济实力支撑不起朝廷与割据藩镇进行一场持久的角力，钱粮不济每每害得德宗皇帝虎头蛇尾、前功尽弃。

而现在，朝廷能和两个割据藩镇死斗一年有余，同时，其他的割据藩镇也不敢轻举妄动，像以前一样联合起来与朝廷公开对抗，淄青李师道也不过是搞了些阴谋诡计，成德王承宗也只不过敢和魏博掐架。这些都说明，朝廷的确比以前要强大多了。

但是，这也无法保证朝廷能够赢得最后的胜利。虽然拥有战略上的优势，可要想将其转化为战场上的现实，还需要一个高明的战将为朝廷带来一场酣畅淋漓的大胜仗。

谁会是这样的战将呢？

从战争开始，宪宗就在不断地尝试着，严绶、李光颜、乌重胤、高霞寓等在宪宗之前的历次战役中表现活跃的名臣战将，都先后来到淮西战场。魏博节度使田弘正、宣武节度使韩弘等地头蛇也加入朝廷的作战序列，韩弘甚至还一度成为朝廷方面军的主帅。

可朝廷派出的这些战将，也只不过能收拾西川、盐夏这些小怪兽而已，面对淮西、成德这样的通天老妖，他们的级别，看样子还是不够。而田弘正、韩弘这些人更是跑来淮西做投机生意的，宪宗也不可能把胜利的希望寄托在他们身上。

时间来到元和十二年（公元 817 年），这已经是战争开始的第四个年头了，若再不决出胜负，一旦朝廷实力不支，形势极有可能会发生颠覆性变化。官员们不止一次地提醒宪宗谨记建中年间的可怕教训，请求宪宗悬崖勒马，但他却不甘放弃。

骑虎难下的尴尬，只有骑在虎背上的人自己最清楚。

一月，一个中年人来到唐州（今河南泌阳、社旗、唐河一带），奉命接任唐、随、邓三州节度使，全权负责淮西包围圈西线的军事指挥。此人名叫李愬，乃是当年为朝廷收复长安的西平郡王李晟之子。与父亲的威名相比，此时已年过四十的李愬，履历就比较寒碜了，他只不过凭着父亲的恩荫做了官，外放过刺史，回京之后又在东宫任一些闲职。而且与他的父亲不同，在此次受命之前，他根本没有从军的经历。

正史中没有留下任何关于李愬突然得到宪宗信任而跻身将帅的记载，也许是旁人的推荐，也许是李愬毛遂自荐，也许只是宪宗病急乱投医，姑且一试而已。

总之，在给出这个任命之时，宪宗不可能对这个人寄予多大的希望，毕竟朝廷里那么多优秀战将都陷在淮西的泥潭里，寸步难行。

李愬来到唐州军营时，朝廷官兵的状态令他非常吃惊。长久的拉锯战早已把这些人的士气拖垮了，他们个个耷拉着脑袋、歪挎着大刀，木然地等待着击鼓号兵，然后去和敌兵过上两招，再回来吃饭睡觉，开始新一轮的等待。

虽然从未有治军经验，但李愬也知道，一支能打仗、打胜仗的军队，不可能会是这副模样。

直到李愬走进军营里，士兵们见新领导来了，这才勉强着懒洋洋地站直了，稀稀拉拉地列队，表示欢迎。

李愬知道这个时候自己应该说些什么，要是依着自己的性子，他最想把这些兵痞挨个儿臭骂一顿。

当然，这没有用。

于是，李愬压下自己的怒火，对士兵们说：“天子知愬柔懦，能忍耻，故使来拊循尔曹。至于战攻进取，非吾事也。”天子知道我这个人啊，没别的，就是脾气好、不爱惹事，所以他老人家让我来好好安抚你们。至于攻城打仗，那才不是我要管的事情呢！

听到这话，士兵们疲惫的脸上浮出了一些放心的喜悦。看来，这个新领导不是来折磨我们的。

而对于军队糟糕的精神状态，李愬却没有停止思考。经过几天的细心观察，他得出了两个关于军队士气问题的结论：第一，作为一支军队，根本性的鼓舞士气的方法，只能是在战场上赢得胜利，如今士气如此疲沓，更需要尽快赢得一场足以鼓舞人心的胜利。第二，以国家的力量作支持，官兵方面都士气低落，淮西以一隅之地苦战四年，他们的士气想必比官兵方面更加糟糕。这样看来，自己的士兵也是有能力去赢得胜利的。

根据自己的思考，李愬向宪宗报告了最新的作战计划——一个极具创造性的大胆计划。

看完这个计划后，宪宗拍手称快，并开始积极地为李愬的计划做着各种实际准备。

在那个大计划最终实施之前，李愬也精心部署了一系列小规模的战斗，稍稍提振士气，还擒获了淮西大将丁士良。

但最终李愬没有杀掉丁士良，而是力排众议招降了他。丁士良也投桃报李，引诱其他几位淮西战将来降。就此，李愬将战线推进到离淮西老巢蔡州只有一百二十里的地方。

淮西战将一连串的投降，也印证了李愬关于淮西方面同样士气低落的判断。

此时，在北线战场，朝廷猛将李光颜也终于取得了突破性的进展，他率军在郾城与淮西军激战大胜，郾城守将投降。北线的朝廷军队也开始逼近蔡州。

到五月时，宪宗也正式中止了在河北对成德王承宗的讨伐，一心一意准备先剥开淮西这颗即将熟透的果子。

但是，再熟的果子，剥到最里面都是硬的。淮西也是如此。被逼到墙角的他们疯狂地张牙舞爪，迫使战局再次陷入僵局。

李愬的计划准备得差不多了，但这个计划毕竟过于离奇、过于冒险，李愬几次想立即执行计划的冲动，都被他的理智给压了下来。自己对淮西的山川地貌、兵力部署几乎一无所知，这个计划到底会是神来之笔还是搞笑乌龙，他完全没有把握。

李愬找来淮西降将们，坦诚地向他们征求意见。听了李愬的作战计划，惊愕的降将们都不敢发言。兹事体大，他们负不起这个责任呐。

沉默良久，降将们向李愬推荐了淮西大将李祐，说他能帮助李愬完成计划。当然，前提是先要活捉李祐，然后还要能劝降他。

幸好李愬鬼点子也极多，这点儿事情难不倒他。

很快，李愬就利用李祐指挥淮西军抢割麦子的机会，设伏活捉了李祐。但在准备劝降时，李愬遇到了麻烦。

原来，李祐的确是员虎将，死在他刀下的朝廷官兵不在少数，眼下看到仇敌被擒，官兵们纷纷要求李愬杀了他为战友报仇。李愬当然不肯，可李祐却又死硬着不投降。

一时间，场面十分尴尬。

不过，咱们可别忘了，这李愬可是当年玩弄李怀光、独取收复长安大功的李晟之子。洞悉人性、情商奇高，是他们家的传家法宝。

利用这个看似难解的僵局，李愬给李祐演了一出好戏。他先是命自己的亲兵对李祐严加保护，防止士兵伤害到他，甚至亲自守护在李祐身边，同时对士兵们说，李祐的生死要由天子决定，自己要上书请求天子仲裁。随后，他又在上书里暗示宪宗不能杀李祐。亏得天子知人善任，或者说叫死马当作活马医，同意了李愬的请求，还给了李祐正式的官职。

看着李愬如此认真地为自己辗转周旋，李祐终于被感动了，哭着归降了李愬。

从情感上完全征服李祐，李愬也就能放心大胆地把自己的计划和盘托出，向李祐求教。

一天夜里，二人踱步到军营外的僻静处，李愬拉过李祐，在他耳边悄悄说："我想奇袭蔡州！"

嗯？李祐惊异的眉毛差点儿抵拢发际线！

"您看这事能成吗？"李愬虔诚地问。

李祐在淮西多年，淮西境内的道路山河、营盘关卡，都在他心里放着呢。看李愬一脸严肃，也不像是说笑的样子，李祐开始沉思。

唐州与蔡州之间距离虽然不太远，但中间隔着一座险要的桐柏山，交通并不方便，因此，淮西兵将也没有把主力放在西线对付李愬，而是在北线与李光颜相持。只要行动部署得当，能迅速翻越桐柏山，奇袭蔡州也是有把握的。当然，带领人马神速翻山的任务，肯定会由自己来承担，一旦完成了这个任务，自己在朝廷的前途也就更有了保障。

想到这里，李祐坚定地回答："此计甚妙，在下愿效犬马之劳！"

"好！"得到李祐的答复，李愬终于决心实施他的作战计划了。

他点起三千敢死队，打点好行装，随时待命，准备直取淮西老巢。可惜，老天爷这时又突然来搅局。这年夏天，中原连降暴雨，两军战阵一片汪洋。

在老天爷的玩笑面前，李愬的神奇计划也只好再放放、再等等。

而在淮西战场这个无底洞里已经烧钱无数的朝廷，此时又背上了赈灾的包袱，国库即将见底，财政岌岌可危。

朝堂之上，宪宗又被罢兵的声浪逼得哑口无言。

感到无助的宪宗见宰相裴度也和自己一样一言不发，想到他可是个坚决的主战派，一定会支持自己的，于是便说："裴爱卿，你也说说吧。"

裴度朗声回答："臣请自往督战！"当朝宰相没有和那些主张罢兵的人继续争辩，而是主动要求去前线督战！

霎时间，主和派异常安静。

宪宗不知道裴度此言只是表个态还是要玩儿真的，就问他说："卿真能为朕行乎？"

宪宗突然提出"为朕行"，顺势将裴度的建议解释为代天子出征，如此一来，裴度这个提议的政治地位也就骤然被拔高了。宪宗这是在向主和派表明自己的坚决立场，也暗示裴度这可不是说着玩儿的哦。

裴度当然没有说着玩儿，也坚定地向宪宗表明了决心。于是，宪宗任命裴度以宰相身份兼任淮西节度使，代表宪宗本人前往淮西督战。

对于宰相出征所蕴含的政治意义，李愬自然也心领神会。九月，裴度刚刚到达淮西战场北线的郾城，他就把自己的作战计划向宰相进行了汇报。

裴度同意了李愬的计划，并亲自指挥北线朝廷军队向淮西发动大规模的攻势，将淮西守军的主力全部吸引到自己一边。这样，奇袭蔡州计划的时机已然成熟。

可是直到十月，天气还在和李愬作对，从夏日开始的暴雨一直也没有停下来的意思，天气渐冷后，又变成暴雪在桐柏山飞洒不断。但李愬却实在坐不住了，毕竟人生不能像做菜，硬要把所有的料都准备好了才下锅。

十月十五日拂晓，暴雪，狂风。

等了这么长时间，李愬想要的，肯定不会是故意在这样的天气里出发，没有人会愿意把自己苦心谋划多时的赌注扔给这一场漫天大雪，因为里面隐藏着太多可能致命的意外。

李祐带着一队人马在一个时辰前已先行出发，去给后面李愬亲自率领的主力探路。送走先头部队后，李愬就一直在虔诚祈祷着雪能稍稍小一点儿，哪怕只小那么一点点，安慰一下自己也好。

认真的雪没有理会他的祈祷。

眼见自己的祈祷没起作用，雪反而还更大了些，李愬又有些犹豫了，几次差点儿开口让传令兵去把先头部队叫回来，取消今天的行动。

这时，传令兵走过来，向望着被大雪压弯的树枝发呆的李愬请示："禀将军，各军准备完毕，请将军下令！"

树枝被大雪陡然压塌，李愬这才猛然惊醒，横下心来，大声命令队伍向东强行军。

士兵们还不知道这次行军的目标何在，跟着李愬奋力向东边的桐柏山跑去。山上积雪艰深，几乎无法迈步，士兵们只能三五一组结成纵队，半跪着在雪中艰辛前行。

僵硬的双脚支撑着士兵们一直走了六十里。夜晚来临时，他们走进一个叫张柴村的地方，看到先头部队留着人在等他们。

这里原是淮西军的哨卡，不过李祐的先头部队已经将这里占领，并且留了些人在这里接应。

筋疲力竭的李愬喘着粗气，跌坐路边，挥手示意大家休息一会儿。士兵们瞬间全部就势倒在雪地里，摸出身上的干粮开始狂啃。

过了好一会儿，有几个胆大的士兵才凑到李愬身边，小心地问：“将军，我们这是要去哪儿啊？”

“蔡州！”李愬喘着气轻声回答。

“啊？您说去哪儿？”事关重大，士兵们怕他们的将军没说清楚。

“蔡州！蔡州！蔡州！”重要的事情说三遍！李愬一字一字、清楚地重复着。

一时间全军惊愕，好些士兵半晌合不拢嘴，连咬在嘴里的干粮都掉出来了。

李愬猜到他们会有这样的反应，也不管这些，站起来拍拍身上的雪，喝令道：“继续前进！”

还没回过神来的士兵们只好赶紧咽下干粮，跟着他们的统帅再次出发。

下山的路上，风更紧、雪更密，士兵们的心也更忐忑。几乎是一路小跑着，士兵们又跑过七十里，跑到黎明时分。山下一马平川，军队又恢复了队列，踏出整齐的步伐。

不知不觉间，雪慢慢地小了，夜幕渐退，士兵们身边的一切开始露出轮廓。半浓半浅的天边，半枯半荣的乔木，半梦半醒的人家，渐次浮现。

东方不远处，地平线开始泛出鱼肚白的地方，蔡州城墙若隐若现。

与先头部队汇合后，李祐向李愬汇报了蔡州城的情况。一如他所料，城中兵马不多，且毫无戒备。现在，他请示李愬，是立即展开强攻，还是奇袭到底？

当然奇袭到底！

身手不凡的李祐和一干特战精英悄然走到蔡州城墙根儿下，他们手拿凿子猛然砸向城墙，将其钉进城墙里，等攀上锄把，再把另外一个凿子砸向高处。如此反复，一会儿，精英们就攀上了蔡州城。静悄悄地抹了守门士兵的脖子后，他们从里面打开城门。

在不远处等待的李愬立即率领主力进入蔡州城。

几个早起的蔡州居民目瞪口呆地看着这些不知道从何而来的朝廷士兵们，全然不知所措。朝廷军队无视居民的目光，蹑手蹑脚地向蔡州内城进发——作乱的淮西节度使吴元济就住在那里。

走到内城，李祐又亲自为早起的蔡州居民表演了一次精彩的攀岩，然后内城大门也被从里面打开，李愬的士兵也阔步走进内城。

对蔡州城内了如指掌的李祐，指挥士兵闯进各处军营，用刀尖唤醒那些依偎在梦中的淮西同行。

睡眼惺忪的吴元济，就这么窝囊地被几个士兵押着去见李愬。一路上，他都在思量着眼前的这一切到底是幻是真。

而此时，蔡州城里的公鸡才挨个儿开始打鸣。被它们叫醒的，是一个被人们尊称为“元和中兴”的新时代。

从出发前的紧张踌躇到一路上的疲惫麻木，再到最后如愿得手的欣喜雀跃，不过短短一天。可就这一天，却使李愬历尽他这一生从未曾有过的惊险起落。

审问完吴元济，宣布将这个罪魁祸首押赴长安送天子发落后，李愬这才安静地坐下来，看着眼前狂喜的士卒，开始品味胜利的滋味。当然，此时的他不会想到，这场胜利将会怎样深刻地决定这个王朝今后的命运。

公元 817 年，唐宪宗元和十二年十月十六日。

随着李愬乘雪下蔡州、生擒吴元济这一记天外飞仙，历时三年之久的淮西之战，以朝廷方面获胜而宣告终结，吴元济被处死，淮西藩镇也被撤销。

不久前尚在苦苦支撑的宪宗，陡然之间被推上事业发展的快车道。朝廷在淮西的胜利对其他割据藩镇产生了极大的震慑，暗中支持淮西作乱的淄青李师道、成德王承宗先后上表朝廷，请求交还一部分土地，并表示会服从朝廷制度，还派其子前往长安做人质；而横海程权干脆放弃节度使职位，带着全家入朝；见此形势，卢龙节度使刘总，即原节度使刘济之子，也急忙上表效忠。

不过，淄青节度使李师道忽然又舍不得把地盘还一些给朝廷，中途反悔了。于是乎，元和十三年（公元 818 年）七月，宪宗向李师道宣战，李愬再次披挂上阵，会同魏博节度使田弘正、宣武节度使韩弘等各路兵马一起围剿李师道。

这次围剿进行得空前顺利，各路兵马急于向已经强大起来的朝廷表态效忠，战斗节奏也相当紧凑。

元和十四年（公元 819 年）二月，打得格外卖力的魏博军逼得淄青爆发内乱，淄青部将刘悟反水，杀掉李师道，向田弘正请降。

盘踞齐鲁大地四十余年、割据藩镇中地盘最大的淄青李氏，就此灭亡。

公元 819 年，唐宪宗元和十四年七月，统治汴州整整二十年、对朝廷一直爱理不理的宣武节度使韩弘入朝，把汴州这个聚宝盆正式还给了朝廷。

至此，当今天子唐宪宗的事业达到了光辉的顶峰。

自安史之乱以来，大唐天下再次出现了难得的统一局面，这固然还只是一种形式上的统一，但这样的成就已属来之不易。

中兴！这两个字深藏在忠于朝廷的人们心中很多年，如今，他们终于能够大声地宣告，他们生活的元和时代，是一个中兴的时代。

中兴，是中国历史上常见的一个词汇，意指一个存在时间较长的王朝在巅峰之后，因为中央政府的权力被削弱或被窃取，导致其对全国局势的控制力下降而开始走向混乱衰落的过程中出现的中央政府权力再次振兴的历史现象。

元和中兴，就是在大唐王朝中央权力被安史之乱严重损毁后，经过几代人的努力，中央再次出现逆势振兴的局面。

朝廷凭借对淮西与淄青的军事征服，以及宣武韩弘的主动降伏，重新牢牢地控制了黄河以南的广大地区，朝廷诏令在这里终于畅行无阻了。

在黄河以北，朝廷军队虽然没有取得军事上的胜利，但迫于天下大势，魏博、卢龙、义武、横海主动靠拢朝廷，听从朝廷的诏令，就算是成德，也暂时不敢轻举妄动了。

当今天子把安史之乱后的代宗、德宗、顺宗等君王梦寐以求的事情变成了现实。

宪宗安然地享受着来自四面八方的赞美。幸福来得如此之快，他似乎还不知道该怎么形容自己的心情。多想让当年无视自己的仇敌王叔文活过来，好好看看自己今天的成功，他又多想让当年辅佐自己的伙伴武元衡活过来，好好看看自己今天的成功。

那么，为什么宪宗能造就一个振兴的时代呢？

首先，他从祖父德宗那里继承了一个颇具实力的朝廷，慈祥的祖父为他准备了大量的钱粮、军队，还包括一帮能干的文臣武将。他也没有浪费这宝贵的资源，谨慎地将它们的价值发挥到最大。

然后，他主动调低了朝廷的目标。在德宗时代，朝廷的目标是“扫清河朔”，即依靠军事手段彻底击败割据藩镇，进而全面取消藩镇。当然，德宗执行这个目标的结果我们已经看到了，朝廷非但没有彻底击败割据藩镇，反而差点儿被割据藩镇反击。

而当今天子在继位之初，时任宰相的杜黄裳就为他归纳出执政的目标——“以法度裁制藩镇”。此时，朝廷已经认识到割据藩镇的存在有其深刻的社会根基，也就不再以彻底消灭藩镇为目标，而是要把藩镇纳入朝廷的“法度”，即制度化管理之内。简单地说，就是由“消灭你”变成

“你听话就好”。

如此一来，军事行动的负担也就减小为保证朝廷法度的执行。

元和中兴的最大意义，就在于中央与地方经过长时间的斗争与妥协，终于找到在统一的大唐王朝旗帜下共同生存的方式。

当然，咱们这位被幸福冲晕头脑的天子，其实搞不清楚自己怎么突然就成功了，也自然说不出来这成功的伟大意义何在。

骤然来临的成功使他陷入了迷茫，和如今许多暴发的土豪一样，他莫名其妙地把这份成功的原因归结为“佛祖保佑”！

十八　蹉跎巅峰

公元819年，元和十四年一月，讨伐淄青的战事还在进行中。这时，宪宗所期待的却不再是前线的捷报，而是法门寺宝塔之中佛骨舍利每隔三十年一次的开放展示之期又将到来。

相传，法门寺里的这枚佛骨舍利，乃是佛教创始人释迦牟尼佛的一截指骨，在北魏时流入中国，拓拔皇室为安放这件圣物专门建造寺塔供养。唐高祖时期，正式将寺院定名为法门寺。

唐高宗时，正逢所谓的三十年一次的展示佛骨之期，高宗皇帝将佛骨迎到皇宫供养了三日，又将其送到皇室公卿家中供养，由此形成惯例。此后，女皇、中宗、肃宗、德宗时代，都进行过声势浩大的奉迎佛骨活动，其间疯狂挥霍人力、物力，造成极大的浪费，也引起许多头脑清醒者的不满。

宗教香火昌盛的时代，大都是人间纷乱不堪的时代。仔细看一下，不难发现，奉迎佛骨的皇帝名单中，就没有太宗与玄宗这两位自信满满的盛世君王。

到宪宗时期，佛教经过汉晋南北朝的长期发展，正处于其在中国传播的顶峰。经由历代高僧大德的努力弘扬，唐代时的中国佛教已经成为继印度之后的另一个独立的传播中心。

玄奘法师西行之后，从印度引进佛教理论的工作基本完结，而鉴真法师东渡之后，中国也开始独立地向周边地区传播已经中国化的佛教。同时，如今佛教的各大宗派也在此时发展定型。尤其是唐代中期，大乘佛教理论传播的发展及其修行方法——禅宗的壮大，最终使佛教完全中国化。

作为一种宗教思想，佛教理论也建立在对现实世界的批判性思考基础之上。早期佛教认为，世间是个痛苦的虚幻，要求信众尽一切可能脱离与现实世界的联系，从而求得涅槃、解脱。

随着佛教的广泛发展，佛教徒脱离世间的修行方式，引起了中国世俗统治者的警惕，你们全都剃头念经去了，谁给我种地纳粮？谁给我当兵打仗？于是，统治者开始设置各种制度障碍，来控制佛教的过度发展，控制不住时甚至会痛下杀手，全面灭佛。

唐朝之前，北魏太武帝和北周武帝时期，已经出现过两次政府主导的声势浩大的灭佛事件，这使得佛教内部也不得不考虑改变自己的理论体系及修行方法，以求得与世俗君王之间的宽容和谐。

正如东晋高僧道安所言：“不依国主，则法事难立！”

这时，产生于公元前后的印度大乘佛教理论开始在中国大力弘扬，为佛教在中国的生存提供了一种全新的可能。

早期佛教徒认为“诸行无常”，即世间万事万物实际上都是不存在的；“诸法无我”，就是说连我自己实际上也是不存在的，所以主张排斥世间万物，清静修行。

佛教徒按照这个理论修行了几百年。突然，有人在苦修之中灵光一闪，既然这世间的事物本来就是不存在的，那还这么排斥它干什么呢，排斥它又有什么意义呢？既然连我自己都是不存在的，那坐在这里修行的又是个什么东西呢？

大乘佛教由此萌芽。

大乘佛教理论是佛教史上一次重要的批判性理论创新，这一教义不再纠缠于世间万物是否真实存在的争论，也不再偏执于对世间万物的拒斥逃避，而是将修行的重点放到内心之中，着力于发现深藏在每个人内心之中固有的佛性，而不再偏执于逃避红尘百态。反正它们都不存在嘛，只要我内心不起妄念，由它们飞舞去吧。

来讲一个禅宗故事，方便大家理解大乘佛教的教义。

也是在当今天子的治下，禅宗高僧百丈怀海正在南方传教。

一天，一位老者问他：“五百年前我也曾经在这里传教，有人问我，是不是佛法修行级别够高，就不会再落入因果循环里？我说是的，结果被惩罚变成一只野狐狸，到现在五百年了。您给评评理，我真的说错了吗？佛法修行级别高，当然就该不落因果了啊！”

百丈怀海禅师回答说：“不是不落因果，而是不昧因果！”什么意思呢？也就是说，佛法修行够高的话，就不会在意因果循环，对于因果不悲不喜，仅此而已。

老人一听，也就此开悟。

这就是著名的禅宗公案——“野狐禅”。故事里五百年的野狐狸，当然是大乘佛教徒杜撰出来攻击论敌的，但是，大家应该能从故事里“不落因果”与“不昧因果”的区别，感觉到大乘佛教的不同之处。

禅宗，就是在大乘佛教指导下的全新修行方式，不拘于形式，讲求在现实生活中悟道参禅。唐初，经过六祖慧能禅师的传扬，禅宗这种能与现实世界和谐相处的佛教形式，开始在中国被广泛接受，佛教自此才开始与中国社会求得圆融之道。

可惜，当今天子还没有成为大乘佛教的信众，他只是把佛当成保佑自己生意兴隆的一尊神。既然是神，当然要好好地供着。于是，他风风火火地组织起浩大的仪式，将佛骨抬进皇宫供养几日。

宪宗的这种思想，倒是跟佛教本身没有太大关系，只是一种神秘主义与形式主义无序啮合在一起的迷狂。当然，沉湎于这种迷狂中的人，不止宪宗一个人。

从法门寺到含元殿，佛骨舍利所经之地的士民百姓们，穷尽各种花样，为求得一丝似有似无的福报，争相拼命地施舍着自己的财物，乃至性命。

在几近癫狂的百姓拥堵下，奉迎佛骨的队伍移动得极其缓慢。好不容易挤进长安城里，眼前却又是一番妖异的花花世界。人们将对佛陀的虔诚，幻化成各种光怪陆离的行为艺术，拼了老命要在神圣的佛骨面前展示一番。

艳俗的花瓣在空中狂舞，动了凡心的小沙弥在悄悄拾捡地上的铜钱，被人群踩踏的孩子在号哭，极端信徒们吼叫般地大声念诵佛经，似乎在逼问佛陀，自己的今生来世，究竟如何。

这疯狂的众生相……

哪怕佛骨本来的确很严肃、很神圣，经过如此这般的衬托，也显得莫名其妙、胡闹荒唐。

刑部侍郎韩愈就被这样的荒唐激怒了。这位五十一岁的文坛领袖的政治生涯已然写满浮沉，直到最近，他才好不容易在淮西战场上立下一份功劳，再次官居显要。一路走来，好多的得失他都已不在意了，只余下一点儿良知。

天子大肆奉迎佛骨，如此巨量的民脂民膏徒然付之东流，他的良知使其不能再沉默下去——他要上书皇帝，要求停止奉迎佛骨。

刚下笔时，韩愈还谨慎地字斟句酌，尽量讲究措辞，力求避免激怒天子。不过，写着写着，韩愈就忘了……

“放肆!!! ”朝堂之上，读完韩愈上书的宪宗大为震怒，手指都有些哆嗦地说：“来来来，你过来看看，韩愈这狗东西写了些什么？他居然敢咒朕?！”宪宗招呼宰相裴度来看韩愈的上书。

裴度一边读着，一边听着宪宗的抱怨。

“你看看！你看看！啊？说什么信佛的君王都短命，只有梁武帝倒是命长，不过却亡国了！他什么意思？嗯？那朕是该短命呢还是要亡国呢？”宪宗面红耳赤地吼道。

裴度打心底里佩服韩愈的耿直，但看了他写的这些话，也无奈地皱起了眉头，干吗说得这么尖刻?

“你看！朕诚心诚意地奉迎佛骨入宫，求佛祖保佑我大唐江山！他倒好，说朕搞的是诡异之观，戏玩之具！佛祖神通广大，怎能戏玩?！若是佛祖降罪下来，他韩愈吃得起吗?！”宪宗越说越气。

裴度已年迈，本来就看不太清楚韩愈写的小字，听宪宗在一边给自己复述韩愈上书的内容，干脆就卷起上书不看了，专心听天子的讲述。

“你说！佛祖的舍利呀！那是多么神圣！多么伟大啊！韩愈竟然敢说那是枯朽之骨，凶秽之馀！阿弥陀佛，罪过罪过啊！那可是佛祖的舍利啊！”虔诚的天子急得都快要哭了。

裴度却是哭笑不得，只等着宪宗缓一口气，继续吐槽。

宪宗坐下来缓了口气，从牙缝里蹦出几个字：“朕要杀了韩愈！”

裴度一惊，连忙劝道：“皇上万万不可！韩愈虽然言语过激，但也是出于一片忠心啊！皇上要是杀了他，以后还有谁敢向您进谏呢？请您三思！”

“不行！就要杀他！”宪宗不依不饶。

裴度也只好继续力劝。几番来回，宪宗就是不松口，无奈的裴度只好使出杀手锏：“皇上若硬要下达处死韩愈的诏书，我是不会在上面签字的。如果皇上要绕开我，直接向衙门里下诏杀人，衙门也未必执行，就算执行了，恐怕皇上您也难逃天下悠悠之口！”

这下子，宪宗傻眼了。

这里再说一下，传说中，中国古代的皇帝都是非常独裁的。实际上，在元代之前，皇帝的权力是受到很多制约的。比如唐代，在三省六部制之下，皇帝的诏令首先要经过中书省官员的过滤，形成正式文件，然后再由门下省审核，最后才能发往尚书省执行。这个过程是一个整体，无论其中哪一个环节的长官和皇帝想法不一致，皇帝这事情就办不成。

唐代的诏书上，没有什么“奉天承运皇帝，诏曰”之类的霸气语句，却要罗列出一长串尚书省、中书省、门下省长官们的签字盖章，这是中国古典政治体制对皇权的严格制约。

当然，皇帝也可以绕过这套程序，私下里直接给下面的人交代事情，这叫“中旨”。不过，接到这种没有宰相盖章的旨意后，皇帝交代的事情办不办，就看接旨人和皇帝的交情了。若是这人坚持原则，把皇帝的中旨驳回，皇帝也是一点儿办法都没有的。

皇帝也可以通过调整宰相的人选来保障自己的意志得到实现，但宰相毕竟是百官之首，要平衡的利益点很多，上台之后也不太可能只顾着皇帝任性。因此，元代之前，中国的历朝宰相就在与皇帝的拉锯战中，实现着对皇权的制约。

裴度甩出这么一句话，宪宗的确无话可说，但韩愈这么尖酸的咒骂，自己不可能没有一点儿回应。狠狠地白了裴度一眼后，宪宗说话了：“不行！不能就这么算了！死罪可免，活罪难逃！朕要贬了他！”

好不容易劝到这个份儿上，保住了韩愈的性命，裴度也就松了口气，见宪宗要贬斥韩愈，也就只得表示同意，不然，出不了这口气的宪宗还会不依不饶。

想了一想，裴度提议说：“那就把他贬到陕州去吧，那里刚好缺个刺史。”

“陕州？你开什么玩笑？离长安那么近！那也算贬谪？”宪宗断然拒绝了裴度的建议，转身来到一座屏风前，上面有一幅全国地图。宪宗仔细地在地图上的犄角旮旯里寻找一个合适的地方，安放自己的愤懑。

裴度见状赶紧跟过去，劝道："皇上，韩愈也是上年纪的人了，恐怕经不起折腾……"

宪宗没有理会裴度的絮叨，继续在地图上寻找着。

"潮州！"宪宗指着地图的东南角，大喊着，"就这儿了！让他给朕滚到潮州去！"

裴度失望地垂下了头。

那年月的岭南，可不像现在这样是经济中心、旅游胜地，彼时那里还是瘴疠横行、毒虫遍野的化外之地。常人到此，生不如死。因此，岭南地区成了唐代重要的政治犯流放地。在韩愈之前，已经有很多人来过这里，韩愈之后，也还会有很多人来这里。

而且，这已经是韩愈第二次被流放岭南了。

接到流放诏书的韩愈一言不发，默默地带着家人上路了。

其实，刚刚把谏书发出时，他就已经感到自己的言辞很过分，想改动但已无法追回，对此他的确有些后悔，但悔意也到此为止。对于上书谏言这件事本身，韩愈自觉没什么要忏悔的。

让韩愈痛苦的是，自己的一家人都要跟着他去岭南受罪。刚刚走出长安，韩愈十二岁的小女儿，本来就生着病，又遇上这般饥寒颠簸，竟途中夭折。妻子痛哭之余，不留情面地当着全家人的面责骂韩愈多管闲事，连累家人。韩愈无可反驳，只好低头垂泪。

狂风暴雪中，一家人走在秦岭山路上。蓦然间，一缕笛声传来，是韩愈熟悉的《天花引》曲调。当年家里有个不争气的孩子老爱吹这首曲子，是他吗？

韩愈回首，一位蓝衣少年手握竹笛，翩然而立。

雪很大，这个身影似乎很熟悉，韩愈眯眼端详半天却没看清楚，只好试探着问道："是湘儿吗？"

那人喊了一声："叔公！"

韩愈一听，老泪纵横。

来人果然是韩愈的侄孙韩湘。韩愈那篇著名的《祭十二郎文》中写的那死去的侄儿十二郎，就是韩湘的父亲。

韩湘跟着韩愈长大，可偏偏却生性不羁，对读书做官没什么兴趣，倒是热衷于道家仙术，最后做了道士，离家远去，四处云游。恨铁不成钢的韩愈虽然对他一直有些生气，但此刻，能在这穷途末路之际重逢，韩愈也就不再计较那些过往了。

“你这孩子，这些年都跑哪儿去了？也不给家里来个信。”韩愈激动地拉着韩湘的手，轻声责备着。

“听说叔公您要去潮州，我才从终南山里出来。估计您会经过这里，所以一直在这儿等着您呢。”韩湘抹了一把眼泪，笑着说道。

风度翩翩的韩湘和老态龙钟的韩愈在雪中并肩而行，边走边聊，不时传来二人爽朗的笑声。

韩湘就这样不动声色地领着韩愈一家人平安走过了危机四伏的秦岭。

“就到这里吧。雪停了，前面就是官道大路。叔公，我们就此别过，望叔公一路保重！”说罢，韩湘向韩愈长揖。

韩愈上前扶住韩湘，分别之际，本想再劝他考取功名，但见他如今过得倒也逍遥快活，好过自己这般落魄，也就没再说什么。

韩湘见叔公欲言又止，心中明白，说：“叔公昔日教诲，孙儿不敢忘却，只怪孙儿天性受不得冤枉、忍不下委屈，看不得这天下事纷繁复杂。叔公您慨然以天下为己任，这般胸怀，其实孙儿一直无比仰慕。此去潮州，沿途都有孙儿的道友接应，希望能帮到叔公，而这苍生黎民，就全靠像叔公您这样的人去护佑了。”

韩愈心中凄然，好一会儿才叹出这口气，看着韩湘说：“恐怕我这次回不来了。湘儿，我这一家人，今后……”

“叔公，别说这些。”韩湘打断了韩愈的话，“这本来就是孙儿的分内之事，不劳叔公叮嘱。叔公也不要泄气，长安之中还有裴大人为您周全，当今圣上也不是昏君，等他气消了，肯定还会召您回京的。您千万不要说丧气的话。”

韩愈默然颔首，只当这是普通的安慰。

这位掀起“古文运动”风潮的当今文坛领袖，还想和侄孙好好聊聊，但好像又已经说不出什么了，于是他转身拿出笔墨，用文字向侄孙做最后的倾述。他写下的，就是那首我们很熟悉的诗——《左迁至蓝关示侄孙湘》：

一封朝奏九重天，夕贬潮州路八千。
欲为圣朝除弊事，肯将衰朽惜残年。
云横秦岭家何在？雪拥蓝关马不前。
知汝远来应有意，好收吾骨瘴江边！

公元819年，唐宪宗元和十四年的春天，岭南热土又迎来一位文化名人——满腹委屈的韩愈抵达潮州。

正无处发泄的他遇上了潮州泛滥成灾的鳄鱼。韩愈感觉那鳄鱼的嘴脸，像极了满朝的奸佞小人、遍野的跋扈武夫，他又打起了精神，饶有兴趣地写下一篇与鳄鱼讨论交涉搬迁问题的《祭鳄鱼文》，同时认真部署执行消灭鳄鱼的战役，很快就为潮州百姓除去了这些祸害。

这可不是一件容易的事。根据史料记载和韩愈的文章叙述，这种鳄鱼能够在海洋中生存。而就如今我们所知，所有鳄鱼中能在咸水环境里生存的只有一种，又恰好是世界上体形最大的一种——湾鳄。韩愈要对付如此强大的一种生物，不可能很轻松。

我们还可以换个角度看。鳄鱼这种动物的繁殖能力其实是相对稳定的，它们的数量不会突然猛涨，也不会骤然下降，很难像蝗虫那样一夜之间就泛滥成灾。以如今的生态观点来看，与其说当时是鳄鱼突然泛滥成灾，还不如说是唐代时岭南人口数量增加，开发岭南的力度加大，人类活动的范围进一步扩宽，进入了原本属于鳄鱼的领地。这才造成鳄鱼成灾的可能。

因此，鳄鱼成灾，实际上也预示着岭南经济实力的不断成长与壮大。

鳄灾除去，百姓们结队前来府衙感谢韩愈。

几个月来脸上阴云不散的韩愈，面对百姓们真挚的谢意，总算有了一丝笑容。没能帮天下苍生扫清朝中污浊，好歹也为潮州百姓除掉了水中凶鳄，想想也还不错。

以我们现在的眼光来看，那就是一个也还不错的时代，虽然在当时狂喜的人们眼里，那个时代简直可以和贞观、开元相媲美。

引领帝国走向中兴的宪宗尤其同意这个看法，因为他如今已成为自他的祖父的祖父的父亲，也就是玄宗皇帝以来，又一位“号令天下，莫敢不从”的大唐皇帝。

他骄傲，因为他完成了对大唐江山的再造。

可是他忘了，自秦始皇首次一统中华以来，“号令天下，莫敢不从”本来就只是对历代统一的中央王朝最起码的要求而已。

不过还好，时势也在提醒他和他的朝廷继续保持冷静。

公元 819 年，唐宪宗元和十四年七月，刚刚被朝廷接收的原淄青属地沂州（今山东临沂一带）发生兵变。朝廷派去的官吏苛刻地对待刚刚降伏的沂州士兵，激起了他们的反抗，他们驱逐朝廷官吏，再次宣布自治。

事件虽然很快被朝廷搞定了，但可惜的是，胜利的喜悦如此浓郁刺眼，以至于没有人去认真思考这件事情发生的深层次原因。大家都在忙着思考给宪宗上一个配得上他中兴之主身份的、响亮的、高大上的“尊号”。

历代皇帝都有各种各样的号，一般我们见过的叫什么什么帝的，比如汉武帝、魏文帝之类的，叫作“谥号”；而叫什么什么宗的，比如本朝的皇帝，唐太宗、唐高宗，还有以后的宋徽宗、明世宗，等等，就叫作

“庙号”。

谥号源于周朝。每个天子死后，由群臣根据其生前的表现，给他一个谥号作为评价。比如汉武帝，就是说他在位的时候比较好动，四处发动战争，宣扬国威；而汉文帝，则是表明这是一位安静的美男子，安安静静地发展内政，文武之类的谥号都是比较正面的评价。

而有些谥号就比较“呵呵”了。比如，叫殇帝的短命，叫灵帝的荒唐，叫哀帝的可怜，叫献帝的亡国……

千古一帝秦始皇拒绝死后被议论，所以他没有采用这一套制度，而是称自己为“始皇帝”，之后的继承者叫二世、三世直至万世。他这算什么号呢？他也没说。恐怕应该叫作“番号”吧。

谥号这一套制度，一开始还行，大家一看谥号也就大概能看出这个皇帝生前干了些什么，成果怎么样，在讲述历史的时候也很方便用来称呼历代君王。

到了唐代，这个本来严肃的制度被皇帝们当成了玩物。唐高宗最初给他父亲李世民的谥号是“文武圣皇帝”，字数开始打破两个字之内的限制，可这样一来就麻烦了，历史记载应该简称李世民为唐文帝、唐武帝、还是唐圣帝？

这个问题还没纠结完呢，唐朝又来了一个把谥号玩儿出花的人——女皇武则天。高宗李治死后，她给丈夫拟定的谥号是“天皇大圣大弘孝皇帝”。这个莫名其妙的冗长谥号，估计没人能记得住，但她的子孙们就此继承了她的遗志，把谥号玩儿得越来越长，也越来越没用。

幸好还有一个叫作“庙号”的东西，不然学历史的人们会非常痛苦的。庙号，本来只是对死去的皇帝在自己家族祖庙里的一个称呼，原本是一个私家性质的称谓，可既然谥号已被玩儿坏了，庙号好歹还没受什么影响，而且还是只有一个字，简洁、明了，于是就派上了用场。所以，从唐代开始，历史记载中便用庙号来称呼历代君王。

可以上这两种号，都是在皇帝死后才会有的，这就让皇帝们感觉不过瘾了，甚至会担心自己的身后名，比如，像唐太宗李世民这样负有原罪的皇帝。

因此，也是从唐代开始，“尊号”兴起。

尊号，即皇帝生前就能拥有的名号。这个传统，也是在女皇那里开始玩儿出花的。她还是皇后时，就给自己的丈夫加了一个“天皇”的尊号，自己叫“天后”，等自己当了皇帝，又给自己加了“圣母神皇”的尊号，从此，历代皇帝生前也都要弄一个尊号。

既然是生前就能拥有的，尊号的好处就有很多了，生前可以起，起完可以改，改了还可以加……比如，唐玄宗就很喜欢摆弄自己的尊号。开元元年（公元 713 年），他给自己起尊号叫“开元圣文神武皇帝”。随后的三十年里，他比较忙，到天宝元年（公元 742 年），他开始有空了，那年把尊号改为“开元天宝圣文神武皇帝”；天宝七年（公元 748 年），加长为“开元天宝圣文神武应道皇帝”；天宝八年（公元 749 年），再加长为“开元天地大宝圣文神武应道皇帝”；天宝十二年（公元 753 年），再加长为“开元天地大宝圣文神武孝德证道皇帝”。

那之后，很快就爆发了安史之乱，玄宗在位后半段时间里也就没空去玩儿尊号了，不然肯定还会加长。

大家一定会觉得这个很无聊。我们毕竟生活在信息时代，表达自我、炫耀自我的方式太多太多，几乎应接不暇。但在古代，即使贵为帝王，也只能用这样的文字游戏来向世人表达自己，告诉天下人：“朕就是这样汉子！”

炫耀，不只是迷恋自拍者的心理需求。

像我们当今天子这样开创中兴伟业的人，当然也迫切地想要来一次像样的自我炫耀，于是，他扭扭捏捏地暗示由宰相班子牵头，让群臣给自己议定一个靠谱的尊号。

公元 819 年，唐宪宗元和十四年年底。

群臣于朝会时把最终议定的尊号献给天子。他们定的尊号是“元和圣文神武法天应道皇帝”。

“怎么才十二个字？”宪宗有些失望，“你们几位宰相商议的时候不是说有十四个字吗？”他转过头责问宰相皇甫镈。

皇甫镈凭借高效筹集军费的本领，近来红得发紫，现在已经跻身宰相之列，听皇上发问，便回答说：“我本来想给您加上孝德二字的……”皇甫镈只说了半截话，继续等着天子的追问。

“嗯？这两个字挺好啊。”天子果然追问，“为什么不给朕加上呢？”

“呃……”皇甫镈装作不好启齿的样子，说，“是崔群崔大人说不给您加的。”

“为什么？”宪宗愠怒。

“他说尊号里已经有了一个圣字，圣就包含孝的意思了。我看他就是舍不得把‘孝德’这个名分给您，他为什么这么舍不得呢？”说这段话的时候，皇甫镈的语速陡然加快。

“那按他的说法，圣字包涵这么多的意思，干脆就给朕一个字的尊号算了吧！就叫圣皇帝算了吧！那我大唐的列祖列宗就都改成叫圣皇帝算了吧！”宪宗很生气。

他就不明白了，从上次迎佛骨到这次加尊号，自己不过就是想小小地炫耀一下而已，为什么老是有人跟自己作对。

看来，收拾一个韩愈还不够，这些煞风景的人，得再给他们点儿颜色看看。

于是，这年的十二月，宪宗下诏贬崔群为湖南观察使。

让宪宗想象不到的是，这一次贬斥远比对韩愈的那次要复杂得多，最终，竟然引发了一个令全天下都瞠目结舌的结果。

十九　仓皇收场

又是一个风雪之夜。

崔群一家人正在收拾东西，明天一早就要出发南下了。

崔群十九岁就考中进士，仕途一直顺风顺水，凭借正直的作风在官场上很有些名声，两年前就任宰相，在刚刚五十岁的黄金年龄里，位极人臣。可这次贬谪，却破坏了自己本该尽善尽美的政治生涯，他为此万分懊恼。

“老爷，外面有人来访。”仆人忽然来向崔群报告。

这么晚了，谁会来看我这个倒霉的人呢？崔群心中烦乱，本不想见人，但自己已遭贬谪，在这个时候不敢再得罪人了，只好示意仆人请来人去客房稍候。

过了一会儿，崔群走进客房，只见来人一身透黑，连脸也被一顶宽大的毡帽遮住。在他左右各立着一位剽悍卫士。见崔群来了，左边的那位作揖说：“请相爷屏退旁人！”

短短七个字，却音声坚定，中气十足，崔群也不禁有些毛骨悚然，摆手叫几个仆人退下。

见旁人退下，两位卫士也走出门口，关上房门，伫立两侧。屋里便只剩下崔群和黑衣人。

这时，黑衣人才揭下毡帽。

崔群虽然已经猜到此人来头不小，但此刻乍见真容，还是被惊呆了。

来者乃是当朝太子李恒！

不等崔群收起被吓掉的下巴，李恒先开口了："崔大人救我！"说罢长揖不起。

崔群缓过神来，赶紧扶起李恒，连声说："折杀老臣，折杀老臣……太子何出此言？"

被扶起来的李恒骤然间已是泪流满面，呜咽着说："您难道不知道吗？父皇一直溺爱澧王李恽，吐突承璀那帮死太监也投其所好，一直在父皇跟前拍李恽的马屁，说我的坏话。要不是您在外朝多次为我仗义执言，我这太子之位恐怕早已不保了。如今，父皇又将您也远贬湖南，我该如何自保，还望您教我啊！"

言罢，李恒对着崔群又是一个长揖。

李恒所说的事情，崔群岂能不知？李恒乃是当今天子的第三子，但因为他母亲的尊贵地位，一直以来他都被天下视为当今天子的嫡长子，被立为太子也是众望所归。

可恰恰也是因为李恒母亲的缘故，当今天子并不想买这个嫡长子的账。刚刚登基时，他就立庶出的长子李宁为太子。元和七年（公元812年）时，李宁不幸夭折，当时天子就想立同样是庶出的次子、澧王李恽为太子。

崔群代表朝廷向宪宗提出反对，要求立嫡长子李恒为太子。在朝廷的压力下，宪宗最终让步，不情不愿地让李恒做了太子。

看样子，李恒的前半段人生是成也母亲，败也母亲。

那么，他的母亲是谁呢？这个女人的确来头不小，她是大唐再造元勋郭子仪的孙女、郭暧与升平公主的女儿。拥有如此显赫、无法超越也无法复制的家世背景，她在皇宫中的地位本该无与伦比，可宪宗登基时，并没有将她册封为正宫皇后，而只给了一个贵妃的名分。但是，郭贵妃这样的人都当不了皇后，谁还能当得了呢？于是，十四年来，大唐王朝的皇后之位也就一直奇怪地空缺着。

朝廷多次出面请求宪宗将郭贵妃晋升为皇后，但都被拒绝。宪宗的借口是，郭贵妃娘家势力已经很大了，她若又成了皇后，万一又像当年的武皇后那样拉着她那一大家子人来干政，可怎么得了？

群臣知道这也只是个借口。吵架的夫妻在对外搪塞的时候，总是有各种各样的借口。

虽然本朝确实有一段后宫干政的历史，但具体问题还是得具体分析。郭家自从郭子仪去世之后，就已逐渐淡出政坛，安享富贵去了，郭贵妃就算是想干政，从娘家那里也根本得不到多少政治力量来支持的。况且，郭贵妃这个人本身对政治也不感兴趣，只是因为家世不凡，难免有些傲娇而已。

可同样傲娇的宪宗就是不喜欢郭贵妃，就是不想搭理她，而郭贵妃也矜持着自己无法超越的身价，不屑于向丈夫示好。就这样，宪宗和他的这位妻子互相实施着冷暴力，僵持了十多年。

虽然大家都认为李恒是嫡长子，应该继承皇位，可宪宗却总想找机会把他换下来，换上自己更喜欢的澧王。这次，一直支持自己的宰相崔群被贬，神经敏感的李恒立即感到，这是父皇准备要换掉自己的前奏。

崔群深知此事的复杂背景，面对李恒的哀求，一时也不知道该怎么说，只好宽慰他：“太子殿下，您只需要好好孝敬您的父皇，努力做到一个儿子应该做到的一切，命运自然不会亏待您的，您请先安下心来。”

李恒好歹也是个二十多岁的成年人了，这么大晚上顶风冒雪偷偷摸摸地跑到崔群这儿来，自然不是想来被灌点儿心灵鸡汤、暖暖身子就回去的。风口浪尖之际，不问出点儿什么来，李恒怎肯罢休？于是他焦急地说："您莫要说这些空话，如今您远走湖南，朝中宰相还有裴度和皇甫镈二人，裴度向来中立，皇甫镈却和吐突承璀走得很近，恐怕是澧王那边的人。也就是说，现在父皇随时都能废了我。都火烧眉毛了，您现在还说这些孝啊、敬啊的空话，有什么意思？"

崔群心中有些恼火。这是你和你爹之间的事情，或者说是你老娘和你老爹之间的事情，我一个外人除了说这些和稀泥的话，还能怎么着？总不能叫你去干掉你爹吧？

嗯？难道李恒真的想过干掉他爹？崔群心中闪出一丝不祥的念头，赶紧试探李恒说："那么殿下，您是怎么考虑的呢？"

李恒咬着牙回答："事到如今，我不可能坐以待毙！"

崔群想知道李恒究竟打算如何行动，又追问道："殿下打算怎么做？"

李恒回答："我自有打算，这里不方便说……"他眉宇之际忽然浮现出一抹歹毒，"我今日前来除了求教之外，其实更主要的是想问您一句，若我提前登基，朝廷里的人都会支持我吗？"

提前登基?！崔群傻了，好半晌没想到该说什么。

李恒伸手摇摇崔群的膝盖，说："您放心，接下来怎么做我其实已有打算。只是我还不敢肯定，万一要是事情做得不干净，我登基之后，外面若有些谣传，朝廷里的人会怎么看我，还会不会和我合作？您放心，门外的两个卫士都是绝顶高手，百步之内哪怕有人呼吸，他们都能察觉到。所以您但说无妨，出于君口，入于我耳，旁人是绝对不可能知道的。"

看来又一场宫廷喋血要来了！

崔群瞥了一眼李恒，灯烛摇曳之下，但见他的脸色看起来十分吓人，看来他是铁了心了，自己是劝不回来的。

自大唐开国以来，太子能按正常程序顺利接班的确实不多，权力的诱惑在李唐皇室父子兄弟之间制造出的惨案已经不少。每到这个时刻，被卷入旋涡之中的大臣们，首先要考虑的不是对皇帝个人的感情，而是根据现实尽快选择自己应该站到哪一边去。

崔群努力让自己惊跳的心镇定下来。他决定站到李恒一边。

他为李恒分析说："这些年来，您和郭贵妃在大家看来都是受气的弱者。况且，吐突承璀这个朝野公认的奸人又站在澧王一边，道德制高点在您这一边。只要您真能做得干净利落，顺带除掉吐突承璀，朝野上下当然会支持您的……不过……唉，还请殿下三思。"

李恒伸手示意崔群不用再说下去："有您的这句话，我就放心了，您暂且在湖南委屈一下，等我的消息吧。"说罢起身离开。

崔群呆呆地望着李恒的背影。

此刻，他已无暇哀叹自己的命运，反而开始暗自庆幸，也许在这个时候被贬出京城未尝不是一件好事。

只是，天子，他才刚刚熬出头啊……

公元 820 年，唐宪宗元和十五年正月。

刚刚过去的这个新年，是天子一生中最舒心的一段时间。

心情舒畅时的宪宗，其实也是个好说话的人。在接到远在潮州的韩愈态度深刻、诚恳的检讨之后，他决定减轻对韩愈的处罚，将他调到稍微近一些的袁州，准备再过一段时间就把他调回长安。

这个新年里，宪宗的面前终于没有了四方战报的打扰，相反却是各地节度使请求入朝归顺的报告。尤其是成德节度使王承宗的上书，异常地激动人心，继两年前他主动把两个儿子送到长安做人质之后，这回，他再次主动要求朝廷落实前些年自己投降时议定的另一个条件，交出下辖几个州郡政府官员的任免权，请求朝廷尽快派遣官员前来施政。

曾经最是不驯的王承宗，终于被朝廷势不可当的复兴风潮给吓傻了，准备交出祖业向朝廷换取家族的平安。

宪宗自然愉快地同意了王承宗的请求。

这是一个极具象征意义的胜利，意味着朝廷在河北的统治再次取得里程碑式的进展。正如司马光在《资治通鉴》中评价此时唐朝中央政府的实力时所说的那样：“广德以来，垂六十年，藩镇跋扈河南、北三十余州，自除官吏，不供贡赋，至是尽遵朝廷约束！”

俯视丹陛之下跪着的各路诸侯使节们，宪宗悠然地想象着传说中当年太宗、玄宗时的四方来贺，是不是就是如今这个样子。

正值壮年的宪宗多么希望此刻这般站在世界之巅的感觉能永不停歇，所以，他像过去的很多君王一样，选择了求助于道家的丹药。可最近从终南山请来的道士炼出的丹药还是老样子，宪宗吃了好几个疗程，疗效却不像广告里说的那样显著，他并没有像道士们说的那样变得身轻如燕，进而羽化登仙，反倒是浑身燥热难耐、坐立不安，一点儿也不像能长生不老的样子。

喜欢研制长生不老药的帝王很多，唐朝尤甚。李唐皇室尊同样姓氏的老子为始祖，唐高宗时追封老子为玄元皇帝，这就把道教的地位无限拔高。而直到唐玄宗时，儒家的孔子才得到一个文宣王的封号。一个帝，一个王，差别还是不小吧。在唐朝，道教实际上取得了国教的地位。所以，道教喜欢玩儿的炼丹之术，在唐代也就异常发达。

炼丹术，到底是个什么玩意儿？

简单地说，就是道士们用各种矿物质进行化学反应，搞出一些自己都不知道是什么的新物质，将其称为“丹”，然后找个胆大的道士吃下去……

对那些吃丹药而死的道士，对外都宣称他们“白日飞升”了。

单从炼丹的具体操作流程来看，类似于化学。但需要注意的是，这只是表面上的类似，实质上，炼丹术没有经过任何科学理论的指导，只是远古巫术以道家思想作掩饰的借尸还魂而已。

当然，炼丹术对文明的发展也不是全无贡献。在长生不老、点石成金的诱惑下，道士们无限扩张着自己的想象力，在万千缤纷的物质世界里进行着无数次的排列组合。

也就是在唐代中期，一位孜孜不倦的道士把硫黄、硝石、雄黄与蜂蜜混在一起，放入炉中炼制。守望炉边的他真心期待着这一次的配方能帮他找到生命之神的钥匙。

而在炉火中开始剧烈变化的各种矿物，却悄悄地将他带进了战争之神的大门。

“砰”的一声，炉子炸了！周围的一切瞬间燃烧起来！一脸黢黑的道士赶紧跑出门去取水……

为后世战争史做出突出贡献的火药，就此诞生了。火药之于世界历史的意义，我们就不多说了。

宪宗最近吃的丹药配方里，可能也有和火药配方相似的东西，因为他最近总是莫名其妙地烦躁不安，肚子里像是着了火一般。

丹药吃多了，造成重金属中毒的症状，古人并不懂得。

我们可怜的天子当然也不知道这个原因，他认为是周围的太监宫女服务不周，老是和自己过不去，才搞得自己心烦意乱，于是，他把怒火肆无忌惮地发泄到太监和宫女身上。

正月二十七日，夜。

“给我滚！”中和殿里又传来宪宗暴怒的吼叫声。

几个宫女仓皇踉跄地跑出殿外，差点儿还撞倒刚要进殿去给宪宗送仙丹的太监陈弘志。他赶紧护住盘里的仙丹，这次的丹药可只有这么一颗啊！

战战兢兢地走到宪宗身边，陈弘志才哆哆嗦嗦地说：“皇上，该进药了。”

听说药来了，暴躁的宪宗这才坐下来，认真地服下丹药，虽然感觉味道和往常有些不一样，但他并没有大惊小怪。

其他人都被宪宗赶走了，大殿里只有他和陈弘志两个人。

宪宗感到有些不自在。夜还很长，他还想打发时间，于是喝令陈弘志说："去！把十三郎给朕叫来！"

十三郎，即宪宗第十三个儿子李怡，那年刚刚十岁，聪明伶俐，很受宪宗宠爱。空闲的时候，宪宗总是喜欢叫他来和自己玩一会儿。

紧张到手心出汗的陈弘志闻言如蒙大赦，健步跑出中和殿。跑到门口时，他向守门的侍卫使了使眼色，看样子是在征求那个侍卫的意见，要不要去把十三郎叫来。等那侍卫无所谓地点了点头，陈弘志才又向外跑去。

宪宗并没有注意到，门口的侍卫已不是平常的那一帮人了。

十三郎接到父皇的召唤，蹦蹦跳跳地就往中和殿来了。路上遇到太子哥哥李恒，见他也急匆匆地往中和殿跑。十三郎叫他，李恒也只是回头看了一眼，又扭头向前跑去。

十三郎十分好奇，心想一定是父皇叫兄弟们都去玩儿，也就赶紧跟着哥哥跑了起来。但哥哥步子快，很快就没影儿了。

跑到中和殿前，却只见大殿外一点儿也不热闹，寂静一片。十三郎有些失望，慢慢地登上台阶，走到殿门前。

门没开，周围也没有侍卫。十三郎试着推了推门，沉重的殿门纹丝不动。他只好凑到门缝前，往里面探视。

只看了一眼，他差点儿被吓哭了！只见父皇毫无生息地倒在地上，一动不动，黑色的血从他的眼睛、鼻孔和嘴里不住地流出来。周围站着几个人在商量着什么，其中一个人竟然还伸脚捅了捅倒地的父皇。十三郎定睛一看，那人正是哥哥李恒！

聪明的十三郎紧紧地捂住自己的嘴，不敢哭出声来。他向四周探望了许久，殿外空空荡荡，没有看见任何可以求救的人。心痛的十三郎回过头，想从门缝里看望父皇一眼。忽然，哥哥李恒的眼神向门外扫来。

兄弟二人的目光险些交会一处，十三郎这才从悲痛中惊觉，向着外面有灯火的地方狂奔而去。

夜已深，惨白的下弦月才浮出夜幕。

李恒草草收殓了父皇的尸身，在太监王守澄、梁守谦、马进潭的带领下去往神策军的营门，拿出伪造的诏书宣布接管神策军，并赐给他们每人五十缗钱，让他们马上出发诛杀吐突承璀和澧王李恽。

收了钱的神策军将士领命而去。刚到四更天，吐突承璀和李恽的首级就摆到了李恒的面前。

一场干净利落的政变就此完成。

月沉了，日出了。这是一个看起来普普通通的清晨。

上朝的官员们看到皇位上空空荡荡，而旁边却站着披麻戴孝、哭哭啼啼的太子李恒，这才惊觉，皇帝驾崩了！

李恒宣读了先皇的"遗诏"，说先皇的死因是吃错了药，自己将以太子之尊名正言顺地接过皇位，成为大唐帝国第十二位天子。

剧变之前，惊愕未定的群臣咀嚼着先皇的这份"遗诏"，似乎没有从中发现什么破绽，先皇确实喜欢乱吃药，李恒也确实是太子，这一切看起来似乎无懈可击，于是也就节哀顺变了，恭顺地跪在李恒面前三呼万岁。

然后，新天子李恒宣布立即将刚刚开始的元和十五年改为永新元年，他也就是我们后来说的唐穆宗。他似乎迫不及待地想要开始属于自己的时代，这引起了众人的遐想。

自汉武帝始创年号制度以来，历代皇帝继位之后都要有一个或者几个自己的年号。而在正常情况下，新皇帝继位后的当年，仍然沿用先皇的年号，到第二年才能正式改元。只有在不正常的情况下，才会在继位后的当年就匆忙更改年号。在唐朝，这种情况发生过四次，篇幅有限，我们下面只举其中的第一次和迄今最后一次为例。

嗣圣元年（公元 684 年）二月，当时的天子唐中宗李显被母亲武则天废黜，他的弟弟李旦继位后立即改年号为“文明”。这是第一次不正常的情况。

天宝十五年（公元 756 年）七月，安禄山叛军攻陷长安，唐玄宗逃往成都，太子李亨（即唐肃宗）在没给玄宗打招呼的情况下就于灵武宣布继位，也立即把年号改成“至德”。这也是不正常的情况。

其他两次也是在类似这样皇位不正常交接时发生的，有兴趣的同学请自行查阅详细资料吧。

在唐代，通过政变夺取皇位的人，需要用这种方式来掩饰自己的罪恶，也想尽快向天下宣布自己的合法性。所以，李恒登基后立即改变年号这件事，便是不打自招的举动，引来了全天下人的思量：既然你说你老爹是吃错药死的，你又是太子，本来也合情合理，那你着急改年号干吗呢？难不成……

新天子李恒也很快意识到了这个问题，几天之后，他又悄悄地追回改元永新的诏书，依然沿用元和年号，这才阻止了怀疑的进一步扩散。由于时间十分短促，永新年号也没有出现在一般的历史记载之中，很快就被世人遗忘了。

可不巧，恰恰就在这几天里，长安普通居民顾方肃的老婆赵氏也死了。按照唐代习俗，顾方肃要为爱妻写一篇介绍她生平的墓志铭，刻在墓碑之上。在写到爱妻去世的时间时，他写道：“夫人元和十四年七月十一日不起宿疾，终于兹川。以元和十五年少帝继位，二月五日改号为永新元年。”

这块无意间透露出历史真相的墓志铭，于民国初年在西安出土，印证了千百年来人们对唐宪宗猝死与李恒继位之间关联的诸多疑问。

无知的人常说历史是个任人打扮的小姑娘，可你看看，这个小姑娘真的那么容易打扮吗？哪怕过去一千多年了，这个倔强的小姑娘依然还是把真相给掀出来了！

公元 820 年，元和十五年正月二十八日，也就是政变的第二天，新天子李恒继位。

五个月后，他为先皇议定庙号，叫作“宪宗”。

前面我们已经说过，谥号、庙号都是对前任皇帝生前作为的评价，当然这个评价有靠谱的，也有不靠谱的。而先皇得到“宪宗”的这个评价属于前者，对于李纯来讲，这是一个非常中肯的评价。

如今看到“宪”字，我们一般首先想到的是宪法，特指一个国家的根本大法。此外，“宪”字也经常出现在人名之中，“宗宪”至今都还是我国台湾地区非常常见的男性人名，叫这个名字的还很有几个名人呢！

看起来，宪，是个很好的字眼。那么它究竟是什么意思？

在古代，宪，泛指国家的所有法律、诏令等总括起来的制度，而制度，是处于社会生活中的人类行为的博弈规则。

一个王朝赖以生存的制度，一般都在其初期完成创建。随着经济的发展，到王朝中后期时，各种威胁中央的势力开始壮大，执行朝廷制度的成本大大增加，各种势力进而开始挑战中央集权。中央政府原有的律令和制度因受到各方抵触而失效，就会出现传统历史语境中常说的“纪纲废弛”的疲沓局面。

每到这个时刻，就需要中央政府的统治者能够与倾塌的命运对抗，压倒其他势力的挑战，逆势振作，再次树立起中央的权威，使中央律令再次畅通执行、制度再次认真落实，为这个王朝赢得一次涅槃重生的机会。

正如当代制度经济学巨擘道格拉斯·诺斯先生曾经指出的那样：制度运行的关键，在于保证犯规确有成本，并且惩罚也有轻重之分。

做到这一点的皇帝，往往才会被授予“宪”字作为谥号或者庙号，以“宪”字作为庙号或者谥号的皇帝一般会出现在一个王朝的中后期。

这样的皇帝也不多，元和天子唐宪宗就是一个；之后还有元宪宗蒙哥，他收回了随着成吉思汗家族的扩大而分散的蒙古大汗权力，确立了蒙古帝国的统治秩序；此外，还有清世宗胤禛，也就是穿越剧中的四爷，谥号中也有“宪”。继康熙后期的宽松纵容政策之后，他严肃整顿了官场秩序，强横地保障皇帝诏令的掷地有声，最终将中国的皇帝独裁推向了顶峰。

当然，明朝也有一个宪宗皇帝。但前面说过，谥号或者庙号这种评价有靠谱的，也有不靠谱的，明王朝最终在内忧外患之中死于非命，恐怕就是因为那个更加苦痛的时代并没有让他们有孕育一个真正靠谱的“宪皇帝”的机会。

真正靠谱的“宪皇帝”，都是敢于并且成功地逆袭命运的人，唐宪宗也是这样的人，他的确敢于向王朝的敌人亮剑。唐宪宗一生中最伟大的成功，就在于他让所有触犯帝国统一规则的藩镇们都付出了实实在在的代价，从而保障地方听命于中央，使大唐帝国最基本的制度得以强健复苏。

但要成功地逆袭命运，除了统治者的个人品质处，还要有深远的经济发展中偶尔摇曳出来的机遇和时势的支持。不然，勇敢的唐宪宗和同样勇敢的汉献帝的结局恐怕也不会有太大区别了。

从安史之乱后的代宗时代开始，唐王朝就在为这次复兴做着准备，中途虽然有唐德宗建中年间那次尝试复兴的失败，但总体上没有打破这次复兴来临的进度。

因为经济的发展，往往是那时的人们察觉不到也改变不了的。实际上，支撑起唐王朝这次复兴的，是贯穿两千年中国历史发展的经济重心南移进程的加深。

李吉甫于元和初年成书的《元和国计簿》中就已经指出，当时朝廷的依靠，也就是税赋收入的主要来源，是浙东、浙西、宣歙、淮南、江西、鄂岳、福建、湖南八个地区。正是这些地处长江流域乃至更南边的闽江流域产出的源源不断的财富，保证了唐宪宗时代频繁而漫长的削藩战争资金链的连续与稳定。

已经成长起来的南方朱雀煽动烈焰之翅，帮助唐宪宗压制住了桀骜不驯的北方玄武。

但是，能压得了多久呢？

廿　心术权术

强行继位的新天子穆宗也在考虑这个问题，该如何尽快找准节奏，平稳地掌控住在父皇手中急速前进的帝国事业呢？

可惜，这也只是穆宗在闲暇时间里才会随便想一想的小问题，他要面对的主要问题，是该如何尽情享受这好不容易得来的皇帝宝座。

组织大型娱乐活动是李恒的爱好与专长，但继位之后要为父皇服丧已经使他错过了这一年里许多本该举行宴会的良辰吉日，好不容易等到重阳节，父皇的丧事差不多也结束了，穆宗顶着群臣的劝诫，在大明宫里举行了一场规模盛大的重阳party。

那一夜，灯红酒绿，纸醉金迷。

看来，至少在对享乐的慷慨程度方面，如今的王朝又恢复到了开元盛世时的水准。先帝尸骨未寒，穆宗就开始玩儿出格，许多大臣看出其中的隐忧，开始抓住一切机会，规劝这个贪玩的年轻人。

一次，穆宗在读奏章时，发现夏州观察判官柳公权的字迹非常漂亮，便把他调到翰林院做了侍书学士，负责为自己誊写诏书。

中国书法史上，“颜筋柳骨”是一座无与伦比的丰碑。颜真卿逝世已久，而柳公权则是那时活着的传奇。这一点，就连只关注娱乐圈的穆宗也是知道的。

看着柳公权雍容堂正的笔迹，穆宗心中十分惊羡，笑眯眯地问柳公权："卿书何能如是之善？"你的字怎么写得这么好啊？

柳公权搁下笔，正眼逼视着穆宗的眼睛，严肃地回答说："用笔在心，心正则笔正！"

"哦，呵呵……是这样吗？"穆宗知道柳公权这句充满禅机的话是在讽刺自己心术不正，只好尴尬地应了一声。

几个月来，各种劝诫的话语，虽然我们的新天子一句都没听进去，但他也没有因此动怒，更没有因为这些刺耳的言语而加罪任何人，他照样我行我素地寻欢作乐。从精神分析的角度看，他是一个本我欲望十分强大的人；从当时人们的角度看，这是一个油盐不进、脸皮奇厚的人。

继位几个月以来，先皇全力向割据藩镇推行朝廷法度的密集工作进程被全面搁置，整整大半年时间，削藩的事情没有任何新举措。勤于娱乐事业的新天子面对这项大事，却患上了拖延症。

然而，人不找事事找人，拖是拖不掉的。

公元820年，元和十五年十月，成德节度使王承宗病死！

数十年来，历任成德节度使的死亡都像一个诡异的闹钟，总会惊起一场天昏地暗的龙争虎斗。德宗时代成德节度使李宝臣的死、先帝时王士真的死，都是如此。这一次，全天下又开始揣测，王承宗的死又会意味着什么？

穆宗认为，这意味着自己将会轻松地扩大父皇留下的胜利果实。今时已不同于往日，王承宗仅有的两个儿子都蹲在长安苦哈哈地做人质呢，穆宗自然不会再让他们回去承袭节度使，只要选一个靠谱的人去为朝廷接管成德，就能轻易地终结王氏家族在成德的漫长统治。

而在成德首府镇州（也就是原来的恒州，为避当今天子李恒的名讳而改名），今后何去何从也是令成德军民焦急的重大问题。害怕归附朝廷失去既得利益的军人们，在王承宗死后立即拥立王承宗的弟弟、刚二十岁的王承元为代理节度使，企图延续成德的高度自治地位。

王承元虽然年轻，脑子却不糊涂，他知道将士们拥立自己只是为了找个傀儡，好继续在高度自治的成德逍遥自在而已。但他不愿意做这个悲催的傀儡，夹在部下与朝廷之间两头受气。在目前朝廷占有压倒性优势的局面下，他自然地像当初魏博的田弘正那样，坚定地选择倒向朝廷一边。

于是，王承元坚决拒绝了将士们的拥立，上书请朝廷派人前来接管成德，并声明自己的去留也由朝廷处置。他知道自己这么做，朝廷不会亏待他。

果然，朝廷没有辜负王承元的真诚，作为对成德归顺朝廷的奖励，穆宗承诺会发给成德将士一百万缗钱。

然后，穆宗安排王承元去另一个地方做了节度使——义成节度使，这是朝廷用已经灭亡的淄青镇地盘的一部分新建的一个藩镇。杀死李师道、带领淄青归顺朝廷的刘悟是这里的第一任节度使。现在，刘悟要给王承元腾出位置，被调到昭义去做节度使。

而时任昭义节度使的是淮西战争英雄李愬，他又要让出位置给刘悟，朝廷安排他去做魏博节度使。

魏博？那不是田弘正的地盘吗？自魏博建立以来，就没有一个不姓田的节度使，现在李愬去了，田弘正又要上哪儿去呢？您猜对了，田弘正被任命为成德节度使，去接王承元的班！

朝廷借这个机会，对各大军区司令员来了一次大规模对调。朝廷的意图可能有以下几个：第一，要用藩镇之中最听话的田弘正去收拾最不听话的成德，所以他做成德节度使；第二，让朝廷里最有本事的李愬将看似已经完全顺从的魏博彻底收入囊中，所以他去做魏博节度使；第三，让看起来很听话的王承元去感化刚刚归顺不久、还不知道会不会听话的义成镇，所以他去做义成节度使；第四，让一直都很听话的昭义镇牵制不太听话的刘悟，所以他去做昭义节度使。

朝廷的话现在很管用，诏令一出，这几位地头蛇很快就顺从地各自挪了窝。

大家已经被绕晕了吧。无所谓，其他的调整暂时还不算重要，其中最重要、也最有意思的，就是元和年间曾经多次和成德捉对厮杀的田弘正，如今要去仇敌那里赴任，这将会是一副怎样的场景呢？

魏州城里，无奈的田弘正在指挥兵士收拾自己的行装，一会儿李愬就要来了，跟他办完交接之后，田弘正也就要向镇州出发了。此刻，他的心情复杂到无法形容。等待他的，似乎是一个专为他定制的火坑。

不一会儿，李愬到了，田弘正出门迎接。

这几年，凭着乘雪下蔡州的神迹，李愬也成了一个现象级的大人物，他的战绩被编进军事教材，也被编成街边评书。在各种传说中，他几乎成了继卫国公李靖、英国公李世绩、应梦贤臣薛仁贵、再造大唐郭子仪等人之后的又一位大唐护国战神。

好在盛名之下，李愬还算守得住自我，他和气地与田弘正办完交接手续之后，谦逊地向田弘正求教应该如何治理魏博。毕竟，自己是这个地方第一个外姓节度使。

田弘正也随和地回答说："将军不必担心，魏博军将在我的调教下已经颇知礼义，个个都是赤胆忠心、心向朝廷。您又是朝廷名将，以您的威名，我这魏博将士是不会难为您的。况且，这些将士们本都是良民百姓，从军也不过是为了谋生而已，只要您不去过分削减他们的待遇，他们自然会支持您的。"

田弘正所说的和李愬来之前估计的差不多，所以李愬对做好自己的新工作也就有信心了，他郑重地向田弘正施礼，对他的提点表示感谢。

而田弘正看着已经胸有成竹的李愬，又想起自己未卜的前途，不禁长叹一声。

李愬见状连忙关切地问道："将军为何叹气？"

田弘正看李愬也是个信得过的人，便向他倾诉了接到调令之后这些天的烦恼。

足智多谋的李愬听完田弘正的诉说，也犯了难。魏博近年来屡次与成德交锋，田弘正欠下成德兵将累累血债，这会儿却又要当做他们的领导，这般难堪境地，的确是异常凶险。

沉吟半晌，李愬才想到一个法子，他说："既然如此，谁都不敢保证成德兵将不会对您不利。将军不妨把您在魏博的亲兵精锐也一同带到成德去，这样的话，不管他们想干什么，您也不至于完全没有防备。若是成德哗变，您用您的亲兵拖延一些时间，我在魏博会马上过来救援的。"

田弘正也这么想过，但毕竟现在李愬才是魏博的节度使，他不开这个口，田弘正也没办法提出带走亲兵的事。如今，李愬竟然主动提出让他带走亲兵，田弘正喜出望外，对李愬的大度感激涕零。随后，他就带着自己的两千亲卫队放心大胆地去镇州赴任了。

全天下人的目光都聚焦在走向镇州的新任成德节度使田弘正身上，大家都在穷尽自己的想象力，猜想田弘正会与成德军将发生怎样爆烈的化学反应。

然而，几个月过去了，好像什么都没有发生。成德将士没有作乱，朝廷承诺的那一百万缗也没有发下来。

就这样，公元 820 年，唐宪宗元和十五年就这样过去了。

转眼到了新年，穆宗终于可以名正言顺地换上一个属于自己的年号了。热衷于娱乐事业的穆宗，希望自己治下的帝国能够和自己一起长长久久地欢乐下去，于是他把自己的第一个年号定为"长庆"，由此正式开启了属于自己的纪元。

公元 821 年，唐穆宗长庆元年。

元和中兴的强大惯性依然没有停下，朝廷的声势依然在上扬。年初，朝廷开始在河北地区推行两税法。这项国策自德宗建中元年颁布以来至今四十年，第一次在河北地区得到了落实。

穆宗喜滋滋地看着眼下欣欣向荣的局势，不出意外的话，到六七月间，来自河北的赋税钱粮就能送到京城了。这可是自安史之乱以来，破天荒的第一次。曾祖父德宗皇帝、父亲宪宗皇帝他们一辈子都没能做到的事情，到我的手里，不费吹灰之力就要完成了。

“嘻嘻！”想着想着，穆宗居然笑出声来。这么好的事情怎么能不庆祝呢？他立即吩咐下去，今天晚上开个party！

人逢喜事精神爽，连老天都在由着穆宗的性子，没过多久就又给了他一个开party的绝佳理由：卢龙节度使刘总请求辞官，他要出家当和尚，让朝廷派人来接任卢龙的长官。

“噗!”看完刘总的上书，穆宗又忍不住笑出声来，好端端的放着大官不做，干吗要去当和尚啊？

原来在元和五年（公元810年）的时候，这刘总趁着他老爹，也就是当时的卢龙节度使刘济为朝廷出兵攻打成德的机会，夺取节度使之位，还杀了自己的老爹和老哥。最近一段时间，他感到浑身哪哪儿都不对劲，老是做噩梦，像是老爹和老哥回来找他索命来了。

这种症状放在现在也就是个神经衰弱，吃点安心宁神的东西就好了。不过在那时候，人们对待这种病症是异常严肃的，心理承受能力稍差的人，都必须认真地对自己的所作所为进行深刻忏悔。尤其像刘总这样本来就有负罪感的人。

反正这个节度使，刘总是死活不想再干下去了，铁了心要去当和尚，为自己赎罪。刘总也还颇有些佛法的觉悟，他不再把卢龙交给自己的后代，而是径直把它还给朝廷，请朝廷派人来接管。

并且，刘总为朝廷顺利接管卢龙一事考虑得非常周到，他把麾下一些不同意归顺朝廷的人送往长安，请穆宗亲自接见他们，并给予赏赐，以安抚他们，进而得到卢龙的人心。若是他们还不听话呢，朝廷也可以就地处理掉。

被送往长安的卢龙战将里，有个人叫朱克融，是当年大乱天下的朱滔的孙子，他将在几个月后，盛装出场。

刘总也提醒朝廷给卢龙全体将士下发一百万缗的赏赐。这个数额和去年给成德的一样多，这样卢龙将士才不会觉得不公平。

自朱滔死后，刘氏父子掌管卢龙也还是很听话的。几十年来，朝廷要他打谁他就去打谁，没有和朝廷对抗过。所以朝廷对卢龙向来都很宽容。去年几大藩镇首脑大对调也没有涉及卢龙，充分说明了这一点。

现在既然刘总同志的思想觉悟水平这么高，穆宗真是不知道该怎么疼他了，决定要把他树立成一个忠君爱国的典型，让全国人民好好跟着学。于是，穆宗同意了刘总出家的请求，钦赐法名“大觉”，还为他专门建立了寺庙，名为“报恩寺”，并赐穿紫色僧袍。在唐代，紫色可是三品以上的大员才能穿着的颜色。

至于卢龙节度使的人选，穆宗选择了时任宣武节度使的张弘靖。自此，桀骜不驯近六十年的魏博、成德、卢龙这河北三镇的长官，全部都换上了朝廷自己任命的人。

张弘靖确实是个不错的人选。他家世非凡，祖父张嘉贞乃是开元盛世时的宰相，父亲张延赏也是德宗朝的宰相，贞元年间雄踞西蜀的南康郡王韦皋是他的姑父，他自己也曾经在先皇宪宗时代出任过宰相。这等家声，恐怕跟汉朝末年袁绍的“四世三公”差不多了。更难能可贵的是，张弘靖可不像袁绍那么草包，他还是颇有才能的。

公元 819 年，元和十四年，宣武节度使韩弘入朝归顺，张弘靖奉命代表朝廷前去接管了韩弘的地盘。在汴州期间，他选择宽容对待刚刚归顺的宣武将士，成功地保障了宣武由自治割据到朝廷直辖的平稳过渡。

也正因为如此，这次穆宗选择让他去接管卢龙，希望他能像在宣武一样，平稳地让卢龙过渡到朝廷的治下。

从汴州到幽州的路很长，张弘靖有足够的时间在路上考虑自己应该怎样去对待卢龙的兵将们。已经六十岁的他不是个一成不变的人，而是懂得根据事物本身性质的不同，采取截然不同的方法去对待。在他六十年的人生里，这个原则也屡试不爽，成为他的人生信条。

在汴州，他了解到汴州士兵们支持刘玄佐、韩弘等历任节度使割据拒命的深层原因。连年战乱使得位居全国中心位置的汴州聚集了大量失去土地的农民，无处谋生的他们唯有投身军营，成为节度使的雇佣军，才能混口饭吃。如果他们的节度使只知道顺从朝廷，则势必要将汴州海量的财富大部分上交给中央，这就损害他们的利益。于是，他们只好去支持那些抗拒朝廷的节度使，唯有这样的人坐在节度使宝座上，才能保障他们的生存利益。

在这样的形势下，张弘靖在汴州选择了宽松的治理方略，不去过于激烈地触动宣武将士的既得利益。幸好汴州是个有钱的地方，蛋糕足够大，大家都能吃饱，所以对谁多吃了点儿、谁少吃了点儿的问题，也就不那么敏感了。张弘靖也因此保证了在汴州的成功。

而对于幽州，张弘靖则有另外的思考。

熟悉历史的他十分清楚，幽州这个远离中原的地方非同一般，治理汴州的方法肯定不会适用于这里。

幽州从来便是用武之地。唐代以来，活跃在此的契丹族、奚族令历代天子惶恐不安。玄宗时选择安禄山镇守此地，并给予他极大的权力，是希望他为大唐平定幽燕，不想安禄山却在此地起兵反叛，重创大唐。

此后这里又走出过朱泚、朱滔两兄弟，在建中年间几乎颠覆大唐王朝。幽州写满了大唐的痛苦回忆。

可刘怦、刘济父子治理幽州的三十多年里，相比魏博、成德、淄青、淮西的闹剧不断，幽州却又消停了许多，而且还多次响应朝廷的号召，出兵为朝廷助战。

似乎看起来，在安禄山、朱泚、朱滔这样的奸邪之人手上，幽州就会成为他们兴风作浪的根据地，而在刘氏父子这样忠诚的人手上，幽州又会成为天下藩镇的正面典范。

张弘靖由此认为，幽州兵将很听统帅的话，他们的作风和统帅的风格是一致的。统帅的人格魅力对幽州兵将的影响非常之大，幽州的统帅是什么样的人，幽州的兵将也就都是什么样的人。

那么现在，就让我张弘靖这样忠君爱国之人，来做他们的新偶像吧。我会教会幽州人什么叫上下尊卑、礼义廉耻！

得出这个结论的张弘靖如获至宝，顿时感到正能量爆棚，他昂首迎向呼啸的北风，继续奋勇前行。

然而，他要是能像在汴州时那样从经济角度去思考问题，该多好啊。

廿一　镜花水月

七月的幽州虽然已经热得让人喘不过气来，但这丝毫没有影响城里的居民早早地聚集到大街上准备迎接新任节度使的热情。

自开元二十六年（公元738年）朝廷大将张守珪离开幽州节度使任上之后，这里的人们就再也没有见过来自长安的长官。时至今日，就算是幽州城里最老的老人，也没见过朝廷的旌旗仪仗是啥样子。

新任领导张大人就要进城了，人们挤拢过来，准备要看清楚这位从长安来的新节度使骑什么样的骏马，穿什么样的铠甲，然后再像以前的诸位节度使一样，跟张大人亲密接触，握手言欢。

"张大人来了！"站在城楼上眺望的人向下喊道。城里的人们立即拥到城门外，伸长脖子期待着。

先过来的是几个兵士，应该是给张大人开路的。人们热情地迎上去，想为远道而来的长安人接风洗尘。

"走开！走开！"那几个兵士忽然大吼一声，吓蒙了跑在前面的几个幽州人。

"张大人马上就到！你们这样挤在路上，成何体统？你们就是这样迎接你们统帅的吗？"兵士张牙舞爪地吼叫着。

幽州人感到莫名其妙，这几十年来，我们都是这样迎接远征归来的幽州将帅的啊！这有什么不对吗？

“给我闪开道来！”不等迷茫的幽州人回过神来，那几个兵士又发出了一声干吼，还拿出皮鞭向人群疯狂抽打。

不明就里的幽州人见状四散奔逃。

“这朝廷命官可真厉害啊！”躲避皮鞭的幽州人感叹道。

一会儿，张弘靖的队伍到了。人们不敢再去迎接，只好藏在屋子里偷偷向外看去。可看了老半天，队伍之中并没有出现他们想象中的那个骑高头大马、穿黄金铠甲的张大人。

哪一个是张大人？人们纷纷问向身边有见识的人。还好，幽州城里有见识的人还是有的，很快，张大人就被认出来了。

“偌，那个就是嘛。”有见识的路人甲指着张弘靖对路人乙说。

“嗯……那个……那个人吗？”路人乙顺着路人甲的指尖望去，他感到有些出乎意料。

“哎呀！是啊！就是那个人！”被问烦的路人甲恼火地又确认了一次。

“啊！朝廷命官居然是这副样子！肥头大耳的，一点儿力气都没有。”路人乙的语气很是失望。

“你懂个屁！人家长安的达官贵人都是这样子的！这才叫帅！”路人甲抢白道。

“这个张大人这么胖，这也能算帅？”路人乙反驳着。

“拜托！你懂点儿时尚好不好？你以为人家长安的人跟我们幽州人一样穷哈哈的啊？人家日子过得好，当然胖咯，胖才是帅！”路人甲教育道。

“嗯，好吧。可他是节度使呀！节度使都是战场上的勇士，勇士都是要骑马的，他怎么让别人抬着走啊？难道受伤了吗？”没见识的路人乙好奇地问。

“哎呀！人家张大人是个文化人，不是武夫。他坐的那叫肩舆，那可不是一般人能坐的东西，你没见过《步辇图》吗？那画里的太宗皇帝坐的就是肩舆，知道不？哎呀，你个没文化的，跟你说了也白说！”路人甲明明很详细地在解释，却又要装作一副不耐烦的样子，因为他的姿态引来了旁边几个村姑仰慕的眼神，这让他的脸皮有些灼热。

“哦！是这样啊？可是他为什么不让我们出去迎接他呢？以前的节度使回来了，我们都会出去迎接的啊，大家还争着去给他牵马、去扶他下来呢。”看样子，路人乙很怀念以前节度使们亲民的作风。

“那像什么话？朝廷命官怎么可能是我们这些小老百姓想去摸就摸的呢？你看看，张大人这样才是朝廷的礼数。朝廷命官出行，我们小老百姓都要肃静，要回避。你懂不懂?!”路人甲一边训斥路人乙，一边偷瞄旁边那几个仰慕他的村姑。

“哦……”路人乙想了想也没什么好说的了，最后嘟囔了一句：“反正我就是觉得以前的节度使才叫帅。”

路人甲白了他一眼，扭头继续假装瞻仰张大人，心里美滋滋地想着那几个已经迷上他的村姑，到底哪个更漂亮一点儿呢？

但是，在幽州城里，路人乙的想法才是主流。

张弘靖的本意是想彰显朝廷的威严，可实际上，这让他一开始就和幽州人产生了极大的距离感。

张弘靖没有想到，他也几乎不可能想到，经过长达近六十年的割据分离，幽州地区的文化环境已经和长安之间拉开了一道巨大的鸿沟，以至于，幽州人和长安人对于同一个文化符号的解读竟然是完全不同的，这种情况下，难以调和的矛盾必然会产生。

张大人风风火火地进了卢龙节度使府，同时，他为卢龙地区带来的新政也就此全面展开。

作为一位威严的朝廷命官，张弘靖决定不再像以前的节度使那样，亲自去打理那些军需钱粮之类的小事。天天算那些小账多跌份儿啊，让那些小吏去做就是，我张弘靖只抓大事，每十天去大堂里坐一会儿，决定一下关系到全镇的大事就行。

这几天，他就决定了两件大事。

首先，他派人去挖了安禄山的坟墓，砸了安禄山的棺材，把安禄山的尸身扔进郊野。天真的张弘靖想以此来彰显朝廷威严，告诉幽州的军民百姓，反叛朝廷迟早不会有好下场。

然而，这个实际上很恶心的行为，只是让幽州人开始感到愤怒而已。要知道，朝廷眼里的天字第一号反贼，一直以来却是幽州人眼里的天字第一号英雄。

虽然这个人早就死了，幽州也归顺了，朝廷当然不可能承认安禄山的"英雄"地位，但也完全没有必要和一个死人再较什么劲，张弘靖这样做实在是没事找事。

如果说这件事还只是在情感上伤害了幽州人的话，那么，他决定的另外一件事，可就要伤害到幽州人的实际利益了：他决定将朝廷给卢龙将士的一百万缗赏赐截留二十万，充作自己的办公经费。

卢龙已经归顺朝廷，两税法也在卢龙开始正式实施，卢龙税收的很大一部分将要上交朝廷，节度使可以支配的财政收入自然也就不如以前那样充裕了。手头紧的张弘靖自认为自己这么做无可厚非，况且也只截留二十万缗而已，不是还有八十万吗？赏赐本来就是朝廷白给的，打个八折也没什么要紧吧。

可惜只抓大事的张弘靖没想到，等赏赐发到将士们手上时，已经不是他预算的八折，而是七折、六折、甚至只有一半了。将士们不是傻子，朝廷的诏书写明总数是一百万缗，自己应该得到多少，每个人都心知肚明，现在却莫名其妙地被打了这么大的折扣，他们不可能保持沉默。

一些愤怒的士兵围堵在判官韦雍的身边。

张弘靖从汴州带来一大批文官幕僚，由他们具体负责打理卢龙事务，这个韦雍便负责财政方面。这些舞文弄墨的文官打心眼儿里看不起幽州的武夫们，他们常常嘲弄幽州兵将是“反虏”，所以，来了没几天就把卢龙的军政关系搞僵了。

韦雍这个家伙胆子也够肥，在张弘靖截留赏赐之后，他又私自截留了一批，使得赏赐的缺口被捅大了。不过，仗着张弘靖的宠信，韦雍一点儿也不害怕士兵们的质问。他理直气壮地对士兵们吼道：“好啊，既然你们觉得这账算得有问题，那我把账本给你们看，你们自己算啊！”

说罢，他甩出了一本厚厚的账本。

士兵们愣住了，倒不是韦雍的气势把他们吓住，而是因为他们都不识字，账本上写的什么他们根本看不懂。

这下韦雍乐了，俯身收拾起账本，轻蔑地对士兵们说：“今天下太平，汝曹能挽两石弓，不若识一丁字！”现在不打仗了，你们这些武夫蛮力大，能弯弓搭箭又有什么用？有时间多学点儿文化吧！说罢大摇大摆地走了。

士兵们咬牙切齿地望着韦雍趾高气扬的背影，却说不出一句话来。

这天下，真像韦雍所说的那般太平了吗？反正韦雍已经是把自己日子过得跟太平盛世似的。

这天，韦雍出门办事。作为朝廷命官，韦大人出行的仪仗队伍很是齐全，一丝不苟。前面几个开道的衙役挥舞着棍子为韦大人的精致行装保驾护航。

野惯了的幽州人哪里懂得这些繁文缛节。韦大人刚出门一会儿呢，一个骑着马的小军官就和韦大人的仪仗队迎面相遇了。幽州城里的街道狭窄，小军官无处可让，双方就这么把路给堵上了。

韦雍在后面冒火了，决定趁此机会教育教育这些愣头愣脑的幽州人。他命令衙役把那小军官给拽下马来，当街重打二十大板。

这要是在人人皆知趋炎附势的长安，打了也就打了，谁也不敢说什么。可这里是幽州，朴实剽悍之风盛行的幽州。

几个衙役操起水火棍，张牙舞爪地朝那小军官打过来。那小军官却也不退缩，挺立街头，和衙役们搏斗起来。人家毕竟是职业军人出身，几个回合下来，愣是没落下风，衙役们只是仗着人多才勉强把他困住。

双方僵持之间，斗殴现场的围观群众越来越多。韦雍见这下颜面扫地，干脆正事也不办了，气恼地扭头直奔节度使府，去找张弘靖告状去了。

“张大人，他这哪里是不把我放在眼里啊？他这是在给您难堪啊！他这是藐视朝廷呀！张大人，这歪风邪气可纵容不得啊，不然的话，朝廷威严何在呀？朝廷纪纲何在呀？”韦雍哭哭啼啼地说。

张弘靖也觉得韦雍说得在理，要想制服这些幽州兵痞，不拿出雷霆手段是不行的，的确是得好好教教他们什么叫尊卑有序了。

张弘靖立即叫来了本地军队里的执法人员，严肃要求他重罚那个冒犯朝廷命官的家伙。张弘靖觉得，让军队里的人自己去处置队伍里犯错的人，这样就能让这些士兵记住这次教训。

然而，士兵们感受到的却是莫大的羞辱与不平。联系到张弘靖就任以来种种不尊重将士的作为，这次的事件成了压死骆驼的最后一根稻草。

士兵们的愤懑最终冲垮了理智。当天夜里，幽州军营忽然哗变，士兵们冲进张弘靖的府邸，将其囚禁，同时杀掉了韦雍等人。

刚刚归顺的卢龙又发生剧变。

一通激烈的宣泄之后，卢龙将士开始恢复冷静，现在他们需要找人来替大家收拾残局。这时，众人的眼光都落到了身份特殊的朱克融身上。

几个月前，朱克融曾经作为反对归降朝廷的代表而被刘总送往长安，让朝廷自行处置他。可忙于娱乐事业的穆宗并没有多少时间理会这个幽州人，既没有赏赐他，也没有杀掉他。朱克融在长安玩儿了几天就被朝廷送回幽州，刚回来就赶上了这么一出。

作为当年藩镇抗命联盟盟主、冀王朱滔的子孙，朱克融似乎是出面带领卢龙再次与朝廷对抗的不二人选。面对兵士们的拥戴，朱克融与生俱来的嗜血嗜利基因开始萌动，也就当仁不让地自称卢龙代理节度使。

公元821年，唐穆宗长庆元年七月，卢龙兵变、张弘靖被囚的消息传到长安。丝毫没有半点儿心理准备的穆宗方寸大乱，只好承认自己任命的节度使已经被卢龙军人强行罢黜的事实，将还在幽州大牢里的张弘靖贬为吉州刺史，这就等于承认了剧变的责任在朝廷一边。同时，穆宗又让昭义节度使刘悟前往卢龙收拾残局。

刘悟知道卢龙局势已经失控，不敢去接这个烫手的山芋，一面拒绝朝廷的任命，一面建议朝廷干脆进一步承认朱克融为新任卢龙节度使，以求息事宁人。

朝廷当然不肯松这个口，可现在谁又能去为朝廷接管卢龙呢？朝廷陷入了进退两难的境地。

然而，事态的发展却并没有给朝廷举棋不定的机会。卢龙剧变的余波很快就冲出幽州的范围，开始波及整个河北。

首当其冲的，便是离卢龙最近的成德。

自卢龙发生剧变以来，成德节度使田弘正就睡不安稳。入主镇州已有一年，田弘正还没有像最近这般焦虑不安过。卢龙士兵哗变，恢复了他们以往的高度自治，使得成德士兵也开始蠢蠢欲动起来，田弘正感到身边有的人眼神开始变得有些异样了。

每当心慌眼跳的时候，田弘正就懊悔自己当初应该强硬一些，不该把去年从魏博带来的亲兵给送回去。那样，自己也不至于在成德士兵的虎视眈眈之下只有瑟瑟发抖的份儿。

可是，他的亲兵为什么又回魏博了呢？

按照朝廷制度，藩镇的军队只要服从朝廷命令走出本镇地界去执行任务，那么，从他们走出本镇的时间算起，军饷就要由朝廷来支付。魏博亲兵被田弘正带到成德，他们的军饷也该由朝廷支付，但朝廷这次却认为这些人并非为朝廷执行命令，而是田弘正私人带出魏博的，所以拒绝给他们拨付军饷。

田弘正既然是成德节度使，为什么不用成德的军饷来养这支队伍呢？显然不行，成德既然归顺朝廷，节度使也就降格成为单纯的军事首长，无权过问其他事务，也就不能再自由支配成德的赋税了。

为了养活自己的这些保镖们，田弘正先后四次向朝廷请求给予一些额外的钱粮，都被拒绝了。无奈之下，他只好将他们送回魏博。

如今，暗潮涌动之际，田弘正只有乞求命运再次垂青。毕竟一直以来，命运还算是很眷顾自己的。

然而生逢乱世，没有任何人的命运是能一直靠得住的。

成德部将王庭凑，乃是王武俊的养子，在成德军中威望甚高，他一直就对仇家田弘正出任成德节度使感到相当的不满。眼下，卢龙那边出事了，魏博的保镖也回去了，这让他终于嗅到了等待已久的复仇时机。

一直在幕后组织对成德士兵煽动工作的王庭凑，很快就发现成德士兵们的情绪几乎都像干枯的柴草一般，一点就着，自己的煽动工作进行得非常顺利。他不由得在心底感谢穆宗这一年多来在处理河北藩镇问题上的轻浮与短视。

八月里，一个月黑风高的夜晚，王庭凑发动兵变，杀死田弘正一家及其幕僚，自任代理节度使，等于宣告了成德也就此恢复高度自治的地位。

短短两个月之内，朝廷好不容易收服的河北三镇就丢掉两个，这使得那些苦苦支撑着朝廷走向复兴的人们，纷纷为之扼腕长叹。

尤其是在先帝时带领魏博首先归顺朝廷、此后又一直忠心耿耿地为朝廷出力、为元和中兴作出过转折性贡献的藩镇典范田弘正惨死，更让天下人感到寒心。既然朝廷保护不了那些为它献出忠诚的人，那谁还会再去忠诚于它呢？

卢龙剧变刚刚过去一个月，穆宗就又收到成德剧变的消息，他被吓傻了，完全陷入了迷茫。但河北的乱局还远未结束，更不会停下来等他从呆滞中恢复。

接下来便是魏博。

全天下热爱朝廷的人们，都寄希望于魏博节度使李愬能复制在淮西时的传奇故事，再次为大唐王朝力挽狂澜，扭转乾坤。李愬也明白自己肩负着这份沉重的期待，所以不等朝廷下诏讨伐，他就举行誓师大会，宣布即将进军成德。

然而，在这剑拔弩张的关头，李愬却蹊跷地病倒了，不久后便死了。出兵的事也就被耽搁下来了。

这时候，朝廷才算回过些神来，开始跟上了事态发展的节奏。穆宗任命田弘正的儿子田布为魏博节度使，让他领兵去讨伐成德，为父报仇。

八月底，朝廷正式下诏宣布王庭凑为反贼，命令魏博、横海、昭义、河东、义武等藩镇组成联军，进剿成德。为集中力量、各个击破，诏书中并没说要讨伐首先作乱的卢龙朱克融。

但朱克融却很有自知之明，他知道朝廷迟早不会放过他，于是就和王庭凑联合起来与朝廷对抗。两凶联合，声势浩大，各路藩镇也不敢轻举妄动，只在成德周边观望徘徊着。

只有复仇心切的田布认真地执行着朝廷的命令，与成德叛军进行激战，但也都是徒劳无功。

穆宗为了打破僵局，再次启用曾经代先皇出征、最终赢得淮西战役胜利的老臣裴度，任命他为镇州四面行营都招讨使，统一指挥各路兵马，希望他能为自己复制一次曾经的传奇胜利。

然而，既然是传奇，就不是能够复制的。哪怕是曾经的传奇创造者本人，在时过境迁后也不可能再来一次。

李愬不可能，裴度同样不可能。

毕竟现在河北的军阀们已经认清了朝廷的纸老虎本质，原来能吓住王承宗、刘总等人的朝廷复兴的真相已被看穿，河北士民们对朝廷的信心也随之崩塌。

人心散了，队伍就不好带了。

裴度并没能改变河北一团焦糊的战局。

穆宗的长庆元年也就只好在联军的拖沓之中，这么稀里糊涂地过去了。

公元 822 年，唐穆宗长庆二年才刚刚开始，朝廷的财力就已无力支持对成德的战争，前线的钱粮开始接济不上了。

其他各路藩镇见状，自然不敢让自己的士兵饿着肚子去为朝廷卖命，纷纷回到了自己的地盘上，只有身负血海深仇的田布还在兀自催促魏博士兵全力攻打成德。

面对粮饷不济的危险状况，在朝廷的默许下，田布竟然下令以魏博下辖六州的税赋充作军费，而这是魏博士兵们无法接受的事情。历来为皇家外出作战，士兵们挣的可都是皇家的军饷，现在却要吃自己的钱粮，这不是白干吗？

士兵们向田布发出了质问："尚书（指田布）刮六州肌肉以奉军，虽尚书瘠己肥国，六州之人何罪乎？"你田布对朝廷忠诚，宁肯自己饿肚子都要给朝廷卖命，这很不错。但那也只是你自己一个人的事情，凭什么要拉上我们魏博六州人民跟你一起遭罪？

被仇恨冲昏头脑的田布对此置若罔闻。

一次军事会议上，田布与魏博军将的矛盾彻底爆发，将士们拒绝执行田布的命令，并给他抛下一个选择题："尚书能行河朔旧事，则死生以之，若使复战，则不能也！"你田布要是能像我们河北藩镇以前那样，高度自治，拒命割据，我们就死心塌地地跟着你干，你若是还要去打成德，我们不干了！

激愤的田布声嘶力竭地讲着忠孝的大道理，但这却丝毫没能打动冷酷的将士们。要忠要孝都是你田布一个人的事情，别拉着我们一起送命！魏博将士们决定与田布决裂。

最终，口干舌燥的田布见将士们依然面若冰霜，而自己也终究不可能宽恕成德的杀父之仇，情绪激动的他忽然抽出佩刀，捅进了自己的心脏，无法解除困局，他只有用死亡来求得解脱。

而魏博将士们并没有阻止自己的统帅自尽，他不愿意为魏博将士们做的事，等他死了，自然有人为魏博将士去做。收拾了田布的尸身之后，他们立刻又簇拥着另一个人坐上溅满田布热血的节度使宝座。这人叫史宪诚，乃魏博第一大将。他早就对魏博将士们承诺过，若是他当了节度使，一定会带领魏博“行河朔旧事”。

已经焦头烂额的穆宗见此情形，只好无奈地下达了给史宪诚的正式任命。

卢龙、成德、魏博河北三镇在短短半年时间内，相继发生剧变，张弘靖、田弘正、田布这三位由朝廷任命的节度使，先后失去权力乃至生命，而朱克融、王庭凑、史宪诚这三位由士兵们自行拥立的节度使将再次带着他们的骄兵悍将，走上割据抗命之途。

公元822年，唐穆宗长庆二年二月，朝廷最终放弃了对王庭凑和朱克融的敌对态度，停止征讨，正式任命他们为成德、卢龙节度使。

自此，先皇宪宗十多年来的努力，乃至自安史之乱之后整整六十年来朝廷历代君王将相们的努力，倾刻化为乌有。经历了元和中兴振作之后的大唐王朝，刚要奋飞，却又被重重地击翻在地。

从此以后，唐王朝直至灭亡，都没能再次染指河北。河北地区就此长期游离于中央朝廷的统治之外。

直到宋朝建立，中央王朝才恢复对魏博、成德故地的控制，而那时，离中原最远的卢龙，也就是幽州地区，却又成了辽国的地盘。后来的金国倒是把整个中国北方地区征服了，却无法一统华夏。而整个河北地区再次完整地与中国其他地区重聚，居然要等到忽必烈时代的元朝。

这一切是如何发生的呢？仅仅是因为张弘靖在幽州的举措失当而引发了一连串偶然事件吗？为什么唐朝的藩镇总是老而不死，死而不僵，甚至死而复生？堂堂的大唐王朝为什么总是对付不了这些实际上是自己制造出来的军阀兵痞？

对这一堆凝重的问题，本书试图给出一个认真的回答。

古代中国属于农业文明，不论中国古代所创造出来的文明多么瑰丽多姿，支撑这一切的，一直都是无数面朝黄土背朝天的农民。农业支撑起了整个中国古代历史文明的发展与变迁，也决定了古代中国的经济运行模式，进而决定了古代中国的文化思维方式和政治组织体制。

作为一种基础性的生产方式，农业的优势与缺陷在中华文明之中都有突出的显现，它们深刻而无形地决定着中国历史的命运。

在耕作技术没有出现重大进步的前提下，农民的生活来源严重依赖于自己的土地，一旦失去土地，他们很难找到其他的谋生方法。

如果古代的国家能够保持一段较长时间的统一与稳定，农民的人口数量就会迅速增加，但人口增加了，耕地的增加却不那么容易，人多地少的矛盾便开始产生。

同时，伴随经济的发展，贫富差距拉大，有钱人开始大量收购农民的土地。土地兼并又加速了农民失地的进程，这些失地农民要么大量沦为被地主盘剥的佃农甚至农奴，要么被迫离开家乡流浪，他们在努力求生的过程中，都不可避免地严重冲击原有的社会秩序。

历史上每一个统一的中央王朝都面临过这样的问题。扩张政府所能掌控的土地，缓解人地矛盾，是一个直截了当的解决方法。他们的解决方式一般有两种，一种是发动对外战争，开疆拓土，为新增人口争取生存空间。

不过，这个方案在秦始皇统一中国、一举奠定中国版图的核心部分之后，就无法再经常使用下去了，因为核心部分周围的土地与气候，并不适合农业发展。

另外一种方式则是深入开垦现有的土地，将耕地向深山密林延伸。贯穿中国历史的经济中心南移的过程，就是在两千年来中国人不断南下开荒之中完成的。

除了硬性增加耕地之外，负责任的政府还会通过出台各种措施控制土地兼并，整肃经济秩序，力求把土地分配拉回到一个合理的区间。这就是那些往往出现于统一王朝中后期的变法革新运动。

对外开拓，对内整顿。这就是中国古代政治体制对维持自身稳定的两种根本方案。但很明显，这两种方案都需要直面内外敌对势力，失败概率不是一般的高啊。

若这两种方案都无法解决日益突出的人地矛盾的话，一旦经济失控，农业中的过剩人口就会大量向社会溢出，形成庞大的失业群体。失业，不光是现代才有的社会问题，古代同样存在，且由于缺乏解决方案，其引发的问题往往更具灾难性。

无助的失业群体会演变成沉重的社会问题，最终从内部将王朝的五脏六腑烧成灰烬。这就是中国历史中上演过无数次的“分久必合，合久必分”的经典桥段。

每隔数百年，农业经济就会以一种极其残酷的方式重启历史发展的进程。每个王朝崩溃之后，都会引发一场旷日持久的中原争霸战，战争会使大量人口死亡。而活着看到和平曙光的人，将会重新分割死者留下的遗产，主要就是土地。然后，他们又会在安定的环境中开始新一轮的开枝散叶，直到王朝再次走向鼎盛，再次走向衰亡，再次走向毁灭。

早在战国末年，哲人韩非子就曾指出过这个支配着中华文明命运的死结，他说：“今人有五子不为多，子又有五子，大父未死而有二十五孙，是以人民众而财货寡，事力劳而供养薄，故民争。虽倍赏累罚而不于乱。”

然而，这也只是对现象的描述，而现象背后普遍的、必然的抽象规律，我们的民族却一直无法给出准确的概括。这也是农业经济对我们民族思维方式的决定性影响之一，重实际经验而轻抽象逻辑。

处于中古时期的唐朝，也必须经历这个无解的轮回。大唐开国之初，继承始于北魏的均田制，政府给每个成年男子分配土地，一部分归其所有，一部分则在其死后收回重新分配。

这是一个看起来不错的制度，似乎离中国传统政治理想中“耕者有其田”的美好愿望并不遥远。但需要注意的是，这是一种实实在在的经济制度，而不是博爱的社会救济制度。

在长期战乱造成人少地多的南北朝时期，均田制的意义在于大张旗鼓地刺激人口增长与土地开垦。这种政策适用于国家的创业爬坡阶段，能强力推动民众积极进取的精神。

随着长时间的统一与安定，民众对于国内土地资源的控制与开发的增长速度必然放缓，均田制带来的边际收益也日渐缩水，问题就出现了。

均田制施行的前提，是政府手中掌握大量土地，但就算是大唐王朝再怎么勇于开疆拓土，也远远不可能赶得上人口增长的速度。何况朝廷开拓的土地要么非常遥远，要么无法耕种。再加上富贵阶级大量占有土地，唐朝政府很快就无地可分了，失地流民开始出现，朝廷也就被迫开始无休止地忙于修补均田制暴露出的那些越来越大的bug。

没有人愿意随随便便更改一项制度，就算这项制度带来的油水其实早已被榨干，人们也不愿随意触动其根本，除非旧制度开始带来灾难。

早在太宗贞观十六年（公元642年），唐朝政府就第一次颁布“括户”命令，也就是清查失地流民，给他们就地分配土地或遣返原籍。这是对均田制的一种补救措施。

唐朝政府就这样一直修修补补，勉强维持着均田制的运转，但毕竟还是扛不过经济规律的作用，最迟至女皇时期，均田制实际上就已经崩溃了。

到唐玄宗开元年间，唐朝政府在时任宰相宇文融的主持下，进行了王朝历史上规模最大的一次括户行动，对垂死的均田制进行最后一次抢救，但这也不过是为均田制赢得一次回光返照，之后就完全积重难返、无药可救了。

但幸运的唐玄宗却遇到了另一个解决失地流民问题的机遇。那时，唐朝周边的各个国家、部落都已经强大到有资格成为唐王朝猎物的程度。于是，不差钱的唐玄宗拿出大量的钱财，将流民收编到各地的军队之中，使他们成为朝廷的雇佣军，获得朝廷供养的同时，为朝廷东征西讨、建功立业。失业流民纷纷走进军营，他们所带来的社会问题也随之得到了缓解。

直到安史之乱爆发，大唐王朝才意识到这样的处理方式其实是一把可怕的双刃剑：自己养肥了猎犬，却又被这些猎犬咬得半死。幸存下来的大唐王朝还是不得不与这些异化的猎犬们展开旷日持久的拉锯战。

也是因此，才有了本书所讲述的这段历史。

大唐王朝的统治者们永远都不会想到，只要贫富差距无法控制，土地兼并继续恶性发展，失地流民依然还会长时间、大规模地存在着，藩镇军队的规模就永远不可能缩小，藩镇割据也就能一直老而不死，死而不僵，乃至死而复生！

这是经济发展下的历史必然，张弘靖改变不了，田弘正也改变不了，李愬、田布、裴度乃至当今天子，亦或是先帝，甚至是太宗皇帝，都改变不了。

哪怕是到最后，大唐王朝都崩塌了，失业流民的汹涌潮流依然在继续左右着中国历史的命运。直到宋朝，也还是得用招募流民入伍充军的办法缓解这个巨大的社会矛盾。

只不过到了宋朝，中国人的政治智慧终于提升到能够解决藩镇割据问题的水准，赵匡胤设计的解决方案就是搞出一整套严密的制度，将军队严格纳入中央直辖之下。但这又让宋王朝陷入另一个令人郁闷的尴尬境地——军队臃肿不堪却又屡战屡败。

之后，农业经济再次带领着中华文明在一治一乱的怪圈中蹒跚着，很长时间里都没能再次为华夏带来“盛世”光景。

直到明朝中后期，来自美洲大陆的玉米、红薯、土豆等高产农作物涌入中国，这才使得疲惫的中华大地能养活更多的子民，也成全了中国古代史上最后的辉煌——康乾盛世。

这就是经济无影无形的伟大力量。大家可能看惯了史书上那些浓墨重彩的忠奸善恶、你死我活，龙蛇干戈、降妖伏魔，如今本书却说决定历史发展是的柴米油盐这些寡淡的经济，你可能一时接受不了，可这是事实。就是这些清汤寡水的无聊事情，静悄悄地左右着舞台上那些装作呼风唤雨模样的诸神的命运，不解风情，不留痕迹，无处寻觅，无法逃脱……那么平凡，却又那么深刻。

河北三镇的复叛，正式宣告元和中兴终止，但元和中兴留下的遗产却并没有完全丧失。

三镇复叛，只是击破了附着在元和中兴上的虚华泡沫，即使是在中兴的那些年里，朝廷也没有能够在战场上真正击败过河北割据藩镇中的任何一个。他们的实力没有被朝廷削弱，名声也没有被朝廷折辱，当时的望风而降，不过只是跟随大势所趋而已。既然如此，等风头过了，他们再次反叛也是正常的。

但是，他们现在的反叛再也不能像安史之乱和建中年间那样，越过黄河去扰乱天下了。

在黄河以南的广大地区，元和中兴为朝廷的统治重新夯实了基础。尤其是淮西、汴州等黄河、淮河沿线一系列藩镇纳入朝廷的直辖之内后，一边与河北对峙、拱卫京师，隔离和阻止河北割据自治的癌细胞向全国扩散，一边又保障长安与南方财源地的运输通畅。他们逐渐成为唐王朝的命门。

失去河北，唐朝依然可以活下去，而若失去黄淮沿线藩镇，唐王朝将顷刻毙命。

自此，天下的藩镇形成三种类型，以魏博、成德、卢龙为代表的河北割据自治藩镇是一个类型，在政治上，他们高度自治的地位再也无法撼动，他们的财政税收也不再上交朝廷，庞大的军队也不再听从朝廷的号令。

以汴州的宣武军、徐州的武宁军、潞州的昭义军为代表的黄淮沿线藩镇是又一种类型，他们的节度使一般由朝廷任命，朝廷对他们保持着较高程度的控制，他们阻止了河北割据的蔓延，维持着唐王朝的生命。

以上两种藩镇是唐朝中后期各种斗争的主角。除此之外，南方地区从西川到浙江，乃至闽广的藩镇，则受到朝廷的严格管控，他们是朝廷钱粮财富的真正来源。

三种类型的藩镇形成了盘根错节的制约关系。一番仇杀之后，唐王朝无奈地发现，自己其实已经和藩镇血脉相连、生死与共了。

如同一个人到了癌症晚期，体内的恶性肿瘤已经和身体的其他部分融为一体，若恶性肿瘤还能继续生长，那么生命也就还能维持，一旦肿瘤停止生长，生命也会就此终结。

大唐王朝这个奇怪的格局还会维持五十多年。五十多年后，一个鲁莽的医生——黄巢将会蛮横地在唐王朝的体内翻搅，完全破坏唐王朝赖以活命的藩镇体系，最终驱使它走上不归深渊。

好了，以后的故事以后再讲，现在，让我们再次回到公元 822 年，唐穆宗长庆二年。

廿二　金风狂舞

公元 822 年，唐穆宗长庆二年二月。

穆宗得过且过地正式任命朱克融、王庭凑为节度使，算是把河北三镇这次快节奏、大规模的反叛给敷衍过去了。

天下人哀叹，朝气蓬勃的元和中兴竟如此草草收场。

几天后，穆宗的另一项任命，更是让朝廷里的文官们感到极端的愤懑不平——任命元稹为宰相。

元稹，一个我们熟悉的诗人，与白居易齐名的诗坛领袖。他的很多诗句，至今依然被我们广为传诵，比如“曾经沧海难为水，除却巫山不是云”。

看起来，元稹是个很不错的人嘛。唐人爱诗，诗人在唐代有着很高的社会地位，历代宰相之中也不乏写诗高手。可为什么这次元稹出任宰相会引起大家的强烈不满呢？

原来，坊间盛传元稹能够成为宰相，完全是因为他勾结、贿赂太监，让太监们在穆宗面前帮他走后门求来的。

文官和太监，可谓是天然的死敌。无论是从身体上，还是从职务上，文官都极度鄙视太监，哪怕现在太监的能量已然不小，文官依然鄙视他们，所以也就会鄙视和太监搅在一起的元稹。

那么，元稹是怎么和太监搅在一起的呢?

小孩儿没娘，说来话长。

元稹小时候家境贫寒，可却又偏偏出生在纸醉金迷、嫌贫爱富的洛阳城。周围人的鄙夷，在年幼的元稹心中埋下了一生都无法摆脱的自卑，却也激励着他发奋读书，立志改变自己的命运。

故事的前半段很是励志。年轻时的元稹逼着自己成为学霸，在科举考试之中连战连捷。公元 802 年，唐德宗贞元十八年，二十四岁的元稹通过吏部的考试，成为秘书省校书郎，这是一个前途无量的职位，元稹也就此开始步入仕途。

如今，人们常常把那些通过自身努力改变命运的寒门子弟称为“凤凰男”，将他们形象地比喻成鸡窝里飞出的金凤凰。元稹就是典型的“凤凰男”。

与凤凰男命运相连接的自然是“孔雀女”了，就是那些嫁给凤凰男的城市女孩。前途无量的元稹也很快邂逅了属于他的“孔雀女”。就在他开启仕途的这一年，时任吏部侍郎的韦夏卿看中元稹这个前途无量的“凤凰男”，将自己宠爱的掌上明珠韦丛许配于他。

为了能搭上韦夏卿这艘大船，元稹断然与自己的初恋分手，为这位能够承载自己梦想的白富美腾出了位置。

二十四岁的元稹，看起来似乎正在向自己的人生巅峰急速挺进着。

但是，大家知道本书向来不喜欢讲那些洗脑、打鸡血的励志故事，要不是讲到元稹必须要说说这些，才不会勉为其难费笔墨饶舌。

好了，元稹的励志故事就此打住，后面就是元稹的真实人生。

四年后，即元和元年（公元 806 年），老岳父韦夏卿死了，失去保护伞的元稹立即因为指责朝政而被贬。从此，他被迫再次在命运里挣扎浮沉。

元和四年（公元 809 年），元稹的白富美妻子韦丛也去世了。一切看起来又要山穷水尽了。

不过，转机来了。元和五年（公元 810 年），时任东都洛阳监察御史的元稹得到一个机会，奉旨进京听用。三十二岁的元稹走在进京的路上，心情格外舒畅，感到自己的人生终于要柳暗花明了。

可过山车式的命运却还没有把元稹玩儿够。在回京的路上，发生了前面已经讲过的一个故事，元稹在驿站中偶遇仇士良等一伙太监，他们为争夺驿站的房间而殴打了元稹。先皇偏袒太监，竟然判定这次事情是元稹的错，将他贬到江陵府，也就是今天的湖北荆州，去做了个士曹参军。而且这一贬就是十年。

这般荒唐不公，该让心理脆弱的凤凰男如何对待？

曾经生存的艰辛，如今命运的多变，不断疯狂地扭曲着元稹深藏心底的自卑，猛烈地摇晃着他苦苦支撑的自负。最终，他的自负再也无法压制住那根深蒂固的自卑。

经历痛苦心理裂变的元稹放弃了做人做事要有底线的自我要求，颠覆了对事对人要分善恶的道德理念，他变得不择手段。

完成裂变的那个不眠之夜，他翻箱倒柜地找出一页诗稿，那上面是自己写给亡妻韦丛的诗：

曾经沧海难为水，除却巫山不是云。
取次花丛懒回顾，半缘修道半缘君。

含泪读过一遍之后，他把诗稿丢进了火炉。

从第二天起，元稹的身影开始频繁出现在荆州城的烟花之地，很快他就找到了一个可心的女子，并将其娶回家。

也是从第二天起，元稹放下了自负，开始屡屡卑躬屈膝地去拜访一位曾经被自己鄙视过无数次的人——江陵府太监监军崔潭峻。

元稹知道，这个人迟早会回到天子身边，希望他到时能带上自己，回到那个属于自己的名利场中去。

很快，元稹就和崔潭峻成了知己知彼的莫逆之交。命运的转机也再次在元稹的努力中来临。

元和十四年（公元 819 年），先行回到长安的崔潭峻果然没有辜负元稹的期望，他向先帝求情，将元稹召回了长安。

回到长安之后，元稹继续力争上游，很快成了太监集团的“自己人”。他拼死拼活地结交到神策军中尉副使魏弘简。比起崔潭峻，执掌神策军帅印的魏弘简更是一个拥有呼风唤雨一般能量的大靠山。有了他的支持，元稹的春天看来真的不远了。

至于外廷朝官们的鄙夷，元稹一概视而不见。

那么，太监集团为什么没有拒绝元稹的主动靠拢呢？他们难道不担心与元稹结交会给自己带来与外廷官员勾结的嫌疑吗？

在当今天子治下，太监们的确不用有此担心。

穆宗最关心的是自己的娱乐事业，当皇帝似乎只是他的兼职。而作为帝国政治中枢里重要一环的皇权，也总得要有人去执行，穆宗本人不执行，就只能由近水楼台里的太监们去执行了。

无论独裁与否，皇帝都在中国古代的政治结构中有着举足轻重的作用，为了保证这一作用的正常运转，我们的传统文化给出的解决方案，是向皇帝个人提出以完美道德为核心的极多也极高的各种要求，并由官员们监督皇帝实行。也就是说，要保证皇帝扮演好自己的社会角色，只能寄望于他的个人素质别太离谱。

虽然几乎没有任何一位皇帝能完全做到传统文化中理想君主的各项要求，但若是能约束自己，马马虎虎地做到其中的一些，也是能过得了关的。

当然，这只是约束心智正常的皇帝的常规方法。可要是这个做皇帝的人根本就是一个奇葩，压根儿就不想或者不会做皇帝，完全没有一点儿做皇帝的职业素养，那该怎么办呢？我们的传统文化中并没有这样的应急预案，因此，皇权制度的bug就出现了，皇帝去做他们自己感兴趣的事情，让身边信得过的太监去填补自己留下的政治漏洞。

历代的宦官之祸，起源都是皇帝本人对于自己权力的不专注。在唐朝之前，太监们在东汉时猖狂过，而在唐朝之后，太监们还会在明朝群魔乱舞。从好吃懒做的秦二世，到热爱明式家具制作事业的明熹宗，漫长的宦祸几乎贯穿古代中国历史始终，说明这是中国古代政治制度下长期无法解决的大型bug。

而唐代的太监们，要想把自己窃取到的皇权落到实处，还得要掌握宰相手中的权力，尤其是在三省六部的制度约束下，这一点非常重要。唐代的太监势力经过长时间的滋生与蛰伏，到这时终于开始将触角伸向了整个朝廷。

由于身体缺陷，太监自己不可能出任宰相，所以，他们就必须寻找一个合适的代理人，让他们在朝廷之中实现自己的意志。现在，特立独行的元稹顶着社会舆论的压力，抛弃了对太监的偏见，向太监靠拢，这可是求之不得的事情啊，他们也就积极地去为元稹活动，为他谋得宰相的位置。

就这样，元稹成了太监们尝试掌握朝廷相权的试验品。

师傅领进门，修行在个人。宰相这个位置，太监们可以帮元稹坐上去，但坐不坐得稳，还得看元稹自己的本事。面对朝中越来越多的奚落与质疑，元稹必须马上拿出一些让人心服口服的成绩来才行。

眼下，倒真有这么一个机会。

王庭凑杀害田弘正、夺取成德后，成德下属各州郡望风而降，只有深州刺史牛元翼不愿跟随王庭凑作乱，拒绝归降，这也就明确表示出他是站在朝廷一边的。

牛元翼此举遭到了王庭凑的疯狂报复，他囚禁了牛元翼在镇州的全部家眷，并亲率大军攻打深州。直到朝廷都宣布与王庭凑停战了，他还不愿放过牛元翼，依然围困深州。无奈之下，牛元翼只得向朝廷求援。

朝廷和王庭凑已经停战，也就无法出兵相助，可既然人家如此忠于朝廷，咱也不能不管。于是朝廷只好多次下诏要求王庭凑去解深州之围，只可惜时过境迁，如今的成德，又可以不买朝廷面子了。

深州的事情拖得越久，朝廷的颜面就丢得越惨。可是，谁能为朝廷解决这个燃眉之急呢?

这事可不像写诗那么简单，元大人抓破头皮也没想出什么靠谱的办法来。

这时，结束了河北指挥作战任务的老宰相裴度回朝。虽然此次他讨伐河北无功而返，但天下人都知道这不是他的错，因此，这位至今硕果仅存的中兴元勋，依然受到了天下的尊敬与信任。包括眼下的深州困局，大家相信裴度一定能搞定，这让元稹和他背后的太监们很是嫉妒。

果然，裴度出手了。他为穆宗作出了分析：如今深州这块地盘，朝廷肯定是保不住的，迟早会被王庭凑夺走。与其如此，还不如干脆主动把它送给王庭凑，并以此为条件让他放了牛元翼一家，再让牛元翼到其他地方做个节度使就行了。如此一来，王庭凑得了实惠，而朝廷的颜面也能保全。与此同时，裴度还推荐自己的老部下、已经结束贬谪回京出任兵部侍郎的韩愈，出使成德去与王庭凑交涉。

韩愈带着裴度的计划自信满满地出发了。

眼看这个功劳又要被裴度给抢去了，元稹又急又气，却没什么办法。

这天，朝会刚刚结束，元稹就回府召集幕僚赶快帮自己想办法。他想赶在韩愈到达之前解决深州的问题，抢下这个功劳，向天下，尤其是向自己的太监主子证明，自己是能够做得了这个宰相的。

可一窝子人坐在一起闷了大半天也没说出什么有用的话来，急得元稹直跺脚。

这时，一个叫于方的人站了出来，大吼一声：“我有良策，只能与元大人一个人说！”这石破天惊的语气立即让元稹亢奋起来，他忙不迭地将于方带进密室，急切地询问他有何良策。

于方缓缓端起茶碗，轻轻吹开茶沫，慢慢啜了一口，吊足元稹的胃口之后，才慢悠悠地说：“我在河北有很多朋友，他们和王庭凑手下的人很熟很熟，我可以让他们去王庭凑那里周旋一二，做个反间计的局，救出牛元翼！”

病急乱投医的元稹打量了一下眼前的于方。这家伙是个官后代，他老爹于頔在元和时代也曾官居宰相，这家伙现在虽然官位不高，但确实在京城交游甚广，说不定真有些不同寻常的能量呢。

想到这里，元稹兴奋地问：“太好了！那咱要怎么做？”

于方又缓缓端起茶碗，轻轻吹开茶沫，慢慢啜了一口，依然慢悠地说：“大人放心，我的朋友我当然会去打点，让他们帮我去办。但我还需要一个关键的道具。”

“什么道具？”见于方说到关键处又停下，元稹只好紧跟着追问下去。

于方又要缓缓端起茶碗……

元稹不耐烦了，伸手摁住于方手中的茶碗，几乎吼叫着说：“说完了喝！”

于方抬眼瞅了一眼元稹，又慢悠悠地说出四个字：“空白告身！”

告身，是唐代任命政府官员的委任状。空白告身就是其他地方都填好了，相关部门的公章也盖好了，只留下姓名一处空白。这东西交给谁，谁就可以在空白处填上自己的名字，然后直接去吏部报到，就可以领到官印去上任了。

此物价值非同一般，所以私相授受当然属于严重违法乱纪。不过，经历过魔王给予的心灵洗礼后的元稹，为达到自己的目的已经达到无视一切约束的地步。此时他连想都没想，就果断地说：“没问题！要多少？”

于方缓缓地伸出两个手指。

“好！就给你两百份！一会儿我就去给你弄来。”疯狂的元稹立即应承下来。

元稹的反应可把一直装腔作势的于方给吓着了，原来这元大人这么放得开啊！可他于方不敢玩儿这么大，谨慎对元稹说：“二十份，大人，只要二十份就够了。”

“呵呵，这么点儿，小意思嘛！”元稹满意地笑了。

这大白天的，元大人火急火燎地旷工回府，和幕僚们闷坐了老半天，又和于方跑到密室里叨咕半天才出来，这是怎么回事啊？元府的仆人们偷偷地议论着元稹今天的一系列奇怪举动。几个舌头长的还把这事给散播到街上去了。

宰相位极人臣，做事难道不应该光明正大吗？

好事的长安闲人们，历来不会放过任何一个发挥想象力的机会。结合大家对元稹的评价，他们得出了一致结论：元稹在做着一件见不得人的事！

可到底是什么见不得人的事情呢？

眼下，元稹与裴度的矛盾在长安已是尽人皆知，大家喜爱老成持重的裴度，厌恶趋炎附势的元稹。那么，元稹在干见不得人的事情，大家很快又想到了一个一致的结论：元稹要陷害裴度！

可是，到底元稹会如何陷害裴度呢？

闲人们开始细细推敲从元府里传出来的各种细节。元稹不在中书省上班，中途回府，说明这次陷害裴度一定不是一般的公开在穆宗面前的言语攻击；又召集了很多人，说明这次元稹一定有一个详细、周密的陷害计划；其中一个人还和元稹进密室里去商议了半天……

啊！元稹一定是要刺杀裴度！几个表情神似福尔摩斯的闲人恍然大悟。

“那怎么行?！”一个挤在福尔摩斯们身边屏气凝神听他们分析的人，

突然大吼一声，把福尔摩斯们吓了个半死。

这人叫李赏，本是长安城里的普通居民，却是裴度的脑残粉。听说这个挨千刀的元稹要刺杀偶像裴度，他立即狂奔到裴府，嚷着要见面裴度，把这个关乎偶像生死存亡的情报，当面报告给自己的偶像大人。

裴度无奈，亲自接见了他。等李赏上气不接下气地说完他要说的话，裴度更是觉得哭笑不得。当年李师道倒是真的想杀我，而且还差点儿得手了。但毕竟我和李师道确实是你死我活的关系，他要杀我也可以理解。而元稹与我同朝为官，只是政见不同而已，我们俩谁赢谁输都还不至于要了对方的命吧。我大唐建国以来，血腥的仇杀只在战场敌我之际或宫廷骨肉之间，朝堂上的政治斗争还不至于凶险如此吧。

裴度只好和气地送走李赏，对他的珍贵情报却表示不屑一顾。

李赏被裴府的几个仆人架出大门后，心中不甘，觉得裴大人为了国家不顾自己的安危，实在太难能可贵了，我一定要保护他！于是，他又跑到神策军营中，请求神策军出面保护裴度。

神策军左军中尉、太监马进潭，接见了这个在营门前大呼小叫的平民。听他说明了来由后，马进潭也感到莫名其妙、一头雾水，不过由于涉及元稹与裴度二人，他倒是很有兴趣去琢磨一番。

马进潭这人在太监之中地位甚高，是当今天子弑父继位秘密行动的核心成员之一。穆宗继位后，他受命为左军中尉，掌握一半的神策军。他的实力远高于元稹的后台、中尉副使魏弘简。

元稹拜相两个月以来，天下对他议论纷纷，他又对深州事件束手无策，这让马进潭对魏弘简找来的这个代理人很不满意，早就想找个机会给元稹敲敲警钟了。这样一来，李赏的情报在马进潭看来就很有价值了。

送走李赏之后，马进潭煞有介事地给穆宗上书，说是有人报告宰相元稹密谋欲刺杀宰相裴度。

一个宰相要杀另一个宰相？这般离奇的事件也引起了穆宗的高度关

注，他立刻下令成立专案组，立案调查元稹以及和他一起在密室里商量过的于方。

由曾经在元和年间出任过宰相的现任兵部尚书李逢吉实际领导的专案组，办案效率实在是高，很快就查明元稹要谋杀裴度的事情是谣言。

不过，他们却就此查出了另一个秘密：元稹居然私自给了于方二十份空白告身！这一下可就捅破了马蜂窝，朝廷里对元稹的愤怒终于集中爆发了！元稹的宰相宝座这下是彻底坐不下去了。

马进潭有些后悔了。本来只是想敲打一下元稹，不想这下娄子捅大了，代理人元稹保不住了。他只好灰溜溜地去向太监总头目、左枢密使王守澄做检讨。

枢密使，是先皇在元和四年（公元809年）设立的一个职务，由太监担任，责任是掌管皇帝与宰相之间的文书往来，分为左右两位。这个职务非常重要，自设立以来一直由皇帝最宠信的太监担任。反过来，能当上这个枢密使的人，自然也就是宫廷之中最为炙手可热的大太监之一。

王守澄能做得了这个枢密使，见识自然要比马进潭高，他并不认为马进潭这次冒失的上奏使元稹陷入危局，会给自己的集团带来多大的损失。

“元稹不是个会办事的人，他被罢了就罢了吧，没什么可惜的。”王守澄的声音尖刻得令人毛骨悚然，“倒是那个李逢吉，我看是个会办事的人，值得留意呀。你以后应该去拉这样的人入伙儿，知道吗？”王守澄抚了抚跪在地上的马进潭的肩膀。

直打哆嗦的马进潭这才脱离了刚刚的恐惧，连忙磕头谢恩。

“裴度……他也知道这个事情？”王守澄尖利的声音再次刺入周围凝重的空气中。

“是啊。那个李赏在向神策军报告之前，就先去了裴度那里，听说是当面向裴度说过这事。”马进潭回答道。

“他作何反应？”王守澄追问。

“那根本就是不可能的事情，他自然也就没有理睬。”马进潭又说。

“嗯……好啊。这么大的事情，他居然不理不睬，也不给皇上报告一声。这恐怕说不过去了吧。”王守澄边说边看着马进潭的眼睛，眼神中似有深意。

马进潭立即醒悟：“哦……您的意思是，让我去贿赂李逢吉，拉他入伙儿，然后让他顺便给裴度定个知情不报的罪名，让天子顺手也把他给罢免了？”

王守澄满意地转身离去，丢下几个字：“去办吧。”

公元822年，唐穆宗长庆二年六月，随着专案组最终调查报告的出炉，穆宗的处理意见也出台了：裴度、元稹被双双罢相。裴度调任右仆射的闲职，虽依然在朝，但不再履行宰相职权。不久，他又被赶出朝廷，出任山南西道节度使。元稹则被贬为同州（今陕西大荔）刺史。

负责办案的兵部尚书、前宰相李逢吉，则在他俩离开后立即再次出任宰相。

没过多久，韩愈有惊无险地解决了深州问题回朝复命，却发现在中书省找不到老领导裴度的身影了。

此时此刻，一生都在努力地与命运作交换的元稹几乎要崩溃了，到底还要付出怎样的代价才能达到自己的目的？被自己狠心出卖的灵魂，为何也只能换回一场区区三个月的宰相春梦？

这自然是元稹自己要去反思的问题，我们不用去管它。

我们的问题是，能够写出“曾经沧海难为水”等诸多动人诗篇的元稹，怎么会是一个出卖自己灵魂的人？

元稹是我们所讲述的漫长岁月里难得的一位在如今依然拥有较高知名度的人，他的名气远高于他的君主和同僚们。在他的时代里，恐怕只有挚友白居易的身后名能够高过他。

若不是他的种种作为已被明确地记载在《旧唐书》《新唐书》等严肃

史书之中，本书当然也会珍惜这位能引发读者亲切感的高光人物的名声，维护他在读者心目中的良好形象。

可话说回来，大家心目中对元稹的良好的印象，主要来自于他的文学作品，但文学作品能够真实地反映出作者本人的人格境界吗？

恐怕不能。文学水平的高低与人格境界的高低之间，没有任何必然的联系。

无论我们如何定义文学，都无法绕开其作为作者自我表达手段的核心作用。而任何文字的排列组合，都是作者对经过修饰之后的自我的展现与传播。

中国古代文学历经长久的发展，到唐代时已日趋成熟与普及。文学也不再是一种少数人才能企及的天赋，而是成为受过教育的人们都能熟练掌握的一种自我表达技术。所以，文过饰非也就成了文人们的一项基本技能。

既然只是一种技能，我们就不能根据一个人对这种技能的掌握程度去判断其人品高低。这就好比说我们不应该毫无根据地认为一个驾驶技能熟练的司机就是个好人，也不应该莫名其妙地认为一个演技不佳的演员就是个坏人。

回到元稹这儿来，他也只是一个善于驾驭文字的人而已，要评判他的人品，必须绕开他文字中浓艳的自我粉饰，直接去观察他的经历、他的作为。毕竟，缠绵悱恻的文字游戏糊弄了多少情窦初开的少女？这样的教训还不够多吗？

好了，我们暂时先放过元稹，让他自己去一边静一静吧。现在，大唐朝廷中权倾天下的人，是第二次出任宰相的李逢吉。

廿三　党争肇始

李逢吉，这位已是六十四岁高龄的老官僚的仕途生涯涵盖德宗、顺宗、宪宗至当今天子四朝。早年考取进士后，他就在当时名将范希朝的幕府供职，而后入朝为官。他还曾经作为朝廷的外交官出使过吐蕃、南诏，回朝后在当时的太子，也就是当今天子的身边担任侍读。

这位李大人的阅历之丰厚，远非半生只在笔墨之间打转的元稹可比。官场上下的种种浮华龌蹉，哪一样他还没有见过？

六年前，也就是元和十一年（公元816年），李逢吉第一次登上政治生涯的巅峰，成为宰相。可惜不巧，他与宪宗政见不合，他不赞同先帝强行对藩镇用兵的战略方针，因此，屡次与坚决执行先帝想法的另一位宰相裴度发生冲突。

自然，宪宗选择了裴度，将李逢吉贬到剑南东川去做节度使。直到宪宗驾崩，自己当年的学生成为新天子，李逢吉才被召回长安。这次，他终于抓住了机会，与王守澄联合起来将裴度赶下台。完成复仇的同时，他也为自己的政治生命赢得了第二次高峰。

这一次登顶的感觉，比上一次要好多了。因为这次穆宗一口气贬谪两位宰相，却只增补他李逢吉一个人。

原先宰相班子里仅存的杜元颖见李逢吉来势汹汹，也不敢与他争权。自此，凡事都由李逢吉说了算。在素来实行集体领导、一般同时会任命三四位宰相的大唐朝廷里，李逢吉居然莫名其妙地获得一个大权独揽的机会。

当然，李逢吉很清楚，这个大权他不能独揽，他还要做好他的本职工作——太监集团利益的代理人。

公元822年，唐穆宗长庆二年七月，宣武发生兵变。

与张弘靖在幽州遭遇的剧情类似，宣武士兵因不满朝廷派来的节度使的吝啬刻薄而将其驱逐，自行拥立宣武部将李介为代理节度使，并堂而皇之地跑来要求朝廷给予正式任命。

去年在黄河以北溃烂的局势，似乎开始往黄河以南蔓延了。而刚刚吃了败仗的朝廷，已经没有足够的底气再向宣武宣战了。满朝文武都建议朝廷就这么破罐子破摔吧，让李介带着宣武军割据自治算了，反正已经丢了那么多，再多丢一个也没什么。

只有李逢吉不这么看，在一片唉声叹气中，他大声地向穆宗奏报说："河北之事，盖非获已。今若并汴州弃之，则是江淮以南皆非国家有也！"朝廷丢掉了河北，那也是没办法的事。可要是现在把汴州也给丢了，恐怕割据自治的癌细胞就会向全国扩散开来。

似乎只有李逢吉一个人还记得宣武军的首府乃是朝廷丢不起的命门——汴州！如果连这个地方都不要了，那大唐势必要提前走上亡国之路。要是这个国家都玩儿完了，官场上的一切也就都会失去意义，治国安民会失去意义，祸国殃民更会失去意义。

李逢吉及时地阻止了朝廷颓废气氛的扩散，充分说明他这时候还是个做事有底线的人。同时，李逢吉做事也颇有些手段，他了解到李介自立为节度使的行动并未获得全辖区的支持，宣武下辖的宋、亳、颍三州就没有听从李介的号令，而是倒向朝廷一边。

李逢吉立即将时任义成节度使的韩充调往汴州，代表朝廷接掌那里的事务。韩充是原宣武节度使韩弘的弟弟。接到调令后，韩充就带着义成的军队去收复汴州了。在周围其他藩镇的配合下，经过一系列小规模战役，韩充成功地入主汴州，成为朝廷治下的新任宣武节度使。

新任宰相李逢吉只用了一个月的时间就干净利落地处理了汴州兵变，让那些反对他的人不得不暂时服气。

九月，李逢吉铲除异己的脚步再次向前，将御史中丞李德裕贬到浙西去做观察使。时年三十五岁的李德裕与李逢吉之间，看似并无恩怨瓜葛，李逢吉所要发泄的怨恨，来自于元和年间那位与自己政见不合、多次发生正面冲突的宰相李吉甫——李德裕的父亲。

大家可以记住李德裕这个名字，后面他的戏份还很多，也很重。

宰相与太监内外结合的政治联盟渐渐开始顺畅运行起来，这使得穆宗更加不必为国家大事烦心，可以专注地投入到他的娱乐事业当中。

时值隆冬。在十一月的寒风之中，穆宗兴致勃勃地穿好他的运动装备，骑上他的三花骏马，和一帮太监在宫里的球场上打马球。

这可能是一场决定那一年大明宫杯冠军归属的终极荣耀之战，球场上，双方都打得格外认真，比分一直交替领先，输赢难定。

马球起源于波斯，也就是今天的伊朗地区。在唐代，马球成为各国都十分热爱的亚洲第一运动，在当时的影响力恐怕与现在的足球不相上下。

唐朝历代皇帝中不乏马球健将。

公元709年，唐中宗景龙三年，来访的吐蕃国家男子马球队与大唐国家男子马球队在长安进行了一场火药味儿十足的友谊赛。比赛一开始，剽悍的高原汉子们利用其无与伦比的身体优势在场上占据了压倒性的主动，打得唐朝队无力招架，几局下来，吐蕃比分领先。

危急时刻，唐朝队主教练唐中宗李显下令换人，命唐超联赛最佳射手、数届大唐马球先生得主、自己的亲侄儿、时任临淄王的李隆基上场。

李隆基一上场几乎瞬间扭转战局，他以超强的个人能力连续为唐朝队攻城拔寨，最终反败为胜，使大唐队赢得这场事关大国体面的关键比赛！

这场已经过去一百多年的比赛，一直是大唐球迷心目中的永恒经典。

当今天子的偶像，就是这位力挽狂澜的超级射手李隆基，也就是他祖父的祖父的祖父——唐玄宗。

眼下，这场在寒风中进行的比赛愈加激烈。忽然，场上一名球员遭遇对方的恶意犯规，坠下马来。其他球员注意力都在球上，没人理会这位受伤的战友，也没有裁判立即吹停比赛，招呼担架进场。

直到有人发现自己的队伍里少了一个人，大家才停止追球，开始找人。最后，在刚刚争夺的角落里，众人发现了一具已经被马踩得血肉模糊的尸体。

寒风中满身热汗、且情绪处在亢奋之中的穆宗，被这恶心的情景给吓蒙了，突然翻着白眼，口吐白沫，直戳戳地向前栽倒。

惊惶的太监们立即把他扛回寝宫。

经过太医诊断，天子得了“风疾”！

风疾，也就是中风，现代医学认定为是脑梗塞或脑出血。李唐皇室家族似乎有着某种遗传缺陷，亦或是唐朝皇帝们为了肥胖的时尚而付出了沉重代价。从高祖开始，太宗、高宗、顺宗都遭到了风疾的无情打击。也就是说，截至当今天子，唐朝皇帝的“风疾”发病率高达 42%。

穆宗突然中风，丧失行为能力，朝廷的政治风向也骤然紊乱。在这个天子随时有可能驾崩的当口，确定皇位继承人是最为紧要的当务之急。幸好，各派势力希望的目光都一致地落到了当今天子的长子、时年十六岁的景王李湛身上。

立嫡以长，是千百年来皇位继承的固有原则，朝臣们不假思索地按部就班，上书请求立景王为太子，准备继承皇位。

太监集团没有反对朝臣们的这个建议，甚至有些窃喜。因为，比起宫墙之外的朝臣们，他们更了解这个李湛会是个什么样的天子。

朝臣与太监的意见空前一致，让夹在中间的李逢吉感觉好办多了。到十二月，穆宗病情略好，召开朝会。一套君臣礼仪刚刚结束，李逢吉就抢先走出队列，阔步来到丹陛之下，朗声奏报道："景王已长，请立为太子！"

穆宗艰难地点点头，答应了李逢吉所说之事。

这一幕情景，像极了二十年前太监俱文珍逼迫病重的顺宗册立太子的那一刻。谁能想到，二十年后，又一位将死未死的天子成为旁人选择各自未来的工具。

幸好，平时还算经常参加体育锻炼的当今天子，生命力终究还是要比祖父顺宗皇帝强些，挨过了新年，他的病情居然神奇地好转了。

公元 823 年，唐穆宗长庆三年新年伊始，不属于太监宰相联盟的那些朝廷官员们，在上次穆宗突然病危的惊吓中发现了时下朝政中隐藏的一个重大危机：宰相至今依然只有两个人，实际上是李逢吉一人说了算。一旦天子驾崩，李逢吉和王守澄一干人等岂不是要一手遮天？

于是，要求增补宰相的呼声越来越高，李逢吉也不得不让步敷衍一下。

可问题又来了，让谁做宰相合适呢？

唐代的宰相位高权重，不是随便什么人都能当得了的，即使是李逢吉也只能在大家公认合格的几个人选当中去选择。这一点，就算素来蔑视朝廷制度的太监集团也是承认的，因为去年的绣花枕头元稹已经给了他们一个深刻的教训。

现在，朝廷已经有几个公认的有资格增补为宰相的人选。对于这几人的命运，李逢吉与王守澄的意见是决定性的因素。

事关重大，李逢吉与王守澄正在当面商讨。

"要找一个能办事、人品也说得过去的人来当这个宰相。不然难以服众啊！”王守澄首先向李逢吉提出了要求。

“但是……”李逢吉也有自己的想法，“您所说的这种人恐怕不容易驾驭啊。你看兵部侍郎韩愈、中书舍人李绅，不都是这样的人吗？恐怕这些人自命清高，不会与我们合作。”

“那，您的意思是？”王守澄问李逢吉。

本来人选就不多，李逢吉一句话就否定了两个，王守澄觉得李逢吉应该已经有所打算了。

“人品方面，的确需要一个说得过去的人，让朝臣们心服非常重要，至于会不会办事，那倒是无所谓了。”李逢吉回答说。

他自己就是一个很会办事的人，不需要其他人来帮他办事，继而分散他的权力。现在，他只需要一个像现在的杜元颖这样听话的人来吃干饭就行。

“嗯……”王守澄沉吟着。看来李逢吉是想做太监集团的独家代理，不想让其他人跟他竞争啊。这样也好，既然李逢吉会办事，那就继续让他一个人办吧。

“李大人说得也在理。”王守澄同意了李逢吉要求成为独家代理的想法，又接着问，“那么……您中意的人选是谁呢？”

“户部侍郎牛僧孺！”李逢吉回答说，“这个人的人品的确不错，当年宣武节度使韩弘仗着汴州有钱，每年贿赂朝廷官员，只有牛僧孺分文不收。后来这事大家都知道了，牛僧孺清廉之名从那以后也是天下皆知啊。”

“这事我知道。”王守澄说，“不过，您真正中意牛僧孺的原因，恐怕是因为他跟您一样，向来与元和年间当红的李吉甫、武元衡、裴度一干人不对付吧。”

“确实如此。”李逢吉并不避讳，“李吉甫、武元衡、裴度这些人连年煽动天子穷兵黩武、攻打藩镇，闹得现在民不聊生、国库空虚，我早就看不惯他们了，所以也在一直留意那些反对他们的人，牛僧孺是这些人里人品最可靠的一个。”

王守澄一直盯着李逢吉。他知道，一般情况下李逢吉才不会去关心什么国计民生呢，他指责李吉甫、武元衡、裴度这些人对藩镇强硬，可他自己也刚刚强硬地处理了宣武兵变。政见不合只是借口，关键是李吉甫这些当权派当年挡了他李逢吉的路而已。

既然李逢吉现在是自己的代理人，王守澄就不会在不必要的时候去挡他的路，便也同意了他的宰相人选意见。

公元 823 年，唐穆宗长庆三年三月，四十三岁的户部侍郎牛僧孺在李逢吉的大力举荐之下，正式晋升为宰相。

“唉……”一个月后，驻节润州的浙西观察使李德裕收到牛僧孺拜相的消息之后，失望地叹息。和很多人一样，他希望在这个国事倾颓的时刻，裴度能再次进入宰相班子，力挽狂澜。但随着牛僧孺的拜相，这个希望落空了。也许裴度真的老了，已经无心无力再和别人争夺权力了吧。

可是，重整朝纲的使命总得有人接着履行下去啊。李德裕也想过为自己去争取宰相这个位置，可他知道现在还不是时候，自己毕竟才三十五岁，对于宰相这个职位来说还是太年轻了，况且现在朝中炙手可热的李逢吉向来与自己不和。

现在谈当宰相的事，对李德裕来说还太早了些。但是许多人都断定，用不了多久，李德裕必将位极人臣，他本人也从未怀疑过自己这个梦想中的未来。

李德裕出自宰相世家，他的祖父李栖筠、父亲李吉甫都曾出任过宰相，李吉甫更是在元和时代为帝国的中兴事业作出过杰出贡献。严格的家庭教育给了李德裕丰厚的学识，显赫的家世也让他的眼光一直高出众人一等。

在他的时代，科举已经成为入仕的主要途径。即使是家世显赫，也要去科考场上再镀一层金。但对于这些官后代们来说，科举不过是走个过场，因为唐代科举的试卷还没有糊名，考官可以清楚地看到试卷上考生的名字。所以若看到是某某宰相公子的大名，估计考官也不会再细看文章，直接就给过了。

心远志大的李德裕才不稀罕去浪费时间去走这些过场。比起舞文弄墨，他更喜欢研读父亲留下的《元和国计簿》《元和郡县图志》等务实靠谱的经国秘籍。

在三十多年的人生里，他一直在学习各种务实的、靠谱的方法，去追求他心中一个很不务实、很不靠谱的梦想，那是一个早已与人们渐行渐远的梦想：让大唐帝国再现盛世景象。

从本书开始的年代起，已经有过无数的唐人们百转千回地追寻着这个梦想，可这个梦想也无数次地被现实奚落、践踏。

到李德裕的时代，这条追梦的路上已经塞满血、泪、悔、恨。如今，还在诉说梦想的人已经不多了。李德裕每每与亲历过追梦历程的长者们谈及那个梦想时，对方往往都是一脸苦笑，笑李德裕不知天高地厚，也笑曾经的自己不知天高地厚。

往事不要再提，人生已多风雨。盛世的时代已经足够遥远、足够模糊不清，而为追回盛世所付出的那些代价，也已经足够沉重、足够不堪回首。

“别再跟我谈梦想，戒了！”后来，身边的人常常这样对他说，李德裕也就不再总把梦想挂到嘴边了。是啊，梦想干吗总要挂在嘴边呢？藏在心里就好。

牛僧孺拜相的消息让他极为失望。他和牛僧孺还没有打过多少交道，但他也知道父亲李吉甫在很久以前与牛僧孺有过一段莫名其妙的过节，所以牛僧孺对自己一直很不友好。既然他进了宰相班子，自己要想晋升就得再等等了。

那就等着吧！等待变幻的风云去催促下一个时代的来临。

廿四　翻云覆雨

不过，长安城里的宰相李逢吉却一点儿都不期待什么下一个时代的来临。眼下是属于他的时代，他要让这个自己能纵情欢舞的时代一直延续下去。

为了做到这一点，他必须把所有反对他的人一一赶出政治中心。继裴度、李德裕之后，现在让李逢吉感到烦恼的，是韩愈和李绅这两个老愤青。这两个人是出了名的顽固木讷，从来不与自己合作，尤其是那个李绅，还兼着翰林学士的要职，老是直接在穆宗面前跟自己唱反调。

李逢吉精心策划着对他们的打压计划。既然这两个人是老愤青，那么，他们对身边一切与自己心目中的原则不符的事情，都会感到愤怒，这种愤怒甚至会不分时宜、不辨敌我，只要是他们看不惯的，就会随时随地公开地表达愤怒。

这样一来，李逢吉就有了办法。

公元 823 年，唐穆宗长庆三年九月，李逢吉忽然向穆宗提议，让李绅出任空缺的御史中丞一职。

御史中丞，是国家行政监察机关御史台，即大致相当于现在的最高人民检察院里的一个高级职务。当时，御史台的最高长官御史大夫一直作为朝廷的荣衔而不常设，御史中丞实际上便相当于御史台的最高长官，也就是国家行政监察机关的首脑。御史中丞再往上晋升的话，就很有可能是宰相。

穆宗对李逢吉突然提议让政敌出任如此重要的职位，感到十分诧异，便问：“平日里你老和李绅吵得鸡飞狗跳的，今天怎么这么大度啊？”

“皇上，我与李绅虽然时常有矛盾，但其实都是为了国家好啊。李绅这个人很有才干，应该给他一些鼓励才是。只要是为了国家好，我个人受点儿委屈没什么。”李逢吉从容地说。

“好！你能如此宽宏大量，真是国家的福分啊！”穆宗本来对李绅调出翰林院有些不舍，但见李逢吉这般心胸宽广，顿时被感动了，也就同意了这个提议。

又过了几天，李逢吉又来找穆宗，提议让韩愈出任京兆尹，并给予御史大夫的荣衔。穆宗认为李逢吉这是要把宽恕的精神贯彻到底，便不假思索地同意了。

李逢吉则偷笑着离开。

这里有什么问题吗？

我们刚刚才说过，御史台名义上的最高长官是御史大夫，但那只是一个荣衔，实际上主持工作的长官是御史中丞。现在这两个职位分别交给了韩愈和李绅。关键是韩愈，这次对他主要的任命是京兆尹，也就是都城长安的长官，御史大夫只是附赠给他的一个象征性荣衔。

按照唐朝的礼制，地方官上任之前要去拜见御史台的执事长官，相当于对行政监察机关宣誓就职，时称“台参”。京兆尹虽然就在长安，但依然属于地方官，所以韩愈按礼需要去拜见李绅。

这时候，bug出现了。韩愈可还挂着御史大夫的荣衔呢，而御史大夫可是李绅这个御史中丞的顶头上司啊。上司怎么能去拜见下属？

“贴心”的李逢吉看来是考虑到这个问题了，在给韩愈的任命书里特意写明“免台参”，也就是免去韩愈向李绅拜见的任务。韩愈也就真的没去。

不出李逢吉所料，李绅果然愤怒了！

在李绅看来，韩愈不来拜见他，若是看不起他倒无所谓，关键是韩愈这个举动触犯了李绅一生的信仰——“礼”！

这儿的“礼”，不是指文明礼貌而是儒家政治学说的核心，也是社会中各个等级、各种角色应该履行的一套行为准则，其中也自然包括了朝廷里的各种礼仪制度。

“是可忍，孰不可忍！”这是大家熟悉的一句孔子名言。那么，孔夫子是在什么样的情况下表现出如此非同一般的愤怒呢？

原来当时鲁国大夫季氏在举行乐舞的时候，竟然使用了八八六十四个人，也就是“八佾舞于庭”的大型乐队！孔子是说季氏过于奢侈，浪费人力资源吗？当然不是，按照周朝的礼仪，只有周天子举行乐舞时，才可以使用八佾，诸侯可以用六佾，像季氏那样的大夫只能用四佾。也就是说，孔子如此愤怒的原因，是季氏僭越了“礼”。

在儒家看来，这样的僭越多了，就会造成他们眼中最可怕的末日景象——礼崩乐坏！整个天下将会陷入大乱。为了避免这样的情况出现，儒家要求每一个人都要“克己复礼”，即让自己的行为符合“礼”的准则。

这也就是自幼熟读春秋大义、崇拜孔夫子的李绅，愤怒的深层次原因。李绅恼火地认为，韩愈好歹也是名满天下的当代大儒，写过那么多弘扬儒家思想的文章，原来竟也只是个道貌岸然的伪君子，根本就没有把朝廷礼制放在眼里！

难道你以为，就凭着那不着调的李逢吉一句“免台参”，你韩愈就可以置朝廷礼制于不顾，就真的不来参拜我吗？

是可忍，孰不可忍！

为此，李绅多次以御史中丞的身份发出正式文件，要求韩愈赶快来拜见。韩愈却觉得李绅纯属无理取闹，任命书上都写明了免去我的台参了，你还在这里聒噪什么？哦，就你一个人懂儒学，我老韩就不懂吗？于是，韩愈也以京兆尹的身份用正式文件去回复李绅的责难。

就这样，两个同样耿直的老愤青在公开的正式文件不住地吵嘴掐架。很快，朝野上下就都知道了这件事。

十月，李逢吉故作失望地对穆宗说："这韩愈和李绅不太像话了，拿着朝廷的公文往来掐架，实在是有失体统，有损朝廷颜面。还请皇上明断，下旨惩罚。"

稀里糊涂的穆宗不知道这是李逢吉的策划，但他的确也觉得那二人的作为有失大臣体统，有损朝廷颜面，于是又同意了李逢吉的建议，并根据李逢吉提出的具体惩罚办法，将韩愈贬为兵部侍郎，将李绅贬为江西观察使。

李逢吉不动声色、驾轻就熟地利用朝廷的制度漏洞与韩李二人的性格缺陷，轻松地将两败俱伤的两位，踢出了政治中心舞台。

轻松地清除了两个反对派，在李逢吉看来，属于自己的时代还很长久。

可留给自中风之后身体每况愈下的穆宗的日子，却真的不多了。好不容易挨过了新年，穆宗总算勉强走进了他登基以来的第五个年头，也就是公元 824 年，唐穆宗长庆四年的正月。

正月二十二日，一直都还苦苦支撑着的穆宗好像突然间松劲儿了，似乎一下子就抛弃了求生的欲望，转而寻求死亡的解脱。太医们见穆宗不配合治疗、拒绝服药，都惊慌失措地望着左枢密使王守澄，乞求他做出一个负责任的决定。

王守澄神情木然，示意太医们只要尽到责任就行。

从小到大一直跟着穆宗的王守澄，非常清楚穆宗为何忽然如此。再过几天的正月二十七日，就是先皇驾崩五周年的忌日……

五年前的此刻，当今天子的弑父行动即将开始。这几年来，每到这个时间，穆宗总是感到心惊肉跳，似乎父皇的怨灵就在自己身边不远处转悠。

以前身强力壮的他转移自己注意力的方法，就是更加专注地投入到娱乐事业中去，举行更大规模的party，纵情麻醉自己的罪恶感。而今年，他的身体已经不听使唤了，不可能再组织任何娱乐活动。这让自制力极差的穆宗更加无法阻止他的大脑，这个他体内唯一还能活动的器官，去疯狂想象那些传说中的因果循环。

这般精神折磨让穆宗完全放弃了求生欲望。终于，他做到了！在被自己杀害的父皇忌日到来之前，他把自己弄死了。

年仅三十岁的穆宗，已经不敢再活着面对自己的罪孽。

几乎没人有时间为穆宗的死而流泪，人们早已厌烦了他治下的混乱时代。王守澄、李逢吉簇拥着十六岁的太子李湛按部就班地登上了皇位。

一个新的时代似乎要开始了。

宰相们为热爱文娱事业的前任天子议定的庙号叫作“穆”。

穆，安静的意思。“庄严肃穆”一词中的那个“穆”字就是它的原义。那些处在国家多事之秋，本该有所作为却什么正事都没做就死了的皇帝，都用这个“穆”字来掩饰他们的懒惰。

以这个字作为庙号的，还有明穆宗隆庆皇帝朱载垕，清穆宗同治皇帝爱新觉罗·载淳。大家也许知道很多他们的花边旧闻，但他们做过什么正经事，我们可能就不太清楚了。

一个“穆”字，写满唐人对长庆天子在帝国命运转折关头无所作为的深切失望。

在穆宗的葬礼上，他的十三弟李怡哭得非常伤心。

李怡哭什么呢？

五年前，目睹父皇被哥哥杀害的宪宗第十三子李怡，现在十五岁了。

已经被册封为“光王”的他，原本一直把为父报仇作为自己的人生目标，可现在仇人死了，却没死在自己手里，李怡感到自己的人生顿时失去了重心。

如今，仇人的儿子又做了皇帝。从皇帝的儿子到皇帝的弟弟，再到现在皇帝的叔叔，李怡与皇帝的关系越来越遥远，他身上的光环也开始失色。已经失去目标的人生，从此又失去了前途。

所以，十五岁的李怡在哥哥兼仇人的葬礼上放肆地哭了。

哭什么？周围假哭的人们奇怪地瞥着李怡。上任天子终于死了，新时代就要来临了，光王您却哭得如此动情，真的吗？

只有王守澄、李逢吉心里知道，没有什么新时代要来临，一切将会照旧。王守澄有这个自信，他很了解继位的新天子是个什么样的人。

新天子，即史书所称唐敬宗，今年十六岁，而他刚刚死去的父皇也才三十岁。在他出生时，他那本该就此担负起教子责任的父亲，都还是一个十四岁的孩子。

这两个孩子从小一起儿玩到大，他们的人格、爱好、秉性都惊人地一致——把娱乐活动当作毕生的事业，而当皇帝嘛，却只是被强加的一个兼职。

年轻的敬宗不想辜负自己十六岁的美妙花季，登基之后的整整一个月时间里，他一直没有上朝听政，而是在宫里各处宴会厅、马球场、音乐会之间忙碌辗转着。

直到三月份，敬宗抵不住朝臣们的轮番唠叨，这才被迫开始上朝。可是，正值青春叛逆期的他，怎么会就此向朝臣屈服呢？

朕不能翘课，迟到一点儿还不行吗？

顽劣的新天子每天都等到日出三竿，才懒洋洋地踱着大方步，挪到朝堂去和群臣见面。

反正不管自己来得多晚，那帮啰里吧嗦的老头儿都得恭恭敬敬地在下面等着。

朕真是酷毙了！敬宗非常享受这种感觉。

这一招的确把朝臣们给折腾惨了。三月的长安春寒料峭，新天子故意迟到，没过几天，很多年老的大臣就支持不住，纷纷乞求新天子收了神通。

其实，更多人的情绪，是焦急与失望。

三月十九日，敬宗又在大家饥寒交加的中午时分，伸着懒腰、打着哈欠挪进了朝堂。刚刚坐下没一会儿，他又要让太监喊退朝。

太监正准备扯嗓子喊退朝时，左拾遗刘栖楚突然出列，跪地大声说："宪宗及先帝皆长君，四方犹多叛乱。陛下富于春秋，嗣位之初，当宵衣求理。而嗜寝乐色，日晏方起。梓宫在殡，鼓吹日喧，令闻未彰，恶声遐布。臣恐福祚之不长，请碎首玉阶以谢谏职之旷！"

这话什么意思呢？

刘栖楚说得很直白：皇帝你个小屁孩！你祖父和你父亲继位的时候都是成年人了，作乱的人都还多得很呢，何况你还是个小屁孩？你这孩子才刚刚做皇帝，应该好好学习，振兴国家！你看看你，贪睡好色，每天中午了才起床！现在你老爹都还没入土呢，你就把宫里搞得乌烟瘴气。恐怕这样下去国家就要玩儿完了，我现在只有"碎首玉阶"，才对得起我这拾遗的职责！

怎么个"碎首玉阶"？请看画面回放。

刘栖楚说罢开始猛烈地用额头反复撞击地面，没磕几下就鲜血淋漓。敬宗没见过朝臣如此动真格儿的，愣在龙椅上不知道该怎么办。

李逢吉对刘栖楚的行为很是恼火。这个人是自己前不久刚刚提拔起来的，怎么这么不懂事？李逢吉打定主意想继续专权，自然就需要敬宗像他爹一样玩忽职守，如此他才有空子可钻。所以，一切提醒敬宗当称职君主的人，都是在跟自己过不去！

李逢吉大声对刘栖楚发出命令："刘栖楚休叩头，俟进止！"老刘你不要叩头了，天子已经了解你的想法了，下去等天子的回复吧。

这句话可不是一般的劝解，而是李逢吉以宰相之尊发出的"宣令"。按理，刘栖楚是必须听从的，但他却没有停止，更是意犹未尽地开始揭露太监专权的罪状。

眼见刘栖楚说得越来越没边儿了，敬宗却一点儿也没有被他声泪俱下的控诉所感动，反倒是看见李逢吉的脸色越来越难看了，这样下去，恐怕刘栖楚在劫难逃。

忽然，平日里寡言少语的新任宰相牛僧孺难得一见地发出了宣令："所奏知，门外俟进止！"并示意殿门口的金吾卫士把刘栖楚给硬拉了出去。

牛僧孺算是及时地保护了刘栖楚，在他完全激怒李逢吉之前强行终止了他的犯颜直谏。当然，敬宗也没有理会刘栖楚说的那些话，一切照旧。

君主，作为一个职务，在中国古典式的集权帝国体制下，其主要职责是作出决策与监督实施。所以，我们评价君主是否玩忽职守，主要就是考察他是否履行了这两项职责。

如果君主放弃他的决定权，这项本就充满魅力诱惑的权力会吸引他身边的人去替他行使，权臣、外戚和眼下的太监们，都会在不同的历史条件下窃取皇权。但不论他们如何作为，维持帝国运转的决定权依然能够继续实现。

而如果君主放弃了他的监督执行权，其他任何机构都无法独立且不受干扰地行使监督权。这项权力的运行成本很大，做起来很累，还吃力不讨好，对于那些只求短期获益的篡权者，尤其是想要篡权的太监来说，几乎没有什么好处。

也就是说，篡权者会篡夺的只是君主手中的决定权，而监督权将因无人理会而被束之高阁。随之而来的便是失去监督的政府跟着君主一起玩忽职守。这样一来，各种耸人听闻的妖异闹剧便开始出现，等闹剧多了，就会汇聚成悲剧。

不知道敬宗在刘栖楚事件之后还有没有故意上班迟到过，史书上对此也没有明确记载。不过这并不重要，花样年华里的新天子的确花样很多，就算不迟到，他也有的是其他方法去胡闹。

秉承先帝的遗志，敬宗立誓要成为一位MVP（最佳游戏玩家）级别的马球运动员。

四月份，天气刚刚暖和一点儿，敬宗就和他的太监队友们每天准时出现在大明宫清思殿前的马球场上，率领队友向新赛季的唐超联赛冠军发起冲击。

赛程安排得很密集。除了隔几天去应付一下上朝的事外，敬宗其他时间几乎全部泡在这里，白天打球，晚上点着灯也要打球。

四月十七日这天，有一场关键的比赛。敬宗自然也就早早地来到了球场，做完热身之后，他踌躇满志地准备上场搏杀。

忽然，殿外几个小太监呼天抢地地跑进来，大喊道："皇上！大事不好！有人谋反！已经杀进宫里来了！"

敬宗还没听明白，莫名其妙地盯着那几个太监。

紧接着，又有几个禁军士兵丢盔卸甲地跑进来，喊着同样的话："有人谋反啦！"

然后，敬宗真的听到了殿外越来越近的刀剑声、喊杀声。

看来的确出大事了，刚刚还打算大杀四方的敬宗瞬间被吓得六神无主，在身边太监们的提醒下，才醒过神来，狼狈地逃出皇宫，躲进了太监掌握的神策军左军军营里。

神策军左军中尉马存亮得知皇上来了，立即出门迎接。看到趴在马上的敬宗浑身还在不住地打着哆嗦，马存亮赶紧上前，跪在敬宗马前，捧着他的脚，不住地说："皇上受惊了，老奴死罪呀！"

敬宗被吓得脚底发软，下马之后依然站不稳当，马存亮又亲自把他背进了军营。经过一番小心伺候，敬宗总算是缓过神来，马存亮也从跟着新天子跑来的人口中大概知道了刚刚发生的事情。

不过，几个关键的问题还是没弄清楚，马存亮决定再问问敬宗。

“陛下，是何人作乱？”。

“哎！就是啊！是何人作乱呢？”敬宗作恍然大悟状，这才想起这个关键性问题。稀里糊涂地跑了半天，他都没来得及搞清楚这个。

马存亮好无语，只得又问道：“那么……反贼大概有多少人马？装备如何？战斗力怎样？”

“呃……”敬宗完全不知道面对敌人时应该尽量搞清楚这些事情，只好羞恼地吼道，“哎呀！你赶紧带兵去给朕把他们收拾了就是了，问这问那地干什么？”

敌人既然胆敢直取宫廷，马存亮估计这些人的来头不小。可如今的长安城，里里外外驻守的都是太监手下的神策军。有实力在宫里发动兵变的，应该只有神策军本身。但马存亮自己就是神策军的高级将领，神策军里的任何风吹草动他都是知道的。最近军营里也没见有什么异常，怎么会突然之间就毫无征兆地兵变了呢？

于是，马存亮派出了一支几百人的小队伍，由将领康艺全带队前往宫里一探虚实。

叛军并没有关闭宫门，康艺全的侦察队很轻松地进入了大明宫。只见宫里太监宫女们慌张地四处乱窜，好半天也没遇到一个叛军。

这是什么情况？康艺全一头雾水。

拦住一个太监盘问一番，他才知道叛军全在清思殿里。康艺全便带着人马杀向清思殿。

以往的宫廷政变，无论谁输谁赢，一般都会干净利落、迅速了事，然后尽快恢复秩序。眼下这乱哄哄的政变是谁搞的？这组织策划的水平也太差劲了吧。久经考验的康艺全觉得这次政变搞得很是蹊跷。

杀到清思殿外时，康艺全听到里面传来了行酒令的声音。

这些反贼在干什么？

冲开殿门，眼前的景象让康艺全瞠目结舌、哭笑不得：这些所谓的叛军，总共也就百十来人，也不像是军人模样，倒更像是长安城里那些吊儿郎当的古惑仔。

现在，他们在清思殿里醉作一团。有几个还没完全喝醉的人看见神策军来了，赶紧起身要跑，却被神策军兵士像逮小鸡似的给摁住了，其他人也就此被一网打尽。

经过审问，这场叛乱的原因真相大白。

原来，宫里染坊有一个工头叫张韶，最近跑去城里的算命先生苏玄明那儿算命，这苏半仙不知道是掐错了哪一卦，硬说张韶有帝王之相，这辈子命中注定要当皇帝，还说当今天子天天打球、不理政事，现在就是张韶起事的最佳时机。

这张韶估计也是在黑道上混过的，胆儿挺肥，也很有些神通。听苏半仙这么一说，登时有些飘飘然，便纠集了一帮平时混在一起的古惑仔和他一起干，还利用职务之便给他们搞来一批禁军的制服和兵器，最后又利用往宫里送染料的机会，把他的“人马”塞进马车，就这样混进宫廷之后，来了这么一场无厘头的“叛乱”。

事情居然这么简单？

是的，本书也相信事情的确就这么简单。当时的其他势力都没有要杀掉敬宗的动机。即使要杀，我大唐自玄武门之变开始，宫廷政变屡见不鲜，无论是政变的准备、实施部分，还是政变的善后工作，在大唐历史中都积累着丰富的经验教训，每个想搞政变的人都会去认真参考。所以，任何一个稍微靠谱一点儿的政变组织策划人都不会搞出这般蹩脚的政变。

可是，既然这次政变如此蹩脚，怎么又搞出了这么大的动静，差点儿真的把敬宗给杀了？迄今为止，大唐立国已整整两百年，宫廷的安全保卫制度应该早已完善，但为什么到当今天子手上，一个染坊的工头就能轻松地搞到一百多套禁军的制服与武器？又能轻松地让一百多号人蒙混进宫？进宫之后，宫里的禁军为什么不能阻止这一伙乌合之众，反而被他们吓得落荒而逃，致使这群乌合之众一路穿过大明宫里好几道大门，最后把皇帝都暴露在危险面前？

我们刚刚说过，君主手上有决定权与监督权。君主玩忽职守之后，决定权会被他人窃取，而监督权却会被抛弃，无人理会。没有了监督压力的各种制度，也就自然而然地陷入停滞状态。

“张韶之乱”就是因宫廷安全保卫制度荒废而发生的一场闹剧。

事变之后，敬宗居然还把这场闹剧当成一件值得庆贺的事情，没心没肺地开始“论功行赏”：救驾有功的神策军左军中尉马存亮被授予淮南监军的美差，而直接带兵“光复”大明宫的康艺全，则晋升为鄜坊节度使。

一出闹剧竟被年轻天子玩儿出一个皆大欢喜的结局，至于事件背后反映出的制度问题，敬宗根本没去想过。

监督缺位引发的制度荒废是普遍性的，大唐江山自此开始真正变得千疮百孔。

转眼，新年快到了，敬宗这几天异常兴奋。继位已差不多整一年了，他终于即将为帝国换上一个属于自己的年号。他早想好了，自己的第一个年号将定为“宝历”。

这只是精彩的开端，

更辛辣的晚唐乱世群侠传尽在《剩唐·贰》

……